没有人会喜欢普度众生的爱，
人们喜欢的、最会放在心上的，
往往都是偏爱。
独一无二的偏爱。

景廷的偏爱，永远都属于陆星摇。
有且仅有，独一无二。

魅丽文化 花火工作室

她真的不好哄

芒厘 / 著

江苏凤凰文艺出版社
JIANGSU PHOENIX LITERATURE AND
ART PUBLISHING

图书在版编目（CIP）数据

她真的不好哄 / 芒厘著．—南京：江苏凤凰文艺出版社，2023.11
ISBN 978-7-5594-7278-6

Ⅰ．①她… Ⅱ．①芒… Ⅲ．①长篇小说－中国－当代 Ⅳ．①I247.5

中国国家版本馆 CIP 数据核字 (2022) 第 209358 号

她真的不好哄

芒厘 著

责任编辑 张 倩
出版统筹 曾英姿
特约编辑 白 鱼
装帧设计 苏 茶
封面插图 在 野
出版发行 江苏凤凰文艺出版社
南京市中央路 165 号，邮编：210009
网　　址 http://www.jswenyi.com
印　　刷 长沙金鹰印务有限公司
开　　本 880mm×1230mm 1/32
印　　张 10.5
字　　数 337 千字
版　　次 2023 年 11 月第 1 版
印　　次 2023 年 11 月第 1 次印刷
书　　号 ISBN 978-7-5594-7278-6
定　　价 46.80 元

目录

Contents

She's really
hard to coax

第一章
初遇

沂市是一个沿海城市，位于南方，夏天一到，连风都夹着热气。许星摇已经被热得没了脾气。她提着一袋沉甸甸的米，闭着嘴唇像个木偶一样走着。再穿过两条巷子就到家了，她心不在焉地数着步子，直到去路被堵住，她才慢慢地抬起头。

有几个混混在打架。许星摇不耐烦地皱起眉头，手上的重物消磨着她的耐性。

“喂！那个女的，是说你呢！你是哪里来的？干吗呀？”一个黄毛朝她叫道。

许星摇看了他一眼，说：“你们挡路了。”

黄毛乐了。他没想到会有人敢说他挡路，这是他第一次听到这种话。还奢望他会给她让路吗？呵。

他朝她吐了口唾沫，轻蔑地说：“识相的赶紧滚。”

许星摇不知道怎么会有人这么幼稚。她没有理会他，平静地说：“让开。”

黄毛没想到这个看起来乖巧的女孩压根没被吓到，也一点都不珍惜他好心给的离开的机会，反而还挺嚣张。他又乐了，说：“挺嚣张啊，看来是不怕被哥哥打一顿了。”这话里威胁的意味十足。

黄毛没有再给她机会，他捋起袖子走了过来。

许星摇终于看到了被他和几个红毛堵着的人。那个人下颌线绷直，脸上布满瘀青，嘴角还在流血。明显是处于下风的一方。眼神却与现在的处境不同，阴狠、暴戾。他此刻毫无温度地注视着她。

这样的眼神让许星摇的表情微微一动，她轻轻地把手中的塑料袋放在地上。接着，她一只手探向黄毛的右手，一把拧住他的手腕，一拉，一拐——

“啊——”一声惨叫响起。

所有人都没有想到事情还会有这样的转折。红毛们面面相觑，两秒钟后才反应了过来。他们大怒，纷纷捋起袖子走了过来。最后一个过来的人却骤然被那个男生拽住了胳膊。

当许星摇准备一个人揍五个人的时候，那个遭到压制的男生骤然出手，拉住其中一个人的手，往回一拽，狠狠地来了一个过肩摔。所有人都惊呆了，但是很快反应过来。有个红毛立刻抡起拳头要砸他，却被他更狠的拳头砸晕在地。

他的身手太漂亮，许星摇都有些佩服。如此一来，只剩下三个。二对三，比起一对五，那胜算可真是高了不止一星半点。

小混混们对视一眼，剩下的两个红毛眼见形势不妙，竟然脚底抹油一溜烟地跑了。黄毛捂着手嗷嗷喊，都没喊回来。黄毛一咬牙，也跟着跑了。

许星摇发出一声轻蔑的嗤笑，一如刚才黄毛对她的嗤笑。

她收回视线，漫不经心地看了一眼那个男生。虽然不知道在她到来之前他为何被压制，以他的身手明明可以翻转局势，但那与她无关。她却没有料到这一眼竟然与他对视上了，他的眼神依旧是冰冷的。许星微微愣了一下，然后她弯腰拎起袋子，走了。

周淑兰端出了最后一盘菜，见许星摇还没回来，骂骂咧咧地啐了一口："讨债鬼，买个米都买半天！死丫头。"

许离一局游戏结束，收起手机，听见周淑兰又在骂许星摇，他皱了下眉，端碗准备去盛饭。

周淑兰忙接过他的碗，说："男娃子别管这些事，妈给你盛。"正好许星摇进门，周淑兰顿时变脸骂道，"一个丫头，动作慢得跟龟似的！以后哪里有人要！白送都没人要的贱东西！还不赶紧去盛饭！"

许离接过许星摇手里的米袋子，说道："跟你说了等我放学。"看见她的手上勒出了红痕，他脸色不由得更加难看。

许星摇耸肩，说："我今天提前放学了，等你要等好久。"

她太独立了，似乎什么事都可以自己完成，一个米袋子而已，她怎么会为了这个等他。

许离皱着眉拉着她进屋："快来吃饭。"

姐弟俩关系好，把周淑兰气了个倒仰，她不得不愤愤地去盛饭。

许志国还在医院里躺着，家里的经济状况捉襟见肘，因此桌子上的两菜一汤都是素菜。周淑兰怕儿子营养跟不上，额外给他蒸了蛋，她笑道："儿子，快吃，是上好的土鸡蛋。”

许离应了一声，手上动作不停，拿着铁勺子给许星摇舀了两勺。

周淑兰不让许星摇吃这珍贵的东西，许星摇本身也不喜欢吃，但许离舀过来，她也就吃了。

“姐，你多吃点儿，上次学校体检，你是不是又偏瘦了？”许星摇的身体指标不算很好，可把许离愁得很。

周淑兰嗤了一声：“能活下来就不错了，还管她偏瘦不偏瘦。”

“妈，你以后也给姐买牛奶，她不喝，我也不喝。”

许星摇终于开口：“我不喝。”她很挑食，蛋、奶都不喜欢。

许离又皱起了眉。

周淑兰倒是开心得很，她给许星摇夹了一筷子菜：“就是，那玩意儿有啥好吃的，多吃点儿菜。”她的筷子还是干净的，许星摇勉强吃了。

“明天去报到，姐，我跟你一起去吧？我给你搬书！”

“不用。”

“很重的，待会儿你手会疼。”

“不用。”

“好吧。”许离撇撇嘴，乖乖地吃饭。

吃完饭，周淑兰催着许星摇去洗碗，许离跟着去了。许星摇洗一遍，他冲一遍。

姐弟俩这样子周淑兰也懒得管了，反正她也管不住，索性随他们去。她这个儿子就是傻，她宠着不让干活，他还上赶着干。

许星摇性子冷淡，许离在她耳边叽叽喳喳地说着话，她没回应，许离也不觉得无聊，越说越起劲。

一家子为了给许志国治病，从安镇来到了沂市，租了这么个小房子，又在附近给许离找了所初中。许星摇的学校倒是没让周淑兰操心，是她自己去找的。

许星摇的智商很高，她自小就不同于寻常孩子，有时候能力比父母还强。周淑兰费尽心思也只将许离送进家附近的十三中。许星摇呢？她靠自己进了沂市最好的高中——云十一中。

许星摇和许离洗完碗回屋的时候，周淑兰手里拿着个方方正正的布包正要出门。她说：“你们在家自己待着，到点了睡午觉。我出去一趟。”说完她就出门了。

只是她开门的时候，许星摇总觉得她好像看了自己一眼。当许星摇定睛去瞧时，却只看到周淑兰的背影。

周淑兰一走，许离可兴奋了，他一边去开电视一边问许星摇："姐，要不要点外卖？我知道一家奶茶店，现在有满减的活动，可划算了！还有炸串买！"

电风扇呼啦啦地吹着，许星摇摇头，许离无比失望，都蔫了。

许星摇跟没看到一样，说："去把昨天买的练习册拿出来，我看着你做。"许离更蔫了。

许星摇打开电视，从冰箱里拿出冰水，一只手拿着大蒲扇扇着，姿态悠闲惬意。

抱着练习册出来的许离一时无语。云十一中是沂市的重点高中，对于像许星摇这样的高二转学生来说，入学条件十分苛刻。但许星摇只需递交自己的成绩资料和档案，便被云十一中的校长破格录取，安排进了高二的青藤班。

办完手续后，许星摇跟着班主任往班级走，听着他介绍学校。这个班主任虽然发际线堪忧，啤酒肚惊人，但人还挺不错。

毛鸿运介绍了高二的几个班——清北班、特长班、青藤班和十个普通班。

清北班的学生是全校成绩顶尖的那一批。

特长班里的学生则是走特长加分的路子，但他们的文化分较高。那些文化分不高的只能待在普通班中的艺术班。

青藤班有三分之二的学生是给学校捐过款的，三分之一的学生则像许星摇这样中途进来，家境一般，仅为了给这个班撑面子。那三分之二的人，百分之九十九都会出国留学，至于剩下的三分之一，以学校的师资力量而言，只要好好读，他们想考顶级学校也是有可能的。

许星摇的成绩远高于青藤班的三分之一的人，按理来说可以让她进清北班。不过，现在已经开学半个月了，清北班已经满员，下一次的换班只会在期中考试进行后。成绩不好的学生出去，成绩好的学生则进来。

其实青藤班原来也满员了，但好在有一个学生家里临时决定提前送她出国，空出了一个名额。否则，许星摇只能去普通班待到期中考试，并等待重新分班。

当校长安排许星摇进青藤班时，他曾跟她解释了学校的这些规则，只要她期中考试成绩好，想进清北班就能进清北班；成绩不好的话，她在青藤班也待不了。

毛鸿运在校长那儿看过许星摇的成绩单，真是越看她越喜欢，下次月考，说不定她能给自己挣一份奖金回来！

“你好好适应一下，有生活和学习上的困难，尽管找老师求助，别忍着。”毛鸿运说完，笑眯眯地领着她走进了教室。

他一进去，几乎要翻天的小兔崽子们瞬间就安静下来了。

许星摇静静地跟着他。她垂眸，闲闲地看着地面。

毛鸿运眼睛一瞪，怒道：“吵吵吵！吵什么吵！在教师办公室都能听得到你们在吵！再吵就都给我出去跑圈！”

操场上烫得都能煎鸡蛋了，这样的天气跑圈……小兔崽子们闭嘴了，他们齐齐将目光落在毛鸿运身边的许星摇身上。白衣、黑裤和白色板鞋搭配起来非常普通，只有她那张冷淡的小脸让人忍不住多看几眼。她清灵出尘，虽然没有表情，但依然让人觉得赏心悦目。她的身形给人的感觉是柔弱的，表情却显得冷漠。

毛鸿运介绍道：“这位是新转来的同学。来，星摇，你自我介绍一下。”

“大家好，我叫许星摇。”

毛鸿运笑眯眯地等着她继续，但是两秒钟后，他只等来了她的目光，似乎在问：“我结束了，你怎么还不说话？”

结束了吗？就这样？

毛鸿运轻咳一声，缓解尴尬：“新同学初来乍到，大家都不要欺负她。如果我发现有人欺负她，就别怪我让那个人跑圈。”说完，他想了想，补了一句，“捐楼也不好使！”

全班只有一个空位，是之前出国的那个学生的座位。毛鸿运觉得那个位置其实挺好的，虽然是倒数第二排，但是许星摇挺高的，坐那儿刚好。

毛鸿运指着那个位置说：“就坐那儿吧，回头不适应再跟我说。”

全班人都懂了，这八成是个好学生，瞧她被老毛偏爱的样子哟。

许星摇并不介意坐在哪里，她走过去拉开了椅子，可是突然间，趴在桌上的后桌同学抬起头，投来不耐烦、被打扰到的目光。

许星摇动作一顿，居然还是个熟人？

她对上了一双轻佻的桃花眼，那双眼睛里天然含笑，细看之下，却从中感受不到一点温暖之意。

许星摇收回视线，放下书包，坐了下来。

同桌是个女生，看着她这个陌生的新同学，她犹豫地问道："你拿书了吗？"

许星摇摇头说："等一会儿去领。"

付以听笑着说："我们一起看吧。"

许星摇点点头："谢谢。"

景延也不睡觉了，他从桌兜里掏出一本书来，打着哈欠，慵懒地翻开。

他的同桌柯明文吓得瞪大了眼睛。开什么玩笑，景延还会看书？柯明文探头看了看，发现他竟然还没拿错，真是太稀奇了！

毛鸿运上的是数学课，一道道的数学题讲得让整个班级都感到无聊，后排的几个男孩早已忍不住打哈欠。

付以听也有点受不了了，她往旁边看了看，却发现她的新同桌竟然精神抖擞地盯着黑板看，又低头在草稿纸上演算着什么。

付以听好奇地问："你听懂了吗？"这是一道大题，她的数学成绩不错，但她仍然听得云里雾里。

许星摇点了点头："还好。"

付以听看着她的草稿纸，挠了挠头："可是你写的为什么和老毛写的不一样？"

毛鸿运为了让这些孩子听懂，特意选择了一种易于理解的方法。虽然步骤多一些，但好在他们能听懂。然而，许星摇觉得这样太麻烦，她试图用另一种方法解题。她写了一会儿，卡住了，但只用了几秒钟，她又恢复了流畅的动作。

殊不知，旁边的付以听嘴巴都快塞下一个鸡蛋了。付以听看着她，眼睛仿佛在发光，表现出无比的崇拜。

景延听到前面两人的动静，抬头看向黑板。那里只有一些他不感兴趣的数学字符，他漫不经心地拿起一张纸演练了一下。

相较于付以听对许星摇的崇拜，柯明文看到景延做题时，感觉真的像是见了鬼。

下课了，付以听缠着许星摇说话。

景延打了个哈欠，侧趴在桌上，这样的姿势正好令他的耳朵更加贴近她们。

"星摇，你的名字是哪两个字呀？"

许星摇并非热络的性子，也不是什么热情的人，她随手翻着笔记，道：

“星辰的星，提手旁的摇。”

“提手旁的摇？”付以听下意识地复述，很少有人以这个字为名，可是她觉得好听极了。

付以听正打算说什么，许星摇就被班主任叫去了。再回来时，她手上抱着一摞书，还拿着一个装了两套校服的塑料袋。

付以听伸手帮忙接，许星摇侧过身，说：“不用，挺轻的。”她的性子让她疲于接受他人的好意，你来我往的，累。

有了书，许星摇不用再跟付以听一起看书，付以听颇为遗憾。许星摇倒是没感觉，她所有的心神都在课堂内容上，她也没注意到她身后有一道灼热的目光。

景延看累了，随手划拉着朋友圈，没两下就刷到了陆星旖发的动态：“下午茶：妈妈做的小点心和妹妹泡的咖啡！”后面还有四张配图，一张是点心，一张是咖啡，一张是她和陆夫人的合照，一张是她和妹妹陆星媛的合照。

景延皱眉看着照片，他眉间的褶皱越来越深。

上午的课结束后，许星摇要回去吃饭、午休。不过此刻人太多，挤得慌，她就在教室里写了十几分钟作业，准备等人少一点再走。

校园从嘈杂到寂静，只需要十几分钟。感觉到外面安静下来，许星摇停下笔尖，开始收拾书包。

突然，她的身后传来一道懒懒的声音：“许星摇——”

许星摇动作一顿，她以为班里只剩她一个人了。

景延见她被吓到的样子，更加来劲，他语气欠扁到了极点：“被吓到了？”

许星摇垂眸，继续手上收书的动作，她摇了摇头。

“喂，那天……谢了。不过你别说出去，我——”

“我没那么闲。”许星摇收拾完东西，并没有要专门听他啰唆的意思，她背着书包起身离开。

总有些人自以为是地觉得她很闲，闲到会去做一些无聊至极的事情。说闲话吗？她才懒得说。

景延话被堵住，他一脸吃了脏东西的表情。这还是第一个在他面前嚣张得不行的人，这女的怎么敢的！

他下意识追了上去：“你——”

“闭嘴，别跟着我。”许星摇斥道。

景延怒极反笑，好，很好，非常好！

许星摇回到家后，先把两套校服洗了，接着坐下来吃饭。

周淑兰抱怨着她做饭有多累，待会儿她还要去医院，她整个人骨头都快散架了。不过，许星摇自动屏蔽了那些话。

许离凑到她身边，问她新学校怎么样。

许星摇夹了一朵雪白的花菜，她一口咬掉所有的花瓣，随口道："还行。"

许离觉得他姐真的是厉害，云十一中在她这里竟然就只落得个"还行"，那些挤破头都进不去的人听到这话，还不得跟她打起来？

"姐，要是有人欺负你……"

许星摇拍拍他的头："想多了。吃饭吧。"

这个动作对许离来说就像是圣旨，让他再暴躁都能瞬间安静下来。

许离转念一想，学习的话没人学得过他姐，打架的话好像也没人打得过她。如此一来，他稍微安心了。

周淑兰忍不住插嘴："谁敢欺负她啊。"

这个女儿从小到大连她都管不得，许离还怕她被欺负？多新鲜啊。

周淑兰还记得许星摇小时候，有一次她追着许星摇要揍，许星摇直接一溜烟跑没影了。再回来的时候，许星摇后面跟着村支书和其他干部，那些人轮流教育了她好几个小时。

不过许离对姐姐的战斗力显然没有明显的认知，他不赞同道："妈，你这是说的什么话！我姐是个十几岁的女孩子，那还不是谁想欺负就能欺负的？就算她平时懂事，你也不能这样不关心她啊。"

周淑兰无语。她简直不知道许星摇是怎么给许离洗的脑，为什么可以洗得这么成功？这个儿子明明是她亲手带大的，许星摇是在他五岁的时候才回来的，可是许离跟她的关系远不如跟许星摇的，甚至她多说一句许星摇都不行。

她噎了噎，不得不道："知道了，赶紧吃饭，你待会儿还要写作业呢。"

周淑兰看了一眼许星摇。即使许离对她这么关心，她也并没有一点儿要关心回去的意思，那双眼睛里甚至没有太多动容，似乎，回答许离的问题对她来说就已经是难得的了。

周淑兰摇了摇头，这就是只白眼狼，她一直都知道的。

吃完饭，周淑兰拿了个不锈钢的饭盒往里装饭。她还得去给许志国送饭，然后留在那里照顾他，今晚可能不回来了。想了想，她从口袋里掏出十块钱给许离："晚上你去买点儿面回来煮，或者去学校门口买两份关东煮什么的吃。”

许离皱眉，只有十块钱。

他吃得多，如果买关东煮十块钱只够他自己吃，还是买食材回来煮吧。他把钱收起来，然后胡乱地点点头：“你赶紧去吧。”

许离开始盘算晚上吃什么。吃面？两三块钱就能买一大袋面，剩下的钱可以买点别的放进去一起煮，那味道肯定好。

他琢磨完了就去找许星摇：“姐，晚上我们吃面好不好？”

许星摇点头：“随你。”她不紧不慢地翻了一页书。

许离既敬仰又崇拜许星摇，他恨不得二十四小时跟她黏在一起——如果她愿意的话。见她正在看书，他就去厨房里三两下把碗给洗了，然后他就抱着作业坐在她旁边写。

即便同样努力认真，许离的成绩跟许星摇比起来还是差了一些，他最多只能达到许星摇的三分之二。许星摇有着天才的智商，而他只能算是普通智商。

就好像他们两个人有着不同的基因一样。

差不多时间到了，许星摇收好书，戳了戳许离：“睡觉了。十五分钟后起。”她对时间非常苛刻，能精确到分钟。

这个出租屋只有两个房间，而且都很小，每个房间里都只有一张不算大的床。姐弟俩睡在同一张床上，中间用黑色的帘子隔开。

许星摇躺在床上，半分钟后就进入了睡眠。十五分钟后，闹钟响了，她睁开眼，不紧不慢地起床。

许离揉着眼睛，努力地跟上她的节奏道：“姐，要不要我送你去上学啊？”

“那你就得迟到了。放心吧，你乖乖地去上学，我不会有事的。”

许离一副忧心忡忡的模样，他总觉得自家姐姐身材娇小，很容易被欺负。

“那你路上小心点儿。”许离叮嘱着。他不放心地骑着周淑兰给他买的二手自行车离开了，他的学校跟许星摇的学校的方向完全相反。

许星摇没有车，所以她必须步行五百米去坐公交车，再坐两公里才能到云十一中。

不过步行对她而言并不是折磨，她快步走着，脑海中默背着一篇英语短文。

一辆车从她身边驶过，她没有多加留意。

车上的人不经意间往窗外看了一眼，忍不住笑道："刚才那个女生和旖旖长得好像有点儿像，可惜车子太快了，没看清楚。"

陆星旖闻言，往后面瞥了一眼，已经看不到什么了。她随口说道："是吗？"她并没有把这件事放在心上，低头继续玩手机。有个国家级的数学竞赛，她的私人辅导老师推荐她去，但是她还没有想好去还是不去。

许星摇到了学校，第一眼看到的就是趴在桌上睡觉的景延。她看到他的这两次，他都是趴着的，好像永远都在睡觉。不过她再也没见过他被打那天脸上的那冰冷至极的表情。在学校里，他像是换了个魂魄，换了个人，就只是一个吊儿郎当的学渣。

考虑到早上把他吵醒的后果，许星摇这次提着凳子往后挪，争取做到不发出响声。不过她并没有如愿。她刚坐下，景延就卷着课本戳了她一下，声音吊儿郎当地问："早上的数学作业写了没？借我抄抄。"

下午还有一节数学课，毛鸿运让他们中午抽时间做几道题。

许星摇闭上眼，忍住把他连人带椅扔出去的冲动。她本着"能不惹麻烦就不惹麻烦"的原则，从书包里拿出作业本递给他。

景延刚接过，旁边就有一道阴阳怪气的女声响起："我还以为是什么冰山雪莲，原来也会屈服于景延，景延让她干什么她就乖乖干什么。假高冷，真谄媚。"

许星摇刚来不到半天，按理说不至于树敌，但是这世上总有些单方面嫉妒别人、把别人当假想敌的人。嫉妒什么？嫉妒许星摇的学习、相貌，甚至是嫉妒她能坐在景延前面。

反正这世界上莫名其妙的敌意多了去了。

辛玥说完后就扭过头去，只留下嘲讽的声音回荡着。

许星摇递给景延作业本的动作一停，她猛然收回了手。景延伸手去拿，结果却只拿到了寂寞。他不敢置信地抬眼，这人难道因为一句话就不给他看了吗？太幼稚了吧？

却不想，许星摇手一转，直接将作业本扔向了辛玥。她的动作快准狠，并且没有丝毫的犹豫。

"啊——"辛玥尖叫了一声。

愣住的众人下意识看向了那边，许星摇的作业本直接拍在了辛玥脸上。还好不是书角，不然她可能就直接破相了。但即使不是书角，辛玥也受到了不轻的伤害，她的脸上直接红了一片。

景延眉毛一挑。

他也不觉得生气了，而是好整以暇地环着手，等着看接下来的戏。

辛玥捂着脸，难以置信地质问许星摇："你怎么敢砸我！"

"那你为什么敢这么说我？"许星摇淡淡地反驳道。

付以听惊呆了，更准确地说是被许星摇帅到了。她颠颠儿地去把许星摇的作业本捡了回来。

辛玥想哭，却又死死地咬着牙不让眼泪掉出来。

"我只是说了说你！"

"我只是扔了一个作业本。"许星摇耸了耸肩说。

扮猪吃老虎！装什么无辜！辛玥恨死她了。她转身就要去老师办公室，临走还放了狠话："你等着！我要去告诉老毛，告诉他你这个转校生有多恶毒，让他把你赶走！"

许星摇嗤了一声，语气极其轻蔑和不屑。

"把自己搞得多正义，好像站在道德制高点，结果呢，不也是一个只会告状的小学生？"许星摇拉长语调，语气里尽是鄙夷。

辛玥感觉鼻子都要气歪了："你说什么！谁是小学生！"

突然，有人忍不住笑出声。

付以听笑眯眯地添油加醋："刚才有本事招惹人，现在有本事就打一架呗，装什么找老师撑腰的小公主。"

柯明文啧了一声："幼不幼稚啊辛玥，你该不会还要叫家长吧，哈哈哈……"

辛玥脸上一阵发红，她的确是这样想的，但现在被柯明文指出来了，她有些骑虎难下，走向办公室的脚步也仿佛有千斤重。

要她跟许星摇打一架？辛玥暗自思忖了下自己的战斗力……天哪，她甚至连桶水都搬不动，哪里打得过别人？许星摇甩书本的力道可不小！

想着想着，辛玥的眼眶开始泛红。她狠狠地瞪了许星摇一眼，然后恨恨地坐回了座位，趴在桌上，谁也不理。

她消停了，许星摇也不再搭理她。许星摇拿出试卷继续做题。

几个围观的同学面面相觑了一会儿，然后才缓过神来。

啧，许星摇看着是一朵弱不禁风的小花儿，殊不知实际上是一朵会吃人的霸王花。经此一役，恐怕再也没有人敢惹她了。毕竟，她扔起书来连眼睛都不眨一下。景延眼睁睁地看着许星摇很自然地收起了作业本，她根本没意识到身后还有一个人刚刚想要借她的作业本。他不高兴地继续戳她："借我一下。"

许星摇把作业本递给他，在他要接过来的时候，她却没有放手。

景延不解："嗯？"

许星摇说："不要再戳我，也不要再吵我了。"她的语气感觉就像在哄小孩，给你一颗糖，你乖乖地玩，并且不要打扰我。

景延眯了眯眼睛。

这时数学课代表敲了敲桌子："记得做作业啊，待会儿老毛会挨个儿检查。"

景延闭上眼睛，屈服地点了点头。

许星摇满意地把作业本递给他，表情慈爱。

还好，她转回去写作业了，不然景延觉得他可能会忍不住动手，这个许星摇真的是……

他打开作业本，惊讶了一下，她的字很特别、很好看，不像是个年轻女孩的字。

柯明文探过头来打断了他看字的兴致："老大，你为什么不跟我借？"

景延斜眼看他："你做了吗？"

柯明文瞬间大叫："你太瞧不起人了，不就几道数学题吗！"

景延挑了挑眉，重复道："就算，几道？"

柯明文骂骂咧咧地不理景延了，过了两秒钟，他又忍不住转过头来："你为什么要跟她借，不跟别人借？而且你怎么知道她写了？你怎么知道她会写？"

景延不耐烦地一巴掌呼了过去："你是十万个为什么吗？"

柯明文缩了缩脖子，终于安静了。

景延准备把作业本递回去，戳她的动作停住了。她好像不是很乐意被戳，更准确地说，是很不乐意被打扰。景延难得地思考了下，而且还挺认真，然后，他用力戳她。

许星摇直接抄起一本书往后扔。

景延从椅子上蹦了起来，哇哇大叫："喂，谋杀啊！"

许星摇冷哼："我说过了，别吵我。"

"还你作业本啊。"

"那也别戳我。"许星摇暴力地一把拽回作业本，继续埋头做作业。

她仿佛跟吵闹的外界隔开了，沉浸在只有她自己的世界里。景延很无奈，本来以为他已经够横的了，没想到还能遇到一个更横的。

不戳了吗？呵，想得美。等他找到点事儿，继续戳她。

柯明文其实还没做，舰着脸凑了过来，赔着笑，目光直直地看着景延的作业本。

景延嗤道："刚才也不知道是谁问我怎么不抄他的。"

柯明文丝毫不觉得不好意思："那是刚才……"

老毛来上课时，果真一一检查了作业。见景延和柯明文都做了，他满意地点了点头。奇怪的是，老毛并没有仔细检查作业，只是看了一眼，一副他们做了就行的表情。

景延的学习态度只保持了一小会儿，三分钟后，他从桌兜里掏出降噪耳机戴上，又趴下了。等再次醒来的时候，他发现柯明文很激动地望着他，仿佛有一万句话要说。

景延打了个哈欠，推开他的脸："别这样看我，我的性取向是女生。"

柯明文狗腿道："延哥，你一眼就看出许星摇是个学霸啊，怪不得看不上别人的作业呢。延哥厉害！"

景延一脸看低龄儿童的表情："你在说什么？"

柯明文解释道："刚刚老毛讲评了，说他布置的几道题是奥数题，超纲了，只是让我们试着做做而已，不强求做对。结果你猜怎么着，我们俩全对！"

景延慵懒地抬了抬眼，发表意见："是吗？厉害。"

"敷衍"二字就差写在他脸上了。

许星摇没聋，后面两个人说的话她都听到了。她觉得他们的脑子可能有点问题，尤其是柯明文。她做出来的题目，柯明文不夸她，反而去夸景延？

"延哥，你跟许星摇搞好关系吧。以后我们都抄她的怎么样？她真的很牛的样子。"

景延烦死他了："懒得抄，爱抄你自己抄。"

柯明文苦着脸："不行啊，老毛给我下通牒了，我一次没交作业，他就叫一次家长。哎？不对，你也被下通牒了啊。"

景延瞪他："很光荣的事情吗，你一直挂在嘴边？"

柯明文闭嘴了。

许星摇了然，怪不得景延明明可以破罐子破摔地不做，还是勤勤恳恳地抄了，原来是因为这个。

景延摆摆手：“等他下次布置了再说。”

柯明文忍不住感慨：“那些公式我看都看不懂，她竟然做得出来。延哥，你是怎么看出来她是个学霸的啊？你是真的强。”许星摇受不了了，这个人脑子真的有点问题。

放学后，许星摇慢悠悠地走回家，打算看看路边有没有她想吃的东西。一整天的学习过后，这时候她是最放松的。学校和她家之间有一个不大不小的菜市场，不少老人在那里摆摊。许星摇走着走着，蹲在一个摊位前。

“小姑娘，买什么？”

许星摇伸手指了指青菜和牛肉丸：“来一点。”

“几个人吃啊？”

“两个。”

“行，我给你抓一点，还是你要自己挑啊？”

“我自己挑吧。”

许星摇接过老奶奶递过来的袋子，认真地挑了起来。其实她并不会挑，只知道挑不蔫、好看、没有洞的菜叶。

“两块钱。”老奶奶又问她，“丸子要几个？”

“四个。”她说了一个可能会被鄙视的数字。

景延和柯明文骑车经过菜市场门口，看到许星摇乖巧地蹲在那里，有些好奇。

柯明文像是看到了什么极其不可思议的事情一样：“许星摇在买菜呀。”

景延咬着薄荷糖，看着蹲在那儿的那抹身影，她仰头跟摊主说着话，难得地有了一丝烟火气。

“她会做饭吗？想试试学霸做的饭菜，说不定能提高一点智商？”柯明文还在叽叽喳喳地说着。

景延极其鄙视地瞥了柯明文一眼，就这智商，吃穷许星摇也不可能提高一点。

“走了。”景延率先走了。

柯明文叫了几声，没叫住，只得赶紧跟上。

他们抄近路，要从菜市场穿过。许星摇付完钱后拿着东西站起来，转身要走，正好被柯明文撞到，她人倒是没事，手里的东西则滚落在地。

许星摇沉默了，柯明文是不是跟她有仇？

景延听见身后的动静，停下来回头一看，忍不住捏了捏眉心。

许星摇蹙眉看着柯明文，显然很不爽。

柯明文赶紧下了车，使劲挠头："对不起对不起，我不是故意的。"

许星摇闭了闭眼，平复了一下怒气："没事。你赔我一份就行。"

"哎，行行行，你等一下。"柯明文去她刚才买东西的摊子上跟摊主沟通。

"哎，许星摇。"景延懒懒地喊她。

许星摇终于把目光落在他身上："你是谁？"

景延："……"他们好歹也做了几个小时的前后桌了吧？

许星摇见他一脸烦躁，终于好心地不再逗他："叫我干什么？"

景延快被气笑了，一只脚点着地："你要回去做饭吗？"

"不做。"

"那你买这个干什么？"

"煮面的时候放进去就行了。"

景延被气笑了，煮面不就是做饭吗？幸好这时候柯明文回来了，打断了两人的对话，不然景延觉得自己可能会被许星摇当场气死。

柯明文买下了摊主所有的牛肉丸和一大把青菜，还额外买了不少其他的丸子。他还没放弃刚刚的想法，咧着嘴跟许星摇商量："你看，我给你买了好多，能不能去你家一起吃？我想尝尝你做的饭菜。"

许星摇从他手里拿过牛肉丸和青菜，抿着嘴断然拒绝："不行。"

"哎哎哎，别这样，我会洗菜，还会刷碗！"柯明文下意识地跟上去。

"不许跟着我，不然我碰瓷了。"许星摇凶巴巴地威胁道。

见柯明文的笑容变得僵硬，脚步缓缓停下，她这才满意地离开。

柯明文摇头叹气地对景延道："许星摇太无情了。"

景延耸耸肩："走了，去网吧。"

"老大，你带带我？"

景延没应。

柯明文继续纠缠，从菜市场一路纠缠到了网吧。

许星摇步行回家，随口哼着歌。快到家的时候，她看见路上停了一辆豪车，一个穿着灰色运动装的女孩蹲在车边，愁眉苦脸地看着车轮。

许星摇瞥了一眼，从她身边绕过去了，丝毫没有多管闲事的意思。

"哎，同学！"她听到那个女孩在喊她，可她连步子的频率都没变，很快就走远了。

陆星旖瞪大眼，无情，太无情了！车子抛锚了，司机在打电话，她只是想问一下对方是否知道附近有没有修车的地方而已。

这时，陆星旖的手机响了，是陆星媛打来的。

“姐姐，你怎么还没来？演出要开始了！”

陆星旖揉着眉心：“车子抛锚了，我可能去不了……”

“不行不行，你打车过来嘛。”

“待会儿有人来了我才能走，不然留司机一个人在这里不太好。”

陆星媛撇嘴，姐姐总是这样，最好心了。

“那好吧，你尽快啊，你必须来，听到没有？”

陆星旖有些无奈：“知道啦。”

许离骑车，比许星摇早回家。他已经烧好了水，见许星摇回来，他上前接过她手里的东西，三两下洗好菜和丸子，开始煮面。

“买可乐了吗？”

“买了，在冰箱里。”许离知道她爱喝可乐，特地用零花钱买的。

许星摇刚要去拿可乐就被许离叫住：“你饿着肚子，不能喝冰的！吃饱了再喝！”

许星摇撇嘴，行吧。

她随手拿了本书翻看起来。

“姐，你休息一下吧，看了一天书了。”许离手里还拿着勺子，他匆匆走过来打开电视，又快步回了厨房。

“妈什么时候回来？”

“十点多吧。”

医院里，周淑兰终于把欠的钱缴清，那一刻，她终于松了一口气。

没想到那枚玉佩还挺值钱，居然当了十几万。不过当的钱多，她反而更加忧心忡忡，怎么那么值钱？就一块破玉而已，当个几千块也就罢了，十几万，她不吃不喝地干上两年都挣不到这么多钱。

拿到这钱，她夜里都要睡不好觉了。不过解了燃眉之急倒是真的，之前欠了医院两万块，医院都快赶人了，这下好了，好歹能继续治病了。

周淑兰拿着饭盒上楼，熟门熟路地找到许志国的病房：“志国，饿了吧？赶紧吃。”

“吃什么吃，护士要来赶人了吧？赶紧收拾东西走吧。”

许志国的两鬓已经灰白，脸上只有被生活折磨的沧桑与老态。两个月前他在田里把腿摔断了，站都站不起来，不得已去了医院，结果安镇的医生让他来沂市。来了沂市，医生让他做了一系列检查后直接说要开刀，还说不是短时间内能好的。

为了看病，他们举家都来了沂市，为数不多的家产也耗尽了。

许志国摇头叹气，这病哪里是穷人看得起的啊。

“别说傻话了，丫头和儿子都转来这儿读书了，我也做好打算了，把你的腿治好了才会回去。你安心住着吧，钱的事我来想办法。”

“你能想什么办法？”许志国皱着眉，“两万块钱，你卖血都不够。”

之前家里攒了五六万，可是这么折腾下来，很快就没了。

“志国……我把那玉佩当了。”周淑兰犹豫了下，还是说出来了。

她这辈子没有别的本事，所拥有的不过是一个丈夫和一个儿子，丈夫是她的定心丸，自然是什么事都要跟丈夫说的。

“哪个？什么玉佩？”许志国先是愣了一下，很快就反应过来，“你当了？！当在哪儿了？！”

周淑兰压低声音道：“隔壁床大姐是本地人，给我推荐了一家靠谱的典当行。我早上去看了看，没敢当，想了很久，刚刚才真的给当了，当了好多钱！”

“多少？”

“十二万。”周淑兰心里不安与喜悦交织，心情复杂得无法形容，“交了两万，还有十万，我都存起来了。这些钱给你治腿肯定够了，说不定还能留点儿给儿子上大学用。”

许志国喃喃道：“不会有事吧？”

这数额太大了，大到他的第一反应就是会出事，心跳得那叫一个快。

“十几年了，能有什么事？一块玉佩而已，还能有事到哪儿去。就算……就算真有事，那也顾不得了，总不能不治腿，你可是家里的顶梁柱，不治腿哪行呢？”

许志国还是有些担心，但是周淑兰说得没错，他们已经走投无路了。除了那枚玉佩，还能去哪里找钱来花?

“医生说了，会给你安排手术。手术做完了，腿就好了。”周淑兰扶着他坐起来，“好了好了，吃饭了。”

许志国摩挲着指腹，还是掩不住不安，一枚拇指大小的玉佩能当十二万……他哪里能安心。

许星摇以为再也看不到昨天那个冰冷的景延了，没想到才过了一个白天，她又一次撞见了不该撞见的场面。

她原本不走这条路，可是时间太晚了，这条路稍微近一点儿，她就拐过来了。就是这么巧，她不拐过来还没事儿，拐过来就遇到事儿了。

景延被两个花臂男死死堵住，周围还围了一圈他们的同伙。为首的那个和景延对峙着，正在放狠话。

这些人和昨天那几个不是同一批，昨天那批是“染头怪”，这批是“花臂怪”。

许星摇出现的时候，没人把她当回事。

为首的花臂男戏谑地笑道：“喂，哪儿来的小孩儿？”

景延也没想到又遇到了她，微微一怔。

许星摇盯着他看，很想从他脸上看出点什么。她虽然没怎么关注过他，但多少知道他在学校里是个威风凛凛的存在，可她这两次在巷子里撞见他，他虽然神色淡定，但确实处于下风。

许星摇看不透这是为什么。

大花臂不耐烦了：“傻站在那儿干吗？”

许星摇的视线挪到了他身上：“你们为什么堵他？”

“哟，小屁孩，想多管闲事吗？”大花臂乐了，朝她走了过去。

景延闭了闭眼，这个傻子，不知道跑吗。

“王二狗，欺负小孩算什么本事。”景延低着声音，气有点虚。

“你叫我什么？”王二狗突然回头瞪他，目光狠戾，“老子揍不死你！”

景延一反刚才的淡漠，眼里露出了狠意：“来。”他又看向许星摇，“滚。”

许星摇没滚。

大花臂给周围的小弟们使了个眼色，众人上前把景延团团围住。没人去管许星摇，因为压根儿没人把她放在眼里。

许星摇再心如止水，懒得掺和闲事，此时也不可能离开。她仗着自己在他们身后的优势，一把抓住两个花臂男的后领使劲往后一拽。

一道缝隙骤然出现，仿佛黑暗被生生地撕扯开了一道光亮。

许星摇对上景延的眼睛：“跑啊。”

景延从那个空隙冲了出来，直接拉上她一起跑，两人拔足狂奔。

景延原本还担心许星摇跑不了多远，没想到她的爆发力很强，跟他一起甩掉了那些人。

不知道跑了多远，四周再无人声，只有呼呼的风声。

许星摇喘着气，平复呼吸，皱着眉。

景延却气息均匀，就跟刚散完步一样，幽幽地说道："你是傻子吗？碰到那种情况你不会躲啊？"

许星摇还没喘匀气，一张脸通红，听到这话，她斜了他一眼："你自己呢？不知道躲？"她还是很好奇他为什么任由他们欺负。

"如果他们欺负你，你可以选择告诉老师或者家长。"许星摇注视着他的眼睛，充满了认真的神情。

他没有回答，她只能尽力提醒他。

景延笑了笑，脸上隐约带着一丝冷漠，明明是双多情的桃花眼，可他的眼睛中没有一丝温暖。他淡淡地说："我不需要你教我这些，小孩子一个，心操得倒不少。你家在哪里？我送你回去。"

"他们会揍你。"许星摇觉得自己已经提醒得够多了，再多也没有用，于是转身朝自己家的方向走去，"再见，你好自为之。"

景一言不发地盯着她，又一言不发地跟了上去。他并不是那种没有风度的人，不会让一个小姑娘孤零零地走夜路回家。

许星摇察觉到他跟着，回头说道："你不用送我，谢谢你。"

景延保持沉默。她要感谢他？严格来说，应该是他要感谢她。至于要感谢什么……他也不知道。

景延根本没有把许星摇的话放在心上，继续按照自己的方式行动。

许星摇抿了抿嘴唇，决定无视他，他愿意跟就跟吧。

离她家还有两三公里的路程，许星摇已经做好了晚上十一点才能回家的准备。即使如此，她的步伐依然不紧不慢。

走着走着，路越来越黑，景延偷偷地观察着许星摇，希望能从她的脸上看到一丝害怕，但是没有，她似乎陷入了沉思。

唉，她还是个女孩子吗？

"许星摇，下次遇到这种事情，你不用管，快点逃走就行了。"景延突然开口，他的声音在黑夜中带着一丝冷意。

真是不懂得感激别人，许星摇嘀咕着。

她很少有这么好心的时候。

景延说完后等待着许星摇的回答，但她根本没有理会，继续走着，仿佛什么都没听见。景延的嘴角微微抽动，也不再提这件事了。他看了一眼黑漆漆的路，不知道还有多远，忍不住问道：“还有多远啊？要不要叫辆车？”

许星摇终于回答了：“不用了。”

景延只能继续跟着她走，他甚至不知道他们还要走多久，感觉自己像个傻瓜……

月明星稀，月光洒在他们身上。

景延突然觉得月光下的许星摇看起来很柔和，少了一些冷漠。虽然他知道她可能不会理睬他，但他还是贱贱地凑上前去：“嘿，许星摇，你之前在哪里读书？为什么转到云十一中来？”

他真是烦人啊。

明明不需要他送，他偏偏要送。

不想跟他说话，他偏要说，而且说一句还没完，叽叽喳喳地说个没完没了。

许星摇微微叹了一口气。

可能是太闲了，她还真的回答了，声音低低的，像是在呢喃：“以前在沂市下面的一个小镇——安镇上的一中读书，家里有事，就来了沂市。”

怕他没听过安镇，她特地解释了一下。

“哦，安镇啊。”景延觉得自己好像听过这个地方，他没在意，继续问，“你看上去很会打的样子啊，你是不是经常打架？”

许星摇瞥他一眼，又闭上了嘴。她难得愿意理他，可他的问题又是她不想回答的。

景延别的优点没有，锲而不舍是有的，愣是在她一个字都没回答的情况下自己一句接一句地说了起来。

“外貌‘诈骗’，你看上去明明很柔弱。

“但你再能打，我也不能真让你打，万一被打伤了，小爷我也不好交代。”

“那你呢？”许星摇停下脚步，在灰白的路灯下看着他的眼睛，在他满脸错愕中道，“你为什么不怕被打伤？”

她的皮肤很白，在路灯下甚至白得有些吓人，景延却敏锐地从这话里捕捉到了一丝暖意。

这是她第二次问了。

刚才她问为什么，他不答，这次她又问了，像是说着说着顺嘴一问，也像是藏在心里许久，终于忍不住问。这小丫头还挺热心的。

两人沉默下来，气氛僵滞。景延耸耸肩，终于愿意打破僵局：“懒得动。”

许星摇无语，真是个离谱的回答。

别人要打他，他不跑不还手的原因是懒得动？傻子都干不出来这事儿吧？

这一听就很假的敷衍回答耗尽了许星摇为数不多的关心，她学着他的样子耸耸肩，继续走。这个地方离家已经不远了，再走一会儿就到了。

景延丝毫没有“不识好人心”的愧疚感，依然跟着她走，还时不时说几句话骚扰一下已经不打算跟他说话的许星摇。

只是越走，景延越觉得不对劲，怎么去往柳叶老街了？

景延什么地方都混过，或者说，什么阶层生活的地方都接触过，对柳叶老街还算熟悉。柳叶老街那里住了不少混混和刁民，乌烟瘴气的。

许星摇竟然住在那里？

“喂，你家在柳叶老街？还是你打算从那儿抄近路？”他忍不住出声。

许星摇抬起眼皮给了他一个眼神：“我家就在那儿。怎么了？”

景延皱起眉。

许星摇猜想，他大抵是嫌弃那个地方，紧接着大概就要嫌弃住在那个地方的她了。她眼里闪过一丝嘲讽，说道：“那地方的确脏，你走吧，我自己回去。”

许星摇说完就要走，景延一把拉住她的手腕：“你是不是有什么幻想症啊？我不是那个意思！”

“我是想说那里很乱，如果你家不在这儿就别抄这里的近路走，在这儿的话……”他思忖了一下怎么骂她，但他没有骂女孩的经验，只得放弃，嫌弃道，“刚刚我要送你回来你还不要？”

许星摇一时不知道该说些什么。

“小丫头不知道社会险恶，这里每年闹出的社会新闻多得你数不清！你自己去翻翻沂市日报！”景延教训完人，又凶神恶煞地说道，“还不带路，还想自己走？”

许星摇觉得他的样子有几分好笑，但她忍住了笑的冲动。

这里很乱，她知道。

这里是整个沂市最穷的地方，但也是房租最便宜的地方。家里的经济情况很糟糕，能在沂市这个寸土寸金的地方有一个遮风挡雨之处已是不易，没法要求更多。

接送？许志国在医院，周淑兰没有时间，许离的话……可能是当姐姐当久了，许星摇从来没想过让弟弟保护。不过，她想了想，倒也不是不行。许离虽然小，但是已经挺高了，而且是个男孩，那些心怀不轨的人多少会顾忌一二。

说曹操曹操就到，她正在心里想着呢，许离的声音就响起了。

许离就读的学校管得很松，不用上晚自习，许星摇却是要的。眼见许星摇在该到家的时间还没回家，许离在家耐心地等了十分钟，但还是不见人影，他便没忍住出来找人了。

时间已经很晚了，却丝毫没有影响到这里的人的娱乐生活，贫民窟依旧跟白天一样嘈杂。这个地方还挺大，许离在周围逛了一圈，没见到人，怕错过了，正想再逛一圈，就看到了许星摇。

“姐。”心里的石头落了地，许离小跑过去。

他一边审视着景延，一边问许星摇：“姐，这是？”

“我同学，顺路，就一起了。行了，你回去吧，多谢了。”后半句是对景延说的。

景延看了一眼许离，点点头，转身走了。

许离眯了眯眼，盯着他离开的方向，怎么看也不像是顺路。

许离接过许星摇沉重的书包，忧心忡忡地说道：“姐，防人之心不可无，我看他不像什么好人，你还是小心点吧。今天怎么回来得这么晚？我还怕你出什么事了……”

“有点事，耽搁了一会儿。我想了想，这里的确不安全，不然以后你出来接我一下？”

“好啊。刚才可把我担心坏了，要不我还是去学校接你吧？反正我有时间。”

“不用，你来街口就行，节省时间多做点题。把时间都花在接我上，不划算。”

“哦。”许离挠挠头，其实他想说没关系，不过他知道反驳没用，就答应下来了，“那你路上小心点，我要是等不到你，就沿着你常走的路往你们学校去。”

许星摇颔首：“行，就这样。”

一路上，一些痞气十足的小混混朝他们吹口哨，放肆地将目光落在许星摇身上。

许离气得要死，用身体把许星摇挡得严严实实，加快脚步回了家。

到了家，许离一言不发地去厨房把放在电饭煲里保温的面端出来给许星摇，又去拿了筷子，还给她倒了杯可乐。

周淑兰看得眼热，儿子都没有对她这么好过！她皱着眉，从包里拿了一百块钱给许离，罕见地也拿了一百块钱给许星摇。

“花完了再说，一群讨债鬼。”

许星摇从小到大很少从她手里拿到钱，小时候是外婆给她，后来的零花钱就是学校发的奖学金。今天周淑兰不仅给了，给得还不少，属实让她吃了一惊。

许离也惊讶地看着周淑兰。

周淑兰不自在地搓了搓手：“看什么看？给你们钱，花就是了。这两天改善改善伙食，也买点零食过过嘴瘾，也苦了挺久了。”她说完就回屋了。

许离弹了弹手里的红色纸币，道：“姐，我去超市买盒肥牛，再买点菜，回来煮火锅怎么样？”他听他同桌说起过肥牛，挺想买来尝尝是什么味道，但手里一直没钱。

许星摇点头：“随你。”

“再买点五花肉回来炒好了，妈也挺久没吃过肉了。”许离嘀嘀咕咕地安排好了手里的钱的去处。

许星摇想了想，感觉自己没什么想买的。她有想要的东西吗？好像没有，她对物质的欲望一直很低。

还是去书店逛逛吧。

第二章 报警

周淑兰怎么也想不到，那枚被她当掉的玉佩在短短几个小时后就出现在了陆家的桌上。

陆家是玉石行业的龙头老大，掌握着全国大半的玉石产业。

晚上十一点，陆家的老爷子、老夫人，以及现如今的掌舵人陆为修和陆夫人全都围在了主厅的桌边，桌上赫然放着那枚今天傍晚刚被周淑兰当掉的玉佩。

陆夫人早已端详过数次，笃定地说道："这就是当年我们丢了的玉佩。"

玉上有个"陆"字，借助不同的光线折射才能看出来。

当年陆家把一块上好的玉石雕刻成两枚玉佩，还请了大师开光、祈福，专门给当时还在陆夫人腹中的孩子准备的。

双胞胎刚出生，陆老爷子就亲自给她们戴上了一枚玉佩，一枚戴在陆星旖身上，一枚戴在陆星媛身上。姐妹俩出生当天，大概是太慌乱了，没多久保姆就来报告说玉佩丢了，查监控也没查出什么。小小一块玉戴在脖子上，连什么时候丢的都不知道。

既然如此，丢了也就丢了吧，他们除了惋惜也别无他法。没想到时隔多年，这枚玉佩竟然再次出现了。

陆老爷子的神情很严肃，他看向陆为修："查到是谁当的了吗？"

"查到了，是住在贫民窟的一个中年女人。"陆为修把查到的资料递给他们，"你们看看。"

一个普通至极的女人，为了给丈夫治腿，刚从安镇来到沂市，她手里怎么会有这枚玉佩？

陆老爷子又问："她来过沂市吗？"

陆星旖和陆星媛是在沂市最好的医院出生的，玉佩也是在那家医院丢的。

“来过。她在旖旖、媛媛出生前三年来这边务工，其间生下了一个女儿，生完孩子才回到安镇。巧的是，她的女儿和旖旖、媛媛的生日是同一天，而且也是在那家医院出生的。我估摸着应该是他们生完孩子后不知道怎么看到了媛媛戴着的玉佩，然后就偷走了。”陆为修说出自己的猜测。

仅仅几个小时的时间，不仅玉佩到了手里，还能查清当玉佩的人的底细，这就是陆家的底蕴和实力。

陆老爷子神色一凛，偷东西偷到陆家头上来了？他摩挲着玉佩，只觉得既熟悉又陌生。这枚玉佩可是他一刀一刀亲自雕琢的，饱含着对即将出生的孩子的期望和喜爱。当时他还不小心将手割破了一个口子，流了不少血呢。

陆老爷子说：“报警。”

陆家人对陆老爷子的决定毫无意见。

这个报警晚了十七年，但偷东西的人该有的下场不会变。

陆老爷子吩咐陆为修明天一早就去报警后，就搀着腿脚不好的陆老夫人起身了：“我们去看看旖旖、媛媛。”

陆家的这对双胞胎姐妹花可真是占尽宠爱，不论是头上的哥哥，还是底下的弟弟，无一人能比得上她们所受到的宠爱。

陆老爷子素来严肃，唯独在妻子和孙女面前才有几分柔情。

陆星旖在做数学题，为数学竞赛做准备，陆星媛在练琴，为钢琴比赛决赛做准备。这一对姐妹各有所长，不知道羡煞多少人。

保姆温好牛奶后，陆老夫人亲自端来了。

“旖旖、媛媛，不早了，来喝牛奶，睡觉了。”陆老夫人笑道。

老夫人摸了摸陆星旖黑亮的长发，问：“旖旖，做得怎么样了，有获奖的把握吗？”比起陆老爷子的一视同仁，她更偏爱大孙女。

陆星旖皱皱鼻子，说：“一半吧。孙老师说让我去体验体验，不管过没过都放平心态。”

“已经很好了呀，全国范围内的数学竞赛，能有一半的把握已经很棒了，我们又不当数学家。”老夫人笑眯眯地抚平她皱起的眉尖，“喝完牛奶睡觉吧，旖旖，很晚了，还要早起呢。”

她看向陆星媛，说：“媛媛，你也是。”

陆星媛有些怕她，便赶忙颔首，说：“这就收起来睡觉了。”

陆老爷子疼爱她们，但是也很严格，他仔细问了她们今天的学习进度后才让她们回屋休息。

等她们一走，他熟悉地拉住老夫人的手，让她借力："我们也回去歇了，今天怪累的。"

老夫人颔首。

她忍不住嘀咕："旖旖长开了，好看呀，跟我年轻时可真像。但是媛媛怎么越长越……放到人群里我都认不出来了。"

陆老爷子不喜欢她说这种话，斥道："快别说了，当心孩子听到。我看啊，媛媛长得没问题，是你的心长偏了。"

老夫人哼道："才没有，是你瞎了！爱信不信。"

她甩开他的手，自己走了。

陆星旖和陆星媛这对双胞胎只在刚出生的时候长得像过，因为那时候都是刚出生的、红红丑丑的婴儿。后来，陆家人就发现这两个孩子长得不像，一个精致得像洋娃娃，一个普通得不能再普通，得靠打扮才能撑起来。

可都是自己的孙女，陆老爷子断不会把这种话说出口，不然陆星媛还不得难过得掉眼泪？他摇着头，回屋哄人去了。这老婆子，真是说不得了。

本来青藤班以为毛鸿运的折磨仅止于测验，没想到第二天一早，毛鸿运抱着一沓卷子进了班级。

"昨天的题只是热身，所以不追究对错，今天的卷子都好好做，是要挑选数学竞赛的参赛人选的。"

"什么……"有人脱口而出，被毛鸿运一瞪，又赶紧捂住嘴。

柯明文往桌上一趴，问景延："老大，老毛是不是针对你啊？"

"怎么说？"

"这还不明显吗？"

景延很不爽地抬起眼皮瞥他："会不会说话了？不会说话就闭嘴。"考卷分发下来，许星摇将试卷递给景延。景延伸手接过试卷，顺便看了看她。她脸上很淡定，没有任何其他表情。

柯明文怂恿他跟许星摇商量商量，"参考"一下。景延瞥了他一眼，淡定地趴下睡觉。

柯明文无奈地说："不是吧老大，扫厕所啊！"景延没有理会，柯明文苦着脸。

他旁边的女生主动说："柯明文，我给你抄吧，景延……你抄吗？"

卓惜悦紧张地看着景延，她胆子小，说出这话已经是她深思熟虑了半天的结果了。

景延没有理会。

柯明文挠头，也不敢回答。这明显是冲着景延来的，景延没有回答，他也不敢回答。

算了，不就是扫厕所吗？大不了舍命陪君子。

卓惜悦见没人理她，咬了咬唇，失落地收回了视线，开始做题。她的数学虽然不算顶尖，但至少不会让他垫底去扫厕所啊。

景延接过考卷的下一刻，许星摇就提笔开始写。她做题很专注，一道题接着一道题做下来，速度还很快。明明是难度加大的竞赛题，在她这里却仿佛是普通的题目。

辛玥的数学成绩一向是班级第一，比数学课代表都要好一些。要不是她觉得班委的事情太多，数学课代表的职位就是她的了。

可是许星摇的到来，让她第一次有了一种坐不稳第一名宝座的危机感。而且，全班都知道许星摇跟她不对付，许星摇甚至打过她。她要是连最擅长的数学都输给许星摇，那……那她也不用活了！

为什么她觉得自己会输？她也不知道，直觉告诉她，许星摇不是个简单的人物。

辛玥咬牙看了许星摇几眼，见许星摇一点儿理会自己的意思都没有，她咬的牙不由得更紧了些。直到她的同桌扯了扯她，她才收回目光。数学是她的强项，这次考试她一定会赢，数学竞赛她也参加定了！

许星摇可不知道辛玥心里想了那么多，她做着题，做到一半笔芯没了墨，她还能不紧不慢地换笔芯，而不是换支笔。

做完所有题目，许星摇仔细地检查了两遍后，淡定地交了试卷。

等毛鸿运收齐卷子一走，全班立即就炸开了。

“这是什么鬼题目？我从没见过这么长的公式，这么长是怕我看懂吗！”

“别提了，五道大题我只做对了两道，最简单的那两道还得了最低分！”

“选择题最后一题选 A 还是 B 啊？我纠结死了。”

“我选 D 啊！”

各种声音围绕在许星摇周围，她觉得他们……还挺好玩的。

许星摇伸手拿过水杯，拧开盖子喝了一口。

这时候景延也醒了，他懒洋洋地摘下降噪耳机，正好看到她把水杯放回原位。那是一个淡蓝色的水杯，杯身透明，是其他女孩子比较少用的颜色。

不过好像也不丑，景延想着，看了一眼自己的纯黑色水杯。

也许是在赶着做什么事，所以没上课的老师都被叫去帮忙改卷了，因此第一节课考试，第三节课各班班主任就去班级找人了。

找谁？找有资格参加数学竞赛的人。

清北班有三个，特长班有一个，青藤班有一个。这次云十一中高二年段只有五个名额，多了没有。

毛鸿运红光满面地走过来，看上去心情很不错。

这次是按照分数来选的人，选的是所有学生中分数排行前五的学生。往常，分数最高的都在清北班，要么是宋言北，要么是岑晨，可是今年，岑晨第二，宋言北第三，第一反而在他们青藤班！虽然许星摇仅仅高了岑晨一分，但是一分就是胜利啊！在高考的战场上，一分能杀死多少人呢。

趁着刚下课，任课老师刚走，下节课的老师还没来，毛鸿运拍了拍桌子："同学们都静静！我宣布一下，成绩已经出来了，景延、柯明文、宁杨都给我去扫厕所！从下周开始，直到下次考试结束！"

虽然柯明文认真做了，但是……

柯明文哀号了一声——扫厕所，天哪，他柯大少爷这辈子都没干过这种事！

他愤愤不平地趴在桌子上，唉声叹气。转头看到景延，他忽然又感觉心里没那么堵了，景大爷都扫了，他扫就扫呗！

柯明文乐了，没想到有生之年，他竟然还能看到景延扫厕所！

宣布完惩罚后，该宣布有资格参加数学竞赛的人了。

辛玥第一次如此期待成绩公布的时刻，许星摇很厉害她知道，不然许星摇也进不来云十一中的青藤班。但是她到底有多厉害，辛玥心里是没底的。

相比起辛玥的紧张，许星摇则没什么反应，她甚至在翻一本英文名著。

这本书是付以听的，她借来看看。

她以前就想看，但是安镇的小书店不让借书，只卖书，而全英文版的这本书要一百多块钱，她的经济情况不允许她说买就买，这一犹豫就犹豫到了现在。没想到她倒是在付以听的手上见到了。

数学成绩这时候在她眼里，还真没有手上这本书来得重要。

毛鸿运偷偷地瞥着许星摇，却挫败地发现许星摇根本没看他。他有些尴尬地握拳轻咳，温声道："星摇，你跟我去下办公室。"

毛鸿运的意思很明显了，去参加数学竞赛的人选就是许星摇了。

全班寂静，辛玥更是呆立当场。

辛玥的数学成绩全班都知道，她在第一的位置上坐了太久，以至于所有人都在心里形成了一种印象，认为数学第一就是她。

然而，今天这种印象被一个新来的转校生打破了。

许星摇点头向毛鸿运表示同意时，所有人都看着辛玥，不断有人在交头接耳。他们的目光说不清是震惊还是嫉妒，抑或是羡慕。

许星摇淡然地无视所有的目光，径直跟着毛鸿运去了办公室。

毛鸿运走了，许星摇跟着走了，辛玥崩溃了。

他们刚走，辛玥就趴在桌上哭了起来，哭声凄惨。

怎么会这样？她竟然考得比许星摇差！许星摇占了她的名次！她心心念念的数学竞赛就这样与她失之交臂！

这样的认知让她哭得几乎昏厥。

柯明文可不管辛玥，他一脸喜色地扭头对景延说："老大，你后悔了吧？你说你要是愿意抄，哪怕是随便抄点儿，怎么也不至于去扫厕所啊。"

景延冷冷地瞥了他一眼，柯明文直接感觉后背一凉。

求生欲促使他立即改口："不就是扫厕所吗？我喜欢扫厕所——"

"那你多扫扫啊。"景延看着他，一字一顿地说，狭长的眼眸里含着恶意。

柯明文快哭了，他把书往脸上一盖，遮着脸往后一倒，躲避景延的目光。

毛鸿运把成绩告诉了许星摇，然而这孩子太淡定了，即使听到自己考了全班第一，表情也没有一丝变化。

相比之下，他的激动显得……很不成熟。

毛鸿运握拳轻咳，说："星摇，你的成绩直接超过了整个年级段的所有同学，老师对你寄予厚望啊！这次的数学竞赛很重要，是国家级别的，只要能拿奖，对今后的前途可是大大有利！老师很希望你可以报名参加——"

对于其他人，毛鸿运直接给张报名表就行，因为他就不信还有人不想参加的，但是对于许星摇，他还真没把握，他还真有点儿害怕这孩子会说"对不起，我不想参加"。

他从教多年，这是他见过的最淡定、最平静的孩子，没有之一。

所以，他没敢直接给报名表，而是先给这孩子说清楚好处。万一这孩子不懂呢？毕竟安镇那小地方可没有这种竞赛名额。

许星摇了摇头，问道："可以看看具体的奖励吗？"

毛鸿运赶紧掏出报名表，一边往前递一边解释："当然有！第一名那不用说了，保送顶级名校的数学专业，第二名第三名有去顶级名校面试的资格。奖金也很丰厚，国家给奖金，省里给，市里给，学校也给！"

毛鸿运暗暗地想，要是这孩子真能拿个奖回来，别说她了，连他都有奖金！最关键的是，那可是大大地给他增了光啊，他就能好好地向清北班、特长班的班主任炫耀一下了！

书生也得为五斗米折腰，许星摇缓慢地点了点头："好，我参加。"

她需要这笔钱，很需要，而且附带可以得到的那些东西好像也不错。

毛鸿运腾地站起来，欣喜若狂地把被他紧张得攥出折痕的报名表递了过去："好、好！来，报名表在这儿——"他乐得嘴都合不拢了。

其他两个班级的班主任看上去是在忙自己的事情，实际上眼睛都在往这边瞟，他们都对这个为青藤班创造了纪录的人很好奇。

以前青藤班再厉害，也不过只有一个辛玥在尖子生的末尾吊着，现在呢？直接来了个压死了所有人的"第一名"。清北班和特长班的学生被青藤班的学生压制了，这在以前可是从来没有过的事情！

见许星摇同意参加数学竞赛，他们的心情更复杂了。

他们当即决定去跟自己班里的小兔崽子叮嘱一番，培训和竞赛可得好好把握，不能再被这个青藤班的学生压下去了！这次一定只是运气，一个安镇来的，怎么可能比这一群在沂市接受最高级、最先进的教育的孩子都强？

因为毛鸿运提供了一系列极为周到的"服务"，所以许星摇直接在办公室报完了名。

要是能得奖，许星摇能用这笔奖金做很多事情，要是不能，就当是一次体验，明年她还会报。今年不中就算了，要是明年还没中……那一定是出考卷或者改考卷的老师有问题。

许星摇心态挺好，也没见什么起伏，她回到教室继续看书。直到付以听的小圆脸凑过来："摇摇，老毛叫你做什么呀？"周围几乎所有人都竖起了耳朵。

许星摇的指尖轻动，她翻了一页书，说："填了个竞赛的报名表。"

付以听噎了噎，表现得这么云淡风轻，我要是吃一大惊，是不是显得很没见识？

她忍了忍，学着许星摇的淡定，慢慢地坐直了身子。

一秒、两秒、三秒——

“啊啊啊，你好棒啊！”付以听尖叫出声。

柯明文捂着耳朵，嫌弃道：“你就出息了三秒钟！”

付以听抱着许星摇不肯放：“三秒钟怎么了，你可别小看这三秒，这可是感天动地的三秒！再说了，这么大个事我惊讶一下怎么了？怎么了？怎么了！”

柯明文躲开：“行行行，你对，你对，你都对，行了吧？”

“哼，反正比你一个扫厕所的厉害！”

柯明文表示他很想掐死付以听。

他咬牙的声音隐隐可闻，付以听不以为意，还继续挑衅地做鬼脸。

柯明文忍了又忍，没忍住，他一把掐住她耳朵。

“嗷嗷嗷……轻点儿！”

许星摇无奈地摇了摇头，围观他们玩闹。

付以听说过她家跟柯家关系不错，所以班里其他人不敢跟柯明文闹，她倒是敢的，而且肆无忌惮。

虽然许星摇也不怕柯明文，但她从小到大就不是个会跟人玩闹的性子。

景延本来戴着降噪耳机，趴在桌上睡觉，被这动静惊醒，他的眼皮一抬，刚好看到许星摇的侧颜，白白净净的，她嘴角挂着一丝轻松的笑意。

他手指动了一下，像是有一根羽毛在心上挠。

许星摇很少这样笑，她即便是笑，也只是嘴角微微上扬。

景延把书摊开，往脸上一盖，过了几秒，他又像是对自己妥协了一样地把书拿下来，视线明亮地继续落在许星摇身上，那视线的深处甚至可以看出一些贪恋之情。

他没有察觉到自己的不对劲，还在想着，想看就看吧，这个丫头难得这样笑。

柯明文眼见把景延吵醒了，本来还有点儿害怕，可是见他一点儿生气的意思都没有，甚至看起来心情还挺愉悦。柯明文心里嘀咕，真是见鬼了，大哥的脾气怎么还明显地变好了？以前被吵醒，他能把天给掀翻了，现在竟然这么安静。

没想到这一不留神，付以听就占据了上风，她揪着柯明文的耳朵得意地叉腰大笑。

“浑蛋，被姑奶奶抓住了吧？”

柯明文无奈地扶额：大意了。

付以听毫不留情地拧着他的耳朵绕着班级跑。

景延摘下耳机，提着柯明文的衣领把他解救过来。在柯明文感动得泪眼汪汪的时候，他装作不经意地问：“付以听在激动什么？”

“许星摇要去参加数学竞赛啦！”柯明文想也没想地脱口而出。

景延“哦”了一声，若有所思。

陆家的效率自不必说，陆为修亲自报警，而且他还要求陆氏的律师团给周淑兰发了律师函。

周淑兰刚把许星摇和许离吃完早餐的碗洗了，转头就收到了一个奇怪的快递，据说还是同城加急的。她生怕遇到骗子，还小心翼翼地问了要不要付钱，听到不用，她才签收。

周淑兰摸着这文件的包装，怎么也想不到谁会给她寄这种东西，这用纸一看就不简单。她有些不安，可是许志国不在，许星摇不在，许离不在，她没有可以依靠的人，也只能自己拆开。

看清文件上的字后，周淑兰的心跳瞬间加速，她下意识地把手里的东西都扔了出去。她认识那三个字——律师函！周淑兰傻了，她虽然没什么文化，但还是知道这是什么。可是，她怎么会收到这种东西呢！

周淑兰站在原地缓了半天，才去把东西捡起来，哆哆嗦嗦地开始翻看。她试图找出是谁给她寄的。

寄件人旁边显示着“陆氏集团”四个字。

陆？陆！

周淑兰脸上的血色褪得干干净净。

这个字，她十七年来从没提过，但是她一刻都没敢忘记过。十七年后的今天，这个字突然出现，并且还是伴随着一封律师函……某种在心里自然而然形成的猜想让她整个人如坠冰窟，是……被发现了吗？

周淑兰大脑一片空白，她跌跌撞撞地去找手机，然后拨通了一个烂熟于心的号码。这个号码她不敢保存在手机里，不过即使一年到头也打不了两次，她还是背得滚瓜烂熟。

她机械地按完号码，铃声响了很久，对方却一直没接。周淑兰的心一点点地往下坠……

好在，电话即将被挂断时，对方终于接了起来。

周淑兰崩溃地叫出声："姐——"

对方狠狠皱眉："干什么？喊得跟我死了一样！"

"姐，这回咱们真得死了！陆家！陆家找上门来了！"

旋即周淑兰便听到了对面有东西落地的声音，砰的一声，有什么东西碎了一地。那东西像是碎在了她心上，碎片在她心上狠狠地扎下。

周淑兰颤巍巍地喊着："姐……"

"别喊我！你先说，陆家怎么找到你的？说了什么？"

周淑兰嗫嚅道："他们给我发了那个，那个，那个啥，律师函……我不敢看……"

对方淡定地指示道："你拿出来看看，上面都写了什么？"

文件袋刚才被周淑兰扔出去了，里面的纸张散落一地，她几乎是爬着过去捡了起来。

周淑兰捡到纸后，立刻看了起来，眼神像是在看生死簿一样，急切又慌乱，隐约还有一丝恐惧。当看到陆家是因为"偷盗"要起诉她时，她微愣，一时间竟不知是该高兴，还是该不高兴。

偷盗玉佩？她慢慢地平静了下来，不是说她偷盗……就好，她原以为是那家人发现了……没想到他们还能蠢到以为她只是偷了块玉佩。

算了算了，没发现就好。

她理智回笼，终于能冷静下来看手里的文件了。

文件上大意就是说陆家已经报警，指控她偷盗财物，并且要告她。

周淑兰看着这封从上到下都透露着严谨与冷漠的律师函，沉默了。这律师函上面虽然有些字句她看不懂，但也不妨碍她提取到了重点。

偷盗、报警、赔偿、牢狱……她猛地闭上眼，抗拒接收这些信息。

手机里传来对方的催促声："看好没有？快说。"

周淑兰松了一口气："没事了，姐，他们没发现，只是说我偷玉佩。"

对方也松了一口气："我就说，那群蠢货怎么可能发现？行了，你自己处理，我也会帮你。"

"好。姐，你……照顾好自己，还有媛媛。"

"知道了。挂了！"

周淑兰看着被挂断的手机屏幕，发呆了起来。

媛媛，她的女儿啊……

许星摇和许离都是中午十一点半放学，十二点前就能陆续到家。

今天因为轮到许离值日，晚了一会儿的他恰好在路上碰到了许星摇。

“姐，我们晚上吃好吃的，我下午放学去超市买。”今天是周五，不用上晚自习，许离攥着一百块钱，心情有些按捺不住的激动。

许星摇抿着嘴，打着商量：“买瓶可乐？”

许离看着难得露出一分孩子气的姐姐，忍俊不禁地点点头，假装勉强道：“行吧。”

两人说笑着回了家，刚进家门，他们就察觉到气氛的不对劲。

周淑兰安静地坐在沙发上，抱着手，脸上没有一点表情，她没有关心地问许离在学校的情况，也没有对姐弟俩的回家做出一丁点反应。

许离皱了下眉，主动问：“妈，今天没去医院啊？”

周淑兰动了动，像是才察觉到两人回来一样：“放学了？”

“对。”许离摘下书包，问，“妈，中午吃什么？”

周淑兰这才发现自己竟然忘了做饭，她局促地搓了搓手，说：“你，你煮两碗方便面吃吧。我有点事，出去一趟。”说完，她拿着那个用了很多年的黑色皮包，出门去了。

许星摇察觉到不对劲，在周淑兰经过的时候，许星摇一把拉住她问：“发生什么事了吗？”

周淑兰复杂地看了她一眼，又拿下她的手，说：“能发生什么，要发生的早就发生了，别乱说话，赶紧呸呸呸！吃完面记得把碗给我洗了！”她又恢复了那副刻薄的面孔。

许星摇犹豫了下，放开了周淑兰的手。

她觉得周淑兰今天怪怪的，但她又说不上来是哪里怪。

陆家没跟周淑兰开玩笑，也不屑于跟她这样的人开玩笑。如无必要，他们根本不想浪费时间和精力在周淑兰身上，可是她偷窃了陆家的玉佩这么多年，不给她点教训，陆老爷子那关就过不去。

那枚玉佩已经被送去修复和保养了，而后玉佩就会被送到陆星媛手上。

第一次见周淑兰，陆为修准备亲自去一趟，也好给老爷子一个交代。

陆氏集团的律师约周淑兰在一个商务区的咖啡馆见面，咖啡馆装修讲究，周淑兰一踏进来，就开始拘谨起来。

她四下看了看，才看了两眼，就有服务员来给她引路。

她顺利地找到了陆氏的人，自然也看到了陆为修。

按理说，她是不认识陆为修的，但是她在看到陆为修的时候愣了一下。

虽然她很快就垂下眼睛遮掩，但那点异色还是被陆为修注意到了。

陆为修仔细看着这个被岁月摧残得有点儿狠的女人。她脸上有很多斑点，眼角、眼下都是皱纹，两颊没有一丝肉，黑黑瘦瘦的，穿着一件黑色的短袖，像是厂服，还有一条洗得发白的牛仔裤。这是一个朴素得不能再朴素的女人，跟他调查到的资料里的照片一模一样。

他很笃定，他不认识她，他接触的圈子和人脉也注定他跟这样的女人不可能有交集。他没在意周淑兰那一瞬间的反常，直切主题："你就是周淑兰吧？我们给你发的律师函，你应该已经收到了。"

周淑兰掐了掐手心，她局促地点了点头。

她不懂怎么应付这些人，不懂该怎么说话，她怕掉进对方的陷阱里，所以来之前她就决定了干脆少说话，能不说就不说。

陆为修把玉佩的相关证明材料放到她面前，说："我们准备告你盗窃。"

周淑兰掐着手心的劲儿更大了，她脸色惨白，不服地喊着："你们有什么证据说是我偷的？"

"哦？那你是从哪里得来的？"

"我捡的。"周淑兰强行镇定地挺了挺胸，有些得意。

十七年过去了，她是捡的还是偷的，谁知道呢？他们要是有证据，早就找到她了，他们到现在才找到她，肯定是因为没证据。既然没证据，那这事儿的真相还不是她张口就来吗？

陆为修眯了眯眼："很好。"他给律师使了个眼色，示意可以开始了。

周淑兰看着是个没见过什么世面的女人，不过说上几句就能知道这个女人心里算盘也挺多，并非表面看上去那么简单。既然如此，那还是让律师来应对的好。

陆氏的律师团全国闻名，没打过任何败仗。虽然说这不是经济案件，但是也不影响。

周五的最后一节是体育课。

付以听一边拿东西一边跟许星摇聊八卦："我们的体育课跟清北班撞在了一起，他们班的班花肯定会跑来我们班，就为了看景延一眼，待会儿你就能见到她了。"

班花？许星摇还真没兴趣，她看付以听拿了本刚买的小说，想了想，也随手翻出一本单词本带上。

付以听眨眨眼，无奈地拿走了许星摇的单词本，然后把许星摇这两天一直在看的那本书塞到她手里：“体育课就好好地放松放松，别背单词了。”

许星摇没意见，她随意地点了下头：“嗯。”

男生们已经跑没了，景延回来喝水，正好听见许星摇答应，他像是见了鬼一样看着许星摇。

付以听不乐意了：“看什么呢？”

“你……还挺乖？”景延说完，自己都觉得离谱。他笑了笑，拧开瓶盖开始喝水。

许星摇嘴角一抽，伸手抬起他的杯子。

杯子里的水瞬间往外涌，吓得景延慌张地后退了一大步，那滑稽的样子让付以听哈哈大笑。景延没被呛到，但是到底没能躲开，水顺着他的下巴往下滴，滑进他的衣服领口。

他脸色一黑。

许星摇一点儿不觉得害怕，反问：“现在还觉得我乖？”

景延被气乐了，听这语气她还有点儿骄傲，合着他说她乖，她就不乖给他看？咋就那么出息呢，敢不敢再叛逆点儿啊！

他扯了两张纸巾擦水，咬牙切齿地回答：“乖死了！我活到现在就没见过这么乖的人！”

许星摇皱了下眉，有些犹豫地说：“那，你可真是……少见多怪？”

景延快被气死了，要原地爆炸的那种！他就没见过比许星摇还会气人的人。

景延怒视着许星摇，许星摇却迤迤然地收回目光，拿着书跟付以听走了。

她时间掐得准，这时候走到操场刚好上课，再晚一点儿就迟到了。

景延抓起水杯跟上去：“喂——许星摇，你讲不讲理？欺负了人都不用道歉啊？”

许星摇脚步顿住。

“你还敢欺负我，胆子挺肥啊。我告诉你，我要是把你的恶劣行为告诉老毛，你怎么说也得扫一个月厕所。”景延吊儿郎当地跟着她们，嘴上不停地瞎扯，姿态悠闲。

付以听瞪大了眼，震惊地看着这个不知道脸皮为何物的人。

“啥玩意儿？谁欺负谁？”柯明文的下巴都快掉在地上了。

景延回过头就看到柯明文正一脸茫然地看着自己。他好像听到了他的脸皮掉在地上还被踩了一脚的声音。

景延只是想逗逗许星摇，也就是这里只有他们三个，所以他才这样，要是早知道他的小弟在这儿，他死也干不出来这么丢脸的事儿。

所以在柯明文出现的那一刻——不，更准确地说，在柯明文的声音响起的那一刻，景延的笑容一滞，身体僵住。

秉持着“谁凶谁有理”的原则，他一脚飞踹过去：“关你什么事？你来干什么！”

柯明文太熟悉他了，躲他的飞脚躲得十分麻溜，他一脸委屈地辩解：“还不是你走太久了，我来找你啊。”

一想到他刚才说的话被柯明文听了个彻底，景延就不爽。他烦躁地抓了抓头发，眼刀嗖嗖地往柯明文身上飞。

柯明文品出味道来了，合着老大在这儿调戏小姑娘呢。啧，被撞见了知道不好意思了？他看着许星摇那瘦巴巴的小身板儿，有些不忍。啧啧啧，老大真是越来越禽兽了，对这样的小女孩儿也下得去手欺负。

他凑到景延跟前，欲言又止。

景延对他的忍耐已经到了极限：“说。”

“老大，咱们不能欺负人小姑娘啊——”柯明文苦口婆心地说着。

付以听在旁边哈哈大笑。

景延的脸色更黑了，他恶狠狠地斜了柯明文一眼，警告意味很明显：你再说一句试试？

柯明文眨眨眼，闭嘴了。唉，他还是屈服于淫威之下了。

一行人继续往操场走，景延走着走着，没忍住偏头去看许星摇。他以为他会在她脸上看到一些好笑，或者是鄙视之类的情绪，但是他猜错了，她的脸上什么表情都没有，只可以用一个词来形容——冷淡。

景延只觉得好似一盆冷水兜头泼下。

这个年纪的男孩，多少会对异性有一些关注。景延对异性的关注，在他来到这世上的第十七年时终于被激起，而他的逆反心理也因为许星摇的冷淡被彻底激起。

兜头浇下的冷水不仅没有浇灭他的热情，反而变成了一种刺激，激得他整颗心都蠢蠢欲动。

跑了两圈后，大家开始自由活动。

许星摇和付以听并排坐在篮球场边上，许星摇看书，付以听看男生打球，场上青藤班和清北班打得很激烈。有付以听在，许星摇头都不用抬就可以知道操场上发生了什么——

“景延进球了，好帅啊！这人这时候才是最帅的！”

“嗯？柯明文还可以啊？”

“呀，摇摇、摇摇——”

许星摇都习惯了付以听的激动，她淡定地“嗯”了一声。

“班花来了，她来了，她来了，她终于来了！我就说嘛，她一定会来的。”

许星摇没兴趣，她头也没抬：“嗯，终于来了。”

付以听鼓起腮帮子控诉：“敷衍！你看看嘛，你看看嘛——”

许星摇失笑，她抬起头看了过去。

她的眼睛很漂亮，浓密纤长的睫毛让她给人的感觉温柔了许多。景延回身时，正好对上她的眼睛，他不由得愣了。这一愣神，球就没了。

看球的观众突然爆发出的动静扯回了他的思绪，景延皱了皱眉，再次将注意力投入球赛。

付以听的眼里闪烁着八卦的光芒，看上去像是恨不得扯着许星摇说上三天三夜。

“我跟你说，我知道很多别人不知道的内幕哦！他们都知道孟沐桐是个富家女，但是他们不知道孟家其实是依附景家生存的，在沂市根本排不上号。当然，依附景家也有好处。孟沐桐从小就认识景延，她跟景延算是青梅竹马。虽然——”付以听笑眯眯地说，“景延连靠近都不许她靠近。”

许星摇想，这妹子也是挺可怜。

“你别看她长得还不错，其实人品不行。我不喜欢她。”付以听嘟起嘴，说，“你一定要跟我统一战线，我们一起不喜欢她，好不好？”

这种行为很幼稚，不过许星摇还是点头道：“好。”

付以听开心了，许星摇继续低头看书。

孟沐桐其实不只是因为孟家依附景家，想要讨好景延才跟在景延身边，她是真的对景延有好感。她知道他现在不喜欢她，但她不会放弃的。

他的每次球赛她都会来观看，她想，长此以往，他会不会习惯了打球的时候她在身边？如果有一天她没来，他是不是会心不在焉地想她？刚开始她就是抱着这个目的来的，但后来她慢慢地沉浸在他打球时的另一面中，打球时的景延朝气蓬勃、意气风发，是她所不曾见过的。

场上打球的人明明还有很多，但她就是只看得到他一个，她清晰地感觉到自己的心脏在疯狂地跳动。

看着看着，她注意到景延的目光常常落到一个地方。那目光的频率对于常人来说并不明显，但对于一个一直盯着景延的人来说，已经足够明显了。孟沐桐跟着看了过去，这一看，她不由得一愣。阳光下，那个女孩子低头看书，发丝垂落了几绺在耳畔。神态认真的女孩子最动人，反正孟沐桐觉得自己都挪不开眼了。她犹豫地咬了下唇，刚刚景延是在看这个女生吗？这个女生和付以听坐在一起，但景延看的不可能是付以听，她太清楚了，所以就只有……孟沐桐的危机感来得像旋风一样，又快又猛。

球员休息的时候，孟沐桐拿起放在身侧的水和毛巾，起身，和许多女生一起凑上前去给景延送水。每次他们休息的时候，她都会给景延送水，他每次都不收，但即使如此，也无法浇灭她的半分热情。他不收就不收，一点儿也不妨碍她送，甚至因为被拒绝太多次，现在她已经可以做到面不改色了。这次她依旧做好了被拒绝的准备。

眼看着景延径直掠过一群送水的女生，孟沐桐毫无意外地微微一笑，转身坐了回去。付以听把一切看在眼里，她佩服得啧啧直叹："她这个心态，绝了。"

景延才不要别人送的水，他自己又不是没有带水。对比那些随手接下女生的水的男生，独自去找自己的水杯的景延就显得特立独行。受他影响，柯明文也不喝别人送的，不过他懒得带水，喝的是自助售卖机的水。

许星摇第一次觉得这人也不是没有可取之处，还挺有个性。

景延喝完水，擦掉汗，开始作妖。

一节课的时间不够打比赛，他们刚才是在跟清北班打着玩，不过虽然是打着玩，但也是有计分的，他们以六分的差距赢了清北班。胜者为王，败者为寇，景延跟柯明文两人嚣张地看着清北班的人，一脸"小垃圾，打我啊"的样子。

许星摇嘴角微动，她觉得他真是帅不过三秒。

清北班的学生中有许多都很傲气，景延只用了一秒就激怒了他们，他们眉毛一竖，捋起袖子就气势汹汹地冲了过来。

许星头疼地看着景延，发现他还挺……激动和兴奋的？

还好裁判觉得不对劲，赶紧拦住了他们，劝道："把这股劲拿来打球不好吗？"

清北班的学生正憋着一股气呢，闻言他们对视一眼，立刻决定："行，开始！休息什么，来，打啊！”

他们气势汹汹，景延却更兴奋了，好像没有察觉到他们的怒气一样，他兴冲冲地说：“好啊好啊，来来来。”

许星摇了摇头，一脸复杂，这家伙真的欠揍，他能平安地活到现在挺不容易的，真的。有些人看起来嚣张，但只是表面上的，而有些人的嚣张程度和实力相匹配，这就让人绝望了。

不巧，景延就是后者。

清北班的学生全程被吊打，他们不服，却只能眼睁睁地看着自己被碾压。

放学铃声响起，景延挑了挑眉毛，嘚瑟地朝清北班吹了个口哨：“我不喜欢拖堂，不跟你们玩了，先走了。”话音落下，他真的就挥挥手下场了，还不忘去拿水杯。

青藤班里顿时爆发出痛快的嘲笑声，清北班的班长终于忍不住骂了出来。

男生打球，放学后再打一小时也是常有的事，谁能想到景延赢了球，居然说走就走！

清北班的彭磊忍无可忍地冲上去就要跟景延干一架，有他带头，其他人也纷纷跑向景延，神色狰狞。

不料，景延虽然走了，但是小弟众多。

现场所有青藤班的人齐齐动了起来，没过多久，清北班的人就发现，他们被青藤班的人包围了，他们的脸色骤然一变。

柯明文摩拳擦掌地看向彭磊，脸上的神情俨然和在景延面前时不同，有些冷漠：“怎么，还想拦我们延哥？”

景延走后，女生们已经跟着走了一小部分，此刻看到这儿好像要打起来，她们又慌乱地跑了一大半。

付以听似乎司空见惯，她百无聊赖地打了个哈欠，拿起了自己刚刚放在一边的小说，然后拉了拉许星摇：“摇摇，我们也走吧。”

许星摇若有所思地看着柯明文的方向，被付以听一叫，她回过神来。她收回视线，点头说：“好。”

两人没走两步就被人拦住了，是孟沐桐。

近距离见了，付以听才看到孟沐桐身上精心装扮的小心思，比如桔梗味的香水，是景延很喜欢的清新干净的味道；比如唇釉，比如温柔的浅色眼影。

付以听翻了个大大的白眼，毫不留情地嘲笑道：“是不是没戴眼镜认错人了？我们可不是你精心准备要见的景延。还是说你见不到他，只能见别人了？”

孟沐桐心口一梗，她恨恨地瞪了一眼付以听，这个人，是她这辈子最讨厌的死对头，没有之一！

“不过呢，本大小姐是没有时间让你见的，本大小姐忙着呢，快点儿让开——”付以听凶巴巴地瞪她，像只骄傲的小孔雀。

孟沐桐深呼吸，平复被激怒的心情，她没忘记她为什么过来，她可不是过来找付以听的。她看向一边安安静静的许星摇，扬起温柔的笑容，佯装好奇地问：“你是？”

孰料，许星摇比付以听更过分。许星摇直接无视了孟沐桐，对付以听说：“走吧。”

付以听乐了，她使劲憋着笑，说：“好，走。”她还挑衅地看了一眼孟沐桐。孟沐桐愣了愣，许星摇和付以听已经从她身边擦过，根本就没有一丁点儿搭理她的意思。孟沐桐咬紧了下唇。景延喜欢什么她再清楚不过，包括他不喜欢她，她也有很清晰的自知之明，但景延喜不喜欢这个女孩，她就拿捏不准了。按理来说，这种冷冰冰的女孩景延应该不会感兴趣，可是如果不感兴趣，刚刚他为什么频频看着这个女孩的方向？

感兴趣之后，可就是喜欢了啊……

许星摇的家跟付以听的家在两个完全相反的方向，所以两人在学校门口就分开了。

“摇摇，我会想你的！”司机过来给付以听拿书包，付以听一边往前走，一边依依不舍地回头看许星摇。

许星摇身上有一种魔力，一种吸引人不由自主地喜欢上她的魔力。“女霸王”付以听被收服得服服帖帖的，恨不得二十四小时跟她黏在一起。

其实付以听也奇怪，明明许星摇什么都没做，整天还一副拒人于千里之外的模样，到底是什么吸引了自己？她实在是想不通。

许离去超市买东西了，许星摇到家的时候他还没到。家里只有周淑兰一个人，电视开着，她神色却木木的，不知道在想什么。

许星摇已经习惯了周淑兰这个样子，她一点儿也不奇怪。她放下书包，想倒杯水喝。

从周淑兰面前走过时，周淑兰突然叫住她，声音尖锐：“站住——”

许星摇脚步一顿。

“你书都读到狗肚子里去了？”周淑兰皱着眉骂道，“回到家连声‘妈’都不会叫？你瞎还是傻啊！”

许星摇不愿与她争辩。

许离在的时候周淑兰还会伪装一下，许离不在的时候周淑兰就是个疯子，理疯子做什么。

周淑兰见许星摇又要走，火气腾地涌上来。她一把拽住许星摇的手腕，使劲将她拉过来，以迅雷不及掩耳之势一巴掌呼上她的脸：“谁允许你走！”她一边说，一边掐许星摇手上的肉。即使许星摇瘦骨嶙峋，手臂上也是有点儿肉的。

周淑兰恶狠狠道：“你给我滚回你外婆那儿去！老娘看到你就恶心！整天摆出一副死人脸给谁看！”

许星摇没料到周淑兰会突然发疯，她竟是结结实实挨了一巴掌。这巴掌用力之猛，要不是被周淑兰拽着手腕，她怕是要直接跌倒在地。

许星摇被打蒙了，耳边嗡嗡直响，她还没来得及反应，手上又传来钻心的疼。

许星摇忍无可忍地想甩开周淑兰，却因为年纪还小，力气不如常年干农活的周淑兰而没能甩开。

“还想还手？呵，白眼狼！”周淑兰冷笑一声，“我明天就去给你办退学手续，你给我滚回去！”许星摇猛地抬起头，眼神凶狠地瞪向周淑兰。周淑兰被吓了一跳，反应过来后又是一肚子火，她抬起手又想扇过去，这次却被许星摇抓住了手腕。

周淑兰怒极，她整张脸都气红了：“真是岂有此理！”

许星摇终于有了反应，她冷笑着说道：“你让我走我就走，你以为你是谁？”

“这里是我家！你吃我的住我的，你说我是谁？我是你妈！”

“我从未见过有这样的父母。”许星摇说到这儿，趁她不备，抽回手，面无表情地看了她一眼，然后去厨房拿鸡蛋。周淑兰对她下手向来狠，她此刻脸上的痛感很重。

周淑兰被她推得一个踉跄，吼道：“老娘告诉你！你走也得走，不走也得走！我周一就去给你办退学手续！”

许星摇完全无视她，她不知道周淑兰今天在发什么疯。

她外婆家在安镇下面的一个村里，那里是贫困村，条件很糟糕，小学很小、很破，桌椅都没几把完好的。若非如此，当初外婆也不会为了让她接受更好的教育而送她回到父母家。

她七岁回到这个家，如外婆期望的那样接受了安镇的教育，她的成绩这么多年来一直都是年级第一。她这样努力，只是因为外婆说，只有成绩好，才有机会走得更高、飞得更远。

这几年村里的条件改善了很多，但是高中也没好到哪儿去，考上本科的学生数量一直是个位数，有几年甚至是零。

让她回去？她疯了才会离开沂市的重点高中云十一中，回到那边的高中。

她一路努力一路挣扎，不就是为了让自己得到更好的教育吗？现在所拥有的一切，都是她从小梦寐以求，且拼命挣来的。既然得到了，她就不可能再放手。

让她放弃？

休想。

第三章 血缘关系

许星摇恨自己年纪尚小，还未成年，否则她不至于处处受束缚，也不至于还要吃周淑兰的、住周淑兰的，也不至于都被这样踩在地上，拿鞋底踩了还得死皮赖脸地待在这儿。

她轻车熟路地拿鸡蛋敷脸，面无表情地算着还有多少时间才成年。

其实自她打得过周淑兰以后，今天这样的情形已经很少出现了。很早以前，她是单方面被打的，那时候许离还没有被她教得这么乖，没人护着她，每一次她都被打得很惨。有一次她甚至被打得满脸是血，吓得邻居都不忍心地送她去了医院。今天是个意外，是个她无法控制的意外。毕竟她再有本事，也没办法控制疯子发不发疯。

许离买了很多东西，还奢侈地花两毛钱买了个超市的塑料袋。一大袋子东西挂在车把上，十分沉重，他却感觉浑身都是劲。

回到家后，他把车一停，提着袋子就往里头冲。

“姐——你看我买了什么！”许离一口气冲到客厅，却只看到他妈在七窍生烟地拍着胸脯平复心情。

他不晓得又发生了什么，便嗫嚅地问：“妈，出什么事了？我姐呢？”

“你就知道找她！故意气我是不是？”

他找姐姐也是一种习惯，还真不是猜到母女俩又吵架了。不过周淑兰这话一出来，他就猜到了。

许离挠挠头：“怎么又吵架了？妈，你干吗啊？”

这话一出来，周淑兰被气了个倒仰：“有你这种儿子吗？一开口就是问我做了什么，你怎么不问你姐做了什么！”

许离嘀咕：“要不是你惹她，她才懒得惹你。”

周淑兰竖起眉毛：“你在说什么！”

“没说什么。”许离才不跟她吵，他跑去找许星摇了。

许离闯进厨房，看到许星摇正拿着鸡蛋敷脸，他眼眶瞬间就红了：“妈又打你了！”

许离凑上前去看她的伤痕，她脸上已经红肿了，也不知道周淑兰是用了多大的力气。他抹了把脸，说：“姐，下次你躲着点儿，别傻傻地站在那里让她打啊。”

许星摇发现他可真是把自己当孩子，她好笑道：“我有那么傻吗？没躲的话怎么会只有一巴掌？肯定是躲了。”

许离点了点头：“还不算傻到家了。”顿了一下，他又问道，“妈又怎么了？”

许星摇摇头。

许离挠挠头，他怕许星摇难过，便想办法转移她的注意力：“姐，我去把东西拿过来，我们煮东西吃吧，别管她了。”

“嗯。”

门外，许离在跟周淑兰吼叫：“你要是再打她，我就跟她一起走，再也不回来了！你就没儿子了！”

周淑兰吓得脸色惨白，她这辈子最重要的就是丈夫和儿子了，儿子不要她，她还有什么活路！她白着脸摇头：“小离，我……我都是为了我们这个家好，你以后会理解我的……”

“你是我儿子，你要走去哪儿呢？你不待在我身边还想去哪里？”周淑兰说着说着，渐渐变得歇斯底里。

许星摇听在耳里，只觉得无比讽刺。周淑兰刚刚跟她说的话，跟现在跟许离说的话可是截然相反。周淑兰恨不得她马上就滚，但许离只是威胁要走，周淑兰就一副要死要活的样子。

许星摇放下鸡蛋，出门，问道：“我饿了，好了没有？”

许离赶紧说：“马上。”他跑去洗菜了。

周淑兰眼不见心不烦，她准备回屋。趁着许离去洗菜，她不忘给许星摇撂下话：“你外婆那里，你回去定了！我可没跟你开玩笑。”

许星摇理都没理，她转头去看许离有没有买可乐。

数学竞赛即将开始，老师安排了为期一周的集训，从本周日到下周日，或许她可以利用一下这段时间。

许离买了可乐，许星摇倒了一杯。看着气泡升起，她的心情慢慢平静下来。

当万事尽在掌握之中，平静也是正常的，当万事不可掌控，那才是她无法平静的时候。

许离洗好菜，把电磁炉搬到桌上，他叮嘱许星摇："还没吃饭，你只可以喝一点儿。"

许星摇点了点头。

许离把火锅底料放好，又把一些需要煮的时间比较长的肉丸子先放进去。许星摇在做饭方面一点儿天赋都没有，而且她也没有兴趣，所以从来都是许离动手做饭。她把碗筷拿出来，又给许离倒了杯可乐。周淑兰不知道在屋里折腾什么，只听见屋里乒乒乓乓地响，姐弟俩也没管她。

许离一边吃一边安慰他姐："妈就是这样，时不时抽个风。姐，你别放在心上，不要生气。"他小心翼翼地觑着姐姐的神色，他很害怕，害怕从前的事情会再次上演。

许星摇摇摇头，示意他自己没事。

火锅里煮的东西对她来说谈不上喜欢，但也谈不上讨厌，吃东西于她而言只是完成任务。

寡淡、清冷，她的性子一直是这样。

可是许离觉得，姐姐不是一般的淡漠，她性子平静得有点儿过了，这不是一件好事。淡漠到对世间没有任何留恋，怎么会是一件好事？

许离咬紧了牙关，片刻后，他逼着自己放松下来，给许星摇夹了一块肉："姐，你多吃点儿。你忘了？医生说你偏瘦，偏瘦是不健康的。"

许星摇不置可否地吃下了那块肉。

许离满意地笑了，开始插科打诨地哄着她说话。

许星摇抬起眼帘看了他一眼，勉强附和。她知道他看出来了，她的病情加重了。周淑兰刚才这一闹，她表面上毫无波澜，甚至想好了后续的对策，可是实际上，这对她造成的心理伤害是肉眼看不出来的。这就像是一把尖锐的刀子在她本就伤痕累累的心上又狠狠地来了一刀。

许离又是怕，又是恼。

有一段时间，许星摇是不理人的，即使是他，她也拒之于千里之外。

她给自己竖起了一道坚硬的屏障，将所有人都隔绝在外，她沉浸在只有她一个人的小世界里。这并非好事，因为那样的她，脆弱得一丁点儿的伤害都能将她彻底击垮。

那段时间许离寸步都不敢离开她，他生怕一转眼，他就没有姐姐了。

而现在的许星摇，状态和那个时候像极了。

她是天才，但是上天在智商上给予他们优待时，也会很吝啬地在其他地方拿走些什么。性格上先天的淡漠，再加上生父生母的伤害，许星摇的心理问题越来越严重。

许离绞尽脑汁地哄着许星摇说话，还好，她的心情眼看着好转了一些。

许离刚刚松了一口气，周淑兰又出现了，而且动静不小。

她从姐弟俩的房间出来，人还没露面，就先扔出了一个编织袋。编织袋很大，塞了个半满，袋子砸在了地上，发出闷闷的响声。

周淑兰面无表情地说道："东西给你收好了，吃完了没？吃完了就跟我去车站。"

许离猛地站起来，失声吼道："妈，你疯了！"他有些气急败坏地抓了抓头，他好不容易将许星摇哄好了一些，他妈又来搞破坏！

周淑兰瞪他："你给我闭嘴！跟你没关系！许星摇，听到没有？你聋了吗？"

许星摇站起身，走到她面前，一字一句地说："你做梦。"

她眼里的不屑和冷淡激怒了周淑兰，周淑兰的火气喷薄而出："许星摇！我是你妈，是你的监护人！我告诉你，你不走也得走，否则你就辍学！九年义务教育已经结束了，我让你辍学你就得辍学！"

她还挺懂法？许星摇扯了扯嘴角，就是可惜懂得不够深入，她让辍学就辍学，她以为这个世界是她主导的吗？

许星摇连话都懒得说，她回了房间，把门关上，上锁。

这个出租屋虽然破，但是好歹有锁。

周淑兰以为自己已经拿捏住了许星摇的七寸，把许星摇逼得无话可说了，她得意地说道："你迟早得走，拖也没用！"

许离忍无可忍地一把拉过她："你干吗啊！"

周淑兰对着许星摇嚣张，对着许离却气焰顿消。她轻声哄着儿子："妈妈都是为了你好，你要听话。"

她绝对不会让陆家人见到许星摇，虽然陆家人应该不会纡尊降贵地来这里找她，但是万一呢？万一他们来了，见到了许星摇，那后果……不堪设想。

周淑兰没有办法，她必须这么做。许星摇一天不走，她一天不能安心。

许离眼角泛红："谁让你自以为是地为了我好，我不需要！那是我姐！你赶走她，还说是为了我好？"

周淑兰被气得心头一梗。她是为了谁啊？为了谁啊！还不是为了自己的这个儿子和女儿！可是这个儿子，就像是别人养的一样！

她不由分说地把许离拽回自己的屋子，然后锁上门："你想明白了再给我出来！别整天给老娘惹麻烦！"她一定要送走许星摇。

许离拍打着房门，一副要拆门的架势。周淑兰头疼不已，她怎么生出这么个蠢东西？

反观许星摇那边安静得过分。周淑兰也不管她在使什么招数，放话道："给你一个小时，有什么要拿的就赶紧拿了！"想了想，她又觉得自己这么凶或许会让许星摇更加抗拒，便软下语气，道，"丫头啊，外婆那里有什么不好呢？她那么疼你，肯定好吃好喝好待你，不比跟着我们在这里吃苦受罪好啊？而且一家子都在沂市，开销太大了，妈妈也是不得已啊。"

里面一点动静都没有，周淑兰撇撇嘴，转身走开了。

她又是凶又是哄的。那个叫什么来着？对，软硬兼施！她都做到这份儿上了，随便许星摇怎么想了，爱咋的咋的吧，反正许星摇是一定要走的。

屋里，许星摇压根没听周淑兰讲了什么废话，她找出一个号码，拨了过去。她刚到学校就要了毛鸿运的号码，现在正好用得上。这种不管用不用得上的信息都存着是她从小到大养成的习惯，这种习惯其实很好，能让她永远都不会陷入绝境。

比如，这个时候。

"喂——哪位？"

"毛老师你好，我是许星摇。"许星摇将自己的来意一一道出。

毛鸿运有点蒙："啊？怎么，怎么……"

许星摇说，她想申请助学金和奖学金，并且申请住宿。这一番话完全不像个高中生，逻辑清晰分明，语速适中，语调平静。许星摇犹豫了一下，说道："我家里条件不好，我妈妈不想让我继续读了。"

毛鸿运瞬间拍桌而起："什么！那怎么可以！"她可是全村的希望，啊不，全班的希望啊！

她才来了几天就给他挣了他不知道多少年没有挣到过的面子了，他在清北班和特长班的班主任跟前都能得意地挺起胸膛了，他是吃饭香了，睡觉也香了，她现在跟他说她不读了？开什么玩笑，那怎么行！

就算不说他的私心，这么有天赋、注定前途无量的一个孩子，让她辍学，简直是天理不容！

这件事瞬间上升为毛鸿运心里最要紧的事情，没有之一。他当即就拍板同意了："你放心，老师会给你办得妥妥的！我们会跟你家长沟通，绝对不会让想上学的孩子无法上学！你现在还好吗？你母亲对你做了什么吗，需要出来躲一躲吗？你可以来老师家里，暂时跟老师的女儿合住，或者我给你找个安全的宾馆先住下？"

毛鸿运的话就像是定海神针，许星摇顿时松了一口气，知道他会保住她，这就够了。她还未成年，周淑兰有权利去学校给她办转学，也有权利让她辍学。她想反抗的话，需要的就是毛鸿运的表态。

许星摇真心诚意地道谢："谢谢您，不然我……的确是不知道该怎么办了。"

毛鸿运皱着眉，被气得团团转："不用跟老师说这个！老师一定会帮你的！好孩子，你妈妈糊涂啊！"

毛鸿运想了又想，周日就要集训，那短时间内，许星摇无处可去的时候其实只有周六这一天。他当即提出让她先收拾好东西，他去接她，等两人见面了再商量她的去处。

许星摇目的达成，欣然应允。

挂了电话，许星摇看着空荡荡的房间，自嘲地挑了下嘴角。日用品不用她收拾了，周淑兰都已经给她收好了。不过还有一些书，周淑兰没给她收，周淑兰觉得那些没用。

许星摇将书一一放进书包里，还好她把大部分教材都放在学校里，她只带了几本要用的回来。收拾完书包，许星摇静静地坐在床上等着毛鸿运过来。她相信毛鸿运会处理好，她相信他能成功地带她走。

紧张吗？当然紧张，她手心已经出了一层汗。

她今晚先去外面住，一周的集训过后，给学校的住校申请应该就能批下来了。从周淑兰赶她走开始，她就已经想好了所有的流程。

既然一切尽在掌控，她又在担心什么？说到底她也只是个十七岁的女孩，她也担心自己的方法不够完备，担心哪里会出问题。毕竟，她从来没有退路，一步走错，便是全盘皆输。

许星摇轻轻地呼出一口气。

燥热的房间里只有一台年代已久的风扇，呼啦呼啦地吹着风，艰难又坚韧地喘着气。

毛鸿运来的速度很快，到达许星摇给的地址时，他的双眉已经皱成了麻绳。他万万没想到，许星摇的家境竟然这么糟糕，她住在沂市最贫穷也是最乱的地方。刚才一路进来，这里的环境之糟糕令他心惊。

作为许星摇的班主任，他根本不知道这些，更别提帮助她申请助学金了，是他太失职了。

话说回来，在这样的环境里，许星摇同学还能这么优秀，着实是难得。她的见解和思想完全不像是家境贫穷的人，他一直以为她的优秀是父母的用心教育与优渥的成长环境共同造就的。

他哪里能想到，这孩子完全是自己打拼出来的。常人要获得她这样的成绩尚且需要十分努力，她这样的家庭条件能获得这样的成绩，那不是得付出二十分的努力！

毛鸿运的心都揪着疼了起来。

他问了两次路，很快找到了许星摇的家，一间并不起眼的角落里的房子。

毛鸿运上前敲了敲那扇老旧的木门。

里面很快传来拖鞋的踢踏声，和一道不耐烦的妇女的声音："谁啊——"

许星摇不知道毛鸿运是怎么说服厉淑兰的，但他的确成功地带着她出来了。

毛鸿运手里提着她的行李，也就是那个编织袋，她自己背着个书包，这就是她全部的东西。

许离在家里哭得眼泪鼻涕一大把，许星摇脚步顿了一下，还是狠心地出了门。给她点儿时间，她会处理好的，到时她再回来与他团聚。

许星摇常常痛恨自己的弱小，正是因为弱小，才让她有许多的不得已，有许多的求而不得。她小时候对许离好只是因为有利可图，但是这么多年过去，她对他早就有了些许真情。

毛鸿运把她带到了自己家里。许星摇其实不想麻烦他这么多，也不想打扰他的家庭，性格使然，她不想亏欠这世上任何一个人。可是她现在除了接受毛鸿运的帮助，再无别的选择。

走进毛鸿运家门前，许星摇突然停下，朝毛鸿运鞠了个九十度的躬，态度诚恳至极。

毛鸿运看得眼眶一热，他一把把她拉住："傻孩子。"

毛鸿运的妻子方馨听到动静来开门，刚好看到了这一幕，她叹了一口气。

丈夫常把学生带来家里，她原本有些疲倦，只是看着眼前这个小姑娘，她也不免软了心肠。她打开门，本来有些僵硬的表情柔和下来："进来吧。"

"芊芊又出去了。"方馨跟丈夫简单讲了下女儿的情况，便关心起许星摇来，"吃了没有？要不要我给你下碗面吃？"

许星摇摇头："刚吃了，谢谢师母。"

自己的女儿不懂事，看到别人家懂事的女儿，总不免软下心肠，方馨笑道："就当是自己家，别客气，要看电视还是看电脑都可以。困了跟我说，我先去铺个被子，晚上你和芊芊一起挤一挤。"

许星摇捏了捏手心，压住万千翻滚的思绪。她向方馨道谢。

毛鸿运忍着因为女儿而起的怒火，欣慰于妻子和自己一样心疼许星摇。

知道她不选个事情来做，这两位是不会安心去忙了，许星摇便指了指放在桌上的台式电脑，问道："老师，我可以用这个吗？我想查些资料。"

现在是信息时代，一台电脑能给孩子带来的帮助不可估量。毛鸿运再次扼腕叹息，她的家境实在是影响了她太多。

他连连点头："用吧，随便用。"

怕她不会开机，毛鸿运细心地开好机，然后简单地给她讲解了下使用方法。

许星摇很聪明，她懂得汲取身边所有有用的事物帮助自己成长与壮大。她几年前就去过一些管理得不那么严格的网吧，利用网络去查找一些她平时无法查阅的资料。但这时候她也没有说自己会用电脑，她只是静静地听着毛鸿运的教导，再乖乖地点点头，表示自己学会了。

毛鸿运没忍住伸手揉了揉她的头，说："乖，要懂得劳逸结合，可以玩玩游戏。"说完，他不再打扰许星摇，走开去和方馨说话。

许星摇听到他压抑着怒火的声音："她又跑哪儿去了！学习成绩下滑这么严重，还好意思去玩，还玩到这么晚！"随后是方馨无奈地劝说："待会儿她回来，你别跟她发脾气，你们现在关系这么紧张，你再发脾气那还得了？好好跟她说。"

家家有本难念的经。

许星摇简单地看了点儿想看的资料后，便打开了QQ。班级群很热闹，消息已经积攒到"99+"，不过她懒得看。

除了班级群便只有付以听和景延给她发消息。

许星摇眯了眯眼，鼠标一动，她点开了跟景延的对话框。

她有点儿好奇他找她做什么。

景延："你是不是都不上QQ？"他可能是看到许星摇一直不回复，才这么问吧。

许星摇虽然有手机，但是她更多是用来学习，不是用来交际的，她也就不常打开QQ。

许星摇敲着键盘，回复："有事？"

她发完之后，刚想退出去看看付以听发了什么，景延却秒回了："数学卷子写完了借我下？"现在已经很晚了，景延猜测这位学霸应该写完作业了。

殊不知许星摇这一晚上麻烦事不断，到现在，她也没能安静下来写作业。

许星摇抿抿唇，好心地劝恶霸从良："没有。自己做。"

景延其实没想抄她的卷子，反正他的卷子常年空白。可是不知道为什么，他鼠标一滑，就点开了跟她的对话框。

跟她有什么聊的？

和一个只知道学习的人聊天，就只有聊学习了。可是他又不爱学习，那就只能是聊聊抄作业的事了。

她的回答在他的意料之中，他轻笑一声。

门没关严实，袁茵端着水果刚要敲门时就听到了这声笑，她动作一顿。她多久没听到小儿子笑了呢？久到她都没有记忆了。

她眼眶一红，忍了忍有些激动的情绪，小心翼翼地敲门："延延，妈妈可以进来吗？"

景延的笑意顷刻间消失，他收起眼神，关了电脑，往床上一躺："想进就进。"

他这话一出，袁茵的脸上顿时浮现一缕为难的神色。过了一会儿，她终于还是轻轻地迈步进去。

"延延，妈妈只是想给你送点水果。叶姨说你很久没吃水果了，这样对身体不好的。"

"怎么？承认了？"

袁茵蒙了蒙："承认什么？"

"承认你找人监视我了。"景延眉眼里都是遮掩不住的戾气，"用不上你操心，死不了。"

袁茵的眼睛通红："妈妈只是关心你，不是监视……叶姨她……"

景延打断了她的话："够了，吵死了。"袁茵的话又因为他这话而哽在喉间，她嗫嚅着，无措极了。她叹了一口气，目光落在地上的行李箱上，顺势转移话题："延延，你是要去哪里吗？怎么把行李箱拿出来了？"

景延没理她，他将眼罩戴上，一副"我不理你，你也别理我"的样子。

袁茵蹙眉，忍不住关心道："延延，你如果要出去，跟妈妈说一声吧，不然妈妈会担心的。妈妈可以给你打点钱，你出去也能玩得开心点。"

景延薄唇一抿，说："出去。"

袁茵张了张嘴，欲言又止，过了半晌，她终于还是安静地出去了。

她一走，景延就暴力地扯下了眼罩，回到电脑前。袁茵这次回来，一待就是一个月。一想到这个他浑身都在暴躁，看来还是得找个理由出去避避了。

至于袁茵放在旁边的水果，他连个眼神都没给。

距离许星摇发消息过来已经过了五分钟了。

景延："许星摇，周日你就去集训了，这个作业是周一要检查的，你又不用被检查，你还做吗？"

许星摇："做。"

意料之中。景延扬了下嘴角，她就是个学习狂魔。

景延："如果是我，我就不做了。"

两秒后。

景延："好吧，那我不抄了，下了。"

许星摇看着景延发过来的消息，沉默了一会儿，这个人简直是莫名其妙。

正好这时候方馨已经铺好了床，她走过来跟许星摇说："困了就去睡吧，不困就再玩一会儿。芊芊今天会回来得比较晚，我会让她轻一点儿，别吵醒你的。"

许星摇抿着唇，牙齿咬得紧紧的，她喉间苦涩，说不出话。

她与毛鸿运夫妻非亲非故，可是他们仍是剖出了一颗真心待她。她自己都觉得自己麻烦，但是方馨脸上除了笑还是笑，处处都在为她着想，压根没有把她当成麻烦。

从来，从来没有人这样对过她。

饶是许星摇的心再冷冰冰，也不由得融化了大半，这世界上怎么会有这么好的人呢。许星摇灰暗沉重的心头像是被人用手拨开了浓厚的云雾，透进来一丝碎金般的光芒。

许星摇又一次说了“谢谢”。

方馨心里一暖，她揉了揉许星摇的头，说：“傻孩子。走，我带你去洗漱。”

毛芊芊是在深夜十二点回来的，那时许星摇已经躺下了，她拥着被子，听到外面传来毛鸿运刻意压低了音量的吼声。过了不知道多久，在许星摇睡得迷迷糊糊的时候，她感觉到有人进来了。对方动作顿了一下，在她身边躺下了。

许星摇慢慢地睡熟了，说来也奇怪，她在这样陌生的环境里睡得还挺好的。

早上六点，许星摇醒了。

她看了一眼旁边睡得正香的女孩，女孩长得很漂亮，睡着的样子像个洋娃娃。许星摇没吵醒她，蹑手蹑脚地出去了。

桌上摆了很多早餐，看得出来方馨很早就起来做了。

许星摇刚洗漱好，就见方馨从厨房里探出个头，说：“星摇醒啦，快吃早餐吧，都在桌上，自己吃啊，别客气。”

许星摇点点头：“好，谢谢您。”

“傻孩子，又客气！”

许星摇坐在餐桌前，发了一会儿呆。她突然抬头看向厨房，那里有方馨影影绰绰地忙碌中的身影。她第一次有了一种家的感觉，很温馨。

许星摇心中一暖，她发现她还挺羡慕毛芊芊。何其有幸，她可以拥有这样一个家庭。或许这样的家庭是万千普通家庭中的一个，可这也是许星摇今生无法拥有的。

许星摇拿起桌上的水煮蛋，安静地剥了起来。

早上十点，她要去学校和其他参与竞赛的人会合，前往一个专门的地方参与集训。沂市对数学竞赛很看重，今年也像往年一样会对这些参赛学生进行系统的集中培训。参加集训的学生来自沂市的各大学校，高手如云。集训为期一周，这一周是从他们紧张的学习时间中抽出来的。一周过后，他们会一边上学，一边接受来自各自学校的更加细致的培训，半个月后，再一起奔赴战场。

毛鸿运也出来了，看到许星摇，他眉间微松：“我待会儿送你去学校。好好学习，这次的培训很重要，家里的事情你就不要过多操心了，这不是你这个年龄该操心的事情，老师和学校都会帮你的。”

许星摇颔首，她嘴角抿出笑，说：“我会努力的。”

两个人说话间，毛芊芊醒了，她抓着头发走出来。

对上毛芊芊的目光，许星摇轻轻地一颔首，与她打招呼。

毛芊芊不太自然地移开目光：“妈，我衣服找不到了——”

毛鸿运的脸色瞬间沉了下来。

方馨说：“给你洗了，那件都脏了，你换一件穿啊，乖。”

毛鸿运说：“不知道叫人？昨晚玩到那么晚才回来，我还没来得及收拾你！”毛芊芊轻哼一声，转身回屋去了。

碍于许星摇在，毛鸿运不好教训毛芊芊，他一口气堵在喉口，不上不下，脸色越发难看。

方馨叹着气：“你别跟她这样说话了，青春期的孩子叛逆，你越这样说，她与你离得越远。”

毛鸿运皱眉道：“惯得她。”他的余光看到许星摇，便沉沉地叹了一口气。要是他有这样的女儿，做梦都得笑醒。

许星摇沉默地喝完一碗粥，收好东西。

毛鸿运给她提着东西，说：“你带些衣服去集训中心，其他的放在这里就好。等你回头住到宿舍，我再给你送去宿舍吧。”

许星摇自然说好，这样再方便不过了。至于那个家……她或许是回不去了。周淑兰坚持送她回乡下的原因她想不通，真的想不通，但是她无论如何都不会屈服。

看着帮她收拾东西的毛鸿运和方馨，许星摇苦笑，生父生母还不如一对跟她毫无关系的夫妇。

许星摇背着一个书包，手里拉着一个由毛鸿运提供的行李箱。

远远地，她就看到了一辆大巴车和车前数个意气风发的同学，骄傲写在他们的脸上。从他们身上，许星摇或多或少看到了一点儿自己的影子。她想，她和他们大概是有共性的吧。

走近后，许星摇在人群中看到了一个熟悉的却又不该出现的人。

她看似很平静，但是仔细看，会发现她的表情有细微的扭曲。

景延一点儿自知之明都没有，他咧着大白牙跟她挥手：“喂，许星摇，这边！”

许星摇不知道这个人怎么会在这里，一个成绩倒数到要去扫厕所的人，现在站在了全校的数学学霸之中，而且在那里傻笑，傻得她想装作不认识他，偏偏他还主动打招呼……

许星摇扶额，她低着头快步走过去，生怕他再喊一次让她成为全场焦点。

她没注意到，景延喊她的名字的时候，清北班的宋言北、岑晨，还有特长班的两个男生都闻声望来。

这就是许星摇？那个刚转校过来就直接碾压了他们所有人的青藤班的人？他们的心情有点儿复杂。

许星摇走到景延面前，没好气地说："叫我干吗？"

"你没看到他们都一个班一个班地站在一起吗？这叫小团体，懂不懂？"许星摇自动屏蔽他说的废话，她疑惑地问："你也要去参加竞赛？"

景延说："对啊，看不出来吗？"

许星摇认真点头："看不出来。"

景延瞪着她："反正这是既定的事实。"

行吧，他还挺神通广大的。许星摇耸耸肩，懒得再问。

一转头看到辛玥，许星摇真的开始怀疑起这个竞赛是否正规了。怎么回事？一个个成绩没达到资格线的全都出现了？接下来是不是该告诉她这只是来玩玩的？

许星摇微恼，她第一次对云十一中产生了质疑。

看到她的表情变了，辛玥得意了，她朝许星摇扬了扬下巴。

一个女孩走了过来，说道："景延是考的，辛玥是找了人才来的。"这个人是岑晨，清北班的学霸。

景延被拆穿后有些不爽，他瞥了她一眼，说："你知道得还挺多。"

岑晨耸耸肩。

许星摇看着景延，若有所思。

景延的表情有点儿不自然："看我干吗？"

"看不出来，原来你成绩很好吗？"许星摇迟疑地问。

付以听还跟她说景延的成绩简直没救，可是事实好像不是这样？

景延别开了脸，说："管那么多。"

许星摇觉得这个人真别扭。她没再问了，她总会克制住自己对别人的好奇，适可而止，与人保持适当的距离。

辛玥也听到了他们说的话，被岑晨揭穿，她的脸上顿时就挂不住了。她轻哼一声，离开了。她实在是不甘心，才想尽办法求来了这个集训机会。她本以为没有人知道，所以刚刚面对许星摇，她才那么得意，没想到岑晨居然连这个都知道。

岑晨突然笑了起来，露出了小虎牙。她跟许星摇打招呼：“你好，我是清北班的岑晨。”

许星摇点了点头：“你好，许星摇。”

岑晨眉眼弯弯：“我可以跟你一起吗？”

景延不悦地扫了她一眼，什么一起？又不是一个班的，小团体懂不懂啊？

许星摇说：“可以。”

景延更不爽了，她答应得这么利落干什么？

岑晨像是没感觉到他的不开心，她很开心地凑到了许星摇身边。能者相吸，许星摇对她有一种天然的吸引力。

宋言北见岑晨一来就不走了，他也走了过来。

景延无语，这些人是不是有病？都往这边凑什么？跟他抢人吗？

陆家也在忙。陆星旖要去参加集训，一去就是一周。这可是大事，全家上下紧张得不行，提前一个星期就开始准备，生怕什么东西没带上，委屈了“小公主”。

陆星旖本人表示自己不需要那么多东西，她又不是娇滴滴的妹妹，她很独立、很能吃苦的。但是她的意见直接被众人无视，老太太和陆夫人恨不得把整个家都给她带上。

陆老爷子表面上一副看不惯他们这么宠孩子的样子，其实他心里也想这么做，只是不好表现出来。他摇着头，“眼不见心不烦”地走开了。

陆为修正在书房工作，见陆老爷子进来，他连忙起身。

“玉佩的事怎么样了？”陆老爷子问。

“已经修复保养好了，您看一下。”陆为修拿出一个锦盒递给陆老爷子。

陆老爷子拿出来仔细看过后，却并没有叫他给陆星媛，而是先收了起来。

从云十一中到集训中心得坐两个小时的车，车是普通的大巴车，两个座位连在一起。许星摇先上车，景延跟岑晨几乎是并排上来的。岑晨看了景延一眼，景延也瞥了她一眼，下一秒，他就冲过去坐在了许星摇身边。

幼稚！岑晨愤愤地走向后面，坐在了宋言北身边。

宋言北好奇道：“你那么喜欢许星摇？”

他们认识一年，多次一起参加比赛。他熟悉岑晨，知道她不是会主动与人交往的性子，更别提这样程度的主动了。

岑晨调皮一笑：“她浑身上下仿佛在发光。”

宋言北若有所思："是吗？"

学校这次下了血本，订的是五星级酒店，而且一人一间。许星摇很满意，她不喜欢与别人合住。

集训由一个姓邢的女老师带队，估摸着他们放好行李了，邢老师通知他们去吃午餐。

许星摇打开门，对面也刚好开了门。她抬眸，对上了一双桃花眼。

景延热情地跟她打招呼："好巧啊，许星摇！"

许星摇沉默着关上门，往餐厅走去。

景延"哎"了一声，没拦住人，他紧走三两步追上她，问："吃什么？要不要试试这酒店的自助餐？"

"不要。"

"试试下午茶？"

"不要。"

景延还要说什么，许星摇停下脚步，忍无可忍地闭了闭眼，然后她一字一句地说："学校安排什么，我就吃什么。"

"啧。"景延抵了抵舌尖，说，"挺乖。"

这是唯一一个老是用"乖"来形容她的人，不过许星摇还是连眼神都懒得给他。

"哎，许星摇，你都没点儿追求啊？"

"比如？"

见她终于理他了，景延立马顺着杆子往上爬，他嘴皮子飞快："啤酒炸鸡，龙虾烧烤。"

许星摇嘴角一抽，果然，这种人就不能理，给他三分颜料，他就能开个染坊。

"云十一中的人来这里集合。"邢老师拿着一面小旗子招呼着。

云十一中的名头响当当，陆星旖忍不住看了过去。

"看什么呢？老师叫我们啦，我们过去吧。"

陆星旖收回目光，笑道："刚刚看到一个侧脸跟我很像的人。"

"这有什么，侧脸而已嘛。走了。"朋友不以为意。

陆星旖的学校是沂市最高级的学校诺德一中。想要进诺德一中，不仅自己要优秀得能通过学校的考验，父母还得是优秀的、对社会有一定贡献，或者有一定社会地位的人士。诺德一中门槛之高，就连云十一中与之相比，也稍微逊色。

这次的竞赛，诺德一中很重视，派了不少人来。

虽然说是集中培训，但是不同学校的学生之间泾渭分明。陆星旖这一走就没再看到过那个女孩，她也没再将这件事放在心上。

学校订了饭，种类还挺多，许星摇选了一份一荤一素的盒饭，找了个地方坐下吃。见她如此，景延心思一转，也随手拿了一份饭菜，坐在她身边。

察觉到身边的椅子动了，陆星摇懒懒地抬了抬眼。

“许星摇——”

许星摇没理。

男生吊儿郎当的声音接着传来：“我的菜都好难吃，能不能吃下你的？”

“不能。”

拒绝还不够，她默默地将饭盒端起来，背过身去吃。

围观了这一幕的云十一中的人发出爆笑，景延却压根没在意，又跟了过去。

岑晨跟宋言北说：“怎么办，感觉景延像是一只……哈士奇？”

宋言北忍俊不禁：“噗——”

景延并不知道自己的形象荡然无存，他热衷于在许星摇跟前找存在感。趁许星摇不备，景延筷子猛地一伸、一夹，而后他得意地夹着菜往自己嘴里放。

面前的饭突然就被“玷污”了，许星摇的动作一顿，仔细一看，她的手有些僵硬，甚至在发颤。远处，辛玥鬼使神差地拍下了刚才的一幕。手机屏幕上，赫然显示出景延从许星摇的饭盒里夹菜的场景，两人的动作十分亲昵。然而，事实上，两人之间并没有产生一点粉红泡泡，反而剑拔弩张。

许星摇压制住涌上心头的情绪，咬着牙，一字一顿地说：“你想找死——”空气中仿佛凝结了一层寒冰。

云十一中的所有人都伸长了脖子，疯狂地朝这边瞄过去。

景延意识到危险即将来临，他笑嘻嘻地试图挽回：“别这么小气，我只吃了一口。”

许星摇皱起眉头，忍了又忍，最终还是没能忍住，她努力平缓呼吸，试图让自己冷静下来：“你的意思是觉得不够吗？那你还想吃几口？”

啧，小姑娘的阅读理解做得还不错。

景延眼中闪过一丝笑意，他毫不畏惧地说：“我想吃一整份。”

所有人都倒吸了一口凉气，他们毫不怀疑，许星摇很有可能会把整个饭盒扣在景延的头上。景延也在思考她会怎么做，他已经很久没有体验到这种充满刺激的挑战感了，这种下一秒的走向完全不由他掌控的挑战感。

许星摇的手腕一动，她单手提起饭盒。

围观群众纷纷激动起来，她要把饭盒扣在他的头上吗？

景延也这样猜测，他眼疾手快地按住了她的手，说："别啊，冷静点，发火不好。"

许星摇冷冷地瞥了他一眼，然后面无表情地站起来，把饭盒扔进了垃圾桶。

景延站起身，把手里的饭也扔了，他快步跟上许星摇。

许星摇目不斜视："你又在做什么？"

"你怎么不打我？"

许星摇用一种看待小孩子的眼神看着他。

景延终于意识到自己说了什么，他摸了摸鼻子，想撤回，但现实中好像没有这个功能。他转移话题道："喂，你要回去睡午觉吗？"

许星摇停下脚步，仰头看着他，又突然往后退了两步，认真地说道："你……别离我这么近。"

景延再次被打击，他不敢相信地指着自己和许星摇确认，见许星摇点头，他瞬间就没了劲。

他气若游丝地说："许星摇，你是第一个叫我离远点的人。"

许星摇点了点头："那我还挺荣幸。"

景延一下子没话说了。

然而，即使她这么说了，也丝毫不影响他。她越让他离开，他越是不走。

"我看你也不像是要去睡觉，应该是要去学习吧？一起吗？"他自己给自己找了个借口，"我有几道题不会，想请教你，学霸。""学霸"两个字从他嘴里说出来感觉总是格外不一样，像是带着狂妄的调戏。

"不行。"许星摇摇了摇头，声线仍然平静得连个起伏都没有。

"这么小气啊。"景延说着，从语气里却听不太出来他是真遗憾还是假遗憾。

许星摇低声道："别跟着我了。"

"我只是要回屋。"景延无辜地耸了耸肩。

许星摇看了他一眼，没说信还是不信，她只是没再理他。

她没话了，景延开心了，他有种占了上风的赢家的感觉。许星摇太给人挫败感了，所以哪怕只是占了一点儿口头上的上风，都格外令人愉悦。

邢老师通知一个小时后集合，不过许星摇没打算休息，她回到房间后就拿出了习题册。

一个从小县城出来的孩子能在接受高级教育的千军万马中脱颖而出，靠的怎么可能只是天赋？她今天的成绩和知识储备，离不开她的天赋，也离不开她后天的努力和刻苦。

估计快到邢老师通知的时间了，许星摇收好习题册，拿上笔记本和两支笔出门。

紧接着，熟悉的场景又出现了——她的门刚打开，对面的门也开了。

景延依旧是一身休闲装，和刚才不同的是，现在的他戴了顶帽子。

许星摇皱着眉头，怀疑他是否时刻准备着抓住她。想了想，她又觉得“抓住”这个词用得不恰当，她自顾自地摇了摇头。

不过她也差不多摸清了景延的性格，于是她一个字没说，无视他，慢吞吞地关上门离开。

景延一直在注意着许星摇的动静，此时装作偶遇的样子，很高兴地凑上来打招呼：“好巧啊，许星摇！”

“嗯，可真是太巧了。”许星摇随口敷衍着。

她大概清楚了，她表现得敷衍他就安静了，她认真地跟他说话，他就会烦她很久。

景延一顿，她这么乖干什么？

她明明又不是很乖的人，搁这儿玩诈骗呢？

他不死心地继续找话题：“许星摇，我们是一个班的，所以我们是个小团体知道吗？你得跟我一起出入，那才叫团结。”

“辛玥也来了。”许星摇提醒，言外之意是你去团结辛玥吧。

景延脸一黑。

“星旖！”一个女生突然跑过来，说，“你怎么在这里呀？李老师正找你呢。”

星旖？景延的笑容淡去，他观察着许星摇的反应。

许星摇一脸莫名其妙地说：“你认错人了吧？”

女生眨了眨眼睛，看清楚她的打扮后，她结结巴巴地说道：“好像是……认错了。”星旖不可能穿这样一看就很便宜的衣服，而且这种打扮也不是星旖的风格。

女生挠了挠头，说："可是你们长得也太像了。"

许星摇没把这话放在心上，她准备离开，女生突然抓住她的手，说："同学，不好意思，我可以问一下你是哪个学校的吗？你叫什么名字呀？我觉得我们还挺有缘分的！"

许星摇没有交友之心，她只简要地说道："云十一中。"

"我是诺德的！集训的时候一定会有一起学习的机会，到时候见呀！那我先走啦。"

女生很热情，对比之下，许星摇就显得很冷漠。

她没把这个插曲放在心上，景延却不一样了，他有一肚子问题想问。

难道许星摇真的和陆星旖没关系吗？她们长得有七八分像，名字里都带了一个"星"字，这未免过于巧合了。

邢老师远远地瞅见景延跟着许星摇，当即就警惕了起来："景延你干吗呢？是不是在欺负同学？"

众人忍笑，没办法，景延的形象太深入人心了。

景延笑道："这您可就冤枉人了，我是在好好学习呢。"

邢老师狐疑地看他几眼，然后才勉强收回视线："好了，都到齐了没有？集合了，待会儿去大教室咯。"她点完名，突然皱眉，问，"高二青藤班的辛玥呢？"

邢老师看向跟辛玥同班的景延，景延看向天花板。

邢老师又看向许星摇，许星摇哪里知道，她也默默地移开了目光。

邢老师认命地给辛玥打电话。过了一会儿，邢老师回来了，她没有说什么，带着众人去了大教室。

集训时自由选择座位，统一授课。

许星摇默默接受了景延坐在她旁边的现实，另一边很快有人落座，是岑晨。岑晨抱着书冲她一笑，许星摇犹豫了下，点了点头。

宋言北坐在了岑晨旁边，他实在好奇许星摇身上有什么魅力。

这一节课上了一个小时，饶是许星摇也被满满当当的知识点灌输得有点头晕。她看了一眼旁边的景延，发现他已经昏昏欲睡，头顶还竖起了几根呆毛。许星摇无意识地扬了下唇。

一节课下来少不了交流，岑晨真的佩服许星摇，她的逻辑思维能力远胜于他们。好不容易下课了，岑晨拿着空空的杯子问许星摇："要去装水吗？"

许星摇站起身，说：“嗯。”

景延看了一眼岑晨，然后他压低帽子，趴在桌上，真的睡着了。

大概是强者之间多少有些惺惺相惜，连许星摇这种本性疏离的人都开始接纳岑晨。还有一个原因，只有许星摇自己知道，岑晨身上的自信在吸引着她。

她不是这种人，但是她羡慕这种人。

开水间里人不少，都在有序地排队。

许星摇和岑晨站在队伍后面，很快，后面又来了两个正在说笑的女生。许星摇和岑晨都没有在意，她们低声讨论着刚刚的一道数学题。

许星摇有一个问题没想明白，岑晨有……很多个问题没想明白。随着讨论的深入，岑晨的眼里逐渐散发出惊艳的光芒。

能来参加集训，其实岑晨也不差。两人说着说着，许星摇感觉困扰着自己的那个问题快要想通了，她离答案只差一步之遥了。

这时，旁边突然响起一道声音：“你——”发声的是站在她们后面的人。

这人声音尖锐，打断了许星摇的思路。

思路一被打断，就难以接上了，许星摇眉尖紧紧蹙起，她看向了身后。

陆星旖看见许星摇跟岑晨说话时的侧脸，便已经十分惊讶，而后许星摇露出正脸，陆星旖更是一时失声了。

许星摇的怒气在看到陆星旖时也消散了个干净。

这世上，怎么会有长得如此相似的两个人？像到……不可思议。

陆星旖穿着某国际运动品牌的套装，短袖、短裤、运动鞋，许星摇穿着普通的白色 T 恤和短裤、帆布鞋，加上极其相似的长相，两人的相似度可以说高达百分之九十。

四目相对，两人面上皆是愕然。

陆星旖身边的女生郁雅和岑晨都说不出话来。

过了半晌，郁雅忍不住问陆星旖：“你真的只有一个双胞胎妹妹吗？”

她想问的其实是陆家是不是抱错孩子了，陆星媛跟陆星旖一点儿也不像，反倒是跟前这个女孩儿和陆星旖的相似度这么高。

陆星旖的脑子完全乱了，这个问题她也想问问妈妈……

陆星旖好歹见过不少的大场面。她勉强缓过神，迟疑着打了个招呼：“你好——”

许星摇捏了捏掌心，迫使自己冷静下来，她轻轻颔首。

“我叫陆星旖，大陆的陆，星星的星，旖旎的旖。你呢？”陆星旖温柔地笑了笑，说道。无论她们是什么关系，陆星旖都觉得很有必要跟这个女孩儿认识一下。这么巧的事情，世界上应该没有第二件了。

她注意到，在听到她的自我介绍后，对面两个女孩的脸色俱是一变。

许星摇眉尖轻蹙，这件事凑巧得……有点儿过了。事出反常必有妖，一时间连她都不敢轻易踏出下一步。

陆星旖见她微微低头沉思，便俏皮地把头一歪，凑到她跟前问：“你在想什么呀？”

被女孩儿的气息喷在脸上，许星摇身体一僵，她退后了一大步。

陆星旖有些受伤：“别害怕呀，我又不是坏人。”她继续道，“我们交个朋友好不好？我觉得我们很有缘分哎！”

许星摇紧紧地凝视着她，片刻后，她道：“许星摇，卿许的许，星星的星，摇头的摇。”

许星摇看到对方愣住了。

陆星旖喃喃：“这么巧啊……”

陆星旖睡前跟陆夫人沈明诗进行视频通话时，不免说起这件事儿。

“妈妈，我今天遇到了一个跟我长得很像的女孩儿，她是云十一中的，跟我长得特别、特别、特别像！你都无法想象她跟我长得有多像！”陆星旖的吃惊一直到通话时都没淡去。

沈明诗笑着配合女儿，问：“有多像？”

“说一模一样都没差了，像到连郁雅都问我，我真的只有一个妹妹吗？”

临睡前，沈明诗跟丈夫闲聊，提到这件事。

陆为修也有些惊讶，事关宝贝女儿，他想了想，说：“我叫人去查查。”

这一查便查出了更深的巧合。

旖旖所说的那个女孩儿，竟然是偷窃他们玉佩的那个女人的女儿！

玉佩，和旖旖长得一样的女孩儿……这似乎已经不仅仅是巧合了。

之后的几天，整个陆家陷入震惊与忙碌之中。

在得知这件事后，陆老爷子吩咐人取了陆星媛和陆为修的头发去做鉴定，鉴定结果显示他们之间并无血缘关系。

鉴定的结果很简单，可是他们看了很久很久。

他们不愿意懂，也不想懂。

这太荒谬了！这种事情怎么可能会发生在他们身上？陆星媛是他们从

小宝贝到大的孩子，怎么可能不是他们的亲人呢？

陆老爷子拿着鉴定报告，双手颤抖。这位头发花白的老人，脸上满是痛苦和挣扎。

陆为修和沈明诗也没有好到哪里去。陆星媛可是他们辛辛苦苦养了十七年的女儿呀，他们把她从一个小不点儿养成现在亭亭玉立的少女，怎么能、怎么能是错的呢！

陆家所有的人从那一天开始就再没平静过。

就在沈明诗愁得日夜难安的时候，陆星旖打来了电话。她为了不让大女儿担心，硬是强撑出一副正常的模样，摆出满脸温柔的笑意，但是这伪装在听到陆星旖的话后彻底崩塌。

沈明诗找了个借口，离开了陆星旖的视线。

“旖旖，你和你说的那个孩子这么有缘分呢？”陆为修无声地叹了一口气，接话道。

陆星旖点头：“是呀，而且她的名字里也有个星，真的特别巧。”

这何止是巧……沈明诗抓紧了丈夫的手，眼中止不住地冒出泪水。

哪有这么巧的事呀？那孩子……媛媛不是他们亲生的孩子，那孩子就……沈明诗痛苦得整颗心都绞在了一起。

陆为修又何尝不痛苦？沈明诗想到的，他自然也想到了。

“她，她好吗？”沈明诗迟疑了下，问。

这是什么问题？陆星旖皱起眉，说：“挺好的呀。”

陆为修笑道：“旖旖，你妈妈今天有点儿不舒服，得去睡了。你也早点儿睡觉，知道吗？”

陆星旖了然：“这样啊。好，那妈妈你乖乖地去睡觉哦。”

视频一断，沈明诗就扑在丈夫怀里大哭起来，连日来的崩溃情绪在这一刻尽数发泄而出。

陆为修眉心紧皱，连声叹气。他的手掌轻抚她的背部，试图缓解她的痛苦，即便他自己也是痛苦不堪。

这时，陆星媛来了，她敲响书房的门：“爸爸！我可以进来吗？”

沈明诗突然安静下来，她紧闭着眼睛摇了摇头，神色看起来痛苦极了。

陆为修哪里忍心，他叹了一口气，说：“媛媛，爸爸在开会，你先回去。”

陆星媛感到有些奇怪，明明她看到妈妈进去了呀。不过她没有多想，只是说：“好吧，那我先走了。爸爸你待会儿来找我，我新学了一首曲子，弹给你和妈妈听！”

陆为修嗫嚅着唇，好不容易挤出来一个“好”字。

沈明诗突然抓住陆为修的衣服，挣扎道：“老公，我们……过几天去看看她吧……”她受不了这样的折磨了。

陆为修捏了捏眉心，颔首。

沈明诗没有再打扰他办公，她独自回到一楼客厅，想再喝点儿酒。

家里的用人正在收拾，被她叫住：“不用收了。”

周姨赶紧放下手里的红酒，笑了笑，说：“哎，我还以为您不喝了，想着给收起来呢。”

沈明诗摆摆手，说：“你去煮两碗青菜面，我看嘉实、嘉辰快回来了，该饿了。”

兄弟俩去射箭馆射箭了，这一去就是一晚上，使了那么多力气，怎么能不饿呢。

周姨应了一声，瞅着沈明诗的脸色，她又忍不住问：“夫人，我看你这两天脸色不太好，是不是发生什么事了？”

沈明诗苦笑，她用手抚上脸颊，想着有这么明显吗？

她刚想吐几句苦水，可是想了想，又咽了回去：“公司的事罢了，快解决了。”

周姨仍是笑着点了点头：“那就好。”她的眼底却有着迟疑。

陆家人这两天太不对劲了，别人看不出来，孩子们年纪小不会想那么多，但是她在陆家工作这么多年，跟陆家人如此熟悉，哪里会看不出来呢？

她擦了擦手，去了厨房：“哎哟，两位少爷该到了，我得赶紧喽。”

她刚走，外面就传来车子的声音，司机送兄弟俩回来了。

沈明诗刚要迎出去，楼上就传来陆星媛的脚步声。

“是哥哥、弟弟回来了吗？”陆星媛欢欢喜喜地下楼。

没人注意到沈明诗动作一僵，她现在对媛媛的心情太复杂了。

好在陆星媛忙着去找哥哥、弟弟，还没来得及找她。

陆嘉实抱住扑过来的妹妹，宠溺地揉揉她的头，说：“今天在家乖不乖？”

陆星媛得意地扬起脑袋，说：“当然乖啦。”

沈明诗见他们竟在外面聊起了天，无奈地走出来喊他们：“快进来，你们在外面干什么呢？”

陆嘉辰三两步走过去，搂着她的肩膀说着今天的战绩，说着说着，他发现沈明诗的情绪好像不太好。

陆星媛也正跟哥哥说这事呢：“哥哥，妈妈今天好像不太舒服。”

陆嘉实眉目一凛，他比弟弟妹妹们大一些，早早地就被爷爷和父亲带在身边锻炼，年少早熟。

闻言，他拍了拍妹妹的手，说：“我去和母亲说说话。”

陆嘉实三两步走到母亲身边，陆星媛不乐意了，她也追了上去，玩笑着去跟弟弟抢妈妈。陆嘉辰宠她，装模作样地争抢了一会儿就退开了。没想到，在陆星媛接触到沈明诗手臂的一瞬间，沈明诗竟反射性地收回了手。

陆星媛愣住了，陆嘉实、陆嘉辰也愣住了，三双眼睛齐齐看向沈明诗。

沈明诗也没想到自己下意识的反应会这么激烈，她嘴唇微动，一时不知该怎么解释。

几秒钟的时间，仿佛过去了一个世纪，沈明诗终于找到了理由：“都离妈妈远点儿，妈妈有点儿感冒，怕传染给你们。”

原来是这样啊。

陆星媛松了一口气：“我还以为妈妈不喜欢我了呢！”

陆嘉辰嗤了一声：“妈妈不喜欢谁也不会不喜欢你啊。”

沈明诗抿紧了唇。

好在三个孩子打打闹闹，谁也没意识到她的不对劲。

进了屋，周姨已经把面端上桌了，看到三个孩子，她扬起笑，道：“饿了吧？我给你们下了青菜面。媛媛饿不饿呀？想不想也吃一碗？”

陆星媛摇头：“周姨，我要一杯牛奶，热的。”

“好，你是不是要和哥哥弟弟们玩？等你要去睡了我再给你热，省得凉了。”

周姨最妥帖不过了，陆星媛连连点头，转身又缠着陆嘉辰，她想和他一起打游戏：“你就带带我嘛。”

看着姐弟俩玩闹，不知为何，沈明诗更难受了。

陆嘉实不动声色地搭着母亲的肩膀，说：“妈，我有点儿事想跟你说，你陪我去我的书房好不好？”

陆星媛兴奋地凑过来，说：“哥哥！我也想听！”

陆嘉实摇摇头：“是公司的事情，媛媛乖，你听不懂。”

既然是公司的事，那让陆星媛听她也不肯的，枯燥又无趣，于是陆星媛继续去缠陆嘉辰。

周姨见陆嘉实要走，忙道："面好了！吃完再去吧？"

陆嘉实摆摆手："嘉辰吃吧，我不吃了。"直觉告诉他，家里一定发生了什么大事，他迫切地想知道到底发生了什么。

陆嘉辰嘟囔了一句："怎么都奇奇怪怪的啊？"他冲周姨咧嘴，"我哥不吃我吃，嘿嘿。周姨，给我来一大碗！"

周姨笑着说"好"，又忍不住迟疑地看了一眼陆嘉实和沈明诗离去的背影。

不对劲，很不对劲。

陆嘉实想问什么沈明诗都知道，但是她不能说。在调查清楚之前，她不能告诉任何人，否则很容易伤害到他们。

沈明诗揉揉他的头，欣慰地说道："妈妈只是有点不舒服，过几天就会好的。我们嘉实都知道关心妈妈，妈妈很开心。"

陆嘉实不相信，他叹了一口气："妈妈，我已经长大了，如果……家里有什么事，我希望我也可以帮你们分担。"沈明诗的眼眶瞬间湿润了，她教育出来的孩子们都很好，只是不知道……那个留在外面的孩子，她过得怎么样……

挂掉电话，陆星旖又做了一套题，做得头昏脑涨的，她忍不住起身去外面走走。

集训的地方离市区比较远，是个山庄式酒店，住宿区外是一片湖，湖上有座亭子，还有座桥。她记得小时候跟爸妈去度假，住过一个跟这里很像的酒店，她和媛媛经常在桥上玩，还一起欺负陆嘉辰，那个小笨蛋最好欺负了。

想起弟弟妹妹，陆星旖忍不住笑了。她拿出手机拍了张照片，想给陆星媛发过去，却在放大看的时候发现桥上有个人。

她心里一惊，再放大看，发现那个人竟然坐在桥边。

社会新闻上那些轻生的例子一个个地钻进她脑子里，陆星旖有点慌张。她赶紧跑过去，跑了两步又觉得声音太大，于是她又慢下来，悄悄地走过去。

走近了，陆星旖才发现这个人竟然是白天遇到的许星摇，她的心一下子跳到了嗓子眼。

陆星旖憋着气靠近，生怕发出一点声音。手终于碰到许星摇的衣领了，陆星旖简直要喜极而泣——但她还没来得及高兴两秒，就见对方突然转过头来。

四目相对，陆星旖吓得惊叫出声，她差点把手里好不容易抓住的衣领扔了。不过她还是保持理智，结结巴巴地说："许、许星摇，你别……想不开啊。"

许星摇有些头疼，她只是来这里吹吹风，怎么就想不开了？

一整天的高强度训练过后，她有点疲惫，于是决定出门走走，走着走着就走到了这里。

深蓝的天空上闪烁着漫天繁星，像她小时候在外婆家的小院里看到的天空。那个苍老的老人将她搂在怀里，温柔地轻抚她的背，给她指着天上的星星，告诉她那些星星的名字。

外婆没有电话，她已经很久没有与外婆说过话了。

她有父母，却像个孤儿一样无依无靠。前进的路上充满了荆棘，每一步都十分艰难，但身后是无边的悬崖，退一步就意味着粉身碎骨，她没有退路。

即使是炎热的夏夜，她的心依然冰凉。

桥边有装饰小灯，灯光吸引着许多小鱼，鱼群争相跳跃冒泡。许星摇看着它们，突然觉得如果能成为鱼食，或许对这个世界也是一种特殊的贡献。

许星摇想着想着，忽然觉得自己有些好笑，她在胡思乱想些什么呢。她正欲起身离去，却发现衣领被人抓住了。她好奇地回头，然后就听到了刺破耳膜的尖叫声。

许星摇发誓，她长得一点儿也不恐怖，表情也并不狰狞。

许星摇无奈地看着死死地攥着自己衣领不肯放的手，试图解释："我没有想不开。"她叹了一口气。

陆星旖才不听，醉汉怎么会说自己喝醉了呢？求死的人肯定也会撒谎说自己不想死的。

"你、你先别说了，你先上来……"她一副许星摇不上来就什么都免谈的样子，一点儿松手的意思都没有。

许星摇身上的白色T恤是周淑兰在买菜的时候花了七块钱随手买的，脆弱的质量可不允许被这姑娘这么用力地攥着。为了衣服着想，许星摇不得不"先上来"。

起身后，她原以为可以跟陆星旖好好说话了，没想到陆星旖撒开嗓子就喊："救命啊——有人要跳湖啊——"

陆星旖只吼了这么一句，嘴巴就被许星摇给封住了。

两张有八九分相似的脸，一张脸上是被桎梏住的委屈，一张脸上面无表情。

陆星旖快委屈死了，这家伙的战斗力怎么这么强，强到她根本动弹不得。她撇了下嘴：“你放开我嘛……”因为嘴巴被捂住，所以她出口的声音就变成了“呜呜呜呜”。

许星摇实在不知道她在说什么，又怕一松手她就再次喊出来，她只能默默地听着陆星旖在那儿“呜呜呜呜”。

过了半晌，在陆星旖的手舞足蹈下，许星摇终于松了手。

陆星旖努力平复着因为刚刚的挣扎而变得急促的呼吸，许星摇倒是没什么太大的反应，她平静地眺望着远方，静谧的夜里一时只有陆星旖的呼吸声。

平复好了呼吸，陆星旖忍不住说：“我刚刚真的以为你要跳下去……吓死我了。”不怪她想太多，实在是刚刚许星摇给人的感觉很容易让人误会，她的背影孤寂又清冷，好像独立于整个世界之外。

许星摇冷淡的脸上难得露出笑意：“没有。”

“真的没有吗？”陆星旖狐疑道。

许星摇轻缓地点了下头。

陆星旖捂脸道：“好吧，原来是一场误会。”

许星摇笑了笑，没回应，她或许有过那样的念头，但她到底还是缺少一分勇气……和机遇吧。陆星旖放下手，偏头看着许星摇，说：“我觉得我们好有缘分，可惜现在才认识。你的数学成绩也很好是不是？我以后能不能找你一起研究数学题呀？”

她虽然是在诺德读书，但是在学校上课的时间并不算多，她更多时间还是在家里上家庭教师一对一的课程，还有一些兴趣班。虽然她有个妹妹，但她们的兴趣截然不同，自然是没法一起的，她有时候还是有点儿无聊。

许星摇毫不迟疑地拒绝了：“不能，我没有太多时间。”

即使有时间，她也宁愿自己一个人独处，而不是和别人待在一起。自己待着多好呀，整个世界都是自己的，和别人待着……她浑身都不舒服。

陆星旖遗憾地低下头，说：“那好吧。许星摇，我们加个微信吧？”她顿了一下，又补充道，“我平时会尽量不打扰你的。”

许星摇犹豫了下，掏出了手机。

其实就算陆星旖经常找她，她也不一定看得到。她不喜欢玩手机，尤其不喜欢上社交软件，这种人与人之间的交际，她讨厌得想想就要窒息。

加上微信好友的那一刻，陆星旖微愣。

这个年轻女孩儿的头像一片漆黑，昵称是一个点，微信号是默认的。她点进去许星摇的朋友圈看了看，没有发过朋友圈动态，朋友圈背景都是系统自带的。

这简直不像是一个年轻的女孩。像什么？像……行将就木的人。

陆星旖被自己的想法吓到了，她慌忙甩甩头，撇开那些乱七八糟的想法。她迟疑着问：“你是……不玩微信吗？”

许星摇点头。

“那你玩什么呢？”

“都不玩。”

陆星旖突然从心底涌现出一股难过的情绪，这情绪来得莫名其妙，却波涛汹涌，猛烈得让她忍不住想哭。

她们两个有一样的年龄，有相似的名字和长相，却是完全不一样的心境。她不知道这个女孩子经历了什么，但她知道她经历的一定不会是什么好事。

陆星旖试探着伸手，想握一握她的手，却被她迅速躲开了，气氛一时安静下来。

时间不早了，明天还要早起，许星摇准备回去了。

陆星旖说：“一起吧，我们同路的。”

月光洒在两个人身上，两个女孩儿远远看上去就像是同一个人。

第四章 他的女儿

知道许星摇出门了，景延在房间里打了几局游戏后便开始有些心不在焉。又过了一会儿，他终于忍不住抬起手看时间，怎么还不回来？都一个多小时了！

他皱了皱眉，不顾柯明文的哀号退出了游戏，随手拿了顶帽子戴上后便往外走。

刚走出酒店大门，他步伐一顿，许星摇和陆星旖两个人到底还是碰面了。

他知道她们长得像，可是此刻两人一起站在面前，给他的视觉冲击更加猛烈，他心里不由得浮现一丝疑惑。

他不想跟陆星旖碰面，脚下打了个转儿便准备回房。

但是陆星旖的眼睛何等厉害，她脱口喊住他：“景延！”

躲无可躲，景延认命地站在原地。他双手插兜，懒懒地问：“叫我？”

陆星旖眯了眯眼，问：“你怎么在这里？”

“我数学这么好，为什么不能在这里？”

陆星旖无奈，怕是全世界只有你一个人知道自己的数学好。

陆星旖扶着额头，她实在是懒得吐槽。想起一件事，她又道：“我爷爷六十五岁的寿辰你记得来。”

景延敷衍地应了：“知道了。”

许星摇不知道他们为什么会认识，但是她不多看，不多问，也不多想，只默默地往前走。

景延才不许，他偏头问她：“你怎么这么晚才回来？去哪儿了？”虽然他的语气吊儿郎当的，但这样真的很像老父亲盘查晚归的女儿。

陆星旖眨了眨眼，问：“你们怎么也认识呀？”

许星摇言简意赅地说道：“同学。”

景延不满，怎么就只是同学？他们明明是同校同年级同班的前后桌啊！这么复杂的关系，岂是“同学”两个字能概括的？能跟他景延有这么复杂的关系的人，普天之下可就她一个，她居然还不知道珍惜！

景延恨铁不成钢地睨了许星摇一眼。

陆星旖了然：“哦，他确实是在云十一中。话说，景延你怎么不去诺德啊？”

景延懒得回答：“我高兴。”

陆星旖也懒得理他了：“星摇，你回去睡觉吧，明天还要早起。我们是七点半集合，你们几点？”

许星摇说：“七点。”

“哇，没有人性。”景延说。

许星摇没多说，只冲陆星旖微微颔首。

景延跟陆星旖没话说，跟许星摇却有一箩筐话。看陆星旖走了，他紧跟在许星摇身边，问：“哎，你跟陆星旖是不是亲戚啊？还是说……你是陆家丢失多年的女儿？”

他是用开玩笑的语气说的，想看看许星摇有什么反应，但是他在她的脸上什么都没看到。她依然面无表情，眼里是对什么事情都漠不关心的冷淡，她甚至懒得回答他一句。

景延有些挫败。这种挫败于他而言，前十七年几乎不曾出现，遇见许星摇之后几乎天天出现，不过他向来不怕撞南墙，撞了那就……换个方向。

他不动声色地转移话题：“你饿不饿？要不要吃夜宵？”

“不饿。”电梯到了，许星摇走到房门口，毫不留恋地拿出房卡。

景延气急败坏地拦住她：“我可是你的后桌，你都不跟我道个别、说个晚安？说走就走啊？”

许星摇犹豫了一下，她不想就这个话题跟景延纠缠，于是勉为其难地开口：“那，晚安。”

许大学霸气死人不偿命，景延服了。

见许星摇要去刷门卡，他挤过去用身体挡住她的手，想了想，他其实也没什么要说的。面对许星摇疑惑的目光，他想了个话题：“明天一起吃早餐吧？”

许星摇说：“我六点起床。”

“真巧，我也是。”某个从来不早起的人面不改色地说道。

许星摇讶异地看了他一眼：“行。”只要你起得来。

另一边，陆家的四个大人一夜无眠。尤其是沈明诗，在孩子们去睡觉后，她一个人喝了很多酒，本来应该醉过去的脑袋，一想到那个孩子的事情就格外清醒，让她愁苦难消。

陆家还是不死心，想再做一次鉴定。这一次，陆老爷子的意思是抽血做。

在这件事情上，他不愿意再看见任何错误发生。

陆家有自己的医院，陆为修去之前就已经吩咐好了一切。

他们带陆星媛来的时候，什么也没说，只说是做体检。为了不让陆星媛察觉异样，他们把陆嘉实和陆嘉辰也带来了。陆星媛没有觉得有什么不对，还在问为什么爷爷奶奶不一起来，为什么不等陆星旖集训回来再一起做。

沈明诗心虚得不敢面对，她甚至不敢看陆星媛的眼睛，还是陆为修笑着应付了过去：“爷爷奶奶前两天刚做过，你在上学，不知道而已。旖旖不喜欢等，我们这么多人，她肯定要等得不耐烦的，回头爸爸再带她过来。”

陆星媛“噢”了一声，她又赖在陆为修怀里撒娇，说抽血好痛。

陆嘉辰笑着调侃她：“你还是姐姐呢，胆小鬼。”换成以前，看到这一幕，沈明诗会感到很欣慰、很开心。可是今天，她嘴里满是苦涩，看着陆星媛的眼神也复杂得难以言喻。

陆嘉实在一旁看着，突然走过来扶住她的手臂：“妈，身体还没好吗？正好今天检查一下。”

沈明诗艰难地点点头，为了不让他担心，她勉强扯出了一点笑容。

陆星媛听见这话，满脸愧疚地离开陆为修的怀抱，拉起沈明诗的手歉意地补救着：“妈妈，你今天感觉好一点了吗？”她真的太不对了，妈妈身体不舒服是件大事，可她竟然把这么重要的事情给忘了。

沈明诗笑着点点头：“好多了，乖。”

医生要抽血，陆嘉辰鼓励着自家这个胆子小得跟老鼠似的二姐：“一下子就好了，别怕。”

陆星媛从小就怕抽血、打针，做检查都要全家人千哄万哄，这次也不例外。她正准备跟爸爸撒娇，可是她还没开口，陆为修就说：“媛媛，你长大了，要懂事了，也要勇敢了。”

陆星媛一脸疑惑，怎么突然她就又要懂事又要勇敢，难道是……

她有些害怕地抓着沈明诗的手：“妈妈，你身体真的没事吗？”是不是妈妈身体出问题了，所以才……

沈明诗笑了笑，不露痕迹地松开她的手："妈妈真的没事。快去抽血吧，你最棒了，对不对？"

陆星媛一步三回头地去了。

抽血的时候，她频频回头看爸妈和哥哥、弟弟。陆嘉实和陆嘉辰不忍心，走了过来，一个握着她的手，一个搂着她，嘴里轻声安慰着。

殊不知，陆为修和沈明诗心里十分复杂。

抽完血后，陆家几人又做了些其他的检查，一整套流程做完已是下午。陆为修吩咐相关人员加急检验，可是再急也要时间。

陆星媛全然不知陆为修焦急的心情，她还说想去新开的日料店吃饭。

陆为修送孩子们去了日料店，他和妻子回了家。他真的没有心情吃饭，沈明诗也没有。

车子行驶到一半，沈明诗忽然说道："老公，我们……要不要现在去看看那个和旖旖长得很像的孩子？"

陆为修沉默了一下。

沈明诗刚开始是犹豫的，说出来后她反而坚定了："走吧，老公。现在过去，到那里应该是下午六点，是他们吃晚餐的时间。"陆为修叹了一口气，他知道妻子已经相信陆星媛不是他们的女儿，已经相信陆星旖遇到的那个孩子或许是他们的亲生女儿。

他们怎么就摊上了这样的事情？这件事情对任何一个身处其中的人都是伤害，无一人得益。

他打着方向盘，说："好，我们去。你拿我的手机跟助理说一下，说我今天不去公司了，有事情他先处理，处理不来的等我明天过去再说。"

沈明诗拿过他的手机，心情很沉重。

许星摇六点起床，花十五分钟洗漱完后，背起书包准备去吃早餐。开门的时候，她顿了一下，想起昨天景延说他也要早起，可是现在门外一点儿动静都没有。许星摇起了点儿坏心，故意放轻了动作。

没想到开门后，一个打着哈欠、穿戴整齐的人赫然出现在视野中。听到动静，他抬起眼皮看了过来，眼神中带着若有若无的得意和挑衅。

许星摇顿了一下，内心懊悔——失策了，她不得不跟这个真的早起了的人一起去吃早餐。

景延问她吃什么，许星摇看了他一眼，说："看看酒店有什么。"邢老师说酒店的早餐可以免费吃，学校已经和酒店交涉好了。

景延本来想点私房菜馆的外卖，闻言，他把手往兜里一插，没话找话："我也觉得酒店的早餐挺好吃。"

许星摇无语，他们是昨天中午到的，似乎都还没吃过酒店的早餐吧？

景延没有意识到丝毫不对劲，看着酒店里零星几个人，他得意道："像我这么早起的年轻人可不多了。"

许星摇决定保持沉默。

在酒店的自助餐厅里，许星摇舀了碗粥，又拿了个包子。

景延跟在她身后，看着她熟悉的舀粥动作，他突然问："你是不是经常做这事儿？或者说，经常干家务啊？"

许星摇说不上来。

有吗？好像有，又好像没有。她似乎有一些痛苦记忆，但是那些记忆被她藏在了回忆最深处，想起来有些模糊，所以她也不能确定。

"可能吧。"许星摇给了个模棱两可的答案。

她把粥放在桌上后去拿勺子，顺便也给景延拿了一个。

景延接过勺子，又问："你认识陆星旖？那你去没去过她家啊？"

许星摇和陆星旖的长相如此相似，偏偏两个当事人都没觉得不对劲，就他一个人在这里瞎想。

许星摇不知道他怎么那么执着于她和陆星旖的关系，他从昨晚问到了现在。

"昨天刚认识的，没去过。"她简要地说道，"别啰唆了，吃饭吧。"

景延不可置信地反问："我啰唆？"他被气笑了，"许星摇，我这辈子第一次被人说啰唆，你——"

许星摇埋头吃粥，头都不抬。

景延皱眉，噎住："你行。"

许星摇抬头看了他一眼，又垂下头继续吃，她有点儿想笑。

本来像只奓了毛的小动物的景延，被她看了一眼后，不知为何又勉强平复下来的样子有点儿好笑。

吃完早餐，许星摇准备去教室自习。见她要走，景延加快了往嘴里塞东西的速度，他含糊道："等一下！半分钟！"

许星摇只能勉强等他一会儿。

餐厅里逐渐有云十一中的人进来，现在已经六点半了，他们七点就要集合。交谈声只持续到门口，进来后看到了景延，那些人莫名其妙地就噤了声。明明景延在风卷残云地喝粥，压根没理会他们，但他们就是自觉地安静了。

许星摇看着景延的眼神慢慢地发生了变化，这人怎么跟个恶霸似的？

偏偏恶霸半点儿都没有自己是恶霸的意识，他完全无视了其他人。他喝完粥，将书包往背上一甩："看，我说半分钟就是半分钟，一秒钟不带多的。"

许星摇懒得与他争辩："走了。"

到了教室，许星摇花了十几分钟做了套题。她再抬头时，发现学生们差不多来齐了。虽然她做题时确实比较认真，但没有察觉到一点儿声响，还是不太对劲。或许——

她偏头看景延，是得益于他的存在？

景延突然接收到她的目光，他停下刷手机的手，疑惑道："怎么了？"

许星摇："没。"就是觉得你可能不是很好惹。

"突然发现小爷的帅气了？"景延挑眉，得意地扬起嘴角。

许星摇嘴角一抽，不再看他。

老师在台上讲课，许星摇拿着笔做笔记。景延闲得无聊，趴在桌上看她写字。明明是一样的笔，但是从她手下写出的字就是很好看、很工整。

景延转了转手里的笔，戳了戳许星摇，许星摇没反应。已经浑然忘我了啊，景延无趣地合上眼补觉。

六点起床？是人干的事吗？

这个许星摇不干人事，偏偏他还鬼迷心窍地跟着她。

中午吃饭的时候，许星摇再次见到了陆星旖。

云十一中的学生和诺德一中的学生是分开吃饭的，但是陆星旖想来找许星摇，她拉着郁雅偷偷地混进来了。

看到许星摇，陆星旖眼前一亮："星摇，我正找你呢，我想跟你一起吃午餐，可以吗？"

许星摇不在意跟谁一起，她无所谓地点了点头。反正对她而言只是身边的座位有人坐了。

但是她无所谓，有人有所谓。

景延拿了饭后，下意识地在场上寻找许星摇的身影，没想到好不容易找到她，却发现她身边还有其他人，当场就炸了。怎么回事？他这才一眼没看到，她身边就又有了人！

景延将饭盒重重地搁在许星摇对面，传达着他的怒气。许星摇听到动静，抬起头，直直地对上少年狭长的丹凤眼。她眼里仿佛闪动着一个问号。

就这么一眼，景延就蔫儿了。他乖乖地坐下，拿起筷子准备吃饭，只是他嘴里依然在嘟囔："说好的跟我一起吃，怎么又冒出来两个人？"

陆星旖被气乐了："怎么说话呢？她是你的啊，怎么就不能跟我们一起了？你怎么这么霸道！"

许星摇还真不是他的，可是那又怎样？

景大少爷耍嘴皮子就没输过，他当即撂下筷子，道："懂不懂先来后到啊？我先认识的她，我认识她的时候你还不知道在哪儿呢！"

许星摇夹了一块豆腐，心里想着，他们也就认识了几天吧，怎么说得像是从小就认识一样？

陆星旖信了："你们认识几天啦？"

景延仰头思考了一下，说："一周多吧。"

陆星旖"呵"了一声。这一声带着嘲讽和不屑，同时她还用鄙视的眼神看着景延。

景延轻哼一声，懒得理她，他开始吃饭。看了一上午鬼画符似的数学题，不吃点儿东西补补哪行。

他拿起筷子刚要吃，就顿了一下。

不知道是不是错觉，许星摇总感觉景延在看她，于是她抬起头看向他。就在这时，景延以迅雷不及掩耳之势从她碗里夹了一块排骨塞进嘴里，然后得意地扬起嘴角。

在场的几人都无语了，这个人是不是过来找抽的？

就在许星摇思考怎么把他弄死的时候，景延终于有了一点儿求生欲，他解释："我还没用过筷子！筷子是干净的！"

这一句话把景延从死亡的边缘给扯了回来，许星摇收回目光，继续吃饭。景延看着她认真地用筷子把鸡蛋拨开，又把白菜拨开，对着剩下的菜纠结了一会儿，才不情不愿地开始吃。

啧，怎么这么挑食啊。

见她的菜只剩下一个排骨和土豆丝，景延好心地把自己的饭递过去："吃花菜不？还有宫保鸡丁。我很懂礼貌的，礼尚往来嘛。"

陆星旖无语。懂礼貌？景延？

郁雅跟她对视，亦是满脸的一言难尽。沂市的豪门世家里，谁不知道景家这位少爷狂傲不羁，恨不得掀翻整个世界啊。

许星摇摇头：“不要。”

她的理由很简单，她的筷子用过了，他的筷子也用过了，既然没有干净的筷子，那还是不要了，她不愿意弄脏他的饭。

景延感叹：“真是浪费我的一腔礼貌。”

陆星旖说：“你可闭嘴吧。”她嘀咕道，“我怀疑你们学校和我们学校订的是一家的饭，一样难吃。”

许星摇没说话。

难吃吗？她没感觉，大抵是因为她从小到大都没吃过什么好吃的。

对许星摇来说，吃饭是一件很浪费时间的事。她三两下吃完，开始收拾饭盒。她正准备走，想起每次都会被景延叫住，她索性直接坐在原地等他。她开口道：“一分钟。”

景延撇嘴，一分钟就一分钟。

陆星旖看得目瞪口呆，景延什么时候这么听话了？而且星摇怎么这就吃完准备走了？不等她吗？她来不及多想，当即偏头冲许星摇说：“我也只有一分钟！”

郁雅见状无语了。

景延光顾着扒饭，没注意其他。一分钟后，他吃完起身，正要跟着许星摇一起往外走，却发现陆星旖和郁雅也站起来了，他防备地竖起刺，问：“你们干吗？”

陆星旖抚了抚因为吃太快而有些噎着的胸口，说：“我要跟许星摇一起走，我还要问她题，我还想和她一起睡午觉。”

景延说：“嗯，你做梦。”

陆星旖真的好想把这个家伙用力地扔出去。

即便景延不说，许星摇也不可能答应陆星旖的要求。有条件的情况下，她是绝不会跟别人睡一张床的。

没让他们再耽搁下去，许星摇说：“我要去教室写作业，你们先回去午休吧。”

陆星旖感叹道：“你真的好拼。”她犹豫了下，说，“我还是想回去睡个午觉，就不跟你一起了。我们晚上一起吃晚餐吧，好不好？”

“随你。”

“行，那就这么说定了，我来找你！”

景延瞪大了眼睛，插话道：“许星摇，你就这么答应她了？那我怎么办？”

“什么怎么办，你是谁？”

行吧，他什么也不是。

景延跟在许星摇旁边，凶狠地说道：“你别想甩开我，我也去做题。”

幼稚，许星摇轻哼一声，自顾自地走了。

景延愤愤地想——看她跟陆星旖那样，不知道的还以为她们是亲姐妹呢。陆星旖也是，他以前还觉得她挺聪明的，现在一看，聪明什么啊，就是一个没有眼力见儿的电灯泡。

两个人走着走着，许星摇突然冒出一句：“你为什么老跟着我？”她的声音很轻，轻到让人以为是幻觉。

景延刚开始没听清，还问道：“什么？”

许星摇没答。

景延回忆了下刚刚那道飘忽的声音，才勉强明白了她刚才说了什么。

为什么？

景延也在问自己，可是过了半晌，他也没能给自己一个答案，他的脸上难得出现了一丝迷茫。

最初，他是因为她面对他和黄毛等人时的冷静反应而觉得她有些不一样，再加上她跟陆星旖长得那么像，让他对她产生了些许好奇。后来，或许是被她撞见他打架的次数多了，而她对他的态度却始终如一，他在她面前就少了几层面具，更自在一些。

再后来，他就习惯了这样黏着她。

景延不吭声了。

许星摇不喜欢逼迫人，他不答，她也就不问了。世事繁杂，这种小事也要追根究底的话，未免太累。

他爱跟，那就跟着吧，反正对她也没什么影响。

景延坐在许星摇旁边，见她做着做着题忍不住打了个哈欠，他突然问道：“许星摇，你不累吗？”她活得像台做题机器。

许星摇愣了愣，累吗？

身体的所有器官在听到这个问题的时候，齐齐地给了回答——累。

怎么会不累？她也才十七岁，需要操心学习，操心生活，操心一切，父母不仅给予不了她帮助，还需要她费尽心力地去防备……她怎么会不累？

只是不这么做不行，她只有学习这一条出路，除此之外皆是绝路。她必须独自克服所有的干扰，紧紧地抓住“学习”这根救命稻草，从绝境中挣扎出去。有时躺在床上，睁大眼睛看着天花板放空大脑的时候，她也会叹气，那声音里充满疲倦。可那又能如何呢？她除了前进，不顾一切地前进，没有退路。

许星摇摇头，说：“还好。”她埋头继续做题，只是落笔的速度明显放缓了。

景延是第一个问她累不累的人。

“许星摇，你不累吗？”她想，这句话她大抵会记一辈子。

即便年华逝去，她还是会记得，在最狼狈不堪的岁月里，曾经有一个人问过她——你不累吗？

景延看了一眼时间，还有半个小时上课。他伸手夺过她的笔，不容置喙地说道：“你睡会儿，二十分钟后，我叫你。”

见许星摇皱眉，他不由分说地按住她的后脑勺：“睡。”

行吧，许星摇趴下，头朝向另一边睡了。景延又不满了，她的脸干吗不朝他这边？他黑着脸定了个闹钟，然后脸朝着她趴下，也睡了。

要不是为了维持形象，他早就趴在这儿睡了。现在许星摇睡了，他也终于能安心睡一觉了。

许星摇的生物钟很准，午觉通常是十分钟，不过今天比往常多了一分钟。十一分钟后，她睁开眼。

握了握拳，舒缓发麻的手臂后，许星摇懒懒地转过头。景延的脸骤然闯入眼帘，许星摇眨了眨眼，缓解面前这张脸带来的视觉冲击。

不得不说，景延的脸真是上天精心雕琢过的，五官出色，皮肤又好，关键是——

许星摇凑近去看，他的睫毛好长啊。

他那双丹凤眼，睁开时总是带着几分痞气，勾人得很。如果要形容他的长相，那就应该是“好看”。但是他英气重，不会给人男生女相的感觉。

许星摇正看得起劲，景延忽然睁开了眼睛。

四目相对，空气仿佛都凝滞了。

许星摇第一次经历这种事情，一时竟然有点儿不知所措。她的手指无意识地动了动，她发现自己的手指已经不麻了。

景延眼里还带着几分困意，声音也显出几分慵懒，他尾音轻扬：“偷看我？”

被抓包是一件很尴尬的事情，但是只要死不承认，尴尬的就不是她。许星摇淡定地狡辩：“我只是刚好转过头，谁偷看你了？”为了增加说服力，她补充，“你又不好看。”

景延刚睡醒，还有点儿蒙，两秒后，他被气笑了。

为了证明她没有偷看他，她不惜黑白颠倒——她竟然说他不好看！景延拍桌而起：“你再说一遍！许星摇，你是不是瞎了？整个沂市都找不出比本小爷帅的人好吗！”

整个沂市？大可不必。

许星摇忍笑看着景延奓毛，她承认，为了快速打破尴尬、洗清嫌疑，她言不由衷。

景延的长相虽然不至于是沂市第一，但至少也是云十一中第一了。面对他的怒吼和质问，她难得心虚地应和：“行行行，你帅，我瞎。”

景延还等着跟她进行第二波辩论，听到她这话，他顿时噎住了。

突然，他脑子里灵光一闪——不对劲，这哪里会是许星摇做的事。

景延像是抓住了什么把柄，他嘴角一扬：“你就承认吧，你就是在偷看我。”

许星摇拒绝承认：“梦该醒了。”

景延“嘁”了一声，不再跟她计较，反正他心里清楚真相。

好在快上课了，教室里陆陆续续来了人，尴尬的氛围逐渐散去。虽然许星摇表面镇定，但她生性敏感，一下午过去，她依然觉得异常尴尬，所以一放学她就跑了，速度快到景延都没抓住。

景延沉默一瞬，很好，偷看就算了，还偷跑！不愧是你，许星摇。

为了躲避景延，许星摇果断地去了诺德一中学生们吃饭的地方找陆星旖。

她环顾四周，陆星旖之前说要去找她吃晚饭，她怕两人错过。突然，她的肩膀被人拍了拍，身后传来女人轻快的笑声：“爸爸妈妈来看看你，惊不惊喜？”

她爸爸妈妈可不会来看她，就算她死在这儿了，他们估计也懒得来给她收尸。这年头怎么还流行街头认女儿了？许星摇懒得转身，只是不耐烦地说：“别乱叫，别乱认。”

她正准备离开，那个女人又出声了，只是声音不再轻快，而是变得小心翼翼：“你不是一一吗？”

什么？许星摇否认：“不是。”

那个女人安静了一瞬，下一秒，她按住了许星摇的肩膀：“我、我好像认错人了，你可以转过来一下吗？”

都知道认错了，还要她转过去干什么？许星摇懒得理会，她本来也不是多有耐心的人，于是她二话不说抬脚便走。想在这么多人里找陆星旖好像有点困难，她还是随便拿份饭吃好了，反正学校订的饭都有余量。

沈明诗想叫住许星摇，却突然失语。她越是拼命地想发声，喉咙里越是一点声音都发不出来。

她赶紧向陆为修求助，眼神无助又惊慌。陆为修早已上前拉住了那个女孩，他的心脏疯狂跳动着，手都在颤抖。

这么像……怎么会这么像！刚才他们真的以为她是陆星旖！现在他们才发现她的衣服、鞋子都廉价得不是陆星旖会穿的，再仔细看看，她跟陆星旖长得也并不完全一模一样。

但是无论如何，眼前这个女孩儿极有可能就是……

许星摇不耐烦了，她甩开抓住自己的那只手，转身蹙眉道：“你到底想做什么？”可别是人贩子在跟她演戏，虽然是在酒店里，但是这世界上什么事情都有可能发生。

陆为修僵在了原地。

像，真的像，面前这个女孩儿跟陆星旖有八成相像。如果她的表情不是那样充满厌恶的话，那她和陆星旖能有九分像。

视觉上的强烈冲击，使得陆为修险些退了一步。虽然他已经想象过数次，但当这张脸真的出现在他面前时，那种震撼感仍然让他无法言喻。

或许是父女之间真的有什么血缘感应，总之这一刻，陆为修确定——她就是他的女儿。她和旖旖长得那么像……要知道沈明诗当初生下的可是双胞胎啊，陆星媛跟陆星旖却连三分的相似度都没有，远不如眼前的女孩和陆星旖来得像。

许星摇看着面前发呆的男人，不由得一阵烦躁。他们到底想做什么？想在酒店里光明正大地把她拐走吗？这么多老师和同学在，他们未免也太肆无忌惮了！

许星摇不想再浪费时间，她趁着面前的两人发呆的工夫，一溜烟地钻进人群里。

陆为修还没来得及反应过来，许星摇就没了踪影。他傻眼了，人呢？

沈明诗也蒙了，她跑了？不是！怎么能跑了呢？

沈明诗快疯了，情急之下，她的语言功能也恢复了正常。她抓着陆为修的手，哭了出来："为修——"她看到那个孩子了！她看到她了啊！可是，她才看见那个孩子不到一分钟，孩子就跑了！

沈明诗不能接受这样剧烈的反差，那孩子跑了，她怎么办？她还能找得到那孩子吗？

一种再也找不到那孩子的恐慌袭上心头，沈明诗整个人都濒临崩溃："不行，不行，不能这样……"

周围不少人都看了过来，他们不明白这个看着大方高贵的女人怎么突然激动起来，而且激动得有点儿疯狂了。

陆为修温声安抚着妻子："别激动，别激动，我们去找她。不然我们先找旖旖？旖旖不是说认识她吗？"

沈明诗艰难地迫使自己冷静下来，她开始四处寻找陆星旖的身影。

她像是一条不小心跳到岸上的鱼，此刻正绝望到几乎无法呼吸。

好在他们夫妻在一群学生中很显眼，陆星旖很快就看到了他们。她走了过来，一脸高兴地说道："爸、妈，你们怎么来了？"

她刚刚并没有看到他们和许星摇说话，她只以为爸妈是来看她的。

沈明诗看到她，差点儿喜极而泣，刚才所有的阴霾顷刻间一扫而空："旖旖，妈妈想见见那个跟你长得很像的女孩子，她……她在吗？"

陆星旖正要去找许星摇呢，闻言她点点头，说："在呀。妈妈你找她干吗？"

找她干吗？

沈明诗也不知道……可是，心底有个声音告诉她，她得找到她，如果不找到的话……万一这辈子都找不到了呢？

"旖旖，别问了，先找到她，好吗？"陆为修嘴角动了动，有些苦涩地说道。

陆星旖有些奇怪，好像有什么她不知道的事情发生了。

这时，跟过来的郁雅指了指他们身后，说："我看到了，星摇她在那儿。"

沈明诗猛地回头看过去，眼里瞬间绽放出璀璨的光芒。

陆星旖顺着郁雅指的方向看过去，她没注意到沈明诗的异常，还在解释着："她应该是来找我的。"她有点儿得意，景延还不是没有抢过她？哦！

沈明诗没听清陆星旖在说什么，此刻她的眼里只有那个小姑娘——那个乖乖地坐在角落里，正在打开饭盒的小姑娘。

理智的弦在她的脑海里悄然崩断。

陆为修紧紧地拉着她，在她耳边低声道："结果还没出来，冷静一点儿，诗儿。"

沈明诗发热的头脑被浇了一盆冷水，但是这并没有能够浇灭她的热情，她敷衍地点了下头。

一行人朝着许星摇的方向走去。

郁雅总觉得陆叔叔和沈阿姨今天很奇怪，尤其是在察觉到沈阿姨难以抑制的激动情绪后，这种感觉就更明显了。见他们要过去找许星摇，她下意识地道别："叔叔阿姨，我还有事，就不陪你们啦。"

陆为修笑道："好，下次来家里玩。"

郁雅挥挥手，快步走了。她有预感，可能就要发生什么不得了的事情了，但是无论如何，他们现在需要一个不受外人打扰的空间。

陆星旖没有那么细腻的心思，她还在嘀嘀咕咕："这傻瓜来晚了吧？拿了份全素的餐还吃得那么开心？"

沈明诗的目光自然而然地落在了许星摇的饭盒里——花菜、土豆丝、豆腐。

她突然顿住了。

陆星旖正牵着她的手，见她停下来，陆星旖回头问："怎么了，妈妈？"

"那什么……为修，你去这家酒店办理入住，再让他们送一份饭过来。"

陆为修自然懂她的意思，可是哪里来得及？等他办理完入住回来，那孩子还能在这里吗？他拍了拍沈明诗的肩膀，安抚道："时间来不及了，下次，下次一定。"

沈明诗刚刚也是一时冲动，现在回过神来，她才意识到自己说的话有多荒谬。她轻咳一声，努力在女儿面前找补："我、我开玩笑的。"

陆星旖感觉他们今天奇奇怪怪的。

许星摇倒是挺开心的，饭盒里全是自己爱吃的菜。就在她吃得津津有味的时候，眼前却突然罩下一片阴影。她抬头，就见陆星旖咧着嘴道："星摇，说好一起吃饭的，我来啦！"

许星摇却只好奇她旁边那两个人是谁，为什么又是一脸激动？她又不是人民币，他们看到她怎么能高兴成这样？如果他们不是和陆星旖一起过来的，她有理由怀疑他们是人贩子。

沈明诗有一肚子的话想说，却在对上眼前这张明丽又冷然的脸时咽了回去。

这孩子怎么会那么瘦，脸上都没什么肉，令她心疼。

“你们有什么事吗？”

陆星旖介绍道：“这是我爸妈，他们听说我们长得很像，想看看你。”

许星摇这才收起自己的警惕心。

原来他们是认错人了，他们叫的不是“一一”，而是“旖旖”。

一切都是误会，许星摇想了想，向两人颔首问好：“你们好。”

沈明诗激动得不能自已，她在许星摇身边坐下，心疼地说道：“你好，你好。孩子，你晚上就吃这些吗？不吃荤菜吗？”

许星摇不动声色地将身体往边上挪了挪，说道：“挺好的，我也不是每顿饭都要吃荤菜。我……我还有点儿事，你们吃吧，我先走了。”说着，她开始收拾饭盒。

沈明诗僵在原地不知如何是好，见许星摇的手上沾了油渍，她连忙递去纸巾。许星摇停下手里的动作，看了她一眼，说道：“谢谢，不用。”说完，她从自己的口袋里拿了张纸巾出来。

沈明诗只好讪讪地收回手。

许星摇朝陆星旖点了点头，随后背着书包走了。

见她离开，沈明诗想站起来跟她一起走，却被陆为修眼疾手快地拦住了，沈明诗整个人顿时变得失魂落魄起来。

陆星旖终于没忍住问道：“爸爸妈妈，你们到底怎么了？怎么奇奇怪怪的？”

现在的一切都只是他们的猜测，还不能说，于是陆为修说道：“你妈妈只是觉得稀奇，这世上竟有长得这么像的人。”

“是啊，我不自觉地就把她当成我的女儿对待，要是可以，我真想认她作干女儿。”沈明诗讷讷地说道。

她已经决定了，即使结果表明许星摇跟她没有关系，她也要认下这个干女儿。从见这孩子的第一眼起，她便心疼这个孩子，随后，这股心疼感更是如燎原的野火，无法停止。

陆星旖惊讶地说道：“真的吗？”

沈明诗肯定地点点头。

陆星旖说："说来真奇怪，我第一次见到她就好喜欢她，没想到你们也是。"

沈明诗心里一颤，这该不会是心灵感应吧？毕竟，她们极有可能是一母同胞的姐妹。

陆星旖又问："爸、妈，你们怎么特地过来了？我很快就回去了。"

陆为修握了握妻子的手，说道："我要在这里见两个客户，待会儿会和你妈妈一起去酒店办入住。旖旖，你这两天过得还好吗？学习内容难不难？"

办理入住？沈明诗眸中有泪。

他们都牵挂着这个孩子。陆为修大抵也知道，即使回去，她也无法安心入睡。

许星摇回到房间所在的楼层，脑子里还是乱乱的。一不留神，她竟忘了自己在躲景延。

出电梯后，她被电梯旁边的人吓了一跳。

景延抬起眼皮看了她一眼，道："现在知道怕了？晚了。"他轻哼一声。

许星摇心虚地摸摸鼻子，别开头，道："谁怕了。"

景延不满地把她的头掰过来，控诉道："你躲什么？小爷又不会吃了你。我可是在这里等了你半天！"

许星摇说："哦。"

景延差点儿跳起来："哦？就一个'哦'？"

"哦哦。"

景延被气笑了："我不管，你得补偿我。你现在是不是要回房间写作业？我要跟你一起！"

许星摇撇撇嘴，不情不愿地答应了。她一边开门，一边嘀咕："引狼入室，很危险的……"

景延哼了哼，说："真想对你怎样的话，用不着这样麻烦地骗你。"

许星摇停下动作，提醒他："这是法治社会……"

"知道了，快开门。"

说他不是想进门做坏事，谁信啊？许星摇慢吞吞地开门进屋。

等她打开作业本，准备写作业的时候，门铃响了。

景延意味深长地说道："哦，我的外卖到了。"

许星摇问："你还没吃饭？"

“没有，我去吃饭的话还怎么逮你？”

许星摇觉得自己不该说话，她说一句，他就能义正词严地站在受害者的角度反驳一句。她识相地闭了嘴，开始埋头写作业。

赢下一局的某人随即得意地去拿外卖。

他叫了一份小龙虾和一些烤串，毕竟他可不是真的来这里写作业的，他是来吃饭的。

景延在许星摇旁边坐下。他拆开外卖包装袋，旁若无人地开始吃东西。

小龙虾和烧烤的香味在房间里飘散开来。一开始，许星摇还能忽视掉景延吃东西时所发出的声音，可是很快，在香味的蔓延和景延有意无意的勾引下，她投降了。

她终于放下笔，偏头看了过去。

景延一直在等这一刻，见她看过来，他的身后似乎翘起了一条尾巴。那条尾巴在不停地摆动着，他脸上的表情似乎在说：“想吃？你求我啊！”

许星摇抿抿唇，语气不善地说：“这是我的房间。”

景延说：“所以呢？”

“你的东西会让我的房间有味道，所以，你出去吃。”

景延一脸的不敢相信：“你在赶我走？”

“反正我不是在留你。”

景延成功地被这个坏丫头气到了，他拎着一只小龙虾在许星摇面前晃悠，道：“你真的不想吃？”

两分钟后，景延被许星摇扔了出去。

陆为修和沈明诗刚打听到许星摇住在哪里，此时他们办理完入住手续，刚出电梯。看到这一幕，沈明诗有点儿惊讶：“这是怎么了？这不是景延吗，你怎么在这里？”

听到有人提到自己，黑着脸的景延不耐烦地转过头去，却看到了意料之外的两个人。

他们怎么会在这里？景延的第一反应就是看向许星摇。

许星摇的脸上没什么表情。

陆为修打破尴尬，道：“好巧啊。”

许星摇朝他们颔首，算是和他们打了个招呼。

景家和陆家来往多年，都是一个圈子的，景延稳住心神，自然地打招呼道：“陆叔叔，沈阿姨。”

“哎。”沈明诗看向许星摇，问，“你们……是同学？”

景延说：“嗯。”

许星摇不想浪费时间，她将手一甩，把景延的书包扔到外面，随后关上了门，动作一气呵成。

她一走，沈明诗的情绪明显低落了下去。还好景延还在，她苦口婆心地说：“你们闹别扭了吗？她是不是生气啦？景延，你是男孩子，要懂得让着点儿女孩子。”

景延收起刚才吊儿郎当的样子，笑道：“我和她闹着玩呢，您放心，我懂。”

沈明诗看到一旁的外卖盒，关心道：“你还没吃饭？这么晚了，快吃吧。你住在哪里？”

景延指向许星摇对面的房间：“这儿。”

陆为修和沈明诗沉默了。

景延拎着东西准备回屋，道：“陆叔叔，沈阿姨，那你们先忙，我回去写作业了。”

沈明诗努力保持着笑容：“好，快去吧，回头来家里玩。”

“嗯，好的。”

回到房间，景延做的第一件事就是翻出手机给手下的人发消息：“去查一下许星摇和陆家是什么关系。”

他转了转手机，嘴角扬起一道浅浅的弧度。

想了想，他又发了一条消息：“查一下袁茵什么时候走。”

虽然袁茵是他的生母，但是他很少叫她母亲。

他看向一旁的书包和外卖盒，打电话给服务员，让人来处理外卖，接着他便洗澡去了。

景延心想：面对这么大的诱惑都能岿然不动，不愧是你，许星摇。

许星摇觉得陆星旖的父母最近在她面前出现的频率有点高。

光是昨天，他们就出现了三次。今天，她在餐厅吃早餐的时候，想着体检时查出严重缺钙，她正不情愿地剥鸡蛋，陆星旖的父母又出现了，沈明诗的手上还提着一个保温桶。

不知道是不是许星摇的错觉，沈明诗似乎在看向自己时，眼前一亮。

“星摇，好巧呀，你也在吃早餐？不如我们一起坐吧。”沈明诗笑着走过来说。

她表面看上去温婉大方，可是谁也不知道，此刻她的指甲已经深深地陷进了掌心，但是她必须努力控制住自己的情绪，以免吓到眼前的孩子。

她很紧张。

今天下午，她就能拿到鉴定结果了。

如果媛媛真的不是他们的孩子，那眼前这个孩子八成就是他们的女儿了。到时候，他们还得想办法再跟这个孩子做个亲子鉴定。

陆星旖对许星摇来说，不过是一个认识不到两天的人，眼前这两人对许星摇而言更是陌生人，所以她想也不想便拒绝了："那边有座位，你们可以坐。"

以前在安镇的时候，她不被那些长辈所喜欢，他们都说她性子孤僻、没有礼貌、没有教养，不知道是从哪里来的讨债鬼。她都不在意。

那些人又不能给她任何东西，她在意他们做什么。

离开了安镇，她深知她的性子依旧不讨人喜欢，可是她从来不会故意去讨好人，顺着自己的心意行事，至少能开心一点。

被拒绝的陆为修和沈明诗有些难堪，随后他们不得不在她旁边那桌落座，但是沈明诗的目光始终黏在许星摇身上。

鸡蛋不好剥，许星摇有些不耐烦，蛋白都被她剥下来了不少。沈明诗忍不住说："孩子，阿姨帮你剥吧？"

她看向许星摇，目光中带着期盼。

许星摇看了她一眼，道："不用。"

许星摇三两下将剥完壳的鸡蛋吃了下去，起身走人。

沈明诗咬着唇，不知如何是好。

这孩子竖起了一道坚硬的屏障，隔绝了所有人。这道屏障是她用来保护自己的一道盔甲，为了防止自己受到伤害。

沈明诗隐隐能感觉到背后的孤独感，她觉得自己心疼得快无法呼吸了。

看着许星摇走远，沈明诗不敢跟上去，她怕引起那孩子的厌烦，许星摇现在已经对他们十分抵触了。

面对香气十足的早餐，沈明诗却毫无胃口，她放下了筷子，叹了一口气。

"老公，如果结果出来，媛媛真的不是我们的孩子，那我们……"

陆为修轻轻地摩挲着她的手，说道："媛媛不是我们的孩子，也不代表星摇一定是。我已经让医院联系学校给云十一中的孩子免费体检了，时间定在星摇结束集训回学校的第二天，现在已经在办手续了。到时候，咱们再做一次鉴定，就什么都知道了。”

沈明诗惊讶地说道：“老公，你什么时候安排的？媛媛还不一定不是我们的孩子呢。”

“我知道你等不及了，我也一样。如果媛媛不是我们的孩子，那我提前安排的这些就派上了用场，也节省了办手续的时间。”

沈明诗忍不住趴在他的怀里哭起来：“我还以为只有我在着急。”

陆为修搂着她，叹了一口气：“怎么会，我的心情与你的是一样的。”

许星摇察觉到了那对夫妻的不对劲，但她懒得想太多。她没有预知能力，她唯一能做的只有兵来将挡，水来土掩。何况数学竞赛在即，培训任务繁重，不论发生什么，她的奖金都更重要。

老毛说省里和学校都会给奖金，也不知道到底会给多少。

许星摇已经在心里安排起了那笔钱。

她压下纷乱的情绪，开始做题。数不清的题，一本又一本的草稿纸，一支又一支的笔芯，铸成了只属于她的知识财富。

对于别人来说，做题是折磨，但对于许星摇来说，做题可以说是一种享受。尤其是在她熬不过去的那段时间里，做题是她唯一的解压方式。

景延昨天熬到很晚才睡，他早上没能起床，因此他没有和许星摇一起吃早餐。在临时安装的上课铃响起的那一刻，景延才堪堪踩着铃声进教室。

找到许星摇的身影后，景延毫不犹豫地抬脚走过去，动作熟稔至极，仿佛他们已经是固定的同桌。许星摇突然明白了为什么景延没来时她身边的座位明明是空的，却一直没人坐。

她看向景延：“你是校霸？”

景延挑眉道：“怎么这么问？”

“我感觉他们都有点儿怕你。”

景延挑了一下嘴角，这是许星摇第一次主动跟他说话。

“你可别胡说，我是遵纪守法的好学生。”景延掏出书，趴在桌上开始补觉。

许星摇第一次有了一种想翻白眼的冲动，她难得起了坏心思。她戳了戳景延，道：“喂，上课了——”她一边叫他，一边光明正大地看向他的脸。

这下子，她总不会被他逮到偷看了吧？

他应该是熬夜了，眼下一片青黑，由于他皮肤白皙，黑眼圈十分明显。

但即使如此，他的皮肤状态依然很好，让人羡慕。

她如果熬夜的话，皮肤状态会是怎样的呢？

她的人生单调乏味，一直都循规蹈矩。她知道熬夜会影响第二天的精神状态，所以从来没有熬过夜，她甚至没有那个想法。

许星摇第一次产生了熬夜的想法，有些叛逆，但是出自真心。

景延被她叫醒，眼神不善地半睁着眼睛看着她。

他试图用气势逼退她，她却根本不怕他。她抓起他的衣领，一本正经地说："听课。"

景大少爷没脾气了，他摘掉帽子，拿起笔。

坐在后面的人目瞪口呆，发生了什么？景延还有这么听话的时候吗？真是难以置信！

课间，许星摇试图解开老师下课前留下的一道题。她的解题思路一直很顺利，直到最后一步——她卡住了。许星摇皱起眉头，凝神细思。

景延用手撑着脑袋，面朝她玩着手机。余光看到她突然停下笔，他挑起眉毛，随意地往她纸上瞥了一眼。过了一会儿，他从桌上拿了一支笔，点了点纸上的第二个步骤，说："这是条件。你用这个条件去得出结论，再结合一下题目里的第二句话。"

许星摇有些惊讶地看了他一眼。

被盯着看的某人不高兴了，说："看什么看？虽然我比这题目好看，但是题目可以随便看，我不可以。"

啧。许星摇收回目光，按照他刚才说的方法重新做了一遍，没想到她真的算出来了。

看着笔下的答案，许星摇不可思议地偏头朝景延看了过去。

景延已经开了一局游戏，他顾不上看她，只低着头问："做出来了吗？"

许星摇说："嗯，做出来了，你……"

"你是怎么来参加集训的？找老师又考了一次吗？"她想了想，终于问出了这个她曾经疑惑过，却没放在心上的问题。

景延的手指顿了一下，游戏中的人物死了，他也懒得玩了，他把手机放到了一边。

"废话，不然不得去扫厕所吗？"他不情愿地解释了一句。

听到这个答案，许星摇愣了愣。反应过来后，她的喉咙里溢出了难以抑制的笑声。

许星摇当然记得景延和柯明文因为成绩倒数而被毛鸿运罚扫厕所的事，可是她万万没想到，这个人为了不扫厕所，竟然私下挣扎过。可是他应该没想到，他挣扎得太过，结果不仅不用扫厕所，还被安排来参加竞赛。

许星摇笑得停不下来，她转过头去，不再看他，她想让自己冷静一下。

看着她抖动的双肩，景延眯了眯眼。

挺好，她都敢笑他了。

他踢了踢她的椅子，说："许大学霸，是谁说要上课的？我看你笑得挺开心。"

许星摇转过头，已经是一副面无表情的样子，她说："我没笑啊。"

景延无语片刻，终于说："那你可真棒。"

老师终于拍了拍桌子："安静，开始上课了——"

许星摇趁机扭头看向黑板，在景延看不到的角度，她的嘴角悄然扬起了一道细微的弧度。

她没想到表面上看起来是学渣的景延竟然是个学霸，从他刚才提出的解题思路看得出来，他的水平并不低。

这么看来，整个学校恐怕只有毛鸿运和她知道景延的实力。

对了，还有岑晨，虽然她不清楚岑晨是怎么知道景延当初是考进来的。

这两天，陆星旖一直缠着许星摇。

许星摇不知道陆星旖为什么这么黏她，她们认识的时间明明并不久，陆星旖对她的态度却像她们是多年的闺密一般。

下课后，景延收到了下属发来的消息。

"陆家正在做亲子鉴定，下午出结果，再具体的消息就查不到了。"

"夫人一周后会飞往德国洽谈生意。"

亲子鉴定？

景延转了转手机，抬头看向许星摇，眼神略有深意。

事情真的有些蹊跷。许星摇可能不是许星摇，而是……陆星摇。只是，她究竟是陆为修的私生女，还是正牌的陆家千金，就不得而知了。

中午，许星摇一时不知该去哪里吃饭。不论去哪里，都有可能会碰上那对夫妻，她不想碰见他们。

认真思考一阵后，她看向了景延。

景延的眼神里透着防备，她这么看他，肯定没什么好事。

"干吗？"

“那个，做作业有点儿累。”

“嗯？”

“回学校后，我教你做一周数学作业。”

景延挑了挑眉。

“其他作业，我也可以给你辅导。”许星摇好声好气地说着，脸上带着笑容。

“听起来还不错。”他将手搭在腿上，一本正经地问，“所以，我要做什么？”

不等她回答，他便自顾自回答：“卖身？”

许星摇脸黑了黑，然后她一本正经地说：“我只是想让你帮我带几天饭。”

她的表情严肃得仿佛是在跟景延说：你看看你的思想有多龌龊，我明明是个正经人。

景延顿了一下，问：“为什么不去餐厅吃？”

“嗯……节约时间，好好学习。”

景延被噎了一下，他心想：能面无表情地说这种话的也只有她了。

不过，她不想去，无非就是因为陆为修和沈明诗。

景延顿了几秒钟，许星摇有点儿紧张，她想：如果他拒绝的话，自己该怎么办？

说来也奇怪，明明那对夫妻的所作所为并没有伤害到她，她却下意识地想要逃离他们。

好在景延懒得为难她：“我答应了。”

许星摇没想到他这么好说话，她连忙道谢：“谢啦。”

“记得你答应我的。”

“当然。”

不就是作业嘛，她喜欢。

于是，陆为修和沈明诗在云十一中的学生们吃饭的地方等了一个中午，都没有等到许星摇。

下午，鉴定结果出来了。

鉴定结果让陆为修和沈明诗的心都凉了。

虽然两人早已有心理准备，但是他们的心仍然很疼——他们和陆星媛没有血缘关系。

沈明诗绝望地闭了闭眼，媛媛真的不是他们的孩子……

陆老爷子的电话也打了过来，他和陆老夫人一直在跟进这件事，此时他们也知道了结果。

他的声音里带着严厉：“你们现在准备怎么办？”

疼了这么多年、精心栽培了这么多年的孩子竟然并非亲生，他们怎么可能不心痛？

陆为修道：“爸，我……”

“你别急着回答我，跟明诗好好考虑一下，给我一个最终答复就好。”陆老爷子说罢，又补了一句，“我已经让用人收拾出新的房间了。”

他的意思很明显，他不容许陆家的血脉流落在外，无论如何，陆家的孩子一定要回陆家。

陆为修叹了一口气：“爸，我明白。”

“对了，嘉实、嘉辰的那管血，你也拿去鉴定一下吧。”

陆为修应了一声，是他考虑不周。

可是谁会怀疑自己的孩子不是自己亲生的？如果不是这次意外，只怕他们一辈子都不会发现这件事。

“是，我会让人去做。”他已经心力交瘁了，再无精力亲自去做这些。

“你们去星旖那里的事，我也已经知道了。星旖跟她奶奶打电话的时候提过那个跟她长得很像的女孩子……好了，多余的话我也不说了，你们忙吧。”陆老爷子说完，挂断了电话。

陆为修放下手机，抱住了沈明诗。她的脸上毫无血色，经此打击，她整个人都颓了。

现在，他们面临着无数的问题——

许星摇是不是他们的小女儿？

如果是的话，他们应该怎么做才能让她回到陆家呢？如果不是的话，她是怎么丢失的？怎么被抱错的？如果是的话，如果她回来了，那么陆星媛呢？陆星媛的生父生母是谁，会是许星摇现在的父母吗？那么，他们要不要把陆星媛送回去呢？如果许星摇不是他们的女儿，问题就更多了。他们连找不找得到女儿都是个问题。

陆为修焦头烂额。

这么多年过去了，他们对陆星媛并不是没有感情，但是让亲生女儿流落在外面是不可能的事情。两人仿佛站在天平的正中间，往左是错，往右也是错。

沈明诗扑到陆为修的怀里，哭得失去了站立的力气。她说：“你每年捐给山区和福利院的钱都去哪儿了？你到底捐了没有？如果你捐了，上天怎么忍心这样折磨我们……”

她无力地摇着陆为修的肩膀，失声痛哭。如果可以的话，陆为修也想问。他这一辈子，做慈善从不落人后，为什么上天要这样惩罚他呢？

许星摇放学后就回了房间，等着某人带着饭回来。闲来无事，她打开了 QQ，发现有许多未读消息，大部分消息来自许离和付以听。

看到许离的头像，她心里咯噔了一下。她都快忘了还有许离在关心着她。她一直没登 QQ 看消息，不知道他会不会着急。她有些懊恼，许离没有手机，他大概是找人借手机给她发的消息。

她一条条看完，许离的消息大多是问她现在怎么样，在哪里，缺不缺钱。他倒是想和周淑兰抗争，可是他哪里抗争得过？

许星摇看着看着，便抿紧了唇，她赶紧给他回消息。

“我很好，你不要担心我，照顾好自己。”

许离现在不在线，没有回复。

许星摇又打开了付以听的消息框。

付以听说了很多，但是大多是废话。她发来的最新的消息是学校通知下周要体检，需要抽血，她很害怕。

抽血？

许星摇也害怕，她皮肤白，血管细，每次抽血都很艰难。她记得离开安镇前，学校安排过一次体检……她才刚抽过一次血，怎么又要抽血了？

许星摇默默地叹了一口气，她很想和毛鸿运说，这次她就不参加体检了。她退出 QQ，拿出习题册，门铃就在这时响了。

许星摇跑去开门，看着门外挺拔如松的身影，她一脸诧异地问：“你已经吃完饭了吗？”

景延瞥了她一眼，然后自来熟地进了门：“你居然想让我一个人吃饭？”

不然呢？

许星摇的目光落在他手里的两个饭盒上，默默地咽回了想说的话。

他是她的带饭人，她不能轻易得罪。

具体要让景延带饭到什么时候，她也不知道，她只想着那对夫妻什么时候走，她就什么时候再去餐厅吃饭。

陆家之前以为周淑兰不过是个偷玉佩的，可是在知道周淑兰是许星摇的母亲后，陆家当即推翻了原来的想法，法务部与周淑兰已经进行到三分之一的交涉也停了下来。

周淑兰对他们来说，已经不再是简单的偷窃者了。

陆家是沂市最大的玉石家族，陆家孩子的尊贵程度可想而知。陆老爷子几年前已经退休了，这回再度出山，他直接派出了十几个侦查小组查找真相。

老夫人则在家里收拾新屋子，房间已经重新装修过了，里面的家具也都换成了新的。

她这两天忙得团团转，等到真忙完闲下来了，她又觉得不安。陆老夫人在房里走来走去，目光突然落在被子上，她定睛看了看，想起了什么似的，她忙叫道："小周，快点儿过来，把被子抱出去晒晒。"

周姨"哎"了一声，赶紧来抱被子，却忍不住问："老夫人，是有什么亲戚要过来住吗？怎么这么隆重？"

周姨在陆家待了很多年，说话不怎么受拘束。

老夫人不知道该不该说，她怕事情生变，犹豫再三，只说道："你别管，反正东西都要用最好的，不许怠慢。"

周姨应了一声，又顺嘴问道："偷玉佩的人处置了吗？哪儿来的坏心眼的人，竟然偷东西偷到我们头上来了。"

老夫人摆摆手道："不说了，去晒被子吧，待会儿就没太阳了。"

周姨心里咯噔了一下，她脸上还努力维持着笑容，道："我这就去。"

晒完被子，她忙不迭地回了房间，打开锁着的抽屉，拿出一部手机。她一边给它充电，一边着急地开机。

原本这部手机一直开着机，但是自从周淑兰打过来后，她有些害怕，索性把手机关了，一关就关到了现在。

没想到真的出事了。

陆家这几天的异常举动，她大概也能猜到七分了。

手机开机后，瞬间涌进了许多消息通知，都是周淑兰打来的未接电话！

周姨心一寒，她的手开始剧烈颤抖，她差点儿把手机摔到地上。

定了定心神后，她拨出去一个烂熟于心的号码。

接通后，对方的第一反应就是哭喊着叫她，似乎比她还慌乱："姐，不好了！"

周德梅此时反而冷静了一些，道：“慌什么！你……你慢慢说，发生什么事了？”

“陆家本来要告我偷玉佩，看起来是非要我坐牢不可，我一直打你的电话，可是一直打不通。”周淑兰急得整晚整晚地睡不着，头发大把大把地掉。

“本来？那现在呢？”

周淑兰一顿：“现在……他们突然收手了。按理来说这是件好事，可是不知道为什么，我总是不安心。”

周德梅的心沉到了谷底，陆家突然收手，怎么可能是好事？

周德梅道：“陆家……怕是已经发现了。”

周淑兰没反应过来：“啊？发现什么了？”

当然是发现了她们掩盖了多年的秘密。

周德梅闭了闭眼，苦涩地说道：“如果出了事，只要你兜着，我保证，许志国的病一定能治好，许离直到毕业都不会缺钱，毕业后，我还会给他一套房、一辆车，他娶媳妇的话，无论需要多少钱，我全包了。”

周淑兰愣住了。

接下来的两天，陆为修和沈明诗都没再见到许星摇。即使他们再傻，也知道许星摇是在故意躲他们了。

一晃眼，集训就结束了，各校学生纷纷踏上了归途。

陆为修安慰情绪低落的妻子：“没事，我们很快就能知道星摇到底是不是我们的女儿了。等鉴定结果出来，如果她是我们的孩子，我们就去要孩子，然后追究坏人的责任。”

要孩子？沈明诗苦笑道：“她十七岁了，很快就要成年了，不再是孩子了。她想去哪里，我们无权强求。”她一针见血地指出了这一点。

陆为修沉默了下来。

是啊，如果孩子不愿意，他们难道还能绑着她回去？

“走一步看一步吧。而且，她需要我们，她还是个孩子，没法养活自己，但我们可以养活她，可以给她最好的生活。”陆为修说。接触几天下来，他们对许星摇有了些许了解，因此他说这话时底气并不足。

他们想见的人不在这里，他们便回到了市中心。

陆为修得去盯着云十一中的体检。许星摇的血，他必须拿到。

第五章

回家

许星摇回校后直接住进了学校宿舍。毛鸿运把一切都安排好了，学校给她免了住宿费，等于是在她最难的时候伸出了一只手，把她从绝路上拉了回来。

云十一中的住宿条件在沂市的中学里是数一数二的，女生宿舍都是四人间。许星摇住进来后发现有几个熟悉的面孔，一个叫卓惜悦，一个是班长李霓。

另一个人也主动和她打了招呼：“你好，我是林雪，我们同班，但是我的座位离你比较远，你可能不认识我。”

许星摇犹豫了一下，回道：“你好，我是许星摇。”

“哈哈，我知道，学霸，刚集训回来，对不对？”

许星摇点了点头。

“感觉怎么样？”林雪是这三人里最热情的一个。

“还好。”

“我不会的数学题可以问你吗？”

许星摇在心里说“不可以”，面上却点点头，道：“可以，但是我可能没有太多时间。”她不喜欢和别人走得太近。

林雪没有被打击到，反而嘿嘿一笑：“你收拾东西吧，我不打扰你了。”

许星摇刚住进来，还有很多东西要收拾。

林雪和李霓拉着手出门去吃饭，卓惜悦追着叫道：“等我一下，我也去！”

许星摇收拾东西的动作停下来，抬头看她们离去的背影，她心想：她们怎么这么喜欢成群结队？有什么乐趣吗？

她很想问问她们，因为她从来没有体会过其中的乐趣。

云十一中的宿舍是上床下桌的设置，许星摇爬上床，把床板擦了擦，又下来擦柜子，前前后后地折腾完，窗外已经是无边夜色。

许星摇洗好抹布，将其晾在阳台，随后她看了看时间，才发现竟然已经晚上八点了。

她从行李箱里拿出一盒事先准备好的泡面，然后烧了壶热水。

等待的过程中，她托着腮，看着泡面桶出神。

她竟然有点儿想她的带饭人了。

林雪她们大概是吃完饭就去上晚自习了，许星摇刚回来，她被毛鸿运批准今天不用去上晚自习，于是，她拿出集训期间的笔记，开始复习和总结。

估摸着其他人快回来了，许星摇拿上衣服去洗澡。洗完澡，拿起手机，她看到毛鸿运给她打了个电话，于是她赶紧回拨了过去。

“星摇啊——”毛鸿运的声音从电话那头传来。

“老师，我刚刚没接到电话，不好意思。”

“哦，也没什么事，就是你跟我说的不参加体检的事，我和系主任说了，被驳回了，说是这次体检每个学生都要参加，没有例外。”

许星摇无奈地叹了一口气。

“好的，我知道了，谢谢您。”许星摇真心地道谢，“您帮我太多了。”

不论是申请免住宿费还是申请助学金，都是毛鸿运一手包办的。她和毛鸿运毫无关系，他却愿意替她跑上跑下，这实在值得她感激。她从小到大接收到的善意不多，她将这份善意放在心上，想要回报……却又回报不起。

毛鸿运笑道：“跟老师客气什么？真想感谢的话，就帮我拉高青藤班的平均分吧。”

许星摇“嗯”了一声，道：“我会努力的。”

“滚啊——”毛鸿运那边突然传来一道尖锐的女声，旋即是重重的关门声。

许星摇一愣，毛鸿运道：“我这儿有点儿事，你早点儿休息，有什么不适应的可以跟我说。”说完，他就挂断了电话，似乎很着急。

许星摇猜测刚才的声音是毛芊芊发出的。虽然她和毛芊芊只有一面之缘，但是她对那个小姑娘印象很深，她明明深受父母疼爱，却不知道在叛逆些什么。如果许星摇生活在这样的家庭里，她……她应该无论如何也不会长成今天这样吧？

这种连她自己都不喜欢的样子。

这时，其他人都回来了，时间不早，她们拿了衣服便开始排队洗澡。

林雪排在第一个，李霓和卓惜悦边玩手机，边等她出来。

玩着玩着，卓惜悦忍不住和许星摇搭话。

“星摇，听说景延也去集训了，你们有说过话吗？你跟他熟不熟？”她的语气忍不住带了些敌意。

许星摇怔了怔，她还什么也没说，卓惜悦就带了敌意，如果卓惜悦知道景延给她带饭，八成会更有意见。

为了世界和平——

“没有，我和他都没怎么见过。”她面不改色地撒谎。

卓惜悦愣了愣，随后，她又觉得这很正常。景延不像是会和女生说话的人，而且，他平时就经常逃课，更别说是去集训。

她抿着嘴笑道：“他就是那种人，你可别在意。”

许星摇偷偷地瞄了一眼眼前的姑娘，她实在不知道卓惜悦是站在什么立场跟她说这种话的。现在的小姑娘真是太容易被骗了，尤其是被景延这样空有一张脸的小男生骗。

她一时不知自己该做什么反应，只道：“嗯……我不会介意的。”

许星摇第一次知道什么叫“心虚”。

不过，她的谎言并没有维持多久。许星摇万万没想到，她的带饭人竟然还挺敬业。

第二天一大早，许星摇率先抵达教室。很快，付以听也到了。一周没见，付以听叽叽喳喳地黏在她身边，仿佛有一肚子的话要和她说。

景延是最后一个进教室的。

他经过许星摇的座位时，许星摇还没反应过来，她正专心听付以听讲悬疑故事。眼前有道虚影一晃，她面前突然多了一份早餐。

许星摇缓缓地抬起头，眼里充满疑惑。

景延说：“早餐。”

许星摇惊讶地停下了。他什么时候养成了给她带早餐的习惯？

许星摇坐立不安，感觉卓惜悦的目光仿佛能透过她。她无奈地想，果然还是不能说谎。

只是，这位大少爷未免也太奇怪了。之前她需要他的时候，他提出条件才答应，现在她不需要他了，他反而开始主动给她带饭。

许星摇不敢看卓惜悦，她低声问景延：“怎么回事？”

“犒劳你啊，今天开始，你就要帮我写作业了，还挺累的。”

“喂——我只答应了给你辅导数学作业，不是帮你写。”

“差不多。”景延打了个哈欠，他掏出数学练习册，说，“喏，柯明文说要做三十页。”

“你猜我信不信？”

“没骗你，一周的量，加起来就是三十页。”

付以听虽然不知道许星摇为什么要辅导景延写作业，但她还是点了点头，表示景延说的是真的。此时的她有点儿糊涂——景延怎么会给许星摇送早餐？许星摇怎么会辅导景延写作业？这个世界怎么了？这一周许星摇都经历了什么？

卓惜悦看得目瞪口呆，送早餐，辅导作业……他们怎么像在谈恋爱一样？她盯着许星摇的后脑勺，咬了咬唇，说好的“见都没怎么见过”呢？骗子！她愤愤地转过头。

早上第三节课的课间，青藤班开始体检。许星摇还在想怎么和卓惜悦解释景延的事，毛鸿运便来叫他们去排队体检了。许星摇不情不愿地起身，身下的椅子和地板摩擦出一道刺耳的声音。

付以听安抚着怕血的许星摇，说：“很快的，不会疼太久。”

景延不知道从哪里掏出一顶黑色鸭舌帽戴上，他压了压帽檐，说：“不想去？”

陆家可是就等这个机会了，他们肯定不会让她躲过去。

景延早就看透了，却不知道该不该告诉许星摇。这种事就像狗血电视剧的剧情，说出去谁会信？

许星摇踢了一下桌脚，说：“走了，去排队。”

她不情不愿的样子十分明显，景延看着她的背影，心想，她排斥的不会只是体检。

排队时，李霓发了贴纸，贴纸上写着每人的名字和身份证号码。

“都别弄错了，很重要。”她交代着。

为了转移她的注意力，付以听不停地给许星摇讲笑话，不过许星摇还是很害怕。因为有一次她的手都被扎肿了，护士也没找到血管，所以后来每次抽血她都很害怕。

看着许星摇薄唇紧抿，景延扬了下唇，他没想到能看到她这样的一面。他突然将手握成拳放到两人面前，说：“猜猜我手里的是什么？”

“你很无聊吗？”付以听吐槽道。

“就因为无聊才跟你们玩。”

队伍很长，头上还顶着大太阳，景延觉得他可能是疯了才会在这里排队体检。

陆家要许星摇的血，许星摇躲不过，他又不是躲不过。

许星摇难得搭话，她一本正经地说：“是空气。”

景延乐了，这姑娘还挺可爱。

他展开手掌，掌心里是一颗巧克力。他将其塞在许星摇的手里，说：“吃吧，甜的。”

许星摇眨了下眼，她还没反应过来，就见景延已经开始玩手机了。她想了想，还是将巧克力放进了口袋。

没多久便轮到了许星摇抽血。她硬着头皮坐在医生面前，交出自己的贴纸。看到名字和身份证号码，许星摇不确定是不是自己的错觉，医生看着她的眼神似乎有些奇怪，像是在确认什么。

这次抽血的人似乎经验丰富，只扎错了一次。很快，医生便收起长管，说：“好了，下一个。”

许星摇用棉签按着伤口，起身走了。

景延排在她后面，注意到医生之前一直将长管递给左边的人，唯独这一次，他将许星摇的那管血递给了右边的人。

看来，真的是要有大事发生了。八卦是别人的事情，景延只关心许星摇应该怎么办。

她会回陆家吗？

诚然，陆家比她之前的家好太多了。许星摇有才华，智商远超同龄人，如果给她一个好的平台，她能取得非凡的成就，超乎寻常的人所能想象。

但她是否愿意接受还不好说。

许星摇有些不对劲，景延看得出来。如果因为这件事刺激到她，那就得不偿失了。

景延第一次为一个人考虑这么多，但他突然发现，再多的考虑也没有用，他根本猜不到许星摇会怎么做，不如顺其自然。

抽完血，许星摇走了没多远，突然感觉眼前一片漆黑，她的身子猛地晃了晃。

付以听赶紧搀住她：“摇摇——”付以听急坏了，她连忙把许星摇带到旁边的长椅上坐下，急切地说：“怎么会这样？要不要让医生来看看？”

许星摇缓了缓，好半晌才说出话来：“不用，我贫血。”她没当场晕过去已经算是好的了。

付以听皱眉道：“我也有点贫血，但我没你这么严重。摇摇，你的情况看起来不像是轻微贫血。”

许星摇抓着她的手，闭眼休息片刻，终于感觉恢复如常。

她小声地说：“没事，多吃点猪肝和红枣就好了。”她身体上的问题挺多的，相对而言，贫血只能算是小问题，不必大惊小怪。

付以听还是不放心，她想说什么，却被许星摇制止了：“我的头好晕，你别说话好不好？”

付以听不得不闭上嘴，但直觉告诉她，事情没那么简单。

这次体检，也不知道能不能检查出什么。

想起景延刚给许星摇的巧克力，付以听眼前一亮，说：“我把景延给你的巧克力剥开给你吃好不好？说不定会好一点。”

许星摇点头。

付以听赶紧从许星摇的口袋里找出巧克力，然后她剥开包装纸喂给许星摇。吃完巧克力后，许星摇的情况真的好多了。坐了十几分钟后，两人一起回了教室。

抽完血不到一天，陆家就拿到了鉴定结果。

陆老爷子手里还有另一份文件，上面是许星摇这十七年来的生活状况，还有许志国和周淑兰的所有资料。他怒不可遏地把文件袋拍在桌上，血压都升高了。

家庭医生在一边劝他别发怒，但他怎能不发怒？关于许星摇的调查资料只有简简单单的十几张纸，可是每一个字都在他心上划出了血。

周德梅在房间里焦急地踱着步，她不知道陆家查到她跟周淑兰的关系了没有。

她一出生就被送了人，因为养父母对她不好，所以她十五岁就出来打工。十九岁那一年，机缘巧合下，她和周淑兰相认了。

养父母给她取的名字是“周大丫”，生父生母给她取的名字是“周德梅”。在和周淑兰相认后，她知道了自己的名字。她立马抛弃了“周大丫”那个土里土气的名字，从此只认“德梅”这个名字。但是身份证上的名字她没有改，因为听说手续很麻烦。

这十七年来，她和周淑兰的联系少之又少，三五年都不一定有一次。这样表面上看上去八竿子打不着的两个人，彼此之间的关系应该不好查。

那个年代被送人的孩子多了，陆老爷子总不至于连周淑兰的父母送出去的一个孩子的下落都查到底吧？毕竟当年因为她亲爸重男轻女，她家一共送出去了三个女孩，谁能想到这一切会和其中一个被送出去的女孩有关系呢？

周德梅恨了几十年的事情，这一刻突然被她当成救命稻草紧紧地抓住。

主墅大厅，陆老爷子指着周淑兰的现住址——柳叶老街，怒吼："我陆征的孙女，亲孙女，居然住在整个沂市最破落不堪的地方！"

老夫人气得浑身发抖："这到底是怎么回事！老陆，你查出来了没有？我要一个解释！"

"周淑兰当年生产的医院和明诗的是一个，生产的日子也是同一天。不过，她是主动提出的剖宫产。"

真相呼之欲出。

陆老爷子猜测，当年机缘巧合之下，周淑兰在医院看到沈明诗，于是起了坏心，决心进行剖宫产，等陆家的孩子出生后，她再寻机将陆家的孩子与她自己的孩子偷偷调换。

这听起来是一件多么不可思议又多么可笑荒唐的事情，可是，她成功了。

陆老爷子只觉得脸上被人重重地扇了一巴掌，他真是白活了这些年！

这些年挣下的名声地位，他从前尚且觉得可以入眼，可是他现在才知道，那什么都不算！

亲孙女都能被人胆大妄为地在眼皮子底下偷换，还给成功地换走了十七年，整个陆家毫无所觉，他陆征简直连废物都不如！想到这里，他觉得喉间都溢出了一股血腥味。

沈明诗双眼通红，恨不得将周淑兰千刀万剐！

她的女儿啊！

陆为修紧紧地搂着她，亦是苦涩难言。

"爸，我决定去找一趟周淑兰。"

周淑兰想好过？除非他死！

"什么时候把孩子接回来？"老夫人眼巴巴地看着陆为修，说，"房间收拾好了，我特地订的手工地毯今天也到了，可好看了。"

陆为修说："抢回监护权不难，只要孩子愿意……"

陆老爷子冷笑道：“只要许志国和周淑兰都坐了牢，那孩子就肯定会回来。”

毕竟，她除了回来也无路可走了。虽然那样有逼迫她的意思在，可是……他也别无他法。

陆为修心里一震：“明白了，我马上去。”他拿起车钥匙，快步离开。

老夫人掩面哭泣：“这孩子，受大苦了！”

调查还在继续，陆陆续续地看到调查人员传回来的消息后，陆老爷子血压持续飙升。

可是把那孩子接回来就完事了吗？

不，还有一个问题，陆星媛……怎么办？

陆星媛她不仅不是陆家的孩子，还可以说是陆家现在最大的仇人的孩子。

自家孙女住破屋，仇人的孩子住市中心的高级别墅；自家孙女吃尽苦头，仇人的孩子受到的是最好的照顾与教育，这一过就是十七年。

在得知真相后，让他再继续那样对待仇人的孩子，他怎么可能做得到？

他是靠自己打拼闯荡过来的，不说铁骨铮铮，骨子里至少也不孬！这么孬的事儿，他陆征又不是傻瓜，怎么可能干得出来！

没有手刃仇人一家，已经是他遵纪守法，再供着仇人家的孩子，那还不如割他的肉！

陆老爷子脸一冷，问：“星媛呢？”

沈明诗抽泣着回答：“这个时间……她应该去上钢琴课或者去学校了。”她也只能说个大概了，最近她真的分不出精力在星媛身上了，她满心满眼是星摇。

陆老夫人和陆老爷子夫妻多年，听他这么问，她就大抵猜到了老爷子心中所想，猜到了他想做什么。她红着眼眶，沉沉地叹了口气：“老爷子，我们陆家这回真的太苦了。”

可不是太苦了吗？而且这种事情苦到都没法说。

许志国的腿刚做了手术，因此周淑兰即使再烦，心里压着的事情再多，她也还是去给许志国送了猪蹄汤。

周德梅说的那些话，关于许志国的，周淑兰倒是没什么，卖玉佩的钱还在她手里，许志国的手术已经做好了，之后再糟糕也糟糕不到哪去，真正让她心动的是有关许离的。

学费、生活费、房子、车子、彩礼、酒席……加起来多少钱？周淑兰算不出来，反正是她这辈子都挣不到的钱。

她知道周德梅有钱。周德梅一个月的工资就有两三万块，一年还能拿好几次奖金，平时也没时间花，再加上她没结婚没孩子，手里有多少钱……哎，简直不敢细想。周淑兰这辈子都挣不到的钱在周德梅那里根本不算事，而这些钱能解决许离这辈子的大部分烦恼。

周淑兰怎么可能不心动啊？当年的事情，真要追究起来，第一个死的就是周德梅，但是如果她愿意兜下所有事，那……死的就是她，也只有她。

周淑兰从接到周德梅电话以后就开始纠结，一直到现在都难以决定。这可是一辈子的事情，但是那些钱也不是少数啊……而且以她对许星摇的态度，她猜陆家本就不会放过她。大罪小罪，不都是罪吗？又不差什么！

周淑兰心事重重地给许志国舀着汤。

许志国皱眉，问："想什么呢？你手里的汤都要洒了。"

周淑兰回过神来，赶紧抽出纸巾擦了擦。

"家里发生什么事了？"

周淑兰手一顿，她都没敢跟许志国说。

事情刚发生时，许志国正等着做手术，她怕他担心，就没敢跟他说。做完手术后，她就更不敢说了，她怕他情绪激动到伤口崩裂。

现在……手术做完已经过去四五天了，可以说了吗？

许志国觉得他早晚要被这婆娘气死："到底怎么了？是不是许离出事儿了？"

周淑兰赶紧摆摆手："没有的事儿。昨天周日，他还说要跟我一起过来，被我说了一顿。他整天不做作业，还想往外跑。"

不是许离的事就好，许志国这辈子最宝贝的也就是这个儿子了。

儿子挨了说，他顿时不乐意了："你少说他，男娃子哪能天天挨说。他跟丫头片子能一样？说多了都没男人样。"

周淑兰讪讪地笑了下，说："知道了。"

她掐了掐掌心，努力让自己平静下来。

该不该说？

"那丫头呢？你干什么把她赶出去？"

"你怎么知道？"

“周六那天，许离来我这儿的时候说的。”许志国说。原本他没觉得有什么，赶出去就赶出去呗，不过既然儿子求到他头上了，那他肯定是要管的。

周淑兰叹了口气，心底的话彻底压不住了，她张了张嘴，一边哭，一边全告诉许志国了。

听完了事情的全部经过，许志国心里一沉。

陆家到底还是发现了。

“当初让你别卖你不听！”他怒道，“谁知道那东西里头有什么秘密，你本来什么事都没有，现在好了，官司都要上身了！”

周淑兰委屈地说：“不卖的话，哪来的钱给你治腿啊？”

许志国黑着脸，他屈起手指，在腿边一下一下地敲着。

周德梅这女人别的不说，手头倒是挺大方，那些钱都舍得。不过，这些钱买个人生，对周德梅来说，绝对是值得的。

他们要怎么选呢？

许星摇没有猜错，卓惜悦真的很不爽。

晚自习结束，许星摇刚回宿舍就被卓惜悦挡住了。卓惜悦质问道：“景延为什么给你带早餐？你们为什么那么熟？你跟他什么关系？”

许星摇并不乐意被这样质问，卓惜悦好好地问还好，这样的态度，她一点儿回答的欲望都没有，而且还会让她的情绪触底反弹。她冷下脸，说：“让开。”

卓惜悦被吓了一跳，她从未在同龄人身上见过这样凶狠的表情。

许星摇见她不动，又不耐烦地重复了一遍：“我让你让开。”

卓惜悦浑身一颤，她不敢再嚣张，不情不愿地让开了路。

李霓擦着刚洗完的头发出来，她并不知道刚刚发生了什么，只说：“谁要洗？去洗吧。”

见林雪和卓惜悦都没动，许星摇拿着衣服进了浴室。浴室里面还有李霓沐浴露的香味，她叹了口气，觉得胸口有些难受，她不是很适应别人的气味。

她果然还是不适合住宿。

李霓她们三个很亲近，几乎同进同出，她试图接受这种相处方式，但是她失败了，这种方式太让她窒息。

她想等浴室里的味道散一散，但是卓惜悦已经在外面敲门：“你在干什么？快点儿洗，我和林雪都还没洗。”

刚刚许星摇一走，卓惜悦就后知后觉地反应过来了——她为什么要怕许星摇？许星摇只是一个初来乍到的转校生，家境也不好，有什么值得她怕的？

这样一想通，她立马又卷土重来。

许星摇深吸一口气，说：“知道了。”

她洗澡很快，这是她从小养成的习惯，十分钟不到，她就从浴室里出来了。出来后，她让卓惜悦去洗。卓惜悦又懒得去了，她只“嗯”了一声，继续埋头做数学题。许星摇不就是数学好吗？

对了，周一辛玥没来，也不知道是不是为了躲许星摇。哼，一个转校生而已，横什么啊！

林雪围观了这一场小打小闹，她叹了一口气，主动化解尴尬：“那我先去。”

她洗完澡出来，给许星摇发了一条消息：“你别理卓惜悦，她平时就这样，欺软怕硬。但她也不是喜欢为难人，可能是涉及景延，她就比较敏感一点儿。”

许星摇看完消息，没说什么。

无脑的小女生而已，不值得她理会。

第二天早自习，毛鸿运来叫她：“星摇，出来一下。”

出门后，毛鸿运说：“你跟我来，你妈妈来找你了。”

许星摇轻轻地皱起眉头。

她没向周淑兰要钱，自己来住校，不需要周淑兰操心，这还不够吗？周淑兰非得要她回安镇去才甘心吗？

她害怕吗？害怕。

因为她不知道周淑兰会采取什么手段逼迫她。

许星摇的步伐很沉重。

与此同时，陆家人也收到了这个消息，他们不知道如何与她说这件事才不会让她排斥。

沈明诗当即赶往了云十一中。

他们对周淑兰还不够狠，以至于周淑兰到现在还要去压榨、剥削她的女儿！周淑兰真是狼心狗肺，他们对陆星媛好到恨不得把心都给掏出来，而周淑兰呢？她却恨不得把她的女儿一把拽进地狱！

沈明诗气得浑身发抖，她只好让司机开车。

“开快点儿，再快点儿！”

家里的人都不在，沈明诗得知消息后只能一个人去。她本该有些怯意与害怕，可是这时候她觉得浑身上下都是力气，怒火熊熊地燃烧着，烧出了她所有的斗志。

许星摇看着周淑兰，眼神淡漠。周淑兰依旧是那副凶恶的模样，衣着朴素又无存在感，却遮不住那副丑陋的嘴脸。

“找我有什么事？”

周淑兰得意地想，即使陆家能拿捏她又如何？她也能拿捏陆明修的亲生女儿。

“我来给你办退学！”她说。

又来了。许星摇觉得周淑兰还是有优点的，比如执着。

“我想问你一个问题。”许星摇脸色很平静，她的声音缥缈。

周淑兰说：“问吧。”

“为什么你对我这样？只是因为我不是男孩吗？”

许星摇看着周淑兰的眼睛，试图从中看出点儿什么，可是她什么都看不出来，周淑兰的眼里只有混浊，和一看就知道不好对付的精明。

周淑兰一愣。

是了，许星摇一直以为她和许志国是因为重男轻女，才会从小就这样对待她。她哪里知道还有其他原因呢？

从把许星摇换过来的第一天起，周淑兰就厌恶这个别人家的孩子——凭什么她命那么好啊？出生在那么有钱的人家；凭什么她一生下来就长得这么好看？比她亲闺女还好看。

正当她要说“是啊，谁让你是个赔钱货”时，一道女声骤然打断了她。

“不是！不是这样！不是因为你是女孩！”沈明诗急急地走过来，步履生风，她生怕来晚了。

许星摇不明白这个女人怎么又出现了，集训的时候她就一直躲着他们，她还以为集训结束就再也见不到他们了，没想到这才回来两天，这个女人就再次出现了。

沈明诗热泪盈眶地看着许星摇，她唇瓣嗫嚅着，像是在看待世间最珍贵的易碎品：“摇摇，你不要听她胡说。她不疼你，只是因为你不是她的亲生女儿！”

周淑兰浑身一震。

那个男人来找她，说陆家绝不会停止追究，还要把许星摇的抚养权要回去。她急了，索性趁着他们还没来学校，先把许星摇带走。她想着或许还能用许星摇来威胁他们以自保，没想到……没想到沈明诗竟然就这么追来了！

许星摇整个人呆立当场。

毛鸿运也没想到能听到这么个消息，办公室里人很多，他赶紧赔着笑把他们都请出去了，这事儿也不方便让太多人知道。

他万万没想到周淑兰对孩子这么狠心是因为……唉，造孽啊！

沈明诗走到许星摇身边，以一副保护者的姿态拦在了周淑兰和许星摇之间。她想抱抱女儿，亲亲女儿，哪怕只是摸摸她的手，可是此刻，她手足无措，不敢说话也不敢动。

许星摇愣了很久，沈明诗说的话回荡在她耳边，很不真实。

许星摇从小在外婆身边长大，父母一个月会给一两百元的生活费，她和外婆只能勒着裤腰带过日子。因此外婆虽然疼她，但是她的日子确实说不上有多好。

“爸妈不要的”是许星摇已经习惯的一个称呼，被那些孩子欺负也是她已经习惯了的。等那些欺负她的人觉得无聊走了，她就在外面静静地坐一会儿，发会儿呆。她会拍拍衣服上被推倒在地时沾上的灰再回家。

她不敢跟外婆说，但外婆看到她的伤口后大概也猜到了。外婆总会叹一口气，然后说：“摇摇，你一定要好好读书，读书是你唯一的出路。”

是啊，爹不疼娘不爱，她没有别的路。小时候她其实不喜欢读书，是后来她发现读书真的可以让她暂时忘记现实生活的痛苦，她才慢慢地爱上了读书。

因为她不是男孩，所以她得不到父母的爱——这个观念在她脑海里根深蒂固地存在了十几年。

即使她会恨，也怨，但她也知道这是她的命，她改变不了他们。

可是现在，一个人突然告诉她，你根深蒂固的那些想法都是错的、假的。你不是命不好，你不是得不到父母的爱，只是因为他们不是你的父母。

你这十七年来受的苦都是错的。

许星摇攥紧拳头，一股酸涩的情绪在心底里慢慢地蔓延开来，涌到鼻尖，涌到眼角，她的眼尾迅速泛红。

原来这对夫妻的不停出现是因为这个啊……

一切都得到解释了。许星摇低着头，嘲讽地勾了下嘴角。

沈明诗不知道该怎么跟许星摇说话，她只能愤怒地看向周淑兰：“你还想带走我的孩子？我告诉你，你下半辈子就在牢里过吧，我绝对不会放过你的！不管花多少工夫，我都要让你把牢底坐穿！”

周淑兰脸色一白。

“我……你，你红口白牙地说瞎话。这孩子，这孩子是我捡的……”

“是吗？那不妨去验验你和星媛的DNA？”沈明诗冷冷一笑，这个女人真的是把他们都当成傻瓜了！

“陆家律师跟你说的话，给你的律师函，你以为都是在开玩笑？”沈明诗继续道，“你、许志国，我们一个都不会放过。法庭见吧，周淑兰！”

周淑兰被她的气势吓得退后了一步。

许星摇突然开口：“这位女士——”

两秒后，沈明诗才意识到许星摇是在叫自己。她止住了动作，小心翼翼地看向许星摇。

“你会不会……认错人了？”许星摇问。

“孩子，你和旖旖是双胞胎……你跟我们的亲子鉴定结果已经出来了，相信我，你真的是我们的孩子。这个女人——”她难掩对周淑兰的恨意，“她不是你妈妈，她只是个把你偷换走了的小偷！”

从办公室离开后，许星摇没有回教室，而是去了学校的小树林。

她需要静静，很需要。

沈明诗想跟她一起出来，被她强硬地拒绝了。

周淑兰还在和沈明诗僵持着。

这次周淑兰竟然想趁陆家不备把许星摇带走，真的让沈明诗怒不可遏。

一样是母亲，沈明诗不知道为什么有人会这么恶毒，会丝毫不心疼孩子！

所有她需要的鉴定结果都已经出来了，周淑兰和星媛就是亲母女！而她从知道真相开始就在为难的星媛的去处，此刻，这种思虑都成了笑话！周淑兰是怎么对待她女儿的？她凭什么对周淑兰的女儿那么好！

“周淑兰，我不会放过你，我不会放过你！”沈明诗红着眼，咬牙道，“我会把你的孩子还给你，然后把你们送进监狱，让你的孩子成为无人照看的孤儿！”

涉及儿女，周淑兰终于知道怕了，她摇着头恳求：“你不能这样，那是你的孩子，你养了她那么多年，你舍得吗？”

“你这样对我的女儿，我为什么要舍不得她？”沈明诗说，“你不是要给我的女儿办退学吗？我也要给你女儿办退学，她凭什么在贵族学校里享受最好的教育？凭什么？”沈明诗说着，有了解气的感觉。

周淑兰疯了一样抓住她：“你不能这样……”

“滚开！”沈明诗嫌恶地甩开她，被这种人碰一下她都嫌脏！

毛鸿运沉默地看完，叹了口气，难以想象原来这世上还有这么心如蛇蝎的人。

沈明诗不跟绝望的周淑兰纠缠了，她对毛鸿运说：“您是星摇的班主任吗？”

“我想问问她在学校的情况。”沈明诗对许星摇有着满腔关心，却找不到方式去了解她。

毛鸿运有一种自己的孩子终于熬出头的感觉。

许星摇从入学到现在，父母连个面都没露过，那孩子可怜得跟个孤儿一样。现在好了，终于有人爱她、关心她了。

这份爱来得晚，来得迟，但只要到了就好。

他作为老师，对此除了高兴还是高兴。现在，他就只担心那孩子愿不愿意接受这份爱，会不会因此受伤。她的性子独，性格又敏感，也太脆弱了，脆弱到别人轻轻一击，她就可能会被击倒。

许星摇一上午都没回教室，她静静地坐在小树林的长椅上，看着树叶随风飘动。这些树叶以后都会化作尘泥，人也是一样，死了以后烧掉了，也什么都没有了。

“许星摇”原来真的是个错误呀。

她的存在，她十七年的人生都是错误。

许志国不是她父亲，周淑兰不是她母亲，许离不是她弟弟。她的命不是不好，只是被改了……那又如何，被改了的命也是命，她的命就是不好。

许星摇自嘲地提了下嘴角。

“许星摇——”景延踩着树叶走了过来，脚下发出细碎的沙沙声。

许星摇的神思被拽回，她愣愣地抬头。

“你怎么在这儿？”景延问。

他知道沈明诗和周淑兰来了，今天发生的事情他也猜到了个大概——陆家忍不住了。

找女儿不容易，尤其是许星摇这样的，她自有一股傲气，哪里是想轻易找回就能找回的，触碰到她的底线反而会让她剧烈地抵抗。

他坐在她旁边，伸手戳了戳她：“难过吗？还是开心？或者是不知所措？”

他也不知道他怎么这么闲，明明都要去吃饭了，他脚下一转，却在学校里搜寻起了她的身影。他找了一圈，还好找到了。

她还挺会躲。

这么多种情绪啊，她该选哪一个呢？她哪有这么多种情绪呢。

许星摇认真地探寻着自己的内心深处，却很不幸地发现，她整颗心里见不到光亮，见不到颜色，只有一片黯淡的黑。

难过、开心、不知所措都谈不上，此刻她心里是什么情绪，她也不知道。

许星摇轻轻吐出一口气，说：“我挺好的，你回去吧。放学了，你不饿吗？”

“你不饿啊？”景延反问，“我家今天没准备饭菜，一起去吃？”他面不改色地撒着谎，无视了家里保姆已经做好的一大桌子菜。

“我不饿，不吃了。我先回去了，再见。”许星摇起身。她心里有一种预感，再不走，景延会从她嘴里挖出她心底里最深处的秘密。

她不想把自己的心剖开给别人看，任何人都不想。

她从景延面前走过，景延一把拉住她，说：“走什么？不想吃就不吃呗，我好不容易找着你，你没说两句话就要走？我找你容易吗？”

“你找我……做什么？”

景延快被这姑娘气死。他深呼吸，说：“你坐下，别急着走。”

许星摇被他拉着，不得不又坐了下来，她一脸的不情不愿和防备。

景延实在是拿她没辙，想了半天，他犹豫着说：“哎，许星摇，听说治疗心伤的话，可以以毒攻毒、以惨攻惨，不然我给你讲讲我的事儿，看看你会不会好点儿？”

他从来没有过把这些事情告诉别人的想法，这还是他第一次有强烈的倾诉欲。或许是因为她脸上的神色太让人……心疼？

不，他只是因为可怜她。

嗯，对，可怜她。

许星摇抬头认真地看着景延，片刻后，她摇头：“那是你的伤口，我不听。”

每个人都有每个人的伤口，没必要为了治愈她而剖开他的伤口。伤口好不容易没有感觉了，再把它硬生生地撕扯开来，那是何其残忍的事？肯定会让人疼得撕心裂肺。

她自己心里有伤，她懂这种感受。

景延哪能是听她话的人，他自顾自地说了起来：“你现在是不是觉得你的存在就是个错误？”

许星摇没吭声。

“可是自己的存在是对的还是错的，本就不该由任何人评定，只有自己有资格评价自己的存在与人生。”景延懒懒地靠在椅子上，椅背很高，他把头枕在双手上，看上去悠闲又惬意，“你知道我是怎么出生的吗？我本来连出生的机会都没有，我妈准备去医院打掉我，但是就在去医院的路上，我哥被绑架了，我妈当即掉头回家处理这事儿，她决定等把我哥救出来了再去医院打胎。可惜，虽然我家交了钱，但对方还是撕票了。我妈没了儿子，所以我才有机会出生。我的到来是一种替代，我的人生是不属于我的。”

他刚开始说的时候，许星摇还不觉得有什么，可是越听到后面，她越是心惊，等他说到最后，她已是满面惊愕。

景延随手拍拍她肩膀，说：“这个世界上无奇不有，每个人都有其幸与不幸。许星摇，别轻易定义自己，也别轻易否定自己。你为什么要因为他们难受啊？

“他们配吗？”

许星摇呆呆地看着他，一时间，她只觉得他的话在她脑子里不断盘旋。

景延看得心里一动。他恶从胆边生，猝然伸手，用力地、毫不客气地揉了下她的头。

许星摇蹦了起来，她怒气冲冲地喊他：“景延！”

景延咧开嘴道：“没忍住。”

刚刚一瞬间涌上心头的酸涩荡然无存，许星摇气急败坏地瞪着他。

见她还没有要走的意思，景延伸手拉住她，问：“吃饭去，不饿啊？”

许星摇还是不想吃：“没食欲。”

“那也别待在这儿，不嫌这里阴森森的？”他不由分说地带着她往外走。

他手劲大，许星摇只能一脸不情愿地跟着。

一个人静静地待在这儿多好，能想很多事情，能沉浸在只有自己一个人的世界中。

“吃面吧。”景延兀自做了决定。

换作平时他才懒得多管闲事，更不会去管一个人到底吃不吃饭，爱吃不吃，饿死了也不关他的事。可他知道，如果他一个人走了，那许星摇指不定还要在那里待上多久，反正她肯定不会去吃饭，可别最后饿死在那儿，到时候云十一中背上条命案，老毛的奖金也泡汤了……嗯，他这本质上也是为老毛好。

许星摇吞吞吐吐地，好像想说什么。

景延瞥她：“想说什么就说呗，我又不会吃了你。”

许星摇喊他：“我可以自己去吃，你回家吧。”

“多晚了，还回什么？下午上课时间都要到了。”

许星摇挺感激景延的。

虽然他看上去不是什么好人，更不是什么会关心人的人，但今天他居然会去找她，把她带出来。他没这个义务的，他们不过是认识不久的前后桌同学。得他如此关心，真的是她的幸事。

吃就吃吧，人情欠都欠了，也不差这一次了。

得到别人关照后，许星摇常常会有愧疚感，这种愧疚感会一直压迫着她的灵魂。这一次，她努力让自己的愧疚感轻一点儿。她努力减轻心里的包袱，和景延正常地相处。

走出校门，许星摇没想到，沈明诗还没有离开。车子停在校门的右边，她就在车边站着，静静地看着门口的方向，也不知她站了多久。她的眼神一动不动，似乎生怕移开一秒就错过了什么。

看到许星摇，她眼底骤然涌上热泪。她脚尖动了动，看得出来她想上前却又犹豫着不敢，谁看了怕是都得心生三分不忍。

景延看向许星摇，许星摇咬紧了唇。

这个人，是她的……妈妈。

她的妈妈不是周淑兰那个重男轻女、对丈夫唯命是从的乡下女人，不是那个满眼利益的村里出了名的泼妇，而是眼前这个由内而外都散发着优雅与内涵的女人。

她的妈妈不会用厌恶又嫌弃的眼神看她，不会把言语化作刀刃扎向她的心。她的妈妈看向她的眼神里透露着无尽温柔，动作小心翼翼，生怕伤害到她一星半点儿。许星摇的心情很复杂，复杂到说不出话来。

景延没有说话，没有催促，也没有带她离开，他只是站在她身边，等她做出反应。

或许是意识到许星摇的胆怯与退缩，几番犹豫下，沈明诗还是主动走过来了。她笑道：“你们是要去吃饭吗？还没吃饭吧？”

许星摇没有回答。

景延颔首，说：“去吃点儿。”

沈明诗双手紧攥，泄露出她的紧张：“去我家吃好不好？或者我带你们去吃？你们老师说今天下午有一节美术课，还有就是年级的安排，让你们看两节课的爱国电影。你们下午不如请个假，好好休息休息？”

她哪里看不出来今天许星摇的情绪波动很大，许星摇怕是早已累极了。

云十一中这样的重点高中当然不可能一整个下午都如此荒废，只有美术课是真的，剩下那个是她杜撰的。

沈明诗担心许星摇即便累也不肯吭声，这孩子性子闷，想要什么永远不会说，需要什么也永远不会说。

她心疼得快哭了，只能想着办法来让这孩子放松。

许星摇摇头：“不麻烦了。”

沈明诗心痛极了：“摇摇，你不要跟我这么疏远好不好？我对不起你，我真的希望可以有机会弥补你、照顾你。你在宿舍里过得开不开心？如果住在宿舍觉得不方便的话，我们搬去家里住好不好？家里离学校很近，不会耽搁你上下学，也不会影响到你的学习，这样……也方便我们照顾你。”

沈明诗听毛鸿运说起过许星摇被周淑兰赶出来，不得已才入住了学校的宿舍这件事。

陆星旖初一的时候也吵着要住宿舍，可是才住了不到一个星期，她就哭着吵着要回来，一是她处理不好跟室友的关系，二是她根本照顾不好自己。当时可把沈明诗心疼坏了。

换作另一个女儿，她自然也心疼。她问过毛鸿运了，许星摇这两天仍然是一个人来来去去，这说明了什么？说明了她的宿舍生活肯定开心不到哪里去。

家里没条件也就算了，既然有条件，又何必让孩子去受罪呢？

“我喜欢住宿。”许星摇拒绝。

许家不是什么好人家，可是谁又能保证陆家是个好人家呢？她可别刚出虎穴，又进狼窝。她已经不相信这世界上的任何一个人了，与其相信他们，还不如相信自己。哪怕住在宿舍不适应，她也不想去一个完全陌生的环境。

不过她今天确实是累了，沈明诗不说还好，一说，她就觉得浑身乏力。

“随便找家面馆吃吧，我待会儿去跟班主任请个假，回宿舍休息。”许星摇说。

沈明诗见她肯休息，也松了一口气，不过她并没有放弃带着女儿回家的想法，依然说道：“你就跟我回去一次，好不好？如果不喜欢的话，我再把你送回来。家里做了很多好吃的，我还让阿姨给你炖了补身体的鸡汤。前两天体检，你不是抽了很多血？我保证家里做的肯定比店里的那些什么面、饭啊好吃。”

沈明诗并不放弃，极力劝说。

陆为修打来电话，沈明诗匆忙说了几句就挂掉了，她笑眯眯地说：“你爸爸也一直在念叨你呢，还有爷爷奶奶、哥哥、姐姐、弟弟。摇摇，我们去见见他们好不好？他们真的好想你……”

这么多人？许星摇一听，就差没直接转身跑了。她浑身僵硬地连连摇头：“不了，你们自己吃吧，我不去。”

沈明诗是在豪门世家里长大的，察言观色的能力远超寻常人，见此，她试探着改口：“这样吧，我让他们都出去，家里就我跟你，还有爸爸，好不好？我们一家三口一起吃顿饭就好。”

许星摇皱了下眉，情绪渐渐平和下来。

沈明诗高兴了，她赶紧又加了一把火：“家里很漂亮，妈妈和奶奶还给你准备了一个房间，那个房间很漂亮，你一定会喜欢的。你回家吃饭，顺便看一看，好不好？”

就这样，沈明诗千哄万哄，终于说动了许星摇。

主要是许星摇从来没接受过这样的柔情攻击，她实在阻挡不住。如果跟她来硬的还好，她能以硬碰硬，但是如果跟她来软的，她就完全招架不住，更何况是软到了这种程度。

景延欣慰地摆摆手，说：“行了，那你们回去吧，我也回去了，困死了。”

许星摇有些不好意思，本来两人都约好了一起去吃面的，她现在却抛弃了他。

趁沈明诗没注意，她悄声说：“我多给你写一个星期的数学作业。”以减轻一点儿她的愧疚之心。

景延无奈："谢谢啊。"

"不客气。"

景延无语。这到底是哪来的憨憨？真以为他看得上那点儿作业？

他不欲再说，摆了下手就走了。

沈明诗耐心地等着两个孩子说完话，才轻声问许星摇："跟妈妈一起坐在后座，好吗？"

许星摇看了眼旁边的车子，车子是黑色的，看上去就很贵，以前在安镇的时候她连见都没见过，后来来到沂市，只有上街了她才会偶尔见到几辆。她曾经以为，她跟这种车子的近距离接触只会是在多年后，她工作了的时候。可是谁能想到命运如此捉弄人，她突然成了别人口中"出生就在罗马"的人，她家里竟然有这种"看上去就很贵的车"。她突然觉得有点儿可笑。

沈明诗现在对待这个孩子，真的就像是在对待一件极其珍贵的易碎品。她小心翼翼地看着许星摇的表情，她给许星摇开车门的动作都不自觉地放轻了："来，上去吧……"

许星摇咬紧下唇，她脚上是一双穿了两年的黑色帆布鞋，洗得都有些褪色。踩上那块昂贵的地毯，她都觉得自己不配。

一股极其强烈的自卑感涌上心头，她第一次产生了如此的怯意。

沈明诗见她迟迟不动，眼眶都红了。她看着看着，突然理解了这孩子心里在想什么。她心里酸涩难言，继续哄道："摇摇，快上车吧，爸爸好想见到你，他还给你准备了很多礼物呢。"

在她的温柔攻势下，许星摇闭了闭眼，终于上了车。

知道沈明诗去了云十一中后，陆为修立马给沈明诗打了电话。

他想和许星摇说说话，可是沈明诗怕他吓到孩子，拒绝了。知道许星摇可能会回家吃饭，陆为修立马搁下手头的工作，开车回家。

回家途中，陆为修接到沈明诗的消息，说许星摇只愿意跟他们两个吃。

闻言，陆老爷子和老夫人二话没说地出了门。

孩子怕生，一次性见到太多人会被吓到，他们再想见她也得忍着。

没关系，他们能忍。

远远地，许星摇看到门口等着一个男人。那男人不停地整理着衣服，时不时低头看看自己的裤子、鞋子，紧张和不安尽显，她忽然觉得他有些可爱。

"摇摇，那是你爸爸，他身后就是我们家。"沈明诗用着最温柔的声音，试图在各种细节上给许星摇归属感。

别墅占地面积广大，外表简约的装修掩盖不住它的昂贵和奢华。

这里是沂市有名的富人区，从车子驶进来开始，许星摇就从内心深处觉得自己与这里格格不入。在这别墅面前，这种格格不入感越发强烈。

一个天，一个地。这巨大的差别，何止是“格格不入”四个字所能形容的。

许星摇后悔了，后悔和沈明诗过来，她心里只有一个声音——离开。

车子停了。

陆为修快步走过来，他打开车门，手保护性地放在车框上。他紧张地笑道：“到家了，下车吧，摇摇。”

他的眼里有期盼，有希冀。

可是他这种绅士的模样，是许星摇这十七年的人生中从未接触过的。

陌生感一点点地落在她的心上，一点点地加重，让她的心脏开始颤抖。

许星摇握紧了拳。

沈明诗在她身边哄着她：“下车吧，回家了，孩子。”

许星摇没有看他们，她只是低垂着头，钻出车门。

她愿意走出来就是好事，沈明诗笑了笑，赶紧跟着出来。

许星摇跟着陆为修和沈明诗往里走，一路上果真一个人都没有。

许星摇问：“你们不是说我是被换走的吗？那……是不是有另一个孩子？”

沈明诗脸一白，她知道星媛的存在意味着什么，可是他们还没来得及想好该如何面对星媛……她看向陆为修。

许星摇只是好奇，她只见过陆星旖。

她第一次见陆星旖时就有些惊讶，但是她并没有多想，毕竟这天下之大无奇不有，谁能想到她们竟然是亲姐妹呢。明明她们除了相貌，看起来差别那样大。

陆为修一时也不知该如何回答。

他思忖了下，慢慢地开口，生怕说错一个字：“她今天不在家……摇摇，爸爸妈妈心旦分得清楚，在我们心里，她永远比不过你。你要是想见她，下次我们把她叫过来，好不好？”

许星摇摆手：“算了，我不想见。”

即使是认识的人她都不想见，更何况是一个并不认识的陌生人。

其实这只是她习惯性地躲避，对于任何人都有的躲避。但是落在陆为修和沈明诗眼里，这就成了许星摇对陆星媛的排斥。

沈明诗咬牙下了决心：“好好好，不见，妈妈一定不会让你见到她。”

必须送走，无论如何也要把星媛送走。正牌回来了，一个……一个假货，没有理由还在这里心安理得地享受着荣华富贵。

舍不得吗？他们自然是舍不得的，养了十七年的孩子，哪能轻易说舍得就舍得的。

只是一想起周淑兰对许星摇做的种种事情，他们对陆星媛就再也心疼不起来。摇摇受了这么多的苦，他们作为她的生父生母，怎么能在这孩子的伤口上撒盐呢？

“回头让保姆把那孩子的东西都清理干净，不要让摇摇看到。”沈明诗叮嘱陆为修。

许星摇摇摇头，表示自己不是那个意思：“我无所谓，你们不用这么麻烦。”

沈明诗讷讷地看着她，不知其意。

“我只是来吃顿饭，你们这样大费周章真的没有必要。我不在意她，她对我来说，只是个不认识的陌生人。”

沈明诗心里刚刚升起的些许期待再次消散。

什么意思？只是回来吃顿饭，意思是吃完饭她就走了，她并没有回到这个家的想法。

她不在意陆星媛，也不在乎这个家的任何人、事。陆星媛对她而言是个陌生人，他们全家对她而言也是一样的。

沈明诗第一次恨自己的理解能力这么好。

她强行扯出笑容——算了，孩子的心得一点点地暖，本来就没有一下子成功的道理。

他们带她往里走，一边走一边给她介绍。

外面有个花园，穿过花园进去就是主别墅。主别墅很大，还有一个室内的恒温泳池，夏天是凉的，冬天是暖和的。

在陆为修介绍到一半的时候，许星摇突然打断他：“我不想听这些，我只是来吃饭的。”她再次强调。

听得越多，她心里的自卑感就越重。她就好像是只走错了地方的丑小鸭，找不到一星半点的归属感，她只知道自己心里的不安与彷徨越来越重。

陆为修噤声。

沈明诗打着圆场："是是是，我们摇摇怕是饿坏了。来，跟妈妈走，餐厅在这里，我们让阿姨做了一桌好吃的呢。"

许星摇不置可否。

她原以为真的只是回个"家"，可现在看来哪里是回家？明明是回"宫"。这里给她压抑感太强了……她不想再来了。

许星摇慢慢地垂下眼睫。

几人走了好一会儿，还乘坐了电梯，才终于抵达餐厅。

餐厅很大很气派，比她从前的家都要大。餐桌上摆满了五花八门的菜肴，色香味俱全，每一道都精致得像艺术品，粗略看上去得有三四十种。

许星摇心里那种若有似无的不适感越发强烈，她只是想来吃顿饭，现在摆在她面前的却是一桌满汉全席。

她配吗？

许星摇想了想，小声地道谢："麻烦了。"

沈明诗身体一僵，她好像意识到了什么，突然快步走进厨房："不吃那些，那些是保姆做的，不好吃。妈妈亲自给你做，做好吃的！"

许星摇没想到沈明诗会这么做，她下意识地一把拉住沈明诗。对上沈明诗的眼神，许星摇动了动嘴角，说："不用了。"

这些不好吃？怎么可能不好吃，或许沈明诗是察觉到了她心里的一二想法吧。可是没有必要。

真的，她受之有愧。

沈明诗一只手覆上她的手背，轻声说："应该是家里的保姆听爸爸叮嘱得太慎重，所以做得过于丰盛了。摇摇不喜欢是不是？是妈妈考虑得不周全，不该给你吃这些的。你等妈妈一下，妈妈很快就好。"

陆为修后知后觉地反应过来，忙道："对，是我没交代好。"他懊恼地说，"我们先去客厅坐一下，吃点儿零食和水果好不好？"

许星摇闭了闭眼，强行压抑的情绪终于喷涌而出："你们不用这样小心翼翼地对待我，我不值得你们如此……"她哪里值得呢？

沈明诗猛地抱住她，哭泣道："不，孩子，你怎么会不值得？你值得的，你值得的——"

"你们原来的家庭不是很好吗？何必把我找回来，打破你们原先的美好与平静？既然一开始就错了，那就让它这样错下去不好吗？"许星摇说着，深呼吸了一下。她任由沈明诗抱着。

这些话，她从一开始就想说了。不管是这栋别墅，还是这别墅里的方方面面都在告诉她，她与这里格格不入。它们都在告诉她，她不属于这里。

既然如此，他们又何必强行把她带回来？他们不知道她有多痛苦！

就这样错着，受苦的只是她一个人，再多的痛苦与难受，她大不了熬过去就是了。她已经高二了，等大学毕业，她的苦难不就结束了吗？到时候这些成长过程中的荆棘与忐忑，终究会随着时间的流逝而慢慢地淡去，再也不算什么。

沈明诗的眼泪不停地往下掉，她疯狂地摇头：“不是的，不是这样的。错了就是错了，错了就该改正。原先如何不重要，你相信妈妈，你回来以后，家里会更幸福的。将错就错一点儿都不好，一点儿都不好……”

陆为修轻抚着沈明诗的头发，他狭长的眼尾也红了。

许星摇怎么会这样想呢？一个十七岁的孩子啊……见到条件好的生父生母，很多孩子都是开心的，她却是想着躲避与逃离，她觉得是她打破了他们原本平静的生活。

“摇摇，父母与孩子之间，最基础的爱就是出于血缘，因为血缘，所以我们可以无条件地爱孩子，我们愿意为孩子付出一切。你是你妈妈怀胎十月生下来的，你出生的那一天，你知道我们有多开心吗？我们恨不得将全世界都搬到你面前。没想到，这十七年我们却将宠爱错付。在知道错误之后，你知道我们有多痛恨自己的愚蠢吗？我们怎么能把你丢了这么多年？我们怎么可以不去把你找回来？你才是与我们有着血缘关系的人，你才是我们的亲人。傻孩子，错了就是错了，怎么可能不纠正呢？你相信爸爸妈妈，我们会让你幸福的，幸福的生活本来就应该属于我们一家人。”

许星摇坐在客厅里，对面几乎占据了一整面墙的电视机正打开着，陆为修不知道在捣鼓什么。

许星摇没有心情看电视，她环顾四周，处处都低调又不失奢华。

刚刚陆为修的那一番话打动了她，她离开的念头被打消了不少。此时她正等着沈明诗给她做东西吃。

她正觉得无聊，陆为修就出现了。他手里拿着一大袋零食，见她看过来，他笑着问：“摇摇吃不吃辣？这里有辣的，也有不辣的。”说罢，他把袋子里的零食都倒在了桌上。

“这儿还有水果，喜欢吃吗？喜欢吃什么你告诉我，下次我让他们买你爱吃的。”

“睡个午觉吧？房间都收拾好了，是妈妈和奶奶亲自收拾的，你要是不喜欢，我让他们拆掉重新装？”他不知道怎么和孩子相处，就怕哪里做得不好惹得她不高兴，所以几乎每句话都在小心地询问她的喜好。

许星摇还是第一次被人如此对待，她心里说不上是什么感受，大抵是受宠若惊，也大抵是受之有愧。

她摇摇头，照单全收：“都喜欢的。”反正她也不会吃，没必要麻烦他。

陆为修松了一口气，他坐在她身边，又听她说：“我认床，不睡了。”

其实她哪有资格认床，在安镇的时候，她连个床都没有，只有一块硬木板，上面铺了一层床单。来了沂市，她和许离住一间房，才算有了个真正的床。

她这样说不过是为了拒绝，她已经觉得如此不适了，又怎么可能在这里住呢？

陆为修听到她的拒绝后，整颗心都提了起来。他正想说些什么，却听到她的手机响了。

来电人是林雪，她们交换过电话号码，但是许星摇没想过她会给自己打电话：“林雪？”

“星摇，你是不是哪里惹到卓惜悦了啊？她往你床上泼了水，还把你的枕头、被子、衣服全扔出宿舍了！”

许星摇猛地站起来：“什么！”

陆为修跟着揪起了心，发生什么事了？

“她凭什么动我的东西？谁给她的胆子？”许星摇冷声道，“她有胆子做，就给我等着。”

“啊？你要怎么做啊？不行的，她舅舅是校领导！你现在在哪儿？要不先去买新的床单、枕头？”

许星摇深呼吸以平息怒火，她努力让自己的语气平静一点儿：“好，我知道了，谢谢。”

舅舅是校领导又怎样？套个麻袋揍她一顿，又有谁知道是谁揍的她。

客厅里只有陆为修和许星摇两个人，再加上许星摇手机老旧，因此陆为修听了个大概。他忍不住问：“有人欺负你是吗？要不要爸爸帮你出头？”

许星摇摇头：“不用，我能处理好。”

陆为修颔首，脸上不免有些被拒绝的失落。

想了想，他突然眼前一亮，建议道：“宿舍的床铺是不是不能睡了？

那今天就在这里住一晚吧？衣服什么的都准备好了。”

其实买新的床单什么的，许星摇没有钱；洗床单的话，现在都下午了，洗了也来不及晒干了；至于住外面，问题还是她没钱。

那就……住一晚？

陆为修见她心动，怂恿得越发厉害：“这里离你们学校很近，我们十分钟左右就能把你送到学校，不会耽误你明天上课的。”

许星摇犹豫地点了下头：“那好吧……麻烦你们了。”

“摇摇，你不需要跟爸爸妈妈这么客气。”陆为修想揉揉她的头，又忍住了。

这孩子客气的姿态，他们看在眼里，疼在心里。

考虑到许星摇已经饿坏了，沈明诗便只下了个面条。她把面条端上餐桌，叫他们去吃饭。

她搂着许星摇，说：“明天妈妈亲自下厨给你做好吃的。吃糖醋排骨好不好？还有红烧肉、清蒸鱼，妈妈都会做的。”

沈明诗寻思着要再去跟周姨学几道菜。从前，摇摇从未感受过母爱。她得从做饭开始让摇摇感受一下她的爱意。可惜她的厨艺太差了，如果摇摇不喜欢吃这些菜怎么办？她还是应该多学一点。另外，她还得学会煲汤。摇摇太瘦了，需要好好补一补。

许星摇坐在桌前，接过沈明诗递过来的筷子。她微微点头，说：“谢谢。”沈明诗慈爱地摸摸她的头。

许星摇起初以为这只是普通的面条，没想到一吃，她发现里面的味道非常丰富。汤底是老鸭汤，碗底有鲍鱼、虾和牛肉，沈明诗像是恨不得把好东西都塞进一碗面里。许星摇哭笑不得，忍不住扬了扬嘴角。

陆为修和沈明诗分别坐在她两边，目光都集中在她身上。见她笑了，他们顿时松了一口气。

说实话，这样随意煮的面条味道并不算太好，但许星摇吃得很开心，她把整碗都吃完了。沈明诗高兴坏了：“我再去盛。”

许星摇手里的碗被沈明诗接了过去，她一愣——从来没有人给她盛过饭，从小到大都是她给别人盛饭。

沈明诗生怕许星摇饿着，又给她盛了满满一大碗。她高兴地看着许星摇说：“快吃吧。”

许星摇说：“好。”她拿起筷子，吭吭哧哧地继续吃。

沈明诗和周淑兰不一样，周淑兰恨不得把好的都藏起来只给许离吃，而现在，很多很多的食材都在这碗里面。这一碗面条里包含的营养，是许星摇以前半个月都得不到的。

也许，这就是亲生与非亲生的差别吧。

许星摇吃完了，沈明诗还在问：“要不要再吃一碗呀？还有好多的。”

“不用了，我饱了。”许星摇难得低下了头。

许星摇想午睡，夫妻俩带着她去了她的房间。

一路上，他们给她讲家里的事情。说她有个哥哥，在上沂市大学，常回家；有个姐姐，在诺德一中上学，走读，平常住家里；还有个弟弟，上初三，也是走读；家里还有爷爷奶奶，大家都很想她。

突然间多出了这么多亲人，许星摇有些焦虑。她没有说话，也没有和他们见面的想法。

陆为修和沈明诗对视一眼，给陆老爷子发消息，让他带孩子们去公馆住几天。公馆在郊区，地方安静，只是离学校有点远。之前陆家住在公馆，这两年为了让孩子们多休息，他们才搬到这里来。

至于陆星媛，她直到现在还被蒙在鼓里，他们准备找个机会告诉她这些事情。

陆老爷子看到消息，回复：“她不愿意见我们吗？”

陆为修：“爸，给她一点时间吧。”

那边过了很久才又回复：“这两天我们会找个时间和星媛说一下，找个机会，把她送走吧。”

陆为修：“好。律师已经对许志国和周淑兰提起了诉讼，他们两个肯定要进监狱，到时候星媛和他们的那个儿子怎么安顿？”

陆老爷子沉默，这的确棘手。

他再找找，看有没有适合收养孩子的人家吧。

反正再把陆星媛留在家里是不可能的，一个恶意换走陆家骨肉的女人的孩子，怎么可能还留在陆家？传出去，还不得让别人笑掉大牙！

“待会儿吃完饭我们回公馆，我跟你奶奶很久没回去了，这次一起回去住两天吧。”陆老爷子说。

老夫人看他一眼，对于发生了什么，她心里大概有了数。她叹了一口气，她还没见过那孩子呢。

陆嘉辰"啊"了一声："这么突然啊？我跟我同学说好了，借本书给他。那本书还在家里呢。"

陆老爷子不容置喙地道："那就跟他说，下回再借给他。"

"行吧。"

第六章
窒息

She's really hard to coax

许星摇从五岁起就想有个自己的房间，可惜一直没实现过，毕竟她连有一张属于自己的床都是奢侈，更何况是一个房间。

站在房间门口，她有些不敢进去。

沈明诗挽着她的手臂，笑着说：“进去看看？”

一直到今天许星摇到来之前，这个房间都还在不停地完善着。沈明诗不知道女儿喜欢什么样的，她只能尽力去搜寻一些女儿可能会喜欢的东西。

许星摇推开门的一瞬间便被门后的场景震撼到了。

房间里很美、很美，完全就是她心目中的公主屋的样子，也是她心中从来没有想象过的自己的屋子的样子。

这是她的房间？

房间以白色为主基调，布置得很温馨。里面的空间很大，比她从前的整个家都大，有浴室、衣帽间，还有很大的床。

如果说她从前的房间叫房间，那这间房就叫宫殿。

沈明诗小心翼翼地看着她的表情，说：“摇摇，喜欢这个房间吗？不喜欢也没关系，我让人重新装修。”即使今天的装修她并不喜欢，她也不可能让沈明诗重新弄。何况，她并没有不喜欢，甚至有些惊喜。

“不用，房间很好。麻烦你们了，看得出来这些东西挺费功夫的。”

“宝宝，不要跟爸爸妈妈这么客气。”沈明诗轻轻地抚了抚她的头，说，“有什么不喜欢的就告诉妈妈，妈妈让他们换。”他们没有再打扰许星摇，关门出去了，偌大的房间内只剩下许星摇一个人。

许星摇四下看了看，只觉得十分陌生。

床头柜上有一个方盒子，很显眼，许星摇忍不住走过去，拿起来——是一部新手机。

她突然觉得鼻尖有点儿酸，就像是一个从未得到过温暖的人，手中突然有了一束烛火。这一天对她而言，就像梦一样。她这个从未被爱过的人，突然得到了很多浓烈又细致的爱。

许星摇的眼泪突然掉了下来。

在这个只有她一个人的房间里，她哭得无声又放肆。在他人面前伪装出来的坚强和冷漠，在这一刻被尽数卸下。

她哪里会不渴望爱呢？只是因为得不到，才不去想。

当有朝一日，这份爱被摆在她面前，她又怎能不动容。

手机太过昂贵，许星摇虽然感动，但并没有轻易拆开，她只是妥善地把它放回了原位。

她掀开被子，准备午睡。这时，她的手机铃声突然响了。

“许星摇，你没被绑票吧？”一道懒散的声音传来。

许星摇忽然有一种想笑的冲动，她道：“没有。”

“那就好。我可真怕你被绑了都没人知道。”景延啧了一声，说，“你下午请假，晚上还来不来？”

“不知道。你有事吗？”

“当然有啊，数学册一共三十页，你才辅导了五页。”

许星摇终于笑出声。她无奈道：“知道了，会给你辅导的，怕什么。”

对方沉默了，许星摇也安静下来。

片刻后，她耳边重新响起景延的声音，这一回，他的声音郑重。

“许星摇，开心就留下，不开心就走。”他不知道任由她回去陆家的决定是对是错，他觉得她的情绪不对劲。

许星摇闷声答应：“嗯，知道。”

“陆家孩子多，有人欺负你，你也别忍着。看在你帮我辅导作业的分儿上，或许我可以帮你解决解决。”

“谢谢。”

“哟，许星摇还会说谢谢。”

许星摇一本正经地说：“许星摇最会说的就是谢谢。”

景延微愣，旋即他乐了：“嗯，有道理。”

许星摇原以为换了个陌生的地方会睡不着，没想到躺进那张软软的床，只过了几分钟，她就睡着了。

再次醒来时，已经是下午四点多。

许星摇起床，慢吞吞地穿好鞋。她打开门走出去时，外面一片安静。

她想去找人，但是这里实在太大，她凭借记忆转了一圈，还走错了一次，才找到客厅。一到客厅，她看到的不是陆为修，也不是沈明诗，而是一个她不曾见过的男孩。

男孩长得很帅，阳光开朗，很高，应该有一米七五，但是她不认识。

许星摇握了握拳。

对她而言，这还不是她的家，她在别人的家里撞见了人，不免心虚。

陆嘉辰这个年龄的孩子最爱面子，跟同学说好的事情，轻易不可能食言。爷爷奶奶要回公馆，他索性逃掉了最后一节体育课回家找书，准备找到了再偷溜回去，假装什么事都没发生。

他没想到会在家里看到一个他并不认识的女孩。

女孩挺高的，看起来估计有一米六五，比他二姐还高，可是她很瘦，瘦到身上都没有几两肉，以至于给人一种娇小的感觉。

但是这些都不是最重要的，最重要的是她为什么跟他大姐长得这么像？完全就是一个模子里刻出来的！

“你……你是谁？你怎么在我家？”陆嘉辰毫不客气地质问。

许星摇一时不知怎么回答，她是谁？怎么会在他家？

原来他是陆为修和沈明诗的孩子之一呀，他浑身上下都散发着自信又璀璨的光芒。是了，这样的人才配称得上是他们的孩子，她一个活在黑暗里的人一点儿都不像他们的孩子。

许星摇怕被以为是小偷，试图解释。

她还没张口，陆嘉辰又说：“你长得跟我大姐很像。”

她们是双胞胎姐妹，怎么可能不像？

“你到底是谁？机器人？是公司按照我姐的样子仿照出来的机器人吗？那你听不听得懂我说话？应该听得懂，那你会回答吗？你的系统里有没有这个问题的答案？”

少年颇感兴趣，他连连发问，又自问自答，都不给许星摇回答的时间。

许星摇一时语塞。原来人的脑洞还能这么大，想象力还能这么丰富吗？

“怎么说话呢？”陆为修没想到陆嘉辰会突然出现，远远地看到陆嘉辰，他心头一跳，赶紧快步走了过来，“你怎么回来了？”

陆嘉辰扬了扬手里的书：“找书，我同学跟我借的。”

“你逃课了？”

陆嘉辰被噎住了，他原本是想悄悄地来，悄悄地走，哪里想到这个时候陆为修竟然没在公司，他被逮了个正着。

“陆嘉辰，你胆子越来越大了。回头收拾你。”陆为修没心思说这个，他的心思都在女儿身上。陆为修原打算让摇摇缓缓，可是被陆嘉辰撞见了，总不能清除他的记忆，再把他赶出去。

陆为修硬着头皮就势介绍：“陆嘉辰，这是你真正的二姐。她失散了很多年，爸爸妈妈刚刚找到她。”

他一本正经地介绍完，面对许星摇，又柔和了神色，说：“摇摇，这是你弟弟陆嘉辰，嘉奖的嘉，星辰的辰。”

陆嘉辰一脸茫然地看着陆为修，问：“什么意思啊？”

“那我二姐呢？陆星媛呢？她算什么？”陆嘉辰问。

“她是被换来的。她的母亲恶意偷走了我的女儿，把她的女儿放到了我们家。”陆为修每每提起，总是恨不得将周淑兰碎尸万段。

陆嘉辰呆呆地看着自己的父亲，这一段话每个字他都懂是什么意思，合起来以后却让他迷茫了。

“快叫姐姐。”陆为修喊他。

许星摇抿紧唇，看着这个男孩，她的紧张显而易见。

她有弟弟，许离就是她真正从心里承认的弟弟，他跟眼前这个男孩差不多大。眼前这个男孩只是她血缘上的弟弟，今天还只是他们的第一次见面。

许离很好，那他呢？

陆嘉辰一时根本无法接受，他瞪大了眼睛看着陆为修，这个人怎么就是他姐了？

“快喊。”陆为修提起他的领子，说。

如果是沈明诗，陆嘉辰还敢反抗，但这是陆为修，他根本不敢。

陆嘉辰看着这个陌生又熟悉的女孩，不乐意地从鼻子里哼了一声：“姐……”

陆为修皱眉，他还不满意，但是陆嘉辰已经脚底生风地跑了：“妈！妈——”

沈明诗在厨房给女儿做菜呢，她还炖了鸡汤。

陆嘉辰花了好大的工夫才找到她，因为他根本没想过沈明诗会在厨房。

“妈，你在干什么？别告诉我你在做饭？”

“呀，你怎么回来了？”沈明诗表情一变，嘉辰回来了，那摇摇……

“妈，我见到一个女的，我爸竟然让我……”

“有没有规矩，有没有礼貌了！什么叫‘一个女的’？”沈明诗捏起他耳朵，“你见到了，那我也不瞒你了，那是你姐姐，亲姐姐！你再一口一个‘女的’，看我怎么收拾你！”

陆嘉辰嗷嗷叫：“轻点儿轻点儿——”

“叫什么？”

“姐！”

“这就对了。”沈明诗放开了他，又说，“别打扰我，我做饭呢。”

陆嘉辰哀怨地看着她：“要不是我三年前吃过你做的饭，我都快忘了你还会做饭呢。”

“怎么说话呢。”沈明诗笑了笑，“既然你撞上了，那我待会儿问问摇摇能不能让你一起吃。”

陆嘉辰有些无语。

沈明诗说：“我打算做红烧肉、罗非鱼、麻婆豆腐、鱼香肉丝和干锅小龙虾，我还炖了鸡汤！”

陆嘉辰疑惑道：“你会做吗？”

沈明诗说：“这不是有菜谱吗？我刚刚还和周姨连麦，她一边说我一边做，我就不信我做不出来这几样菜。”

陆嘉辰都快酸死了，不过他没忘记重点：“妈，那我二姐怎么办？”

沈明诗沉默了一下，她的笑容也消失了。她轻声说：“辰辰，以后你不要再叫星媛‘二姐’了，尤其是在摇摇，也就是刚刚你见到的姐姐面前。你只能叫这个姐姐‘二姐’，不能叫星媛‘二姐’。如果你没做到，妈妈会很生气。”

陆嘉辰愕然：“那我叫二……陆星媛叫啥？”

“叫星媛姐吧。我和你爸爸本来也准备告诉你们，而且星媛……可能很快就要走了，你也没有太多的机会叫她了。”

陆嘉辰的世界观都快崩裂了，他根本无法接受这件事。听到陆星媛要走，他疯了似的怒吼着：“你们怎么可以这样！”

他和陆星媛从小一起长大，就算没有血缘关系，也早就是亲人了，他们怎么可以这样对她！

“她可是你们养了十七年的女儿，你们怎么狠得下心啊！”陆嘉辰嘶吼着，他掏出手机给陆嘉实打电话。

在他心里，大哥是无所不能的。这么大的事情，爸妈瞒着他们，应该就是想避免他们的阻止和反对，可是他又怎么能眼睁睁地看着陆星媛被赶走！

少年狭长的眼尾迅速地泛起了红。

沈明诗张了张嘴，见根本拦不住，她也就随他去了。她知道这会引起孩子们的强烈反抗，暂时瞒着他们，也有一部分是这个原因，但是孩子们反抗得再厉害也无法阻止他们这么做。

他们倾心倾力地养了别人家的孩子十七年，让自己的孩子在外面受苦受罪，在知道真相以后，他们又怎么可能继续若无其事地对那个别人家的孩子好？

陆嘉实一直隐隐感觉家里有大事发生，但是爷爷奶奶和父母只字不提，显然是打算瞒着他们，他也就没追根究底。在接到弟弟的电话，得知家里到底发生了什么事后，他火速赶回了家。

陆星旖也被陆嘉辰叫回来了。

沈明诗头痛欲裂。

陆为修给许星摇泡了杯花茶，献宝一样地端给她："尝尝吗？这是茉莉花茶，很香。"

许星摇接了过来，她动作不自觉地放轻，因为装茶的杯子是很精致的珐琅杯，像个工艺品。她想，这才叫喝茶吧？当然，旁边的是其次，重要的是以前许志国从来没有给她泡过茶喝。

她尝了一口，嗯，很香。

"摇摇，饿不饿？要不要先喝碗鸡汤垫垫肚子？"沈明诗端着碗汤过来，碗里面还有个鸡腿。

许星摇下意识站了起来，她可从来没有过这种待遇。

"喏，筷子。"沈明诗笑着把筷子递给她，"可香了，我炖了一个下午，肉软软的、烂烂的。还得一两个小时饭菜才好，先吃这个垫一下吧？"

许星摇迟疑着从她手中接过碗："谢谢。"

沈明诗又说："摇摇，刚刚你见到弟弟了吗？他……他太不乖了，他把哥哥姐姐都叫回来了。不过你放心，他们不会欺负你的，爸妈在呢。你要是不喜欢，待会儿就回房间，等我们把他们叫出去……"

许星摇拿着筷子的手一顿："嗯，我知道了。"她垂下眼，小口小口地喝着鸡汤。

她很久没喝过鸡汤了，这几天的伙食真的很好，也不知道她被抽的血都补回来了没有，她还缺不缺钙？想着想着，她自己笑了笑，哪儿有这么快。

沈明诗不知道许星摇生没生气，所以她有些忐忑。陆为修发火道："三天不打上房揭瓦？陆嘉辰真是欠收拾了。"

他们还在小心翼翼地对待着这孩子，陆嘉辰倒好，直接放大招！还好他还算有点儿脑子，没把陆星媛也叫回来，不然陆为修真是想当场把他揍一顿。

陆嘉实和陆星旖几乎是同时到家。家里没有管家，没有保姆，也没有园丁，陆星旖突然明白，哪里是爷爷奶奶想回公馆，分明爸爸妈妈是要把他们全部调走。

她叫住陆嘉实："哥哥，你等我下，我们一起进去。"

陆嘉实看到她，紧皱的眉心松了松："慢点儿，别摔了。"

陆星旖很害怕，倒不是害怕许星摇才是她的妹妹，而是害怕从小一起长大的妹妹会被送走。

两人来到客厅，他们第一眼就看到了那个女孩。

她静静地坐在沙发上，灯光打在她如雪的侧脸上，显得她整个人精致又高冷，像极了白天鹅。

这是陆嘉实第一次见到许星摇，但是他想，他这辈子都会记得这个场景。

陆星旖亦然。上次和许星摇一别，她还在想下次什么时候能再见到她，没想到这么快就在家里见到了。她更没想到的是，媛媛不是她妹妹，摇摇才是。

陆嘉实和陆星旖走进去，陆嘉辰像是受了天大的委屈，马上扑了过来："哥哥，大姐！爸妈要把……"他顿了一下，很不服气地改了称呼，"要把星媛姐送走。"

陆嘉实揉揉他的头，无奈道："别暴躁，好好跟爸妈说话。"

陆为修给许星摇递了一盘草莓，许星摇像是没有发现有人进来一样，拿着叉子吃着草莓。

陆嘉实看了看她，不知该不该当着她的面讨论这个问题。他比嘉辰大，很多事情心里都有数了，不会那么莽撞。想了又想，他还是决定先和这个女孩打个招呼："你好，我是陆嘉实，我比你大了三岁，你叫什么名字呢？"

许星摇嘴里塞着一整个草莓，她不太想说话，陆为修替她说了："这是星摇，提手旁的'摇'，你妹妹。"

陆嘉实从小到大还没见过父亲这样殷勤的样子，他吃惊之余，心下也大抵明白了这女孩在父母心中的地位。

“别叫，别叫……”

“妹妹。”陆嘉实扒开陆嘉辰，率先递出友好的橄榄枝。

陆嘉辰快被气死了，他把人叫回来是帮忙的，可不是给他拖后腿的。他立刻开口：“哥，他们要送走星媛姐……为什么不能不送走呢？”

陆为修紧张地看向许星摇，却发现她好像并没有什么反应。他刚刚把新手机给她拆开，她也接了，现在她正在鼓捣着传数据。

陆为修训斥陆嘉辰：“你知道什么？什么都不知道就在这里干涉大人的决定，这就是你读这么多年的书学到的吗？还不赶紧闭嘴！”

沈明诗做好了饭菜来叫他们：“吃饭了。”她走到许星摇身边搂住她的胳膊，说，“走了宝贝，吃饭去。妈妈做了好多你喜欢吃的。”

陆嘉辰快被气得当场升天，他指着许星摇对哥哥姐姐说：“妈还亲自下厨！她多久没做过饭了！”

陆为修忍无可忍，提着他的衣领就往书房走。

“啊啊啊，妈救我——”

“好好教训他，什么时候还学会用手指人了？”沈明诗招呼陆嘉实和陆星旖去吃饭。

陆星旖的心情很复杂，她恍惚地跟上了：“哎，来了。”

好巧不巧，她旁边坐的就是许星摇。

许星摇没有看陆星旖，她怕从陆星旖眼里看到排斥与厌恶。

虽然陆星旖跟认识不久，但是许星摇记得陆星旖，相处时间再长点儿，许星摇也会把她当成朋友。可是谁能想到会发生这种事？她们的关系瞬间尴尬了起来。

许星摇很害怕会被讨厌，被这个差点儿成为朋友的姐姐讨厌，所以她索性就不去看对方。

陆星旖倒是一直偏头注视着她，直到沈明诗把菜都端上来了，她才把目光放到桌上，然后她差点儿跳起来：“妈，这都是你做的？”

沈明诗含笑点头：“不错吧？”

“何止是不错！”陆星旖夸张地说，“我从来就没吃过你做的这些！”

沈明诗嗔怪地看了她一眼：“安静点儿，这有什么稀奇的，妈妈还会做好多呢。”大不了现学。

“摇摇，尝尝妈妈做的菜。多吃点儿鱼，这种鱼刺少。”沈明诗坐在许星摇身边，给她夹菜，目光温柔。

陆嘉辰还在被陆为修收拾，许星摇左右两边分别是沈明诗和陆星旖，陆嘉实坐在沈明诗旁边。

虽然父母不想提陆星媛，但是这个好像不能不提。陆嘉实是老大，他自小就知道自己必须承担一些责任。这时候，只能由他提出疑问：“妈，摇摇是当年被抱错了吗？”这件事情大人们不曾与他们细说。

“不是抱错，是被人换了，被星媛的生母换了。她把星媛换到我们家，让她过好日子，把我们的星摇偷走，却是对星摇极尽虐待！”沈明诗不能提这件事，一提起来她浑身都会发颤，她揪着心口的衣服，恶狠狠地说道，“我不会放过凶手的，只是还需要点儿时间才能让他们得到应有的惩罚。但是，你们能理解妈妈吗？妈妈真的没有办法让星媛再待在家里了，我没有那么伟大。”

陆嘉实和陆星旖都沉默了。

沈明诗看着陆星旖，满眼悲痛：“旖旖，摇摇本该和你一起长大，一起享受着父母和爷爷、奶奶的宠爱，哥哥、弟弟的爱护，享受着最好的教育。可是就因为星媛的妈妈，这一切都转移到了本不该拥有这一切的星媛身上，而我们的摇摇，从小受苦，十七年来从未拥有过父母的爱。你们吃着大餐的时候，她可能连白粥都没得喝；你们参加研学活动的时候，她可能在为几十块的学杂费发愁。孩子们，我不可能再像以前那样对星媛了……不，首先她就不能再叫陆星媛。我们已经商量过了，在她离开这里前，就叫她陆媛吧，以后要改名改姓什么的，随她。反正现在我不想再听到她的名字，一听到她的名字，我就会想起被她的母亲故意弄错的两个人的人生。星字是我们陆家女儿的，她……不配拥有。”

沈明诗闭了闭眼，逼着自己狠下心肠。

陆星旖忍不住哭了出来，她觉得自己站在哪边都不对。

星媛是跟她一起长大的人，星摇是她亲生的双生姐妹，却因星媛受了十七年的苦楚，她怎么能做出决定？

为吃的发愁，为学杂费发愁，这是她想都没想过的事情。从小到大，她随便收点儿压岁钱都有十几万，她怎么可能会为了这点儿东西发愁，但是这个与她同年同月同日出生的妹妹，吃遍了人间疾苦。

他们说的话，许星摇听在耳里，心里略有触动，她却不知道该做些什么。她是受害者，可他们也是受害者。只是她被害了十七年，痛苦了十七年，而他们在十七年后才知道，才开始痛苦。

直到陆星旖哭了，她才有些受不了地开口：“我没有说过一定要她走。”

陆星旖突然止住哭声。由于止住得太突然，她还打了个嗝儿。

“我都没有见过她。当然，我跟你们也不熟，我自己过得好好的，你们不要一副因为我而改变了整个世界的样子，想让我有负罪感吗？”许星摇忍着气，将压在心里许久的话说了出来。

她想说这些话很久了。在陆嘉辰用埋怨的眼神看她的时候，在陆嘉实和陆星旖因为她而瞻前顾后地说话的时候，她很想说，你们自己做出的种种决定与我何干？她从头到尾不曾发过一言，也不曾干涉过他们的任何决定，他们又何必用那种眼神来不断地增加她的负罪感呢？

陆为修教训了一顿陆嘉辰后，让他在书房面壁。刚走到餐厅，他就听到了这番话。

“我的到来导致陆星媛离开？你们都是这样想的？”许星摇看着陆嘉实和陆星旖，问道。

陆嘉实慌忙摇头：“不、不是。”

“请搞清楚，我并没有说我要来，我不打算来，所以她走不走，问题不大。”许星摇平静地说道，“至于你们要不要她走，跟我没关系，你们也不必‘为了我’而做出所谓的决定。”

沈明诗脸色惨白，毫无血色。许星摇每说一个字，就是在她的心上多砸出一个坑。

“吃完这顿饭我就走，我不打扰你们。”她看着已经吃了一半的饭，没打算中途离开。浪费不好，还是吃完吧。

沈明诗知道许星摇生气了，而且是很生气很生气。可是她不知道该怎么办，她不知道该怎么去哄许星摇。

她哭着冲陆嘉实和陆星旖喊：“你们问什么？问什么啊？就不能私底下问吗？非要当着摇摇的面撕扯她的伤口！那个女人亏待了我女儿十七年，难道我连把她的女儿还回去都是错的吗！”

陆嘉实和陆星旖被吓傻了，他们一声也不敢吭。

“你们只想着你们的感情，却不知道你们的亲妹妹吃了多少苦，受了多少罪！她有什么错？她有什么错！她那时候才刚被生下来，什么都不懂！”沈明诗痛彻心扉，她捂着心口哭喊着，又想去抱许星摇，“摇摇，你不要走，你不要这样想，就当是……可怜可怜妈妈吧！你别走，不是你的错，都是他们的错，与你何干啊？求你了，你别走……”她哀求地看着许星摇，眸中热泪滚滚，几欲将人烫伤。

许星摇垂下头，不去看她的眼睛：“吃饭吧。”

陆为修深深地叹着气，心情久久不能平复。他没有进来，也没有出声，就只是站在门口看着许星摇，看着她单薄却又坚韧的背影。她身上竖起了无数用来自保的刺，只要有人对她露出敌意，或者是有任何伤害到她的可能，她的刺就会在顷刻间扎向那个人。

她才……十七岁啊，他难以想象她这十七年都经历了什么。

陆为修无力又颓废地把头往门框上一靠，一脸颓然，那是他对“父亲”这个身份的绝望与愧疚。

餐厅里，许星摇没有说话，也没有回应沈明诗，她任由沈明诗在一边哭得不能自已。

陆嘉实抱着沈明诗一个劲地认错，过了一会儿，陆星旖终于也认错了。

他们后知后觉地意识到，他们好像太自私了。他们不是直接的受害者，受到的伤害几乎可以忽略不提，他们凭什么在这里干涉直接受害者的决定？

陆星旖犹豫着跟许星摇说了对不起，意料之中地没有得到她的答复。

许星摇原打算在这里睡一晚，明早早点儿回学校洗床单、被套，可是现在她觉得留在这里好像不太好，这里到底不是她的家。

她没有拿那部已经激活的手机，只带了自己来时的东西便准备离开。

她感觉自己现在的状态很糟糕。

陆为修和沈明诗拦着她不让她走：“摇摇，你的床单都湿了，回去怎么睡？你在这里住一晚，明天我们就送你回去，好不好？”

沈明诗苦苦哀求，她的孩子为了躲她，宁愿回学校忍着委屈将就睡觉，她怎能不难受？

到最后，许星摇也没有走成。陆嘉实跟陆星旖也一起劝她，四人合力之下，她根本抵挡不住。虽然她好几次都强硬地要离开，但他们几人围成了一堵人墙，无论如何都不让她走。

她回了那个“她的房间”。

房门一关，把他们全部隔绝在外后，她整个人才算是得到了解脱。她闭着眼，顺着门板滑落在地。她很难受，感觉自己像是陷入了无边的黑暗，找不到尽头，也找不到光明的出口，她难受得几乎感觉不到空气的存在了。

许星摇大口大口地呼吸着，渴望借此缓解心脏传来的闷痛。可是不对，她的心脏没问题，那她为什么会感到这么窒息呢？

她低着头，惨白的脸上忽然扯出一抹极淡的笑。

没事，不过也就是这样了。

嗯？哪来的振动声？真够吵的，吵得让人想把振动的源头摧毁。振动声响了又停，她松了一口气，却听它停了又响。

反复几遍后，坐在黑暗中的女孩终于睁开了眼，她眼中是尚未清明的迷茫。她呼出一口浊气，拿起手机，来电显示是景延。

又是他！他最近给她打电话的次数好像有点儿多。

许星摇还是接起了电话。

“许星摇。”

“嗯，是我。”景延微微愣了一下，他听出了她声音中的不对劲，而且是非常不对劲。才过去了半天，她之前明明很正常啊。

“许星摇——”他收起轻佻的态度，认真地喊她的名字。

“有什么事？”她回答道。

“老毛让我把作业给你复述一遍。”他摸了摸鼻子，没有说是因为他又被老毛逮到上课睡觉。老毛问他作业记了没有，他随口说记了，老毛冷笑了一声，说：“好吧，那你给许星摇打个电话，把作业给她复述一遍。”

许星摇没有追究其中的不对劲之处，只是说：“不用了，我没带作业本和练习册，明天再说吧。”

景延把从别处要来的记着作业的本子一扔，说：“那好吧。要不要出来玩？现在还早，出来走走？”

“不要。”

景延从来没有被这么干脆地拒绝过，他一时间噎住了。

好吧，今天不把她约出来算他输。

许星摇出门找景延的时候，发现客厅里很热闹。陆为修和沈明诗两人在训孩子，三个小孩儿一个字不敢说，蔫头耷脑地听着训话。

她脚步一顿，一时不知道该不该走出去。

陆嘉辰先看到了她，他像一只不太机灵的大狗，一看到她走向大门，他立马想也没想就问：“你要去哪儿？”

陆嘉辰的声音吸引了所有人的目光。

沈明诗紧张地看着许星摇，也顾不上再教训陆嘉实和陆星旖，她忙走到许星摇身边，不知所措地看着她说：“摇摇……”

许星摇最怕她这样，便解释道：“我出去找个朋友，待会儿就回来。”

沈明诗松了一口气，紧接着她又担心起其他的事情来。

“去哪里呀？安全吗？要不……妈妈送你去吧？我不打扰你们，把你送到我就走，你想回来的时候再给我打电话，好吗？”

她女儿长得这么漂亮，万一遇到危险怎么办？她才不放心让许星摇一个人出去。如果可以的话，她还想问问那个朋友是男的还是女的，是同学吗？多大了？

可是她和许星摇并没有亲近到那个地步，怕问过了惹她反感，所以沈明诗只能小心翼翼地提议。

许星摇婉拒了沈明诗。她自己出了门。

景延说他家就在附近，他会来找她。住在这附近的人非富即贵，许星摇早就猜到景延的家境好，现在算是确认了。

她沿着路往外走，这里好像是紫江区，和柳叶老街天差地别。

柳叶老街的人是在生存，紫江区的人才是在生活。

脚下的路很干净，没有乱七八糟的垃圾，旁边的灌木丛干净又漂亮，路灯很亮，没有昏暗得像是缺少电力的感觉。更重要的是，这里很安静，没有那边的纷扰和嘈杂。

许星摇很喜欢这里，但是她也感觉这里离她很遥远。她从未想过会在这个年纪有资格踏进这样的地方，却不承想，原来她从出生开始就属于这里。

命运弄人。

景延很快就到了，他拉着一条萨摩耶，步伐悠闲，像是在遛狗。

许星摇的目光落在那条狗身上，景延乐呵呵地问她：“可爱吗？”

许星摇点了下头：“它……叫什么名字？”

“团团。”

许星摇把目光从狗身上移开，她看了景延一眼。

景延挑眉：“怎么了？有什么问题？”

“没有，只是不像你起的名字。”

景延轻哼道：“就是我起的。”

许星摇没纠结这个问题，她满心满眼都在离她越来越近的大狗身上。它的眼睛很大，看着她的时候仿佛在笑，她怎么能不喜欢。

许星摇蹲下身，揉了揉狗头：“团团……”

大狗吐着舌头傻乎乎地看着她，倒是不怕生。

景延拉着狗绳说：“要不要陪我去遛狗？从这里出去有个商圈，我们还能去吃点儿东西。”

“不吃。”

“它吃，可以吧？陪它吃。”景大少爷很没出息地指了指地上的傻狗，它还在吐舌头。

许星摇迟疑了一下，然后点了点头。她还没遛过狗呢，有点儿新鲜。

陆嘉辰被派出来确保许星摇的安全，他鬼鬼祟祟地跟着，见他们往外走，他赶紧往家里跑，去报信。

半路上，突然有人叫住他。

“辰辰，你在干什么呢？”陆星媛哼着歌儿朝他走来。

陆嘉辰呆立当场：“你……你怎么回来了？”

“你还好意思问我？还不是因为你们一声不吭就走光了，大家都不在，我就回来看看。原来你们真的偷偷回来了！”陆星媛得意地说。

陆嘉辰一噎，他左右看看，却什么也没看到。他又问：“你怎么回来的？司机呢？”

“我看月色这么好，就让司机在路口把我放下，自己走回来了呀。”陆星媛提着裙摆转了个圈，说，“你有没有带手机？给我拍个照，我要发朋友圈。”

陆嘉辰哪来的心情给她拍照，他心里暗叫不好。他不知道该怎么办。

“干吗呢？你怎么这副表情啊？不想拍就不拍，我又没有逼你。”陆星媛嫌弃道，“你们是不是偷偷干什么坏事了？你不许通风报信，我要来个突击检查！”

陆嘉辰一脸一言难尽，他只能庆幸许星摇出门了。

家里的人正在等陆嘉辰打探消息回来，听到开门声，众人纷纷起身，没想到第一眼看到的却是陆星媛。

陆星媛还不知道发生了什么，她向沈明诗告状：“妈妈，我们本来说好在公馆里陪爷爷奶奶，结果你看他们一个个的，全跑回来了！”

陆星旖求助地看着沈明诗，他们实在是不知所措。

刚刚发生的一切，许星摇忍无可忍的控诉，陆为修痛彻心扉的指责，沈明诗字字带血的哭诉已经将陆星旖的理智唤醒。她知道，她没有权利，也没有资格对这件事指手画脚。父母怎么做，她就只能跟着怎么做。

沈明诗本来还有些紧张，但是忽然之间，她就松了一口气。算了，是时候让陆星媛知道真相了。

他们刚开始瞒着几个孩子是怕中途有变故，现在真相已经大白，也是时候跟他们所有人说清楚了，尤其是陆星媛，她也是这件事情的当事人。

“星媛，有件事我要告诉你。”沈明诗看着陆星媛，神色平静。

这样平静的神色却让陆星媛从心底里开始发慌，她紧张地收敛起了笑意，小心翼翼地道：“妈妈，什么事呀？”

沈明诗在没有面对她的时候，还能说出很多狠心绝情的话，但是现在看着她的眼睛，和她面对面说话，沈明诗只觉得喉间哽塞，难以开口。

陆星媛到底是她养了十七年的孩子啊……他们又不是那等没有感情的冷血动物。

沈明诗深呼吸，红了眼眶。就在这时，她的脑海里浮现出许星摇的身影和她失望的眼神，忽然，沈明诗觉得浑身都有了力气。

她开口道：“星媛，有件事情我们要告诉你。从今天开始，你不能再叫这个名字了，你名字里的星字，无论如何都得去掉。”

陆星媛疑惑道：“啊？我要改叫陆媛？为什么啊？那姐姐呢？陆旖？”

沈明诗摇头：“不是，只是你不能叫这个名字，但是她可以。因为她是我们的孩子，是陆家的孩子，而你……不是。”

陆媛傻了：“什么……什么？”

妈妈在说什么？每个字她都懂，合在一起她却听不懂了。

陆为修揽住了情绪即将崩溃的沈明诗的肩膀，将她抱入怀里，继续她还未说完的解释。

待他解释完毕，现场一片寂静。

陆媛的眼眶迅速泛红。

“这是什么恶作剧吗，你们为什么要联合起来逗我玩？”陆媛擦着眼泪，不肯相信这个事实。

许星摇和景延走完那条看起来很长的路，进入了一个商圈。

景延找了家安静的店铺，点完餐，他把许星摇推到一张桌子前的秋千前，示意她坐下。这家店允许宠物进入，里面供客人坐的地方安排得挺好玩，中间是桌子，桌子的一边是椅子，另一边是秋千。

许星摇从站在秋千前一直到双脚离地，都是一副愕然的状态。

不知道会不会被看出来，许星摇心想，她现在浑身僵硬。

这还是她第一次坐这种东西，好奇怪的感觉……在她眼里，秋千是小女孩坐的东西，可是她小时候从来都没机会坐一坐。她曾经以为她这辈子应该都不会坐了，没想到如此突然地就坐上来了。

景延慵懒地坐在她对面，大狗蹲在旁边，人和狗神态相似……或者说，狗和主人相似，都是一副悠闲的姿态。

许星摇眨了下眼，她不动声色地抓住了秋千的绳子。

“哎，许星摇，发生了什么事？你可以跟我说说，我这人……”

许星摇脑海里自动接上了他的话——没什么优点。

“优点之一就是嘴巴严。”

许星摇想笑，又觉得傻气，她硬生生将笑意憋了回去。

这个世界上，原来真的有这么自信的人啊。

景延继续说：“跟我说说？我点子多，你想折腾人，我能有九十九个点子。”

“幼不幼稚？”许星摇斜他一眼，可是明显看得出来她的神态放松了很多。

“开玩笑的，我可是社会主义好青年。”景延提提嘴角，随手揉着傻狗的毛，说，“不过……许星摇，幼稚的不是我，是你。”

许星摇抬起眼看他，她幼稚？

从小到大，她听过无数种形容词，却从来没听过有人把“幼稚”这个形容词安在她的身上。

“你就是幼稚啊，只有又幼稚又傻不拉叽的人，才会把所有的过错都揽在自己身上，苛责于自己。你对全世界宽容，唯独苛待了自己。”

他的声音清朗，语气里带着点儿懒散，内容却又是那么正经。

景延的话，许星摇听得似懂非懂，她的眼神变得迷茫。她明明是一个对周围所有的人都竖起了保护盾的人，她对世界……宽容吗？

“你觉得我说得不对？”

嗯。

从她的眼神可以看出她心里的答案，于是景延毫不犹豫地无视掉了她的眼神：“可是事实就是这样。你把所有的错误都归咎于自己，把所有的压力都堆在自己身上。你解决问题永远都是从自己身上想办法。你宁愿委屈自己，也不想去委屈别人。许星摇，你可真幼稚。”

许星摇蹙起眉尖，开始思考他的话。

是这样吗？她从来没有觉得自己是这样的人，他把她说得也太美好了些。

不过这话听起来很舒服，她感觉她好像爱上了“幼稚”这个原来她认为对成年人而言是贬义词的词语。

“许星摇，自私点儿吧，你会好过很多的。”景延给傻狗比了个手势。

傻狗这时候倒是不傻了，它从景延的椅子上跳下去，跳上许星摇的秋千，扑进她怀里。

许星摇本来正低垂着眼睛想事情，突然扑过来的这条狗把她吓了一跳。反应过来后，它已经在她怀里蹭了，她下意识地抱住了它。

狗的体型很大，她直接抱了个满怀，一种充实和安全的感觉涌上来，她几乎在一瞬间就爱上了这种感觉。

许星摇轻轻地摸了摸怀里的狗的头。

景延眯了眯眼，啧，她对人都没有这么温柔，对狗倒是无比温柔。

服务员把他点的东西端了上来，一盘香肠、一盘烤翅、一盘薯条和两杯饮料。

许星摇只是看了一眼，就问：“它能吃吗？”

景延无语。这年头，真是人不如狗了。刚才让她陪他来，她一脸不情不愿，现在呢？看到吃的马上就想到狗了，还细心地问它能不能吃。

他没好气地哼哼：“吃不了，都吃不了，喝都不能喝一口。”

许星摇一时竟判断不出来他说的是真的还是假的，不过听说养狗的话得注意狗狗的饮食，她可不敢随便拿东西给团团吃。

团团在她怀里拱了拱，她被拱得笑了下：“下次给你买狗粮，乖。”

景延无话可说，但是……他看了一眼许星摇，眼神闪了闪，没想到许星摇还会有这一面。

这才像个十七岁的女孩啊，爱猫爱狗，爱一切美好，热爱世界。

他嘴角扬了扬，拿过桌上的一杯西瓜汁，插上吸管，再将杯子移到许星摇面前。然后，他拿起另一杯柠檬水，揭开盖子，直接喝了一口。

许星摇注意到这个细节，脸上的梨涡不自觉地更深了点儿，这个世界上还会有人把她当成娇滴滴的女孩啊。

甜甜的西瓜汁都要给插上吸管再递过来，反正她记忆中没有过这样的画面。她曾经以为她不屑于这种对待，可是当她真的被这样对待的时候，感觉好像……也不错。

她安抚住团团，伸手去拿那杯西瓜汁。

带着冰的果汁很甜，不过就算不好喝，她也会记住这个味道的。

她很喜欢。

“有什么喜欢的珍珠之类的配料吗？”

许星摇不解：“嗯？”

“不知道你喜欢什么，我就没点，下次再给你点。”

“不喜欢。”

“你试过没有？”不待她答，景延又说，“肯定没有，你一定是觉得自己不喜欢，所以根本没想过试。”

还真是。许星摇颔首：“我真的不喜欢。”

景延想，下次要给她来一杯加满了料的。当然，他也只是想想。

景延已经把从小表妹身上学到的招数用完了，毕竟他也只是在大半年前带小表妹出去看电影的时候给她买了杯喝的，他记得小表妹吵着要加“很多很多”的珍珠。

“景延，你出来这么久，你家里都没催你。”许星摇的话是肯定句。

景延从来没有收到过父母催促回家的电话，不管是在集训期间，还是他外出的时候，他的家里就没给他打过电话。

许星摇一直记得他与她说过的家里的事情。

遇到这些事情的人，只有两个选择——一是为了家人牺牲自己，主动和家人和解；二是摧毁一切，为自己抱不平。

她想他应该是后者。

按理来说，在得知这些事后，她应该安慰他，但是这段时间她自顾不暇，对自己的事情都处理不及，她实在是无法分心于旁处。可是他屡屡在她痛苦的时候出现，她那双一陷入痛苦就自动屏蔽世间万物的眼睛罕见地装下了他，所以她开始学着去关心人，也踏出了关心人的第一步。她收到了他所给予的由心而生的、他嘴硬不承认的温暖，自然也应当予以回报。

催他？景延想了下家里的管家和保姆，他想，他们应该是没有那个催他的胆子的。他笑了一声，说：“男孩子粗犷，没必要催。”

许星摇摇头：“不，不是。你跟你家里的情况，我猜没有比我好到哪儿去。”

景延并不想提起这个话题，他转移话题：“想什么呢，我怎么也比你好啊……”

许星摇假笑道：“我虽然用了猜这个字，但其实我是很笃定的。”

景延一时语塞。

“你那天和我说，你有心结，而且还是缠成了死结的心结。可是你这辈子才刚开了个头，景延，你不要被这件事束缚一辈子。死结解不开，那就剪掉它，只要心里能畅快起来就好。”许星摇轻声说，“你爸爸妈妈还好吗？对你好吗？坦白说，以前除了我爸妈，我喜欢这世界上所有的爸妈，因为我觉得这个世界上任何人的爸妈都比我爸妈好。你不知道，应该也无法想象，我那时候有多羡慕别人家的孩子……”

许星摇说着说着，回忆的阀门不自觉地开启，她有些沮丧地扯了扯嘴角。

许星摇家里的情况糟糕得全村都知道，他们都知道她不得父母喜爱，甚至被父母虐待。她上下学时，常有一些知情人向她投来怜悯的目光。

许星摇能做的只有默默无视，而后离开。她不去看被他们抱在怀里的孩子，不去看他们肩头帮孩子背着的重重的书包，她不把自己的羡慕表现出来。

她很羡慕别人的爸妈，因为再没有谁的爸妈比她的爸妈更糟糕了。

她平静地说出这些话的时候，景延心头一动，他把这些话悄然录了下来。待她说完，他只觉得庆幸，还好他录下来了，这些话他得多听几遍。

虽然死结不是想剪就能剪，也不是想忘就能忘的，但她说的话确实有三分道理。

只是说到最后，她身上那股坚强褪去，令人心疼。连他人的父母都需要羡慕成这样的人，童年得有多让人心疼？这样的人，要用一生去治愈童年。

景延一时说不清心里是什么感受，他是不幸的，但与她相比，他又何谈不幸二字？

他忽然舒了口气：“别说那些了，想起来影响心情。多喝点儿西瓜汁，甜一甜。”

许星摇看向手里的西瓜汁。

多喝点儿，甜一甜。

她失笑。

陆家，陆媛的情绪太激动，几度都要哭晕过去。

她哭得这么厉害，以往都会来哄她的爸妈，今天却毫无动作，哥哥、姐姐、弟弟看着爸妈的脸色也不敢动，她的哭声慢慢地停了下来。

沈明诗心如刀割，却只能硬生生从心上把肉撕下来，任它血肉模糊。

她也无法……无权阻拦。

待陆媛哭罢，沈明诗才道：“媛媛，你有空可以收拾收拾东西了。”

陆媛刚止住的哭声又开始了。

什么啊！这个世界发生了什么！

她主动去抱爸爸妈妈：“我不走，爸爸、妈妈，你们不要这样，快告诉我，你们是在跟我开玩笑的，好不好？”

陆嘉实别开眼，不敢去看这个场面，陆嘉辰的眼睛已经通红，陆星旖亦然。

“媛媛，不管你能不能接受，这都是事实。”沈明诗闭了闭眼，避开她的拥抱，“我们会好好安排你的……会找一个合适的亲戚抚养你。”

“亲戚？”陆媛失声。她无暇去问为什么不是她的生父生母，为什么会是亲戚，她只知道她不能离开这里，离开了这里，她……不就完了吗？她在这里生活了十七年，这里就是她的家，一个连家都没有的人，怎么可能不可怜？

她哭着摇头：“我不要，我不要！呜呜呜，我们家这么有钱，你们不要赶我走，就把我一起留在这里养吧！我以后不要压岁钱，不要零花钱，我也不上诺德，不上那些辅导班了，我乖乖地听话好不好？我吃得很少的，呜呜呜……”

陆为修的手紧攥成拳，青筋暴起。

“你们……你们是不是已经找到了你们的孩子？我……我保证，我不会跟她争抢，我所有的东西都给她，房间给她，裙子给她，玩偶给她，都给她！我不会欺负她的，我会把自己当作不存在，你们给我一个小小的房间，给我一点儿饭吃就好了，但是你们不要赶走我好不好？”

她苦苦地哀求着，她不知道为什么原本好好的生活会面目全非。

原本疼爱她的父母一夜之间变成了陌生人，她看出来了，她现在连撒娇的资格都没有，她除了求他们，还是只能求他们。

而她几乎低到尘埃里的姿态让现场所有人都不忍心地别开了眼。

怎么，就这样了呢……

“妈妈，给我一个机会好不好？我和你们一起爱她，一起照顾她，我不会让你们失望的……”陆媛抓着沈明诗的手不肯放弃，“陆媛？我喜欢这个名字，很喜欢很喜欢，真的，妈妈，我以后就叫陆媛了？”

一直到许星摇回来，陆媛都还在哀求着。她十七年来被珍视的泪水，都要在今天掉光了。

门突然响了，所有人的目光齐齐看过去。陆媛的心一震，是……那个女孩回来了吗？

她也回过头，紧盯着大门。

门没有锁，许星摇一路畅通地走进来，然后她接收到了所有人的目光。

许星摇一顿，随口道：“看我做什么？”话音刚落，她就看到了一个陌生的面孔。

这就是陆星媛？那个被周淑兰换到陆家的女儿？那个从一出生开始就与她有着纠葛的女孩？

许星摇抿了抿唇。

沈明诗也有些不知所措，她暗暗后悔，不该让陆媛在这里拖这么久，这下好了，被摇摇撞见了，万一摇摇生气了，那她到哪里后悔去？

沈明诗小心翼翼地喊着许星摇：“摇摇回来啦？玩得开心吗？饿不饿呀？要不要妈妈给你下碗面吃？还有一些鸡汤，拿来煮面可香了。”

许星摇摇摇头，她目光仍不离陆媛。

陆媛迟疑了下，率先与她打招呼：“你好，摇摇，我是……我是陆媛，我……很高兴认识你呀。”

许星摇点了下头，她收回目光，没有再看陆媛。见所有人的目光还在她身上，她还是打了个招呼：“你们聊，我回去睡觉了。”

他们哪儿能真让她走，然后继续在这里跟陆媛聊？那这孩子心里得有多难受啊。可是拦着她不让她走，陆为修又做不出来，他现在恨不得对她百依百顺。

一时间，他有些为难。

陆星旖看出父亲的为难，主动道：“摇摇，时间还早呢，要不在这里一起聊聊天呀？”

许星摇并不觉得跟他们有熟到可以在一起聊天的地步，她正打算拒绝，却见陆媛突然小跑过来。

“摇摇，星摇，我求求你，你帮我劝劝爸妈，不要送走我好不好？我会对你好的，我真的不想走……这里是我的家，我才十七岁，我能去哪里啊……我把你当姐姐、妹妹都可以，所有的东西都是你的，我求求你，给我个小房间，给我口饭吃就好了，我会尽量做到没有存在感的，我求求你了！”

陆媛从小到大都没有这样绝望过——面临着要被全世界抛弃的绝境，可是她没有任何办法去挽救，只能眼睁睁地看着自己走向深渊！她的泪水快要淌成河了。

十七年啊，她在这里生活了十七年啊，爸妈他们竟然如此绝情吗……

许星摇不喜欢与旁人接触，更何况是眼前这个只见面不到五分钟的人。她蹙着眉，想拿开陆媛的手。

陆媛死死地抓住她，然后拼命地摇头："不，不要，我求求你了！你救救我吧，我真的走投无路了！"

陆为修看出许星摇的不喜欢，便斥责道："陆媛，快放开。"

陆媛的身体一僵，不可思议地看向陆为修。爸爸从来没有这样对她说过话，他居然为了别人用这样的语气训斥她！

可是，转念想到现在的处境，她又不由得悲从中来。是了，他以前疼她，是因为她是他的女儿，可是现在他的女儿另有其人，他可不就该去疼他真正的女儿了？

许星摇平静地看着陆媛的疯狂与绝望，然后淡淡地说："挺晚了，明天再说吧。你的房间又没有被拆掉，你又不是不能住。"

陆媛猛地抬头看她，许星摇的意思是她今晚可以在这儿住吗？

陆媛询问般地看向陆为修。

陆为修虽然皱眉，但是依着许星摇的意思点了点头。

这件事给陆媛带来的冲击的确太大，也是该给她一点时间接受与缓冲。住一晚就住一晚吧，直接把她赶走肯定是不可能的。

陆为修已经查过了许家亲戚的条件，他们的条件都不是很好，抚养一个孩子都很吃力，估计不愿意再收养她，更何况许家还有一个许离。

做了陆媛十七年的爸爸，虽然他不能再养她了，但他也不可能让她真的自生自灭，他还是要将这些安排好的。

陆媛见陆为修点头，高兴地说："谢谢，谢谢摇摇，谢谢爸爸！"

这声清脆的爸爸，让许星摇的表情微微一动，她从来没有，也认为自己这辈子应该都不可能这样喊爸爸。

陆媛一看就是无忧无虑地生活在象牙塔里的小公主，这样也挺好的。如果没有她在陆媛的人生中插了一脚，陆媛应该能当一辈子的公主，顺风顺水地过完这辈子。

只可惜，她插了这一脚。

沈明诗叹了口气，说：“媛媛，你好好考虑考虑以后的路。”说完，她没有再看陆媛的泪眼，只温柔地对许星摇说，“摇摇，妈妈带你回屋？”

“不用。”许星摇看了一眼各有心思的众人，自己走了。

他们看起来好像都不是很开心，也是，遇到这种事情，心情哪里能不沉重。

她记忆力好，走过的路都记得。

别墅有四层，她的房间在四楼。四楼除了她好像没有别人住了，一楼是厨房和餐厅，二楼又是大客厅，其他人应该是住在三楼。

许星摇懒得去管他们在想什么、在做什么，她只想着早点儿睡，明早还要上课。

她下午和晚上请假，原是打算放松的，没想到却更累了。

一下午加一晚上没来，许星摇的书桌上和抽屉里堆满了试卷，她整理了两分钟，才腾出来坐的地方。

付以听看到她，立马叫唤道：“摇摇，你可算来了，这些考卷我快写哭了！”

许星摇放下书包，一边听她抱怨，一边四下看了看。

卓惜悦头也没抬地写着作业，理都没理她。

昨天请假的辛玥也来了，许星摇看过去的时候，辛玥刚好也在看她。对上目光，辛玥却立马转头，许星摇颇觉无趣。

至于她亲爱的后桌，他还是睡得正香。

许星摇拿出课本，开始早读。

她今天来得很早，去宿舍洗了床单、被套，晾在了宿舍公共区，又收拾了一下，才来教室。过程有些匆忙，但是尚在她能处理的范围内。

至于卓惜悦，她还没来得及收拾。

上课前十分钟，毛鸿运急匆匆来教室把卓惜悦叫出去了。

李霓是班长，她思来想去，还是把宿舍里发生的事情告诉了毛鸿运。毛鸿运很重视这件事，一大早过来的第一件事就是处理这件事。

付以听感觉很奇怪，她问许星摇：“你室友做什么事了吗？”

许星摇在笔记上画了一道线，标出重点，她懒懒回答：“做了，做得挺多的。”

付以听听得迷糊，许星摇却在想宿舍是待不得了，虽然她不怕跟人撕破脸，不怕得罪人，但是住起来难受。

宿舍就跟许家一样，给她满满的压抑感。

只是，除了宿舍外，她竟是无处可去。离开这里，她还能上哪里找不用交钱的住处呢？

有时候她也会对时间感到无奈，但凡多给她五年，她绝对能摆脱现在这样的窘境，不至于为了钱而苦恼至此。

许星摇转了下笔。说起许家，如果……陆家把许志国和周淑兰送进监狱，那许离怎么办？这个弟弟，她还是认的。

许星摇突然想起什么，懊恼地皱了皱眉。她低头从抽屉里拿出手机，打开QQ，这是许离联系她的唯一方式。

她已经很久没有登录了。

果然，一打开QQ，最显眼的就是许离的消息，消息已经累积到“99+”了。许星摇点开一看，如她所想，许离已经知道父母犯罪了。她皱眉思考片刻，回复：“你乖乖上课，不要想太多，我下午放学去找你。”

虽然不知道许离能不能及时看到，但发了总比没发好。

发完消息，许星摇关机。下一刻，卓惜悦进来，毛鸿运示意许星摇出去。

柯明文戳醒景延，在景延发脾气前，他八卦道：“老大，许星摇被老毛叫出去了，你猜是为什么啊？”

景延刚想发火，顿时被憋了回去。

他看着窗外，从许星摇的神色中看不出老毛讲的到底是好事还是坏事。不过，应该不会是什么坏事，毛鸿运还挺疼她的。

毛鸿运的确很喜欢许星摇，不然也不会为她跑前跑后地办那么多事。这次听说卓惜悦和许星摇的矛盾，他先是找来卓惜悦问了一遍前因后果，然后又把许星摇叫出来，问她宿舍关系是不是不和睦。

许星摇难得没有逞强，她点了点头。

只是此时已经没办法给她换宿舍了，在许星摇转来之前，其他宿舍已经住满了，只有卓惜悦等人的宿舍还有唯一一个床位。

毛鸿运也没办法，他只能关心地问了下情况，然后让她有事及时找老师。

看着许星摇回到教室，毛鸿运转头就给陆为修打了个电话。

对于许星摇来说，学习很重要，尤其是这段时间。半个月后就是数学竞赛，她需要一个有利的学习环境。

学校宿舍的事情他没有办法，那就只能和家长联系了。这些家长啊，真是太不关心孩子了，一个两个都是这样。

陆为修只知道许星摇昨天不能回宿舍住，知道她和室友有矛盾，他还准备今天也说服她回家，却没想到何止是有矛盾。

那孩子小小年纪，怎么能做出这种事！陆为修又气又急，这样的宿舍哪里还能待？无论如何，摇摇都得回家住，可是偏偏她不愿意。

陆为修有些落寞，是他不好，现在才找回她，而且还哄不好她。既然他一个人不行，那就搬救兵。陆为修跟毛鸿运说了说，希望他可以帮忙劝一下，让许星摇搬回家住。

毛鸿运有些错愕，不过他还是答应了下来。这孩子太傻了，什么事情能比自己的前途重要？她的当务之急是好好准备这次竞赛！

陆为修挂断电话后，又跟沈明诗商议了一番。

最后，他们决定无论如何也得让摇摇搬回家住。至于陆媛……她必须走，不能让摇摇因为陆媛而不愿意在家里住。

中午，许星摇去食堂吃完饭就回了宿舍。

进门的时候，卓惜悦正拿着水杯喝水，听到开门的声音，她下意识地抬头，就见许星摇面无表情地朝她走来。卓惜悦握紧水杯，不知道是不是她的错觉，她好像从许星摇的眼里看出了寒意。

她左右看了看，林雪和李霓在各自的桌上写作业，头也没回。

昨天林雪和李霓都试图拦住卓惜悦，但是她根本不听劝，不管她们怎么说，她就是一意孤行。因此她们决定，不干涉许星摇和卓惜悦，也就是说今天许星摇无论做什么，她们都会当作没看到。

许星摇走向卓惜悦，还不经意地看了一眼她的床。

卓惜悦心一提："你想做什么？"

许星摇平淡道："没想做什么啊。"她突然伸手夺过卓惜悦手中的水杯，猛地往她脸上一泼。

"啊！"卓惜悦只能庆幸她拿在手里的水是凉水。

关键是许星摇完全没有感受一下水温就将水泼了过来，也就是说，即便杯里是热水，她都会毫不犹豫地泼过来！

这个认知让卓惜悦心惊，她第一次从心底里生出了害怕。

脸上的水滴了下来，冰凉的触感让卓惜悦回过神来，她强行忍住害怕，愤怒地说："你干什么？"

许星摇冷笑，然后拿着她的水杯到阳台盛了满满一杯水，又回来把水浇在了她的被子上。在卓惜悦阻拦中，许星摇一把揪着被角把卓惜悦的被子扯了下来，接着抬脚踩了上去。

许星摇侧身躲开了扑过来的卓惜悦，一边顺势将她的手反拧在身后，一边冷声说：“昨天敢动我的东西，你就要准备好承受后果。”

卓惜悦白着脸，嘶吼道：“是你的错！不是我！景延那么冷淡的人，他怎么可能平白无故地跟你那么好，肯定是你使了手段！”

许星摇怔了怔，她被气笑了，便用力地扭动卓惜悦的手。卓惜悦终于慌了，她突然想到了什么：“你这样对我，老师会找你爸妈的！”

许星摇的神色有一瞬间的动摇，她的声音里多了一丝狠厉：“你什么意思？”

卓惜悦喊道：“我那天看到你和辛玥吵架了，你拦着她，不让她去找班主任，不就是怕被叫家长……”

许星摇笑了一下，她没想到卓惜悦的观察力这么好。

她刚来的时候和辛玥起了冲突，于是第一时间就用激将法拦住了对方，表面上看她很威风，只有她自己知道自己为什么会那样急迫地刺激辛玥。

她的确是怕被叫家长。

毕竟，许志国和周淑兰都不可能来替她处理这种事。就算来了，他们也只会打骂她以消除对方的火气。

她太了解了，正因为清楚自己没有后盾，所以她每次惹事都会想办法自己处理好。

她这还是第一次被别人看出来她的想法。

“哈哈哈，你慌了吧？我看出来你怕了，我笃定你不敢对我做什么！呵呵，还真以为你有多牛呢，可别是个孤儿！”

慌吗？

慌，但是她从来都不会让别人看出来她的慌。

“不如你看看，我到底怕不怕？”她再一次用力地握紧了手。

卓惜悦不知道许星摇怕不怕，反正李霓和林雪被吓到了。她们赶紧过来拦住她：“冷静冷静！星摇，你冷静一下！”

卓惜悦和许星摇的矛盾，从头到尾都是卓惜悦主动惹出来的，许星摇完全是受害者。她们原本打算什么都不管，但是许星摇的动作越来越猛烈，到时候即便是有理也会变成没理了。

半个小时后，这件事终于传到了毛鸿运那里。

卓惜悦还在得意地说：“老师，叫家长吧。”

许星摇很想翻个白眼。

许星摇等着毛鸿运问她要家长的电话，可是毛鸿运没有，他只是低着头找出号码，然后出去打电话了。

卓父来的时候，气势汹汹地说："谁？谁欺负我女儿？！"

许星摇斜眼看着他，说："不好意思，我是被你女儿欺负的。"

卓惜悦呜呜地哭："爸爸，她打我！她泼我水，还弄脏了我的被子！"

卓父捋起袖子怒道："岂有此理！你爸妈呢！让我看看他们是怎么教孩子的！"

卓惜悦见她父母这么久了还没来，忍不住说："她呀，怕是没爸妈。"

毛鸿运头疼得很："卓惜悦同学，你不要造谣，许星摇同学的父亲很快就会来。"他话音一落，陆为修就进来了，沈明诗落后半步，她一边匆匆地往里走，一边喊道："摇摇——"看到许星摇，沈明诗慌忙拉着她看了看，又问，"没受伤吧？"

许星摇没想到是他们来，她以为毛鸿运会打电话给周淑兰。

她抿紧了唇，任由沈明诗把她看了一圈。在听见沈明诗的问题后，她轻轻地摇了下头。

沈明诗见她安然无恙，这才松了一口气："没事就好，没事就好。"

陆为修眉眼凛然地看向卓父。

卓父看清了人，大惊："陆……陆总！"

陆为修正想发脾气，闻言仔细看了看，却没认出来他是谁："你是……"

"哎，是我的错，我都忘了自我介绍，我是最近跟陆氏谈郊区那块地的公司的负责人啊。哈哈哈，真是太巧了，没想到令千金和我女儿竟然是同学。您说，这是不是缘分！"

陆为修冷笑了声："可我听说，我女儿被欺负了？"

卓父看着卓惜悦，有些犹豫："这……"

陆为修大怒，对卓惜悦质问道："昨天把我女儿的被子弄湿的就是你吧？小小年纪就玩起了欺负人的把戏！"

他一口一个"我女儿"，许星摇薄唇紧抿，不知该不该说话，她……她可以自己处理这件事的。从小到大都是这样，她有什么事，父母只需要露个面就行，她能不挨打挨骂就已经是万幸。可眼前的这对父母，他们不仅露面，不仅没有打她骂她，还站在她这边替她讨公道。

无论这个公道她需不需要，这都是她十七年来的第一次。

许星摇突然被戳中泪点，她别开脸，挡住红起来的眼，不让他们看到。

沈明诗整颗心都在许星摇身上，看到许星摇哭了，她火气立马上来了。她全然没了平时的温柔优雅，怒气冲天地走到卓惜悦面前问："你怎么这么心狠！我们摇摇做了什么，你为什么欺负她啊，凭什么欺负她！我告诉你，回去我就让律师给你发律师函！这个世界可不是随随便便就能欺负人的！"

卓惜悦吓得脸上没了血色，她赶紧揪了揪卓父的袖子："爸爸！爸爸！"

陆为修看得心里一阵一阵疼。

别人家的孩子害怕了知道找爸爸，可是这么多年，他的女儿去哪里找爸爸！哪里有爸爸会给她主持公道？卓父还在跟他们求饶，一来是公司的项目与陆为修息息相关，绝对不能黄；二来这事儿好像的确是他女儿先动手的，不然他女儿怕是早就哭喊起来了。

陆为修早已没工夫理他，他试着哄自己的女儿："摇摇，这里住着太不舒服了，你跟爸爸、妈妈回家去住好不好？家里多舒服呀，爸爸还可以每天接你上下学，不会耽误你学习的。而且你们老师说你最近在准备数学竞赛，需要一个好的学习环境，家里怎么也比这里好……"

即使已经跟卓惜悦撕破脸，许星摇也并不害怕，她不可能因为卓惜悦而影响自己的生活。

陆为修说在家学习环境更好，或许吧，但是对她的影响并不大。她从前的学习条件那么差，不也没影响到她什么。

第七章
崩溃

在许星摇的指控下，毛鸿运叫来了李霓和林雪，还原了事情真相。毛鸿运很生气，直接把事情上报了，说学校一定会给许星摇一个满意的答复。

卓惜悦没有想到李霓和林雪会倒戈，明明她才是和她们相处了一年的室友呀！许星摇才来了多久，怎么她们就都站在许星摇那边了？

见陆为修如此生气，卓父心里明白这回的合作八成是没戏了。他气得一肚子火，本来他没心思再去管孩子间的小纷争，只是听到毛鸿运说要上报，他还是急了：“老师，能不能再给这孩子一个机会？她肯定是有苦衷的，不是故意的！”

毛鸿运摆手：“她行为恶劣，肯定要严肃处理！”

这话终于让卓惜悦意识到了严重性，她愣了愣，旋即尖叫道：“不！不可以！我有什么错！”

“你怎么没有错了？欺负我女儿，你怎么没错！”沈明诗直接上前和她理论起来。

毛鸿运摇摇头，他不知道为什么卓惜悦会变成这个样子。他不再理卓惜悦，而是开始劝许星摇回家去住。

不管是站在老师的角度，还是站在长辈的角度，他都是希望许星摇回去的——一来学习环境好；二来生活环境好。

许星摇淡淡道：“再说吧。”快到下午的上课时间了，她没再多留，只是同陆为修道，“谢谢你们走这一趟，麻烦了。我先回去上课了，你们慢走。”

“摇摇，你不要跟我们客气……”沈明诗无力地重复着这句话，“你晚上吃什么呢？放学我们来接你，好不好？”

许星摇说：“我下午放学要去找我弟一趟，你们就不用来了。”

许离？

意识到她说的弟弟是谁后，沈明诗越发难过。是了，嘉辰对她并不好，她现在肯定不可能把嘉辰当作弟弟。

都怪嘉辰太不争气了。

沈明诗不由得想，怎么才能让姐弟俩亲近一些？或许，摇摇会因为疼弟弟然后回家？

陆为修到底是个商人，他敏锐地抓住了关键信息，说道："那我晚自习结束来接你回家好不好？"

许星摇这回没说好，也没说不好。她还是那句"再说吧"。

下午放学后，她去找许离。担心许离走了，她跑得飞快。她站在许离的班级外面往里看，可是教室里空荡荡的，早就没人了。许星摇叹了口气，就在这时，她的肩膀被人拍了一下。她回头，正好对上咧着嘴笑的许离。

"姐！"

许星摇觉得连日来萦绕在心头的阴霾此时全然消退，她也扬起了笑脸。

"姐，你怎么来了？我以为我最近都见不到你了。"许离习惯性地搂着姐姐的肩膀往外走，"我们去吃饭吧，姐？我好饿。"

"不回家吃吗？她会等你吃饭的。"

许离黯然地垂下眼："妈被带走了。"

许星摇怔了怔，问："什么时候的事？"

"昨天，说是要她协助调查一些事情。"

许星摇心一紧："那你怎么办？你——"

许离忽然笑着宽慰她："姐，我哪儿用你操心啊？我有地方住，自己也会找东西吃。姐，你还好吧？只要你能照顾好自己就行了。"

许星摇一把抓住他的手："小离，我……"

她觉得挺对不起他的。这段时间家里发生了这么多事，他什么都不懂，得有多害怕？她是他最依赖的人，可她不在他身边。

"姐，我听说了。你不是爸妈亲生的，你找到亲爸妈了，对不对？"

许星摇看着他的眼睛，然后缓缓地点了下头。

许离又问："当年……是我妈把你偷走的，是吗？然后她把自己的女儿换到了你亲妈家去享福了，是吗？"

周淑兰不肯告诉他，可是他在周淑兰与律师的谈话中听出来了。

许星摇迟疑着点了下头。

许离倏然红了眼眶。

“姐，对不起……是我们家对不起你……”许离强忍着泪水，声音哽咽。

许星摇叹了一口气，她拉住他的手，说：“去吃饭吧，别再说这些了。”

她得想想许离该怎么办，她可以对许志国狠，对周淑兰狠，可是她对许离狠不起来。

许离苦笑，他怎么可能不想呢？这些事情日日夜夜压在他心头，让他几乎喘不过气。

他带许星摇去了附近一家评价还不错的小面馆吃面，吃完后，许星摇要付钱，被他拦住了。许星摇看着他。她知道他到底是长大了，在生活的逼迫中不得已地长大了。

“现在……你爸爸回家了吗？”她不想叫许志国爸爸，其实从小到大，她一直是能不叫就不叫的。

许离点头：“我妈被带走后，我去找了他，他当天就回来了，只是还得在床上躺着养伤。”

许星摇点点头，家里还有人，她也放心些。

“小离，你乖乖的，不要觉得对我有愧疚，那些事情不是你做的，对不起我的也不是你。你要做的就是好好读书，上云十一中，上好的大学。前途在自己的手里，我从小就告诉过你的。”

许离红着眼眶点头。

“姐……可是，你不是我姐了……”他几乎要忍不住哭出声。

他就只有这一个姐姐，可是，她不是他姐姐，许离绝望到感觉整个世界都灰了。

许星摇仿佛被冰镇过的心被触动了。她伸手揉了揉他的头，说：“哪有？我永远都是你姐姐，我就你这么一个弟弟，我不是你姐姐是谁姐姐？”

陆嘉辰听到了，他闷闷地夹起一大筷子面往嘴里塞。

这人怎么还偏心呢……

他无意中听爸妈说许星摇会来找许离，他一时好奇，就派人查了许离在哪个学校哪个班级。他跟着姐弟俩到了店里，偷偷地点了碗面后，他一边嫌弃桌椅脏，一边坐下来竖起耳朵偷听他们说话，却没想到听到了这么扎心的话。可是他好像也没有理由去说什么，毕竟……

陆嘉辰闷闷地想，他也挺偏心的，偏心陆媛姐。

临走前，许星摇把一张卡塞在许离手里：“卡里面是我的奖学金，我花了一些，应该还有一千多，密码是我生日，你缺什么就自己买，照顾好自己。我……我没有太多钱可以给你，我现在还住在学校，有什么事你直接来学校找我，知道吗？”这是她小学时被揍了一顿，才争取来的自己保管奖学金的权利。

“我不要你的钱。给了我，你自己怎么办？我好歹有爸在，可是你就一个人。”听到她还住在学校，许离心里头更难受了，“他们是不是对你不好？为什么不接你回家？”

许星摇故作轻松地笑了笑：“云十一中挺好的，给我免了学杂费和住宿费，我还有奖学金能拿，你别操心。他们……我也不知道他们好不好，反正待在那里到处是麻烦。我嫌烦，就没回去。”

许离还想叮嘱什么，就见一个穿着黑色衣服，戴着黑色帽子的人突然从他们身边蹿了过去，脚步飞快，吓了许离一跳。反应过来后，许离皱着眉嫌弃了一句：“赶着投胎吗？走那么快，撞到人了你赔啊！撞到我姐的话，你赔得起吗！”

撞到他没关系，撞到他姐怎么办？他姐很宝贵的！

陆嘉辰已经走出十几步了，他哼了一声，不就是姐吗，谁还没个姐了！

他真的是一肚子气。

许星摇，不，不对，陆星摇偏心！偏心！她对他哪怕有对许离的一分好，那他做得肯定比许离还要好十倍！

陆嘉辰深呼吸，平复好翻滚的情绪后，他回了家。

家里很安静，陆嘉实在学校，陆星旖也去上学了，倒是陆媛，她下午没课，此时正坐在沙发上看电视，手边是摆盘精致的水果。

陆嘉辰突然又生气了。

见他回来，陆媛笑着招呼他：“辰辰，草莓很甜，你要不要吃啊？我让周姨再洗一些？”

周德梅听见动静，赶紧走出来：“小少爷回来啦？”

陆老爷子给用人们放了两天假，这两天里，周淑兰的消息已经传过来了，周德梅什么都知道了。她只能祈祷，她的身份能不被陆家查到。

更重要的还有一件事，那就是陆媛该何去何从。

陆媛再怎么说也是她的亲外甥女，是她看着长大的孩子，她总是希望她好的。

假期结束后，她见陆媛整个人都很低落，于是洗了一盘空运来的草莓哄她，这孩子从小就喜欢吃这个。果然，吃着吃着，她的心情就好了不少。

周德梅为陆媛被哄好了而高兴，陆嘉辰则相反，他看着一颗颗刚刚洗好的、又大又红的草莓，怒气彻底爆发。

刚刚许星摇说什么？云十一中很好，给她免了学杂费和住宿费……

凭什么啊？许星摇才是他姐，堂堂陆家二小姐，却办理了贫困生补助，还需要学校免学杂费和住宿费才能上得起学。陆媛明明不是他姐，却享受了所有的宠爱，贫困与她毫无关系。

陆嘉辰感觉心头堵着一口气，上不来下不去的，越堵越难受。

“辰辰，想什么呢？是不是要看电视啊？让你看就是了。”姐弟俩常常为了抢遥控器而争吵，其实他们也不是真的那么想看，只是拥有遥控器的感觉很爽。

陆嘉辰看了一眼电视屏幕上的偶像剧，垂下眼睛，摇头道：“你自己看吧。”

他现在有点儿难受，不想跟陆媛说话，他脑子里都是刚才许星摇的样子。

刚才那个面馆又脏又乱，到处都是污垢，筷子参差不齐，唯一的好处是价格便宜，一碗面才四块钱。这就是许星摇从小到大的生活环境？

他们一家出入五星级酒店、私房菜馆的时候，请名厨来家中为宴会准备餐点的时候，许星摇是不是就在吃这些东西？

陆嘉辰怎么可能不难受，他跟许星摇是同胞兄妹，生活却是天差地别。

他之前无论如何都要陆媛留下的心开始动摇，他好像是太偏心了。他一直站在陆媛的立场上思考问题，却从未考虑过许星摇。陆嘉辰第一次觉得自己很过分。他咬咬牙，上楼去书房找陆为修和沈明诗。

陆媛觉得他有些奇怪，她开口喊他，可是陆嘉辰没理她。她咬着唇，有些困惑，辰辰怎么了？他也要像爸妈一样，一夜之间就变了吗？

听见敲门声，陆为修和沈明诗对视一眼，有点儿担心是陆媛，直到听到陆嘉辰的声音，两人才松了一口气，说：“进来吧。”

他们现在不知道该怎么与陆媛交流。

他们已经找到适合抚养陆媛的人了。

周淑兰父母生了很多孩子，送走了几个，还剩下了三个女孩和一个男孩。抚养人的首选是周淑兰的母亲，因为周淑兰的姐姐、弟弟家中都有好几个孩子，他们都不是富裕家庭，陆媛和许离过去，肯定会被嫌弃，关键是人家也不一定愿意抚养他们。

只是老太太家离这里太远了，在安镇下辖的一个村里。从繁华的沂市到偏远的乡村，这……

他们不能不考虑这个。

沈明诗想花钱把老太太请来沂市，让她在这里抚养陆媛和许离。

她和陆为修正在商议这件事的可行性，陆嘉辰就来了。

沈明诗揉揉他的头，问：“找爸妈干吗呀？”

陆嘉辰闷闷道：“你们什么时候把许星摇接回来？”

陆为修和沈明诗齐齐惊讶，陆为修问：“你怎么突然……”

陆嘉辰深深地呼出一口气：“我刚刚去许星摇那儿了，跟着她和许离看了一会儿。”

沈明诗一惊：“你怎么都不跟爸妈说一声就去了？你要是被发现了，摇摇肯定会生气的。”她说着说着，就着急起来。

摇摇本来心里对他们就有气，要是辰辰又去惹她，害得她更生气，那……

陆嘉辰忙说：“我没被发现。”

沈明诗松了一口气。

“我跟他们去了一家面馆，妈，你知道那里有多不脏吗？到处都是灰！”陆小少爷这辈子还没去过那种地方，“一碗面才四块钱，加青菜五毛，加香肠一块钱，可是她什么都没加。”

沈明诗听他的描述，又开始心疼起许星摇。

“我还听到许星摇说，她不回来，是因为我们太麻烦了！”陆嘉辰委屈得眼睛都红了。

他哪里麻烦了？哪里麻烦了！

“所以你们什么时候去接她啊？我跟你们一起去。”

女儿嫌他们麻烦？沈明诗几欲昏厥，她哭出了声：“这孩子，原来嫌我们麻烦吗？”

是啊，可不就是麻烦吗？她原来的生活多简单呀，是他们的出现打破了她平静的生活。他们打着爱的旗号，却没能给她足够的保护，只是扰乱了她的生活。

沈明诗的眼神霎时万念俱灰般地黯淡了下去。

陆为修揽过妻子的肩，道：“等她晚自习下课，我们去接她回家。”他的声音铿锵有力，带着坚定和执着。

他并不希望成为她的麻烦，他希望成为她的家人。

从前是他做得不够好，他从现在开始改。

晚自习的时候，卓惜悦没来，辛玥却出现在许星摇面前。她的目光复杂，低声说：“许星摇，你挺厉害啊。”

许星摇颔首道：“还好。”

辛玥哼了一声：“刚来没两天，你就搞走了卓惜悦，我可真是小瞧你了。”

许星摇扯了下唇，说：“你小瞧我的时候多了，我会慢慢地让你开眼的。”

辛玥瞪大了眼，她没想到许星摇还能嚣张到这个份儿上！她捏紧手心，努力壮着气势：“你等着吧。你弄走一个卓惜悦，还会有第二个卓惜悦的。”

许星摇说：“你脑子是不是有点儿毛病？”

辛玥脸色一变，就在这时，许星摇身后戴着耳机睡觉的人突然一把拽下耳机，坐起来看向她，目光冰冷。

辛玥凶狠的表情霎时消失，她甚至下意识地后退了半步。

景延凉凉地道：“怎么，卓惜悦是你生的，想生几个生几个？”

柯明文笑出声：“噗……”

辛玥说：“我——”

“你什么你，你以为你是谁，敢在这里张牙舞爪地威胁我的……前桌。”他皱了下眉后，拎出来了一个很合适的称呼。

辛玥咬着唇，面色惨白。之前景延做的事情她可没忘，她只能悻悻地回到座位上。

少了个麻烦，许星摇终于能安心写作业，她这两天落下不少作业，得抓紧时间。

景延戳了下她。

许星摇侧过耳朵，手下的动作没停。

“卓惜悦欺负你了？”

“没事，解决了。”

景延挑眉，她的确超乎他的意料。

“回陆家吗？”

“不太想回。”许星摇说着，按了按眉心。

也不知从什么时候起，她就把景延当朋友了，跟他聊天，就像跟朋友聊天一样。

“喜欢就回，不喜欢就不回。刚看到你，我就在猜你跟陆家有什么关系，没想到，你们还真有关系。”他把一开始接近许星摇的原因说了出来。

“陆家也不算什么，有关系没关系又如何。”许星摇嘲讽地扬了下唇后，继续写作业。

景延愣了几秒后收回目光，问柯明文：“作业是什么？”

柯明文没反应过来：“嗯？”

景延不耐烦道：“作业啊，数学作业是什么？”

柯明文一脸见了鬼的表情，他下意识地说：“你什么时候写过作业啊，问这个干吗？”

景延眉眼睛一眯，说：“你说的是人话？我当然写过。”

柯明文抽抽嘴角，景延突然嫌弃道：“算了，不用。”他继续戳许星摇。

柯明文无语。

许星摇把记着作业的本子往后面一扔。

景延接过作业本，摸了摸鼻子。

她真有个性，连头都不回。

晚上陆家人真的来了，不只陆为修和沈明诗来了，陆嘉辰也来了。

陆嘉辰换了一身衣服，是老夫人给他买的，因为跟他的人设太不符，所以他从来没穿过，但今天，他特地翻了出来。老妇人买的是件卫衣，帽子上有两个鹿角。他怕许星摇看不到这鹿角，还特地把帽子戴了起来。

沈明诗看得好笑，也没阻止他。

他们在校门口等着，也不知道许星摇会不会出来。

沈明诗有些担心，万一许星摇不出来怎么办？

她真的不知道该怎么办了，对这孩子，她就像是对待一个瓷娃娃一样，但她好像还是把这个瓷娃娃碰碎了。

“老公，陆媛的转学申请办好了吗？”沈明诗问陆为修。

诺德一中是贵族学校，一学期学费三十多万，一年下来得花去百万。虽然陆家不缺这点儿钱，但是不给亲女儿花钱，给别人的女儿花钱，这怎么也说不过去。所以他们决定让陆媛转学，至于她之后去哪里读，让许家决定。

“我跟诺德打过招呼，但是诺德说得有学校接收才行。一有学校接收，诺德这边手续很快就好。”

“那就好。”沈明诗点了点头，说，“回头把媛媛的屋子重新装修一下，给摇摇住吧。她那间屋子不是别的屋子能比的，我觉得还是不能亏待了摇摇。”

陆嘉辰默默地听着父母商量这些事儿，一言不发。换作以往，他早就跳起来了。突然，他激动地喊道：“她出来了！”

付以听想吃学校门口的夜宵，许星摇做了一晚上的题，脑袋有点儿混沌，便陪着她一起出来，顺便清醒清醒。

数学竞赛快开始了，今天晚上毛鸿运又跟她谈了一次。

压力大吗？本来没有，现在她有一点儿了。

付以听一晚上没做数学题，可开心了，她蹦蹦跳跳地出了校门，叽叽喳喳地说：“我待会儿要买很多串串，昨天忍住没吃的今天我一定要买。这种忍着不买想要的东西的感觉一点儿都不好。”

许星摇点点头。

的确，想要什么还是买吧，万一过了这个年龄就再也不想要了呢？比如她从小到大想要的那些东西，现在再给她，她也不想要了，即便她心里一直会留有遗憾。

“二姐！”

二姐？谁？这声音听起来好像有点儿熟悉，许星摇抬眼，就对上了一双跟她如出一辙的眼睛。

来人是陆嘉辰，这是他第一次这样喊她，许星摇不明白他想做什么。她看到了陆嘉辰身后的陆为修和沈明诗，他们还挺执着的。

许星摇抿抿唇，静静地看着他们。

付以听已经听说了她家的事情，唏嘘的同时，她也不知该做什么。她还是个孩子，没办法帮许星摇做出十全十美的决定。但如果是她，她应该早就回陆家了。毕竟陆家的孩子一出生就在罗马，能得到最好的生活条件和教育条件。

她挽着许星摇的胳膊，小心翼翼地说：“摇摇，他们来了。”

许星摇轻轻地颔首。

“要不你还是回去吧？你在宿舍住着多憋屈呀，不如回去住。要是他们对你好，那你不就赚了吗？要是他们对你不好，你再回宿舍住也不迟嘛。反正老毛疼你，你来来去去他也不会有意见的。”付以听说出了自己的想法。

她不懂其他，只是觉得那对夫妻眼巴巴地看着许星摇，小心翼翼地走过来，生怕许星摇离开的样子有些可怜……他们看上去真的很爱她。

摇摇多可怜呀，她需要爱，而如果陆家能给她爱，那就回去吧。

许星摇表面上看起来很平静，实际上她内心很纠结，很无措。她咬紧了唇，不知道该怎么做。

回去吗？可是陆家，看上去就很麻烦呀……

不回去呢？好像也有挺多麻烦。

她就像是个麻烦吸附体，所有的麻烦都奔她而来。越怕麻烦的人，遇到的麻烦越多。

她还没想好该怎么办，陆为修等三人已经走到了她跟前。

刚才当着校门口众人的面喊她“二姐”的陆嘉辰撇开头，想挡住自己羞红的脸。他没想到他竟然会当着那么多人的面喊“二姐”，只是刚才看到许星摇要走，他情急之下就喊了出来。

沈明诗去拉许星摇的手，她温柔地说：“摇摇，饿了吧？妈妈给你做鸡丝面好不好？”她的目光充满希冀。

许星摇想，她此刻要是摇头，就能回宿舍，摆脱这家人了；要是点头，她就能回家，但也意味着从此以后，她就要和这家人牵扯在一起了。

“摇摇，妈妈认识你的时间不够长，有些地方可能还没做好，但是你给妈妈一点儿时间，妈妈会进步的，我会努力成为一个你喜欢的妈妈的……”沈明诗猝然红了眼眶，“我知道你很讨厌麻烦，我也知道你觉得我们很麻烦，我、我会努力改进，让自己不变成你的麻烦的。你最近是不是要参加数学竞赛了？你需要好好补补身体，需要一个好的学习环境，你跟妈妈回家好不好？”

“妈妈知道你以前受了很多委屈，爸爸和妈妈一直都想弥补你，你给妈妈一个弥补的机会好不好？”沈明诗哽咽出声。

她已经做了所有她能做的事情了，可是许星摇依然不为所动。一种深深的无力感涌上心头，她绝望地抓着许星摇的手，说：“摇摇，就当是妈妈求你了，你跟妈妈回去吧，好不好？我以前有做得不好、不对的地方，我都会改的！”

听着沈明诗的话，陆嘉辰也不由得跟着红了眼睛。

“二姐，之前是我不对，我跟你道歉……我不该说那些话，我也没有资格说那些话，我保证我以后不会再说了。我跟妈妈一起求你了，你回家吧！”

许星摇再次推开陆家给她准备的房间，她细心地发现，里面的东西好像又多了，应该是陆家人在不停地往里添补。

她拿起衣服进了浴室，这还是她第一次在这里洗澡。上次她只打算住一晚，便忍了一晚上，第二天才回宿舍洗澡。

这回可能是要长住了，她想。

打开浴室的门后，许星摇感觉自己像是进了个新天地。

这些东西，她从前连见都不曾见过。但她知道这里的每一样东西，对现在的她来说都是天价。青春期的女孩有着敏感又脆弱的内心，这一刻，许星摇感觉她的敏感和脆弱被击中了。

陆媛从小到大就是过着这样的生活吗？

许星摇摇了摇头，将这个念头甩掉。她摸索出洗浴用品的使用方法，快速地洗了个澡。

现在才不到十一点，她还要做题。

或许前十七年，她过得不如陆媛，但是她相信她之后会胜过陆媛。

许星摇洗完澡，换上睡衣。这件睡衣是一众睡衣睡裙中是最为素雅的，其他衣服都很华丽，她不喜欢。

她正坐在偌大的书桌前做题，突然听见房门被敲响。她笔尖一顿，陆为修等人知道她要学习，应该不会来打扰她，所以来者是谁？

“请进。”

门把转动，露出来人的身形，门外的人是陆媛。

她穿着刚才被许星摇划拉到旁边的公主风睡裙，轻声说：“星摇，你现在有空吗？我……”

“没空，请你出去，把门带上，谢谢。”

陆媛抿紧唇，样子有些无措。

“可以出去了吗？我还有事。”许星摇平静地看着她，重复道。

陆媛咬着唇，她突然走到许星摇面前，拉起许星摇的手说：“你跟我走好不好？我真的有事，就五分钟，求求你了……”

许星摇与陆媛对视，她正欲再次拒绝，却见陆媛的眸光中满是哀求。

算了。

“就五分钟。”

陆媛一喜：“好。”

她带着许星摇下到三楼。

许星摇上次就猜到陆家其他人都住在三楼，果然，三楼走廊上的灯大开，每一间屋子都亮着灯。

陆媛带她进去自己的房间。

这是一个很大的房间，满满当当的都是女孩子用的东西，每一样东西都很精致，可以看出这是一个备受宠爱的女孩的房间。

许星摇不动声色，她等着看陆媛到底想做什么。

陆媛打开了梳妆台的柜子，又打开了衣帽间的柜门后，小心翼翼地开口："你看看你喜欢什么？都给你！"

梳妆台的柜子里摆满了首饰，衣帽间里则整整齐齐地陈列着各类服饰。

各色首饰上有水晶和钻石闪着光，那些华丽的服饰上几乎没有褶皱。

陆媛只是个十七岁的小姑娘，眼前的这些东西几乎就是她所有的财富。

她看出许星摇在陆家人眼里的地位，为了避免被赶走，她决定主动出击，讨好许星摇。

她的书包里还放着她生父生母的资料，她简直难以想象世界上还有那么贫穷的地方，也难以想象她的生父生母会是那个样子——又黑又瘦，混浊的眼睛里都是算计。

她不想要那样粗鄙、贫穷的父母和家！她一定要留下，一定！

所以她拿出了她所有的东西，今后，她也会用尽全力讨好许星摇。只要许星摇没意见，爸爸妈妈肯定不会舍得赶她走的！

紧接着，她眼睁睁地看着许星摇的脸上几不可见地闪过一丝嫌弃。陆媛心一紧，旋即，她便听到许星摇说："不用了，我不喜欢。"

陆媛急了："我以后不会和你抢衣服、珠宝的！"

许星摇说："你要的话都给你。"

陆媛快急哭了："星摇，我……"

许星摇耸耸肩，说："你喜欢的东西，我不一定喜欢。时间过去五分钟了，我走了。"

原来是不喜欢才不要的呀，她还以为许星摇是因为不喜欢她，才不要她的东西。

陆媛松了一口气，这两天她真的过得很紧张。

许星摇一走，她整个人就无力地瘫坐在了椅子上。她突然埋头哭了起来。

怎么会这样啊……

明明她是天之骄女，可是一夜之间，她拥有的一切全没了，她竟然要开始讨好别人了。

她从前哪里做过这样的事，从来只有别人讨好她的份儿啊！

关上陆媛的房门后，许星摇本该回自己的房间，可她迈不动离开的步伐。这层楼有五个房间，陆为修夫妇住一间，陆家兄弟俩、陆星旖和陆媛各自住一间。一家人住在同一层，家庭成员之间的关系应该很好。如果她没来，他们应该会一直这样平静又幸福地过下去。

“姐，你怎么在这里呀？”陆嘉辰吃完东西回屋，看到许星摇，他紧张地挠挠头，问。

这一声“姐”，陆嘉辰刚开始叫着很不习惯，但是叫着叫着，他觉得也挺好的。姐弟多亲近亲近，指不定哪天，他在许星摇心里的地位就会超过许离呢。

许离又不是她亲弟弟，他才是亲的！

没感情？没关系，感情都是喊出来的。陆嘉辰决定一有机会就喊许星摇几声“姐”，不超过许离誓不罢休！

许星摇看了他一眼，她不知道这个人的态度为什么转变得那么快。那天吵着闹着折腾的人是他，今天道歉认错、主动喊姐的也是他。

青春期的男孩子都是这样的吗？

许星摇有些不自在地说道：“没什么事，我、我先回去了。”她绕过陆嘉辰，快步走了。

陆嘉辰看着她离开的背影，若有所思。

许星摇在陆媛门口，她们刚才在干什么？不会打起来了吧？还是已经打过一架了？陆嘉辰有点慌，他赶紧去敲了陆为修和沈明诗房间的门，把这事儿告诉他们。

陆为修和沈明诗的脸色立马变了，陆媛跟星摇之间发生了什么？陆媛不会欺负星摇吧？

沈明诗慌了，她好不容易才把女儿哄回来，万一许星摇被陆媛气走了，那……

沈明诗强忍住直接打开陆媛的房门进去问她的冲动，还是耐心地敲了敲她的房门。

陆媛来开门的时候，沈明诗愣住了。

陆媛被养得金贵，没有经历风吹日晒，她皮肤很白，也就衬得眼眶旁的红越发显眼。

沈明诗出口的声音都颤了一颤："怎么了？怎么哭了？"

陆媛微垂着的头摇了摇，她沙哑着声音道："没有，没事。"

沈明诗心下一沉，她抬手，用指腹擦了擦陆媛眼角的泪："跟妈妈说，哭什么？"

听见沈明诗的关心，陆媛再也压抑不住心里的委屈，哽咽道："我只是怕你们会不要我。我已经在尽力对摇摇好了，但我好像还是做不好。妈妈……我好害怕，好怕你们不要我。"

陆嘉辰别开了脸，陆为修脸色很严肃。

这孩子是被宠大的，这几天这么听话，他们已经看得出来她的害怕了。

沈明诗下意识抱着扑过来的陆媛哄道："这有什么好害怕的？我们……会将一切都处理好的，你安心读书就是了。"

听陆媛说她要对许星摇好，沈明诗心下一松，她现在巴不得全世界都对摇摇好。

"可是——"

"没有那么多可是，乖。"沈明诗摸了摸她的头，问道，"刚才摇摇怎么来你这儿了？你们说了什么吗？"这其实是她最想问的问题。

陆媛小声说："我想问问她有没有喜欢的东西，我都给她。我跟她保证了，不会跟她抢东西的。"她不敢欺瞒，乖乖地说了，以示诚心。

谁知沈明诗听完，却幽幽地问了一句："那她说了什么？"

陆媛如实说了。

沈明诗沉声道："媛儿，我话只说一次，以后你不许再找摇摇说这些话。"

陆媛愣了愣。

"听到了吗？"沈明诗追问。

"听到了。"陆媛垂下头，她眼尾迅速泛红，泫然欲泣。

沈明诗深吸一口气，道："好了，快回去休息吧，我们就不打扰你了。"

陆媛勉强笑了笑，然后关上了房门。

"都回去睡吧。"沈明诗推了推陆为修和陆嘉辰，说，"我去看看摇摇。"

她上楼想看看许星摇，却没能成功，许星摇在做题，门都没给她开。

沈明诗回到房间后，问陆为修："要不，让媛媛先去公馆住吧，摇摇得住在三楼。"

摇摇一个人住在四楼，看起来是没什么，可是细想呢？一家子都住在三楼，就她一个人住在四楼，不说旁人，孩子自己心里会是个什么想法？

正好陆老爷子和老夫人这两天都在公馆，就直接让陆媛过去好了。

“你赶紧把周老太太接过来，许志国也要被拘留了。”沈明诗说。

陆媛和许离都得交给周老太太。

“好，你放心。”

第二天，许星摇是最早下楼的。

周姨端着菜过来，一眼就看到了许星摇。她愣了愣，直到另一个保姆催她：“发什么呆呢？”她这才回过神。

调整好神情后，她笑着把东西端了过去。

陆星旖是第二个下来的。

“摇摇，你起得好早。”陆星旖说着，拿起手边的温水一口气喝完。

许星摇默默地将手边的牛奶推远，又将随后端上来的煎蛋也推远。

陆星旖注意到她的动作，不由道：“摇摇，你——”

许星摇看向她：“嗯？”

陆星旖对上她疑惑的目光，忽然觉得她这个样子十分可爱。陆星旖忍不住笑道：“你不喜欢牛奶和鸡蛋吗？”

许星摇点头。

保姆把一盘青菜放过来，她继续将它推远。

陆星旖一时语塞。或许她不该这么问，她得问：你喜欢吃什么？

这孩子怎么这么挑食呢？陆星旖忧心忡忡地想着。最后她也不干别的了，就盯着许星摇，直到许星摇夹起一块豆腐，配着小米粥吃了起来，她才收回目光。

呃，好想跟妈妈告状呀，摇摇挑食！

陆为修和沈明诗等人陆续来了。

这时许星摇碗里的粥只有一半了，她又夹了两块豆腐，迅速地解决完了剩下的粥。

沈明诗当即惊喜道：“哇，摇摇好棒，这么快就吃完了呀？”

陆星旖忽然觉得有些无语。

“你等一下爸爸，爸爸送你去上学。”陆为修说完，加快了吃饭的速度。

许星摇点点头，她离开饭桌，去客厅听英语听力。

沈明诗本想了解一下许星摇喜欢吃什么，但是见桌上的菜好像没怎么动，她不由得问陆星旖："旖旖，你有没有看到摇摇喜欢吃什么？"

陆星旖说："豆腐。"

"嗯，还有呢？"

"没了，她就吃了这一种。"陆星旖说。

沈明诗的笑容突然变淡，换成了担心的表情。

许星摇听完英语听力，沈明诗塞了瓶牛奶给她："路上喝？"

许星摇摇头："我不喝牛奶。"

沈明诗皱起眉，说："这怎么行呢……"

"可以的，我从记事开始就没有喝过。我去上学了。"许星摇说完，背起了书包。

陆为修赶紧跟上："爸爸来了。"

许星摇是第一次被人接送上学，尤其这个人还是她父亲。从小到大，她都是一个人走路去上学，能坐公交车都是奢侈，更别提还是坐着豪车被人接送。

她觉得她的前十七年很可笑不是没原因的，那可不就是很可笑吗？

"摇摇，早餐吃饱没有？喜欢吃什么跟爸爸说，我让他们中午和晚上做。"

"都行。"

陆为修真是心疼这懂事的孩子："好，我让他们多做一点儿，你看看想吃什么，你就挑着吃。"

中午吃饭的时候，许星摇面对桌上丰富的菜色，手中的筷子停了片刻，才终于勉强找到了一样喜欢吃的菜，吃下了半碗米饭。

陆为修和沈明诗算是看出来了，这孩子是真挑食。

许星摇打了个哈欠，准备回屋写作业，陆星旖及时跟上："摇摇，你要不要写数学？我跟你一起呀。"

陆媛看着她们的背影，咬了咬唇。

数学竞赛快到了，许星摇最近空闲下来就在做数学题，她想要得到的东西，就一定要得到。

陆家给她准备的书桌很大，容纳姐妹俩一起做题绰绰有余。

许星摇摊开了作业本，陆星旖也拿出自己的作业，氛围安静又温馨。

许星摇写得有些疲惫了，休息的时候，她不经意间偏头看到了陆星旖的草稿纸，她发现陆星旖的解题思路很奇特，跟她是两种风格。她看得起劲，看完几页觉得不够，犹豫半晌，她还是忍不住问道：“可以看下你的练习册吗？”

陆星旖转动着手中的笔，笑了下说：“可以呀。”

许星摇翻开她推过来的练习册，认真地看着。

陆星旖觉得许星摇可真好玩，她低下头憋笑。

许星摇看完后，将练习册还给了陆星旖。正好手里有道题，她便试着用陆星旖的解题方法解题。

陆星旖注意力一直在她身上，见状，陆星旖暗道自己这种解题方法可不好学，当初自己也是练了很久才掌握的。

她没想到，许星摇居然真的按照她的方法做出来了。陆星旖瞪大眼睛检查了一遍，发现许星摇步骤全对，一步没少，结果也是对的！

许星摇做得上了瘾，她又做了几道题进一步熟悉这种方法。

陆星旖目不转睛地盯着，发现许星摇做的又全对！

许星摇做完后，浑身舒畅，她又翻出一套新的题，准备多练习练习。

陆星旖忍不住说：“摇摇，你……你有没有接受过什么专业的、系统的培训？”问完后，她又感觉自己问的是废话。

果然，许星摇摇头。

陆星旖觉得，让许星摇待在云十一中实在是屈才了。

“摇摇，你要不要转来诺德一中？诺德比云十一中要好一些。”

“不了。”许星摇拒绝了。

云十一中挺好的，而且她好不容易熟悉了环境和周边的人，她不想再花费心力去熟悉另一个地方。

陆星旖有些遗憾，要是可以跟妹妹一起上下学就好了。她、媛媛，还有摇摇在一起的话，多好呀。她下午是满课，媛媛却要去上钢琴课，她就落单了，要是摇摇也在诺德就好了。

陆星旖没想到的是，晚上她上完课回来，一直到吃完饭，陆媛也没出现。她仰头问给她盛汤的妈妈：“媛媛应该下课了呀，怎么还没到家？”

沈明诗动作顿了一下，然后嗔怪地看了她一眼，暗示她别问。

可是陆星旖接收信息失败，她继续追问：“她是不是偷偷跑去玩了？妈妈，你可不能惯着她，记得教训她！哼，她晚上还有课呢。”

沈明诗叹了一口气，她把手里的汤递给许星摇，接着转过头去和陆星旖说话。她没注意到她一放下汤碗，许星摇就默默地把它推远了。

“媛媛去公馆住几天，这几天不会回来了。”

“为什么？她怎么又去公馆？爷爷奶奶他们什么时候回来？”

许星摇听着她们说话，也抬起了头。

“因为媛媛的房间要重新装修，她没有地方住。”

其实主要是沈明诗不想让陆媛出现在许星摇面前了，她到底还是介意昨晚的事情，她怕陆媛会伤害到摇摇。

重新装修做什么？

许星摇沉默着，不知道在想什么。

“摇摇，到时候妈妈按着你的喜好装修，装好了我们再住进去。”沈明诗摸了摸许星摇的头发，说，“跟爸爸妈妈一起住在三楼也方便。”

她不知道许星摇心里有没有介意这个事，但是她怕许星摇介意。

许星摇神色莫名，她轻轻地点了下头。

陆为修思忖了下，还是决定把周老夫人过来的事情告诉她：“摇摇，我们已经对许志国和周淑兰提起诉讼，现在他们无法抚养陆媛和许离，所以我们从安镇接来了周老太太……”

陆为修还未说完，许星摇突然看向他，问：“什么？”

“嗯？”陆为修被她的反应惊住了。

“你把我外婆接来了？还让她抚养陆媛和许离？”许星摇的情绪第一次这么激动，激动到仿佛她质问的是关乎她性命的事情。

陆为修一时竟不敢点头，他感觉到她情绪的不对劲了。为了使她冷静一些，他把声音放得又轻又缓：“摇摇，你别激动，有什么事情你跟爸爸说，爸爸可以帮你解决的。”

“陆媛抢了你们也就算了，”她像一只刺猬，终于将刺扎向了他们，她逼视着他们，眸光薄凉，“为什么她连我外婆也要抢？”

“我求而不得的是跟外婆一起生活，凭什么她可以唾手可得？”

这一句句话像是炸弹一样袭向陆为修和沈明诗。之前他们如何对待许志国和周淑兰，许星摇从来没有发表过意见，她默认他们罪有应得。陆为修和沈明诗欣慰又庆幸，欣慰女儿和许家并无感情，庆幸他们可以尽情地收拾许家，不必顾忌许多。可是他们万万没有想到这一回，她爆发了。

在谈起周老太太的时候，她眼底是汹涌得即将喷薄而出的岩浆，带着一种将所有人都烫伤的冲劲。

陆为修不敢再出声，他攥紧了拳头，克制住所有的情绪。他忍耐着、压抑着，生怕伤害到她。

沈明诗已是满面泪水，这孩子终于将所有的怨恨通通发泄了出来。这孩子心底怎么可能对他们毫无怨恨？她受了十七年的苦，怎么可能不埋怨他们，怎么可能真的对陆媛平静相待？只是这孩子把苦藏在了心里，把怨恨全部独自咽下。

今日，他们该是戳中了她的某个不能被触碰的点，才让她忍无可忍地爆发了。

沈明诗颤巍巍地想去拉许星摇的手，却被许星摇直接甩开。

“我告诉你们，与其让我回来，让陆媛、许离、我外婆一起生活，不如你们继续和陆媛一起，让我、许离和我外婆好好地在沂市生活，也算是全了你们的愧疚之心！”许星摇忍无可忍地说道。

这话让沈明诗下意识地后退了半步，她被狠狠地刺伤了。

摇摇……这是她的女儿啊，怎么能……

她捂着心口痛哭：“摇摇，你别不要妈妈！”

“陆媛已经拥有了这么多，凭什么还可以拥有我外婆？你们如果敢这样做，就别怪我不择手段地反击。”她扔下这一句，便转身离开。

司机在外面，她要去学校自习。

她的身影从眼前一晃，沈明诗忙抓住她的手腕：“不，不要，摇摇。你听妈妈解释，不是这样的，我们还没做，你不要轻易地不要妈妈，好不好？我不知道你……”

“是啊，你当然不知道，你知道什么？我喜欢吃什么，不喜欢吃什么，我身高多少，体重多少，从小到大喜欢谁，不喜欢谁，你知道哪个？你什么都不知道，还自以为有多爱我，你觉得你真的爱我吗？”许星摇嘲讽似的扬了下唇。

有一瞬间，沈明诗几乎不敢直视许星摇的眼睛。

许星摇说的字字句句都是对的，她这个妈妈……算什么妈妈？

沈明诗痛苦得濒临崩溃。

许星摇低喃了一句：“我不要你们，我要我外婆。”

她说这话时，给人一种虚无缥缈的感觉。陆为修感觉她快要飘走了，而他伸手去抓，什么都抓不到。

突然，许星摇猛地抬头看向陆为修，问：“我外婆现在在哪儿？”

陆为修喉间苦涩，他答道：“在来沂市的路上。”

“她身体不好，不能颠簸。”

“我们安排得很妥当，老人家并无不适。”

“那、那我……”许星摇咬着下唇，她想说，那我去和外婆住吧，你们自己爱怎样就怎样。

陆为修却像是看破了她的想法，他突然慌张地打断了她的话：“摇摇，既然你不高兴，那我们就不这样做了，爸爸妈妈会重新找人照料他们。你是不是很喜欢外婆？那就把她妥善安顿好，我们陪你常去看她，好不好？”

他们不懂，他们到底还是不懂。

许星摇不想答应。

可她被沈明诗一把揽过：“是，是，妈妈现在什么都不知道，不了解我们摇摇，但妈妈会去关注我们摇摇的喜好，会努力成为一个称职的好妈妈。摇摇，你相信我，你给我一个机会，好不好？你不能走，你走了，就是在要爸爸妈妈的命啊——”

外婆来沂市了。

这个消息在许星摇心里掀起了轩然大波，一股久违的喜悦慢慢地在她心底里蔓延开来。

她有多久没有这么高兴了？好久，好久了。

即使被陆家找回，即使拥有了父母的宠爱，即使她经历了无数在常人眼里值得开心的事情，她都提不起太高的兴致。但这一次不同，这一次她是真的很开心。

她曾经以为要很久见不到那个记忆中两鬓斑白、形态苍老的老人了，却没想到重逢之日就这样悄然而至，突然到她都没有准备。

课间，写着写着作业，许星摇的嘴角就扬起来了。

那个小老太太一定想她了，她也好想她呀。

这是景延第一次看到她这样发自内心的笑容，像个小孩，带着几分天真。

邢老师有些关于竞赛的事情要交代，让景延来喊许星摇一起过去。景延刚要叫许星摇的名字，看到她脸上的笑容，他一时间竟不想出声。

许星摇察觉到有人伫立在身旁，她收起笑容，抬头问道：“你在这儿做什么？”

景延这才说出了来意：“邢老师有点儿事找我们。”

“哦。”许星摇收拾了下桌上的卷子，跟景延一起去办公室找邢老师。

辛玥听到景延跟许星摇说的话了，她呆呆地看着他们离开的背影。她的同桌见状，戳了她一下，问：“怎么了？”

辛玥咬紧牙关，说：“没事。”

虽然说胳膊拧不过大腿，可是，万一呢？万一就……拧过了呢？

景延把她从集训的地方毫不留情地赶走的时候，什么都没说，什么都没顾虑。他想做的事情，吩咐一声，就有人给办得妥妥当。

她甘心吗？不甘心。

许星摇凭什么？一个乡巴佬也不知道在这里装个什么劲儿！

去办公室的路上有一条很长的走廊，景延一边走着，一边漫不经心地问：“在陆家过得很开心？”

“还行吧。”许星摇给了个比较中肯的答复，这是她能给出的唯一的答复。开心谈不上，不开心也谈不上，就……一般般。

“你爸妈回来了吗？”礼尚往来，许星摇也试着关心了一下景延。

父母回来与否，对景延来说其实没什么差别，但是某人好心好意地关心他，他也不能不识好人心，而且……

“回来了，但是我还是觉得跟他们比较难沟通。”少年低下了眼睫，神色略显落寞。

“啊？”

“要不，你教我几招？”

“啊？我也不会啊。”她哪里会这个？她从小到大都不知道该怎么跟父母沟通。

说起来，她好像做得也不对……她跟陆为修和沈明诗的相处，一直是他们在主动，她做了什么？好像有，好像也没有。她有给回应吗？应该……有吧？

啧，跟父母相处真的是个难题。

“要不，你试着跟他们聊聊天？聊聊学习，聊聊生活，聊着聊着，应该也就熟悉起来了。”许星摇提议。

父母应该都是爱孩子、想多了解孩子一些的。作为孩子，或许主动一下也挺好？

她觉得景延和父母的问题可能就是缺乏沟通。毕竟据他所说，他的父母经常飞来飞去地出差，哪里有时间陪他，哪里有时间跟他沟通。

景延颔首：“听起来不错……你干过吗？”

突然被反问，许星摇诚实地摇了摇头：“没有。”

她跟许志国和周淑兰是不可能这样做的，他们从小到大就跟对待仇人似的对待她，跟仇人需要沟通什么？

至于对陆为修、沈明诗……她也没有。

毕竟他们没认识多久，没有时间，没有机会……她也没有想法去沟通。

许星摇无奈地说：“难度的确高。”

景延戏谑中又带着认真地道：“我就说嘛。或许你可以先自己试试，可行性不都需要测试吗？”

邢老师把数学竞赛的注意事项交代了一下，顺便给他们发了套学校自己准备的练习册。她神秘兮兮地说：“这是我们学校老师猜的题，别的学校都没有，不许泄密哟。所有人好好做，争取给云十一中多拿几个奖回来。”

她没有说“给云十一中拿个奖”，显然是对学校拿奖很有信心，问题只在于拿几个奖。

许星摇喜欢她这种自信，而她的这股自信来源于这个学校给的底气，这也是许星摇渐渐喜欢上这个学校的原因。

景延拿着这套练习，正在琢磨着哪里缺个垫桌子的，邢老师突然幽幽地说：“好好做，我要检查的。”

景延打了个哈欠。

回教室的时候，柯明文正好在和付以听说校庆的事儿。

云十一中的六十周年校庆要开始了，付以听想着趁着这三天好好玩，李霓却说班级得出个节目。

付以听正在为这事儿发愁，一见到景延回来，她眼睛一亮，拉住他问道：“你觉得怎么样？”

景延说：“我？无条件地支持，但是不参与。”

付以听露出一抹假笑，她转而抱住了许星摇的胳膊：“摇摇……你有没有打算？”

许星摇没想到付以听会抱住自己，她身体一僵，神思恍惚了一瞬。听清付以听的问题后，她强迫自己放松下来，说：“没打算，你们打算就好。”

她没有才艺呀，要说起才艺……学习算不算？

她总不能上去给人家背《离骚》、做数学题吧？

付以听蔫了，这两人，在某种程度上真是如出一辙。

“不说这个了。到时候我们出去玩吧？”付以听眼睛放光地看着许星摇，她还没有跟许星摇约过呢。

“去哪儿玩？”

“沂市新开了个游乐场，我爸是那里的股东，我们可以随便玩，就去那儿吧？好不好？很大一个游乐场，项目也很多的。”

许星摇本无意答应，但是付以听拼命跟她撒娇，她最受不了的就是女孩子撒娇，便只能点了点头。

柯明文喊道：“我报名！”

景延看了他一眼，说：“那我也去吧。”

虽然他的表现给人一种是因为柯明文报名了，他才跟着报名的感觉，但是直觉告诉柯明文真相根本不是这样，景延怎么可能因为他要去某个地方就跟着去？

柯明文眯起眼，刚想质疑，就听景延悠悠地说道：“你在我这儿的账清了。”

柯明文立马点头：“好嘞！”

他这个月的零花钱刚好不够，他才不想知道景大爷有什么心思，清了账就行。

付以听却越听越觉得不对了，怎么回事？景延跟柯明文……

许星摇没想太多，跟他们约定了时间后，她便继续写作业。她的世界，分量最重的便是作业。

一根细细长长的头发随着她的转身掉落在后桌上，景延顺势捡起——都说学习要适度，看，掉发了吧？

许星摇把外婆要来的消息放在了心里，置了顶。

陆为修来接她的时候，她第一时间跑过去，问外婆到了没有。

陆为修知道许星摇从小是被周老太太带大的，带了好几年，他却不知她们祖孙俩的关系这么好，不知周老太太对许星摇和周淑兰他们对她截然不同。

他还是第一次见到她如此期待与迫切，她终于不再是对所有事情都淡淡的、提不起兴趣的模样。见她如此期待，他也高兴，他赶紧道：“老太太下飞机了，在来的路上。先让她来家里，摇摇再见她，好不好？”

许星摇点头。

她知道得亏了陆家的财力，外婆才能舒舒服服地来到沂市。外婆身体不好，受不了路途颠簸，但是只要有钱，没有做不到的事情。

“摇摇，是我们没有考虑到你的想法，你不要生爸爸妈妈的气，好不好？”陆为修说，“我们真的很怕你生气，也怕你离开。我们很爱、很爱你，真的。”这个从未说过肉麻话的人，第一次说出这种话来。对他来说，既是露骨，也是难得。

“那你们是更爱我，还是更爱她？”许星摇看着他的眼睛问，她不容许他的任何欺瞒与哄骗。

她许星摇活了十七年，从未是任何人的偏爱，她想知道她的生父生母呢？他们对她可有存着哪怕一丝一毫的偏爱？

这重要吗？很重要。

陆为修被问住了，他第一次听到这种问题，这种取舍性极强的问题。

他不禁开始问自己，你更爱谁？

“我被陆媛妈妈故意换走了，你们恨她妈妈，但是你们对她呢？是恨吗？还是爱呢？”

许星摇继续逼问。

她的问题一针见血，每个字都直戳心房，陆为修这个叱咤商场的男人有那么一刻竟抵挡不住她的追问。这个十七岁的女孩有着强大的力量和冲击力。

“摇摇……”

“其实你不用说我也知道，我哪里比得过她呢？在你们心里，任凭你们如何欺骗自己，也无法欺骗成功——你们怎么会爱一个认识没有多久的女孩，胜过爱一个养了十七年的女儿？”许星摇收回了和他对视的目光，说，“虽然你们口头上说得很好听，但是你们实际上不也还是控制不住自己去关心她、爱她，去替她着想吗？不也还是控制不住自己去为她铺垫未来的路吗？在没有确保她未来无虞之前，你们不还是舍不得将她赶出去吗？”

“别再欺骗自己了，你们都是成年人了。这样欺骗自己不累吗？小心人格分裂啊。”

女孩长得像个洋娃娃，说出的话却像是地狱里的小魔鬼。

陆为修心痛如绞。或许，他该反思一下了。他好像在无形中展露了自己最真实的内心，而她也在无形中将他剖析得一清二楚。

“爱我？或许吧。但是比不上你们对她的爱，不是吗？”

许星摇轻轻地扬了下唇。

没关系，她早就习惯了。她只是不想在他们身上寄托太多的希望，因为怕失望，甚至绝望。

陆为修看着她，只觉得心疼到无以复加。

他张开嘴想说话，却感觉喉间有千斤重的东西在拉扯着他，让他艰难而又痛苦。

他终于不再掩饰，与她坦白道："摇摇，或许现在是这样，但给我们一点儿时间，我们一定会改变。你说得对，为什么我们只恨周淑兰，不恨陆媛，明明她是这件事情的唯一得利者。爸爸妈妈会反思的，会不停地反省的，你放心，我们一定会给出一个让你满意的决定。"

"不是让我满意。"她不耐烦地纠正，"是让你们自己满意。"

陆为修一震，是啊，是让他们自己满意。

这孩子……看得通透。

"摇摇，你说得对。"陆为修的内心苦涩似黄连，"你先跟外婆见个面吧，至于陆媛，我们会处理好。"

这一次，他们不会再让她失望了。

他很怕她攒多了对他们的失望，会对他们彻底失去信心。

"对了，摇摇，想不想见见爷爷奶奶？他们很想见你，又怕吓着你，所以一直住在公馆那边，他们不停地跟爸爸妈妈要你的照片，可是没有经过你的同意，我们也不敢随意给你拍照。两位老人很爱你，他们很想见见你。"

陆老爷子催了很多次，他每天都会事无巨细地询问许星摇的情况。

许星摇迟疑着，两位老人？

"见见吧？他们很慈祥，很和蔼，会很疼你的。"陆为修不停地劝着。

许星摇终于点头，那就见见吧，只是，她可能不会太习惯和他们相处。

许星摇捏了捏手心，最近她接触的陌生人有点儿多了。

陆为修欣喜若狂："好，好，我马上告诉他们，他们一定很开心。"过了一会儿，他说，"爷爷奶奶明天就来，他们本来说现在就要来的，但是太晚了，被我劝住了。"

许星摇动了动嘴角，表示自己知道了。

许星摇回到家没多久就见到了周老太太。

周老太太奔波了一天，终于到达陆家。她非常高兴，因为知道能见到外孙女了。尽管已经七十多岁了，但她依然精神矍铄，一点也看不出年纪大。这是陆为修第一次看到周老太太真人。他眼神有些复杂，这个人是十七年间唯一一个疼许星摇的人。

许星摇飞扑过去，喊道："外婆——"

老太太个子小小的，脸上布满了岁月雕刻出的痕迹，皱纹纵横交错。她微微弯着腰，身穿深褐色的衣服和黑色的裤子。

看到许星摇，周老太太高兴地伸手去抱住她：“摇丫头——”

“可想死外婆喽。”她把许星摇抱了个满怀，笑得眯起了眼，把刚才的阴霾一扫而空，“快让外婆看看，瘦了没有啊？”

她们很久很久没见了。

周老太太来之前一直处于胆战心惊的状态，因为她曾以为这件事情会被瞒住一辈子，但现在终于被揭开了。自从陆家人找到她，她的心一直紧绷着，从未松懈过。直到看到她自小疼爱着的孩子，她才展开笑颜。

“瘦了，瘦了，你一定没好好吃饭。”周老太太满目心疼，她用满是茧子的手轻轻摩挲着许星摇的脸颊。

这是唯一一个让许星摇不排斥身体接触的人，甚至，周老太太身上特有的老人的味道能让许星摇感到安心。

“是不是又挑食了？丫头，要好好吃饭啊。”周老太太哽咽道。这孩子从小就不爱吃饭，也怪她。在这丫头小时候，她没本事给她什么好吃的东西。天天吃稀饭、咸菜和榨菜，谁能喜欢上吃饭呢。丫头挑食的毛病，得怪她自己啊。

可她并不是不想给摇丫头吃好的，只是实在没有钱。她是靠在地里刨食物来养活自己的，一年下来挣不到多少钱。

“会的。”许星摇的眼眶瞬间就红了。

“摇摇听话。”周老太太笑眯眯地说道。

“好，听话。”

陆为修和沈明诗看得一愣一愣的，他们何曾见过女儿乖得像只猫的样子？

陆为修吩咐身边的管家上些茶点，他明白了这位老太太的重要性，既然如此，他们就把她当成客人来招待。

陆家的保姆很快就把东西送了过来，其中一个在看到周老太太时突然滞住了——她怎么会在这儿！

周老太太也看到了对方，她脸上的笑容瞬间就没了。

周德梅浑身开始止不住地颤抖，她努力想控制住自己，却完全控制不住。她的异常很快就被管家发现了，见管家瞪了她一眼，她深吸一口气，强忍住内心的惶恐放下东西后就迅速出去了。

周老太太平复着震惊的心情，努力让自己看起来没有异样。

母女俩近二十年没见，谁能想到再次见面竟是在这种情形下。

许星摇见周老太太神色不对，便疑惑地问：“外婆……你怎么了？”

周老太太牵强地说：“没什么。我只是在想，我们着实是对不住你们家。十七年前，我也没想到我女儿会做出这种事情，是我这个当妈的没有教好孩子，我……我给你们跪下了！”

陆为修皱着眉，侧身避开：“您这是做什么？快起来。”

周老太太被管家搀住，她一把鼻涕一把泪地将当年的事情和盘托出。

“当年淑兰和你们凑巧在一个医院，无意中遇见了你们，知道你们是有钱人家，就起了坏心思。她趁着护士没注意，就把孩子给换了。她怕被你们发现，又没钱养孩子，就把孩子送到我那里养了几年。

“我刚知道的时候，真是被吓死了。我让他们把孩子换回来，可他们根本不听我这个老太太的。我也没办法，只能好好地待这孩子，争取少亏欠你们一点儿。我知道我们欠这孩子的，所以我一直全心全意地对她，还给他们下了死命令，无论如何都得让这孩子读书，读到她不想读了为止。我想着，怎么也不能把这孩子从出生亏欠到死啊。虽然我们改了她的出身，但也不能改变她的前途。”

周老太太擦了擦眼泪，又道：“是我们对不起你们，对不起这孩子。可是，你们能不能饶恕他们一命啊？我知道他们罪不可赦，可是、可是……我不能白发人送黑发人啊，我求求你们了，求求你们开恩吧！”

她没注意到，她身边的女孩儿的表情逐渐变得不可思议，身体也开始微微发颤。

沈明诗注意到了，她走过去，心疼地把女儿搂进怀中：“宝贝，怎么了，怎么了？跟妈妈说，跟妈妈说——”

许星摇死死地咬着牙，忍下了所有翻滚的情绪。她从牙缝中挤出了一丝微弱的声音：“我没事。”

周老太太急于掩饰刚才和周德梅相见时的不正常反应，竟没注意到身边的许星摇。她心疼地去拉许星摇的手：“丫头，怎么了？跟外婆说……”

许星摇闭了闭眼，忍下心里的苦涩酸楚，说：“我没事。太晚了，您过来也累了，休息吧，明天再说这些。”

现在的陆家，她是被放在第一位的。这话一出，沈明诗立马挥挥手：“好，好，都去睡。管家，你安顿好老太太，别的明天再说！”

“原谅”二字，岂是能轻易说出口的！

她的摇摇本应一生享尽宠爱，凭借天赋与努力得到一份光明的前程，却因为这些腌臜货，硬生生受了十七年的苦，与他们分离了十七年！

即使老太太待她好，那又如何？她能好过她的生父生母吗？能给她好的物质条件吗？老太太做得再多、再好，即使她给出了自己的一切，也不足以换来“原谅”二字。

沈明诗很清醒，她觉得她这辈子都没有这么清醒过，不过现下最重要的不是这些，而是她的宝贝，她的摇摇。

回屋后，想着刚才许星摇的反应，沈明诗到底还是不放心，她去敲了许星摇的房门。

许星瑶很难受，她正在写作业，沉浸在作业中能稍微减轻一点她的痛苦。可是今天不知怎么回事，她怎么也无法完全投入作业中。

听到敲门声，她犹豫了下，还是让人进来了。

沈明诗给她端来了一小碗燕窝，睡前喝正好。她温柔地笑着说：“还在写作业吗？”

许星摇把笔一扔，说：“没有。”

沈明诗宠溺地笑了笑：“休息一下。来，喝点儿燕窝，既美容养颜，对身体也好。女孩子多喝点儿，很好的。”

许星摇看了一眼，然后没什么兴趣地移走了目光。

“摇摇，可以跟妈妈说说，刚刚怎么了吗？怎么这么难过呀？”沈明诗把碗放在桌上，把许星摇揽进怀里，轻轻地抚摸她的头发，安抚着她。

许星摇沉默，她甚至对沈明诗的怀抱有点儿抵触，她现在不信任这个世界上的任何一个人了。

许星摇，你没救了。

“摇摇，你告诉妈妈嘛……”沈明诗跟女儿撒着娇，见她仍不肯说，沈明诗便试着猜测，“是不是……因为外婆？外婆说的那些话让我们摇摇不高兴啦？”

她感觉到她怀里的人动了动。

“摇摇，跟妈妈说说你在想什么，好吗？妈妈很想知道，真的。妈妈不会伤害你，妈妈会是这个世界上最爱你的人。”沈明诗揉了揉她的头，想给予脆弱无助的女儿一点儿力量。

她不断地重复着那些话，以此来增强话语的可信度。

许星摇的抵触被她一点儿一点儿地抚平。

许星摇轻轻地眨了眨眼，终于开口道："我一直以为，外婆是世界上最爱我的人，她的爱是世界上最纯粹的爱。直到今天，听到她说出的那些话我才知道，原来她对我的爱还有很多别称，叫作弥补，叫作亏欠，叫作偿还。我才知道，原来这些事情她都知道，她只是不说，即使她爱我，她也不告诉我。"

"在她拿她对我的爱来做交易，试图让你们放过周淑兰他们的时候，我在想，原来她最爱的不是我，而是她的女儿，是周淑兰，那我算什么？"她歇斯底里地把心底的想法喊了出来，情绪彻底崩溃，"那我到底算什么？"

"外婆她不爱我！她爱的终究只是她自己，是她的女儿！我所认为的她对我的爱，不过是有朝一日东窗事发，可以用来给她的女儿开脱的筹码！"

沈明诗认真地听着。这个孩子心里不知道有多苦，她心里不知道藏了多少东西。

她也不知道，她有多么让人心疼。

沈明诗在许星摇的房间里哄了她许久，直到最后许星摇哭着睡着了，她才心疼不已地在女儿额间落下一吻，而后她在女儿身侧躺下，拥着女儿准备入睡。

可是真打算睡了，沈明诗又睡不着了。她借着月光偷窥女儿的睡颜。

她错了，她错得太离谱了。

如果说十七年前是周淑兰给女儿带来了伤害，那么十七年后，给女儿带来二次伤害的人就是她自己。

在迷迷糊糊地睡过去前，她脑子里已经有了决定。

第八章
温暖

许星摇这一觉睡得很踏实，她总感觉自己被人抱在怀里，很有安全感。可她醒过来时，身边没人了，房间里空荡荡的，只有被子紧紧地裹在她身上。

她知道之前睡在她身边的人是谁，她的身体难得没有做出下意识的排斥反应。

她揉了揉头发，起床后，目光突然落在床边放着的衣服上。那是一套已经搭配好、她可以接受风格的衣服。

她动作顿了一下后，走过去，拿起来穿上。

洗漱完，她下楼，却发现陆家空前安静，客厅的沙发上坐着两个她没见过的老人。

看到她，两位老人突然站了起来，目光灼灼。

陆老夫人的眼眶红了：“你是摇摇吧？摇摇，我是奶奶……”

陆老爷子的情绪也很激动，只是他习惯了喜怒不形于色，更擅长掩藏情绪，所以他只是站在老夫人身边，虚虚地扶着她。

陆老夫人觉得血脉真的是一种很神奇的东西，她一直不太喜欢陆媛，原来是因为陆媛并非陆家亲生的孩子，而眼前这孩子，她却在看到的第一眼就喜欢、心疼了。

只是这孩子明明和旖旖是双胞胎，旖旖那么健康，她却瘦弱得让人心疼。

老夫人指尖颤抖，想去抱抱她，许星摇却侧身躲过。又来了，一个看着情深义重的陌生人，现在看着是很好，可谁知道以后会是什么样的呢？

老夫人看到她的抵触，一时间也不敢再碰她。

这时，沈明诗来了，她笑着打破尴尬：“摇摇，这是爷爷奶奶。他们一大早上就过来了，等着你起床看看你呢。”

许星摇早上有课，现在是上午六点四十分，他们一大早就过来了，那他们不是四五点就起床了吗？

沈明诗知道许星摇怕生，她赶紧缓和气氛：“妈妈做了米线，要不要吃？吃饱了再去上学。”米线是她用鸡汤煮的，给这孩子补补身体。

“好。”许星摇有些落荒而逃地走了。

沈明诗跟着她走了几步，又停下来，她背对着陆老爷子和老夫人说：“爸、妈，我决定把媛媛送走了。她不是我们家的孩子，我们养了她十七年已经够了。如果说她只是单纯地被抱错，或许我还能一起养她和摇摇，可是周淑兰这分明是恶意换了孩子，我无法说服自己继续养媛媛了。周淑兰亏待我女儿十七年，我不是圣人，没办法再待她的女儿好。我和为修把周老太太，也就是周淑兰的母亲接来了，今天一早已经让人把她送去了周淑兰一家原来租住的房子里，待会儿我会让管家把陆媛也送过去。从今以后，我们与她……再无干系。”

沈明诗闭了闭眼，眼底是撕扯般的疼痛。

做出这些决定很艰难，她想象得到陆媛今后的日子有多难过，可她还是在今天一大早就把这些决定同陆为修说了，并且雷厉风行地付诸了行动。

直到昨晚，她才想明白了她到底有多亏欠许星摇，她才知道她的摇摇受到了多深的来自亲人的伤害，她怎么还能顾虑别人家的孩子呢？怎么还能想着陆媛的未来呢？

天底下没有这样的道理的。

趁着昨晚周老太太伤了许星摇的心，她正好把她们都送走。至于帮忙找地方安顿、每个月都给生活费那是不可能的了，她不跟他们讨要已经算放过他们了！

沈明诗恨得不行，她不知道世界上怎么会有这些毒如蛇蝎的人。

陆老爷子和陆老夫人沉默半晌，终于点了点头。

陆老爷子道：“你做得很好。你这样做，不过是让她们各回各位。”只是他还是有些舍不得陆媛那孩子，再怎么说，她也是他从小看着长大、从小疼到大的。

“老爷子，你别在这儿给我犯糊涂！你想想陆媛亲爸妈做的那些事吧，轮不到你心疼别人家的孩子！”老夫人跟他多少年的夫妻了，他在想什么，她轻易就能看出，她直接就开口骂他了。

陆老爷子苦笑道：“我也没说什么。”

“嘁。”老妇人并不想理他。

陆老爷子摸了摸鼻子，没再出声。

毕竟，她说的都在理，自家的孩子都心疼不过来，哪儿有心思去心疼别人家的孩子？

“我去陪摇摇吃饭。”陆老夫人没再搭理这老头子，转身去餐厅了。

餐厅的桌上可不只是沈明诗说的米线那么简单，还有剥好了的鸡蛋，热好了的牛奶，只是许星摇都不爱吃，她都移到一边去了。

周德梅盯着她后脑勺，突然状似不经意地说道：“哎呀，二小姐起得晚了些，要是早半个小时，说不定还能去送送你外婆。”

许星摇动作一顿：“什么意思？她去哪儿了？”

许星摇原以为外婆还没起，毕竟老太太年纪大了，她又常年不在老太太身边，老太太的作息她也不清楚。

“啊？二小姐不知道吗？老太太一早就被夫人给送走了，是被夫人亲自送上车的。”

许星摇看了周德梅一眼，周德梅莫名有些慌，她赶紧笑道：“我还以为您知道呢。”

许星摇想说什么，又不知道该说什么。

她想念外婆吗？想的，这么久不曾见面，昨晚也只匆匆团聚了一小会儿，她怎么会不想？可是老太太昨晚说的那些话，一字一句又着实戳到了她的心上。

许星摇忍了又忍，还是想问问沈明诗外婆去哪儿了。

她正想问，沈明诗就和老夫人一起过来了。

老夫人慈爱地道：“摇摇肚子饿了吧？好不好吃？不好吃我让他们再做别的。”

许星摇摇摇头，还不待说话，沈明诗就跟她解释了把周老太太送走的事情。

“摇摇，他们不是你真正的亲人，他们对你的坏的原因可想而知，对你的好都是有目的的，我们不要他们，好不好？”沈明诗摸摸她的头发，说，“妈妈把陆媛和周老太太都送去了柳叶老街。摇摇，妈妈知道你心里很看重周老太太，但是她为什么对你好，你昨晚也听到了，我们……”

“我知道了，你别再说了。”许星摇痛苦地打断了沈明诗。

“好好好，妈妈不说了。摇摇，以前是妈妈没有考虑清楚，妈妈做错了太多了，以后妈妈不会了，以后这个家里只有我们一家人，我们都会爱你。”

沈明诗伸手去抱她。

许星摇眨了下眼。

是吗？

会吗？

她那天为了外婆忍无可忍地爆发了，可是事情在一天之后，朝着她最无法接受的方向发展了，她那天的爆发在现在看来是那样的苍白无力。

得知外婆已经走了，她已经不像那天那样生气了。

或许是因为外婆在她心目中的高大形象与无上光辉，在昨晚被其亲手打碎了吧。

她感觉她的病更严重了，只是，好像并没有人察觉到，也并没有人发现，所以她还有机会独自藏在无边的黑暗中静静地舔舐伤口。

沈明诗说，以后他们都会爱她，可是她并不相信。

这个世界上，她本还能希冀一丁点儿来自外婆的温暖，可是就在昨晚，这丁点儿温暖也被无情地收回了。

这十七年，她过得满是荒唐，她何必对今后抱着太多憧憬？

她只感觉浑身寒凉，犹如身处无尽寒冰之中，没有人可以救赎她，没有人可以将她从黑暗与冰冷中拉出来。

云十一中的一部分人在准备校庆的事情，一小部分人在准备数学竞赛的事情。

数学竞赛在周五，周末过后就是校庆，参加完竞赛能有好几天的时间休息，所以参加竞赛的人多少都有些恨不得竞赛快点儿到来。

许星摇做完邢老师发下来的练习题后，忍不住伸了下懒腰，厚厚一沓试题，做一遍，改一遍，还是很累的。

昨晚袁茵回来了，景延一晚上没睡好，他眼眶下的皮肤上出现了一层淡淡的青黑色。

他趴在桌上睡了两节课，直到许星摇整理那一沓考卷时发出了沙沙的响声，他才悠悠转醒。

柯明文见他醒了，正想跟他说点儿什么，就见人家连理都不带理他，直接就去戳前面的小姑娘的背。

许星摇大抵也是习惯了，她头都没回，动作不停，只淡淡道：“说。”

景延说：“没什么，就是无聊。”

许星摇无语，她终于转过身来，一本正经地看着他：“我给你检查一下考卷。”

“什么考卷？”

“邢老师发的考卷。”

景延认真地想了想后，看向桌腿。

许星摇顺着他的目光看过去，桌腿下赫然是几张干干净净、没有写过字的考卷。

许星摇面无表情地道：“我要举报你。”

景延觉得她可爱极了，他从抽屉里掏出了叠得齐整的卷子，说：“骗你的，在这儿。”

许星摇看了一眼，嘀咕道：“也没好到哪儿去。”不也是空白的嘛。

景延眯了眯眼，友好地询问：“你在说什么？”

许星摇说：“没有。”

景延伸出了手揪了揪她的马尾：“嫌弃我？还以为我听不到。”

许星摇“嗞”了一声，她抓起一本书想打他，景延却轻而易举地一把抓住书，吊儿郎当地“求饶”：“等等，别这样。”

柯明文看得目瞪口呆，他们在这儿玩过家家呢？

景延这么倨傲的一个人，柯明文还从未见过他这样幼稚的一面。

许星摇动了动手腕，发现景延力气挺大，她抽不出来，于是她抬眸看他。

景延也慵懒地抬眼看她，戏谑道：“动不了了吧？”

许星摇又挣扎了下，景延不动声色地用力，颇为悠闲地逗着她玩。许星摇不做浪费时间的事，她最终选择放弃：“我不打你了。”

她的言外之意——赶紧给我放开。

景延笑了下：“说得好像你打得过一样。”

许星摇暗暗咬牙，也不知道是谁被人压着打。

景延突然松手，然后递给她一颗大白兔奶糖。他薄唇弯起：“不逗你了。”

许星摇有些匪夷所思，她这还是第一次被人拿糖来哄，她又不是小孩了。

纠结了一下后，她还是没有拿，默默地把头转了回去。

景延还想说什么，一个许星摇没见过的人突然跑进青藤班，一边喘着气，一边喊道：“老大，你看外面——”

许星摇下意识抬头看向门口，那里站着个优雅端庄的女人。她穿着得体的套装裙、黑色高跟鞋，脸上带着温婉的笑。

还不等许星摇猜测这个人跟景延是什么关系，她就见景延往外看了一眼，而后不耐烦地戴上帽子走了出去，他的不耐烦与暴躁尽显于动作之中。

许星摇越发好奇起来。

这时，付以听把头探过来，说：“咦，你这道题怎么还没做出来呀？”

以许星摇的速度，早该做完五遍了。

许星摇低头看题，说：“噢，快了。”

一缕微风轻扫而过，景延双手插兜，看都不看袁茵，只靠着栏杆看楼底下玩闹的人。

袁茵忙道：“我记得你今天有语文课，看到你语文书在家里，我就给你送过来。”

孟沐桐经过青藤班，想偷偷地看看景延，没想到正好看到袁茵和景延站在走廊上，她眼中顿时绽放出喜悦。她快步走过去，乖巧地喊人：“袁阿姨，您怎么来啦？”

景延面无表情地看着她们交际。

“没事我走了。”

袁茵登时顾不上理孟沐桐了，她下意识地拉住他：“延延，等下，书——”

“用得着你费这个劲？装什么慈母？这本——”他随意看了一眼，说，“我开学到现在就没带来过。”

袁茵一愣，她原以为儿子会感动于她竟然记住了他的课程表，会感动于她来给他送书，没想到他张口仍是射出万道箭矢。

可是，她记得她的延延明明是个品学兼优的孩子呀，他怎么可能不带书呢？

袁茵不解极了。

“走了。”景延率先离开。

在他们母子说话的时候，孟沐桐一声不吭，待他们说完，她才去搀住摇摇欲坠的袁茵，问道：“阿姨，您还好吗？别生气，景延他……他就是这样。”

袁茵的眼眶红了一片，她看着景延离开的背影，沉沉地叹了一口气：“我就不打扰你们学习了，下次有空来家里玩。”

“阿姨，您又要出国了吗？”

“是。”

反正，她留下还是不留下好像也没什么差别，留下反而还会惹景延厌烦。

“那我下次去找您玩。”

"好。"袁茵无心做过多的表面功夫，她强笑着拍了拍孟沐桐的手，转身离开。她的背部挺直，脚步又稳又快，已经恢复了过往端庄又从容的模样。

她走后，孟沐桐也走了，景延却从门后出来，目光沉沉地看着袁茵离开的背影。

他不知道，许星摇也在奇怪又不解地看着他。

许星摇原以为生活会慢慢地平静下来，她暗自想着有时间要去找趟许离。她始终记挂着他，放心不下他。

许离没有跟周老太太一起生活过，对他而言，周老太太是陌生人，陆媛也是陌生人。突然要跟两个陌生人生活在一起，实在是太为难他了。

别的人无所谓，但是这个弟弟，许星摇还是认的。

不过她还没来得及去找许离，有人先找上了她。

是陆媛。

她直接来云十一中找许星摇，与其说是找，不如说是堵。

许星摇的去路被挡了个严严实实，她面无表情地看着面前的人。

陆媛已经走投无路了，她哀求道："星摇……你先别生气，你听我说，我有话要跟你说……"

许星摇平静地看着陆媛，眼中毫无波澜，她没应声。

陆媛终于忍不住哭了："我求求你，你劝劝妈妈，让我回陆家吧！我不住三楼，哪怕是住在保姆住的小屋子我也愿意，我不吃好吃的，随便给我一口饭就好了。但是能不能别把我赶出去？我求求你了，我过不下去了，再在那里住，我会死的！"

她现在住的地方叫柳叶老街，又脏又乱，从前的她以为自己一生都不会踏足那里，没想到一夕之间，人生改天换地，她一转眼就变成了那里的人！

那个家所有的面积加起来还比不上她以前的房间大，更别提那个阴郁的许离和那个脏兮兮的老太婆了。那老太婆身上也不知道是什么味儿，离得近了让人直犯恶心，她普通话还不标准，做的饭和猪食一样！

陆媛受不了，真的受不了，再这样下去，她离疯也不远了。她迫切地想逃离那个地方，而能带她离开地狱的，如今只有许星摇。所以她现在只能像块牛皮糖一样死死地攀住许星摇。

爸妈……

想起陆为修和沈明诗，陆媛的眼睛就黯淡了下来。

他们真的不管她了，她被送走那天，他们连面也不露。她努力挣扎，可是管家才不顾她的挣扎。

周老太婆说要带她去把姓给改了的时候，她怎么也不肯，她总觉得改了以后，她就真的跟陆家没有关系了。她和许星摇的区别不就只在血缘吗？难道血缘真的就那么重要，重要到十七年的相处都能成空吗？

许星摇浅淡的眉尖蹙起，她说："我过了十七年的生活，你怎么就过不了？"

陆媛愣了。

"你这种寻死觅活的生活，我过了十七年。只有比现在惨，没有比现在好，而这一切本不该是我受的，本应都是你的。我替你受了十七年的苦，现在不过是将属于你的还给你，让你受你该受的，你就受不了了吗？"许星摇冷声道。她声色俱厉，气势迫人。

陆媛的印象中，许星摇一直是脆弱、寡淡、好说话的，而这一刻，那些印象尽数崩塌。

"陆媛，你抢走我的十七年我还没跟你算账，你就别奢求余下的时光了。"许星摇抬手推开她后，不带犹豫地离开了。

陆媛被震在当场。

半晌后，她突然冲着许星摇喊："可是那与我又有什么关系！我那时候才刚出生！如果可以选择，我宁愿从未拥有！拥有了又失去，你有没有想过对我有多残忍……"

许星摇的脚步顿住，只是她并没有因为对方的话被激起半点儿同情心。

"那跟我就有关系了吗？你刚出生，我也刚出生，难道我就愿意这样？做出这个选择的是你的生母，我和我的父母都是被迫的，我们才是受害者。你要埋怨找我做什么？找她去啊。

"况且，这样就残忍了？让你过了十七年的好日子，又把这种日子收回，这就是残忍了吗？那我呢？我过了十七年地狱一般的日子，又算什么？残忍？呵，象牙塔里的公主怎么能真正地体会到这两个字的意义？你这随口就来的控诉未免太过可笑。"

夕阳往西直坠而下，最后的一缕昏黄的光晕照在许星摇的侧脸上，让她的神情显出几分缥缈。

她不愿再次剖开自己的伤口，将伤口再次展露于人前，所以只是一言带过。只是说这话时，她紧紧地咬着牙，极力忍耐着内心翻涌起来的痛苦，她逼着自己不要去回忆起那些不堪的过往。

有些记忆既然已经被尘封，那就没有必要再度挖出，尤其是为了这些并不值得的人。

她不想再将时间与精力浪费在这个人身上："你以后不必再来找我，找我也没用。我不是圣人，没办法接受你的存在。"

"你承认了吗？你容不下我？就是因为你容不下我，爸妈才会赶走我的，是不是？"陆媛满面泪痕，她仍然执着于这个问题。

她仍不肯相信，真的是爸妈主动地送走了她。

"不是，我什么也没说，我一早起来就发现你被送走了。"许星摇果断地在她心上狠狠地扎上一刀，看着满脸不可置信、摇摇欲坠的陆媛，她冷漠地说道，"所以，你别再来纠缠我，纠缠也没用。"

她扬长而去，身后，陆媛绝望地背靠着墙，泪流不止。

陆媛会来找她，着实是她没想到的。她没想到陆媛可以这样不要脸地给自己安上一个受害者的身份，还试图激起她的负罪感。

不过无所谓了，只要陆媛走了，只要陆媛今后再与她无关，就好。

一场错乱的人生，一次荒唐的错误，就这样彻底终止吧。

她不是圣人，在得知陆媛被送走的时候，不可否认，她是开心的，心里好像有只小鸟在跳舞。毕竟，她每次看到陆媛都会想起，在那些她承受着苦难的黑暗岁月，这个女孩顶替了她的人生，享受着无数人的宠爱。

长此以往，她真的无法开心半分。

她其实一点儿也不大方，更不大度。

校门口，来接她放学的陆老爷子和陆老夫人正在车中等她。

接送许星摇成了陆家的一项抢手的工作。十几二十年来，不论是陆嘉实、陆星旖、陆媛，还是陆嘉辰，都从来没有享受过这样的待遇。

今天两位老人抢赢了儿子、儿媳。

至于他们几个为什么不一起来？因为太过隆重了，许星摇不喜欢那样。

看到孙女出来，老夫人笑眯了眼，她忙打开车门下车，然后伸手去接许星摇的书包。

许星摇还未被这样对待过，她顿时愣在原地。

老夫人趁她愣神，接走了她手中沉重的书包，接着用另一只手慈爱地摸了摸她的头发，问道："校门口有烤番薯、炸串，还有糖葫芦在卖，摇摇想不想吃？奶奶去给你买！"

许星摇刚回过神，闻言再次愣住了。她从来没有被这样询问过。她通常放学后直接回家，面对校门口的诸多诱惑，她没有时间去理会，更没有钱去买。思忖了一下，她还是迟疑着摇了摇头："不了吧……"

"想吃就吃呀，想吃哪个，还是都想吃？要不我都买来，你一种吃一口，看看哪种好吃？"

这是她第一次体会到被宠爱的感觉，第一次知道何为宠爱。

她抿着嘴唇想了想，开口说道："要不，买糖葫芦？"

"好呀。那里有山楂、草莓、圣女果，还有小糖果做馅的糖葫芦，你想要哪个？走，我们去那儿挑挑！"老夫人说走就走，她雷厉风行地拉着许星摇去了。

许星摇紧抿的嘴唇慢慢地松开。

陆老夫人保养得宜、气质出众，挤在一群中学生里买糖葫芦的样子着实有点儿怪异，因此景延路过的时候，一眼就看到了她。

不过她看上去挺乐在其中，她还用一只手护着许星摇，不让别人挤到。

以陆家的财力，把这些全包了都只是小事，但她没那么做，可能她只是享受带着许星摇买的过程。

许星摇还是第一次参加这种"活动"。

从人群中拿着冰糖葫芦钻出来，她看了看左手的草莓糖葫芦，又看了看右手的山楂糖葫芦，觉得自己有点儿傻气。

她本来想着反正也没熟人看到，算了，却不想抬头就直接对上了一双熟悉的凤眼。

许星摇有一瞬间的呆滞。

陆老夫人是何等体贴的一个长辈，她笑眯眯地从孙女手中接过了东西，帮忙维持住她的形象。

不过用处好像不大，许星摇该破碎的形象早就破碎了。

偏偏景延还大大方方地过来打招呼："陆奶奶，好久没去拜访您了。"

陆老夫人笑着摆了摆手，说道："你们呀，好好学习就好，这年头读书太费精力，我都知道。"

"您没怪罪就好，我下次一定去看您。"他的目光状似不经意地从许星摇身上扫过。

许星摇别开眼，悄悄地红了耳朵。

她这么幼稚的样子居然被他撞见！

与景延告别后，老夫人带着孙女回到车上。

陆老爷子还在眼巴巴地等着，见她们回来，他眼前一亮：“摇摇买糖葫芦啦？”陆老爷子没有和孩子交流的经验，纯属强行找话。好在许星摇也没有和长辈交流的经验，老爷子说什么，她就跟着答，也不在乎气氛尴不尴尬。

老夫人从许星摇手里拿过冰糖葫芦，将上面的膜撕开，又递回给她，示意她吃。

许星摇从老夫人手中接过，动作有些僵硬。

她还没有吃过冰糖葫芦，小时候外婆没钱给她买，后来到了周淑兰身边，周淑兰就更加不会给她买了。

但她看过别人吃过，小学时，有个同桌就向她炫耀过。那时候的冰糖葫芦还没有这么多花样，只有山楂馅的，很贵，要八块钱一串，所以即使那时有草莓馅的糖葫芦她也不会买。八块钱，她可以吃好多顿面条了，要知道，那时候一把挂面也就一块钱。

老夫人心思何其通透，她已经从许星摇的动作中猜出了三分，眼眶瞬间就红了。她半拥着孙女，柔声说：“以后想吃什么就买什么，奶奶有钱，奶奶给你零花钱。”她擦了擦眼角的泪，从包中拿出一张卡，说，“这张卡你拿着，随便刷。”

许星摇没收，她把卡推了回去：“您自己用就好，我不需要。”

老夫人更难过了，这孩子还没真正接受他们这些亲人呢。

她打开包，直接将全部现金拿出来，连着卡一起放进了星摇的书包：“摇摇乖，收着，想用就用，好不好？不然奶奶真的很难受。回头奶奶带你去顶级餐厅，去商场，去很多很多地方，带你吃好吃的，玩好玩的。”

她爱怜地看着许星摇，她实在是心疼到了极点。

周淑兰怎么敢如此苛待她的孙女，她好恨，好恨！不把周淑兰扒下一层皮，她根本不解气！

陆家的效率很高，陆媛原本的房间里的装修已经全部拆了，新的装修全部让许星摇自己拿主意。

而许星摇自己想要的房间简单到不能再简单。房间以白色为主色调，辅以灰色，家具不多，这个房间的内部空间又大，一眼看过去显得空荡荡的，和原先那个房间毫无相似之处。

沈明诗和老夫人看着这个简单的房间，心疼地皱起了眉。

不过许星摇倒是很喜欢，她还准备去趟书店买些从前想买却又买不了、也没地方放的书。

沈明诗问她还有没有什么想要的东西时，许星摇虽然有一肚子想要的书籍，但是又一一咽下，她只摇了摇头。

她还是自己去买吧。只是现在她没有太多的时间去想这些，因为数学竞赛就快开始了。她几乎把所有的时间都用在了做题上，她不是待在学校做题，就是待在自己的房间里做题。

她的勤奋影响到了陆星旖，这个本来不是很上心的小姑娘都被带得紧张了些，开始刷题。

陆老爷子从许星摇忙碌的做题生活中艰难地找了个时间，带许星摇去改了名字和户口。

从此，这世上再无许星摇，只有陆星摇。

从此，再无凄凄惨惨的许星摇，只有受尽万千宠爱的陆家千金陆星摇，属于许星摇的过去真的过去了。

在本能的渴望与求生欲望的驱使下，她一直在挣扎着从黑暗中离开，陆星摇心想，一定会过去的。

全国数学竞赛如期而至。

陆家的姐妹俩都是参赛者，那一日，陆家其他人看上去比她们还要紧张，一大早所有人都聚集在客厅，就连陆嘉实也回来了，准备一起送她们去考场。

陆星摇起床前并不知道这件事，下楼后看到整整齐地坐在沙发上的一群人，她茫然道："你们今天怎么起得这么早？"

陆老爷子严肃道："不早，已经七点半了。"

陆星摇疑惑，不早吗？今天可是周末哎！

她倒是不奇怪两位老人和爸妈起得这么早，但是周末，她通常要在早上十点以后才能看到陆嘉辰。

陆星旖站在她后面，习惯性地圈住她脖子，懒懒地说道："他们要送我们去考试啦，说不定他们比我们还紧张。习惯就好。"

陆星摇想拒绝。她去比赛不用人送，从小到大都不用，自己去就可以。人多了，她反而有一种受之有愧的感觉。

不过对上一双双紧张、激动的眼睛，她突然就说不出口了。

陆星旖拉着她去吃早餐："好啦，赶紧吃饭了。"

她已经习惯了陆星摇的存在了，也打心底里接受了换了一个妹妹的事实。

刚开始她很不适应，毕竟陆星摇和陆媛……啊，不对，陆星摇和许媛完全是两种性格，对她生活的影响也截然不同。但是她本就喜欢陆星摇，在最初的陌生感退去后，取而代之的是更加浓烈的喜欢。

再加上她们本就是双生姐妹，有一些天生的默契和心灵感应，甚至有一些说不清道不明的互相吸引，因此姐妹俩熟悉起来很快。

陆星摇在这个家里，最能接受的也是陆星旖。

陆星摇本以为惊讶就止于此，但是看到餐桌上摆着的一根油条、两个鸡蛋，还有一个三明治，上面用番茄酱写着“满分”时，她还是惊呆了。

食物一共有两份，她一份，陆星旖一份。

陆星旖却好像已经习以为常，半点儿不见惊讶：“快吃吧，摇摇，拿个冠军回来！”

陆星摇哭笑不得。

吃完饭后，陆家人浩浩荡荡地跟在她们身后，陪她们一起前往考场。在车上看着窗外放空大脑的时候，陆星摇的嘴角轻轻地提起了一个细小的弧度。

虽然很幼稚，但是好像也不错。

这是她这十七年的人生中从未有过的体验，也是她从未得到过的重视与疼爱。

陆家明明是豪门大族，却也会有这样温馨的举动。他们对孩子的爱不是高高在上的，而是与常人无异的温暖。

喜欢吗？

她无法对着自己撒谎。

她很喜欢。

考场设在一个学校里，陆星摇等人到的时候，学校外已是人山人海。

陆星摇朝陆星旖抬了抬下巴，陆星旖会意，朝家人挥挥手道：“不用送啦，我们进去了。”

两个长相极其相似的女孩并肩走进了学校，沈明诗的眼眶有些湿润，能看到这个场景真好。

在陆星摇十分抵触他们的时候，她曾经一度觉得这样的场景与他们家无缘了。没想到，有生之年，她还可以见到。

瞧瞧，她的女儿多优秀呀。

旖旖从小便是人群中的焦点，沂市的世家圈里从来就没少过关于她的议论；摇摇虽然不在他们身边长大，但是在那样的环境中，即使教育资源极度缺乏，她也并没有泯然众人，反而出淤泥而不染，出落得这样优秀。

姐妹俩同行的这个画面，沈明诗觉得她会记一辈子。

沈明诗哭着哭着又笑了，她掏出手机拍了一张照，还将其设置成了壁纸。

老夫人探过头来说道："发我一张。"

陆老爷子接着说道："发到家庭群里吧。"

陆嘉实笑了笑，他打开手机等着接收妈妈的图片。就在这时，他的微信上来了一条新的消息。发消息的人的头像很熟悉，备注他也还没改——媛媛。

陆嘉实眉眼一凛，迟疑了一下后，他还是点开了与许媛的对话框。只是点开后，他做的第一件事是改备注，把"媛媛"改成"许媛"。

虽然他的手机一般不会给别人看，但是万一呢？万一被摇摇看到了该怎么办？

他不是女孩，不太懂女孩的心思，但是经过这些日子的相处，他已经或多或少地认识到了陆星摇的性格。如果看到许媛给他发消息，她大抵会不高兴的吧？

待改完备注，他才去看消息内容。

许媛："哥哥，我好想你，我们什么时候见一面好吗？这里真的很不好，我一点儿都不喜欢这个家！"后面还跟了个"大哭"的表情图。

陆嘉实摩挲了下指腹，最终还是没有回复。

考场内，云十一中有个集合点，诺德一中也有，姐妹俩不得不分开。

陆星旖冲她挤挤眼睛："你好好考，姐姐晚上带你去玩。"

"知道了，陆星旖。"

陆星旖撇嘴："我是姐姐。"

"嗯，陆星旖。"

这个不敬姐姐的坏妹妹！

说起来，陆星摇还没叫过她姐姐呢，陆星旖暗自咬了咬牙。

云十一中的集合点已经聚集了不少人，岑晨和宋言北在说话，见到陆星摇，岑晨立马跑过来："许星摇！"

陆星摇纠正道："我改姓了，现在姓陆。"

岑晨疑惑地歪了下头："那……陆星摇？好奇怪。"

一个熟悉的人突然改了个姓，觉得奇怪也是自然。陆星摇笑了下，没说什么。

即使距离开考只有四十分钟，宋言北还在翻着练习册。翻到一道题时，他仔细看了看，突然皱起了眉，大步向岑晨走来："岑晨，你看看这题——"

岑晨停下与陆星摇的对话，去看他指出来的题目，看着看着，她突然也皱起了眉："这题我不会……我好像看到过，但是……"

她为难极了，几番纠结后，她终于确定她是真的不会。岑晨有些懊恼，她看了看老师那边，发现老师已经被包围了，焦急之下，她求助陆星摇："星摇，这题你看看，你会不会？"

陆星摇接过练习册看了几眼，而后洋洋洒洒地开始讲起解题过程。

讲完后，她把练习册还给宋言北。

宋言北看向她的目光变了，他原以为这是个侥幸被青藤班选中的人，现在他发现自己好像低估了陆星摇。不过他向来敢做敢当，敢想也敢认，他当即笑道："多谢，我真没想到这种解题思路。"

陆星摇摇摇头："客气了。"

宋言北看着她瓷白的小脸，突然不自觉地捏紧了手中的练习册。

陆星摇正在低头看准考证，她的行为从容镇定，从面上看不出一丝慌乱。

这份心态实属难得。

宋言北的目光在她身上停了又停。

景延就是在这时候姗姗来迟的。他瞥了一眼宋言北，然后走向陆星摇。

"你在哪儿考？"

"你怎么来得这么晚，也不怕进不去考场。"陆星摇低声吐槽。

"大不了不考，反正本来就是为了不扫厕所才来的。"每次看到柯明文扫厕所时戴着口罩、戴着帽子、戴着围巾，恨不得把整个人都包起来的傻样儿，他都庆幸自己的选择是多么正确。

陆星摇撇嘴，又来，明明有实力，却偏偏要扮猪吃老虎。

"景延，你敢不敢拿个奖回来？"她突然扔下一句话，然后转身去找考场了。

景延挑眉，敢不敢拿个奖回来？好家伙，说得这奖多好拿似的。

他快步追上她："哎，好端端的，你生什么气啊？"

宋言北将目光移到景延的背影上，片刻后又收了回来。他也带着东西去找考场了。

陆星摇瞥了景延一眼，道：“我没生气。我只是在想，如果有能力拿奖，有能力被保送，那为什么不要呢？就算不屑于被保送，给自己留条退路不好吗？拿了奖，总归能给你一份底气，不是吗？面对伸手可得的光明前程，为什么要缩回手？”

景延微怔，旋即他低笑一声，说：“你就这么笃定我能拿奖？”

陆星摇没再说话。

他的实力，她了解一二，并不在她之下。既然如此，拿奖回来怎么会是不可能？

她知道他的数学好，但是并不知道他的其他学科的成绩怎么样。如果他的其他学科成绩不好，那靠这个竞赛保送清北，无疑是最佳选择。如果他其他学科的成绩好，把这个保送名额拿下，也算是一个保障。

她不明白他为什么这样不重视。

这大抵就是有钱人家和没钱人家养出来的孩子的思想差距，他们并不看重高考这一条路，可能是因为他们还有更多的、更好的选择？

陆星摇不明白。

景延拍拍她的头：“你先顾好自己，既然有想要的，那就拿下。”

陆星摇被拍烦了，她没有说话，只是轻飘飘地瞥了他一眼，就再次看向前方。

这一条路走好了，前途无忧，但是走不好，对她的前程好像也没什么影响……她的前程向来是被自己紧紧地掌握住的，而且，她有很多条路可以走，她从来不会把自己逼死在一条路上。

巧的是，景延就在陆星摇的隔壁考场。

景延扬唇，说：“你看咱们多有缘分。”

陆星摇动了动嘴角，她径直往里走：“没有。”

见陆星摇头也没回地进去了，景延随意拦住一个同考场的人，说：“同学，借支笔。”

被拦住的人震惊道：“你没带笔？”

他的表情很不可思议，毕竟参加这种考试的人，怎么会不带笔？

景延胡乱点了点头，他原本没打算考的。

那人掏出一支笔递给他，叮嘱道：“待会儿记得还我。”

景延说：“放心。”

他看了看他的准考证，上面的照片还是两年前拍的，陌生得很，又熟悉得很。

考试一晃眼就结束了。

一场被无数人重视着的考试，其实真考起来也不过是场普通的考试，所有累赘的紧张氛围都不过是人们的自我恐吓。

景延出了考场，把笔还回去就走了，他的神色悠闲轻松，就像是去散了个步回来了。在其他或欢喜或哀号的考生中间，他显得如此突兀。

陆星摇所在的考场的老师晚了一些才收好考卷，陆星摇出来的时候，已经看不到景延的身影了。

啧，跑得那么快做什么。

陆星摇揉了揉手腕，刚才她洋洋洒洒地写了满满一份卷子，以至于现在手腕有些酸疼。

该回家了。

陆星摇没指望能在人山人海中找到陆星旖，她只是独自往校门走，去找陆老爷子等人。直觉告诉她，他们一定没走，他们一定还在门口等着她们。

这种被宠爱的感觉，这种回到家就放松了的感觉，陆星摇从前还真没感受过。

这是第一次，她在参加完考试以后竟然会想着回家。

出校门后，她一眼就看到了挥着小红旗的陆老爷子，他身后是陆老夫人。老头儿板着脸挥着小红旗，形象有点儿不忍直视，一眼就能知道他肯定是被陆老夫人胁迫的。

陆星摇好笑极了，她嘴角忍不住扬起一个浅浅的弧度。

她朝着他们走过去，果然，还没走到他们面前，她就听到了老夫人的声音：“哎呀，你挥得再高一点儿，再用力一点儿，你挥得这么矮，又有气无力的，谁能看得到你啊？”

老夫人的声音里充满嫌弃，自己却不作为，只是指挥着陆老爷子。偏偏这个在外雷厉风行，以雷霆手段著称的陆氏董事长却心甘情愿被指挥，而且真的挥得用力了些。

陆星摇很喜欢两位老人之间的相处，她主动喊道：“爷爷，奶奶。”

陆老爷子和陆老夫人几乎是立刻异口同声地应道：“哎！”

陆为修和沈明诗眼巴巴地看着，就连陆嘉辰也收起了手机看向陆星摇。不过陆星摇此时没有时间注意他们，她还在接受两位老人的询问。

“考得怎么样啊，摇宝？”“摇宝”是老夫人给陆星摇起的小名。

“还好。”陆星摇对于考试并没有太大的感觉，因为这一次的考试比较重要，所以她才多了些紧张感，但是考完走出考场的那一刻，这场考试在她心里就画上了句号，她不会再去回忆题目和答案，整个人已经从那种紧张的氛围中脱离。

陆星旖也出来了，和陆星摇不同，她热情地直接扑在老夫人身上：“奶奶！我考完啦！”

沈明诗笑着把她扒下来：“别把奶奶撞坏喽。”

陆老夫人“哎哟”了一声，笑得眼睛都看不到了：“好好好，我的两个孙女哟，棒极了。”

陆老爷子往旁边移动了下，想增添点儿存在感。陆星摇看到了，忍俊不禁地走过去牵住他的手，说道：“爷爷，我们回去吧。”

陆老爷子浑身都僵硬了，一股喜悦从心底蹿起，他哪里还顾得上她说的是什么，此刻就算陆星摇说要天上的星星，他会想法子给她弄来：“好好好。”

老夫人瞪他：“不是说要去外面庆祝吗？”

陆老爷子犟嘴：“家里不也一样？想吃什么，让人送到家里就是，还自在些。”

陆星摇踢了下脚边的小石子，轻轻地点着头，她不喜欢去外面。

想起什么，陆老爷子从车里拿出一个锦盒，里面是一块玉佩。陆星摇认得这个，她小时候戴过，只是后来她到了许志国和周淑兰身边，玉佩就被收走了。

陆老爷子将玉佩拿了出来：“摇摇，这是你出生前爷爷就准备好给你的礼物，那时候同你一起丢失了，现在，该让它物归原主了。”

老夫人凑过来说：“你要是觉得丑就不戴。”

陆老爷子瞪她：“不行，要戴到十八岁。”

老夫人振振有词：“现在的年轻人哪儿喜欢这个？”

陆老爷子皱起浓眉看着玉佩，过了半晌，他嘀咕道：“也没有很丑啊，这不是挺好？”

陆星摇伸手接过：“好，我戴上。”

她把红绳打开，摸索着系上。

老夫人上前帮忙：“奶奶给你系。”

她一直都知道这孩子很独立，可是陆星摇是他们陆家的宝贝，哪至于如此独立到让人心疼。

陆星摇松开手，任她系上。

距离她的十八岁生日已经不远了，这个也算是陆老爷子的心意，戴着就戴着吧，她又没有什么损失。

陆星旖因为要考试，所以摘下了玉佩，现在她也忙从沈明诗的包里将玉佩拿出来，献宝一样地给陆星摇看："你看，我们的是一样的哦。"

陆星旖喜欢凑在陆星摇身边，这不，她又黏了上来。

陆星摇一脸冷漠地推开她："回家了。"

回家的路上，路过一家奶茶店，陆星旖嚷嚷着想喝，沈明诗立马看向小女儿："摇摇想喝吗？"

陆星摇捏了捏掌心，摇头。她眉眼间很宁静，似乎任何事情都不能在她心里掀起半点儿波澜。

陆老爷子叹了一口气，陆家对她的亏多，难以计数。他吩咐司机："在路边停下。"

平时家里人很反对陆星旖喝这种不健康的食品，尤其是两位老人，没想到今天却被允许了，她有些惊讶，旋即咧嘴笑开了。

一家人都在车里，陆星摇不习惯，她也不知道该与他们说什么。她拿起手机，试图转移注意力。

她打开社交软件看看有没有需要回复的消息，这时，陆嘉实把手机伸了过来看："摇宝，加个微信吧？"

陆星摇迟疑地点了下头，她打开微信，研究怎么加好友。

陆嘉实看着她并不娴熟的操作，又是一阵心疼。

她的十七年过得有多苦，只有她自己知道，他们这些人再怎么想象都无法想象到一分。

在这一刻，他突然有种想法，要是摇宝以后能一辈子留在家中，他一定好好宠她、疼她、爱她。陆嘉实为自己刚开始的那些想法感到可耻，一开始，他竟然满心都在考虑许媛，从未对陆星摇产生过半点儿关心和关怀，更未站在她的角度想过问题。

那时候的陆星摇对他这个哥哥该有多么失望？

他伸手在她手机屏幕上点了几下："你看，这里有个二维码，我就可以扫你，或者点这里的扫一扫，你就可以扫我。"

陆星摇索性把手机递给他：“你搞吧。”然后她就看向了窗外。

陆嘉实有些无措，他把她惹生气了吗？

他迟疑着找补：“那什么，其实，这个不重要……”

他有些懊恼，他就不该多说话，让摇宝慢慢地摸索不好吗，多什么嘴？可别打击到摇宝的自尊心了，那好不容易缓和一点儿的关系不就又降到冰点了吗？

陆星摇疑惑地转过头看他：“怎么了？”

“也没什么。”陆嘉实不敢多说，快速地加完好友后，他把手机还给她，目光却又忍不住往她手机上移，想看看她给自己备注什么。

陆星摇随手打了个“陆嘉实”后，打开了QQ看消息。

景延那家伙给她发了不少消息。

陆星摇：“在啊。”

景延：“他们在商量到时候要不要去唱歌，你去吗？”

陆星摇：“什么时候？”

景延：“他们准备校庆那天点完名就翻墙出去。”

陆星摇沉默了下，才继续戳着屏幕给他发消息：“不去，我要看校庆。”

她这辈子还没翻过墙逃课，虽然他们这样也不算逃课……

景延看着手机，慢慢地皱起眉，他没想到会得到这样的回复。看着看着，他又忽然笑了，不愧是许星……陆星摇。

校庆……他还真没看过，行吧。

陆星摇等了好一会儿才等到景延的回复：“那我也看。”她下意识地扬起了嘴角。

不知道为什么，她好像从他的回复中看到了他的不甘心。

一旁的陆嘉实看到她的笑容，终于松了一口气，想哄得这个妹妹笑，可真不容易，尤其还是这样轻松的笑。

他看着手中刚加上的好友，想看看她的朋友圈，却发现什么都没有。

他迟疑着问：“摇宝，你有没有发过朋友圈？”

陆星摇一边玩着手机，一边摇了摇头。

陆嘉实感觉嘴里有些苦，胸口堵得慌。过了许久，他沉沉地舒了口气，咽下了所有想说的话，沉默下来。

他们的生活五彩斑斓，但是她的生活单调又空白。

陆星旖跟只小蝴蝶似的下车去买奶茶，见陆星摇没有一起的意思，陆嘉实想了想，下车跟了上去。

点餐的时候，陆嘉实每个品种都点了一杯。

他点得太多，让陆星旖一愣："哥哥，你干吗呢？爸爸、妈妈、爷爷、奶奶都不喝的，你点四杯就好了呀。"陆嘉实摇摇头："我有用。"说完，他又捏着她耳朵叮嘱，"待会儿吃完饭才能喝，知道没有？"

陆星旖老是饭前喝奶茶，等到吃饭的时候就嚷嚷着吃不下。

陆星旖"哎哟哎哟"地叫唤道："知道啦！"

回到陆家，周德梅迎了上来，笑着跟陆为修说："先生，饭都好了，现在上吗？"

"嗯，上吧，摇摇和旖旖也该饿了。"

"好的，厨房里做了好多旖旖和摇摇喜欢吃的呢。"周德梅伸手去接他手中的外套。

陆为修随手递给她："你多记着点儿摇摇喜欢吃的，平时可以多做一些，她食欲不好，得养养。"

摇摇太瘦，平时吃得也少，很多东西都不吃，他和明诗一直在想该怎么办比较好。如果她同意，他们还想带她去做一次体检，对身体做一次更详细的检查。

不知道为什么，他隐隐有些不好的预感。

周德梅点头，她也是一脸愁容："是啊，这孩子怎么这么瘦呢？我会想办法看看能不能让她多吃一点儿，营养师也有注意营养搭配的，先生放心吧。"

沈明诗等人也进来了，看见陆星摇，周德梅眸光闪了闪。

见陆嘉实手中拎了很多东西，周德梅反应过来，赶紧接过，说道："大少爷，我来拿，怎么买了这么多呢？"

陆嘉实没回答，只道："先把奶茶拿去冰箱放着，待会儿吃完饭再拿出来。周姨你帮我盯着点儿陆星旖，别让她饭前偷喝。"

周德梅笑了，宠溺道："好，我盯着她。"

陆星旖嗷嗷叫："周姨你偏心！不许听！"

周德梅笑道："哎哟，要是你偷喝成功，就又吃不下饭喽！可不能让你得逞。"

陆星旖哼哼着撒娇，陆星摇从他们身边经过时，看了周德梅一眼。

周德梅心一紧，她赶紧笑着说："摇摇，周姨也不知道你喜欢吃什么，所以做了很多不同的，待会儿你挑着合口味的吃，多吃点儿。”

陆星摇看着她，缓缓地“嗯”了一声。

陆星旖搂着她肩膀往里走，周德梅则走向厨房。

陆星摇漫不经心地问道：“这个周姨跟你们很亲？”

陆星旖随口回答：“对呀，从我有记忆开始，她就在照顾我们。她来陆家二十年了，跟我们的亲人也差不多了。”

陆星摇颔首，那是挺久的。

还挺巧，她跟周淑兰还是本家。

“周姨人很好，你跟她相处久了也会喜欢她的，相信我。”陆星旖笃定地说道，“她自己没有结婚生子，对我们就像对自己的孩子一样。”

陆星摇不以为然，她情感上有障碍，很难喜欢一个人。

正如周姨所说，一桌子菜道道都很精致，看上去很有食欲。但这只是对于常人而言，陆星摇一点儿都不正常。

她简单地吃了半碗饭，便放下了筷子。

沈明诗忧心忡忡地劝她，陆星摇摇摇头，表示吃不下了。她并不喜欢被劝，索性说自己还有很多作业，便匆匆走了。

殊不知，在她走后，餐桌上便陷入了一瞬间的寂静。

这些日子以来，她吃得一直很少，刚来时还吐过两次。他们要带她去医院，或者让家庭医生来，她却总是异常强硬地拒绝。

虽然说最近没有了这种现象，但是他们怎么可能放心得下？可是陆星摇又很排斥去医院做检查，他们根本拗不过她，总不能把她绑着去抽血吧？那她怕是回都不肯回来了。

陆老爷子面色逐渐严肃：“她刚刚都吃了什么？”

沈明诗一直关注着呢：“一块糖醋排骨、一小块鱼肉、三筷子土豆丝、两筷子花菜、一小勺蛋羹、半碗饭。”

还是她把有些菜夹进了陆星摇的碗里，见她目光殷切，陆星摇才勉强吃了一点儿。

陆老爷子皱紧了眉，直接下令：“无论如何，带她去做一次详细的身体检查，越快越好。”他想了片刻，又补充了一句，“对了，还有……心理检查。”

陆为修骇然道：“爸，你是说……”

众人亦是大惊失色。

陆星摇不就是冷漠了些吗？这样的人多了去了，怎么就扯上心理问题了？

沈明诗难以接受这个事实："爸，你是不是多虑了？摇摇她……她很好，她明明是个那么聪明的孩子。"

陆老爷子痛苦地闭了闭眼："心理问题有很多种，跟聪不聪明有什么关系？我也没说她一定会有什么心理问题，这不是让你们带她检查一下吗？多检查检查，总是没错的。"

虽然是这么说，但是准备带她去做心理检查，无非就是怀疑她在那方面有问题。

沈明诗眼眶红了一圈，她紧紧地捂住嘴，强忍着没有哭出声。

她的摇摇……都怪她，是她这个当妈的没有保护好她，才让她吃尽苦头。上天为何这么残忍？让她们母女分离十七年。既然让她找到了女儿，为何又不肯还给她一个完好的女儿呢？

沈明诗无法接受这个事实。

在场的人心情都很沉重，他们心上仿佛拴了大石，不停地往下坠。

陆星摇在客厅拿着本书随手翻着。半晌，她抬头看了眼时间，奇怪，他们今天这顿饭吃得好像格外久。

又过了一会儿，众人终于从餐厅中走出来，只是，沈明诗的眼眶是红的。

陆星摇的嘴角动了动，她想说些什么，却没能说出口。

沈明诗强行对陆星摇扯出一抹笑容，而后迅速扭过头，声音沙哑地让周德梅去洗水果。

陆嘉辰往陆星摇身边凑着："二姐，你在看什么书？你看电视不？给你看，我不抢。"

陆星摇根本就没想跟他抢："我不看。"

陆嘉辰还以为她是怕找不到想看的："你想看什么都行，电视上没有的我去给你搞来！你尽管说你想看什么。"

陆星摇摆手："不用，我什么都不想看。"

陆嘉辰惊讶了，不爱看影片的人原来是真实存在的吗？他恨不得看一整天的动漫！

陆嘉实将放在冰箱里的奶茶拿过来，一一摆在桌上："摇宝，来看看喜欢喝什么，哥哥买了很多种，应该会有你喜欢的。"

陆星旖终于明白大哥买那么多奶茶的原因了，合着是为了让摇摇选啊！

早说嘛！她去旁边的甜品店打包一篮子回来！

她兴冲冲地给陆星摇介绍：“这款，这款，还有这两款我都很喜欢！我觉得超棒的！”

看着孩子们其乐融融的样子，沈明诗的眼泪夺眶而出，她捂着嘴巴，转身走开了。

周德梅将这一切纳入眼底，她不明白沈明诗在哭什么，这有什么好哭的？周德梅的眼底闪过了一分鄙夷：这个女人总是格外矫情做作。

陆星摇有些动容，这还是第一次有人这样对她，包揽了所有东西，只为了让她挑选一样喜欢的。

这是极其奢侈的做法，但正是这种做法让她第一次切切实实地有了一种自己家真的是有钱人家的感觉。

她是第一次肆无忌惮地被宠爱，她有些受宠若惊。

陆嘉实笑着揉她的头：“不好选吗？那就一种尝一点儿，挑个喜欢的。要是都不喜欢，我再点另外一家。”

这可真是摆明了要没有底线地纵容她了。陆嘉辰的眼珠子都快掉下来了，他哥怕不是被什么东西附体了吧！他哥从来没做过这种事，从来没有！不管是对他，还是对陆星旖、许媛，他哥从来都是严加管教，行长兄之责。他也从来没想过陆嘉实会做这种事情，就算世界上所有人都做了，陆嘉实也不可能做啊。

陆星摇却只觉得受之有愧，她当然不可能让他再点一大堆，于是她伸手拿了一杯粉红色的果茶。

陆嘉实拿出吸管，给她插好，他温柔又耐心地教她：“这上面有一层奶盖，可以打开盖子直接喝，也可以用吸管喝，都可以，底下那些红红的是草莓。”

陆老爷子深感欣慰，这孩子不愧是长兄。

陆星摇其实对这个并没有什么兴趣，她打开喝了一口，便又兴致索然地搁在了桌上。

陆嘉实心一沉，她不喜欢这个。他突然想问，她真的有喜欢的东西吗？

她淡漠得像是云烟，随时会飘走的云烟。

陆嘉实很想抓住她，却发现他怎么也抓不住。他突然有点儿害怕，万一她真的飘走了呢？

女孩子还喜欢什么？

陆嘉实绞尽脑汁地思考，他感觉这是他从小到大遇到过的最难的题目。

这时，他拿在手里的手机一响，有人给他发来了消息。

屏幕亮了起来，消息显示在上面。

许媛：“哥哥，我好饿呀，那个奶奶说，家里没有钱了，晚上不让我吃饭。”

许媛：“哥哥，我想回家，求求你了，你救救媛媛吧！”

许媛：“我当了你十七年的妹妹，叫了你十七年的哥哥，在我心里，你早就是我亲哥哥了！”

陆星摇下意识地看了过去，一眼就看到了“许媛”这个名字。她有些尴尬地移开眼，没有再看。

陆嘉实却因为被她看到这些消息而脸色微沉，他不知道许媛为什么还要找他。快速地扫了一眼许媛发的消息后，他几乎是迫切地解释道：“我一直没再见她了。”

陆嘉辰还在傻乎乎地问：“谁呀？没再见谁了？”

陆嘉实瞪了他一眼，没好气地说道：“许媛。”

陆嘉实没反应过来这个崭新的名字，他脱口而出：“许媛是谁？我认识？啊，哦……哦。”他知道自己犯错了，顿时蔫了，没再吭声。

陆老爷子的脸色也沉下去了：“她找你做什么？”

陆嘉实不敢隐瞒，他把手机递了过去，让陆老爷子看聊天记录。

陆星摇没再注意他们的动静，她的心思放在了陆嘉实的备注上，他对对方的备注竟然是“许媛”？不是“陆星媛”，不是“陆媛”，不是“媛媛”，不是“妹妹”，而是“许媛”？

这的确出乎了她的意料，她原以为，他们对她虽然好，但是对许媛的感情仍是未变的，不想在她未曾察觉的时候，他们竟然变了？

人们喜欢的、最会放在心上的往往都是偏爱，独一无二的偏爱才有价值。

至少，在陆星摇眼里是这样的，比起博爱，她更想要、更会放在眼里的是偏爱。

陆嘉实的这个备注毫无疑问触动了她的心。

如果陆家没有提出让许媛离开，让许媛搬出三楼，她想，她不会留在这里。

她从来不稀罕博爱，哪怕只是关于两个人的“博爱”。

她端起刚才放下的草莓奶盖，掀开盖子又喝了一口。奶茶冰凉，入喉有些微的甜意。

陆星摇一只手拿着奶茶，一只手搁在沙发边上，神态悠闲。

其他人的目光总会时不时地停留在她身上。

云十一中的六十周年校庆很隆重，学校领导和老师都在忙，对学生的管理突然松了不少。

柯明文本来跟景延说好了出去玩，没想到，在他兴冲冲跑去叫景延的时候，景延轻飘飘地看了他一眼，直接来了一句："不去，我要看校庆。"

柯明文一脸茫然地问："啊？看什么？"

"看校庆。"

"什么校庆？"

"看校庆。"

"什么……"

"闭嘴。"

"我耳朵出问题了？"

景延睨他一眼，说："我不介意帮你验证一下你的听力。"

"不，我介意，我介意。"柯明文猛地往后一退，一溜烟跑了，远远地还能听到他的声音，"延哥被鬼上身了吧！居然要去看校庆，这是他会看的东西？"

景延冷哼一声后，去找陆星摇。

今天云十一中没有要求穿校服，各个学生都打扮得花枝招展，他一时间还真找不到陆星摇。

陆星摇在不远处看着他四下搜寻。她觉得有些好笑，便走过去拍了拍他的肩膀。

即使是被允许不穿校服，她也依旧是简单的白衣、黑裤和运动鞋。

单调吗？但她一直是这样的风格。景延的眼神落在她身上，他穿着黑衣黑裤，和她有些相似。

"你找谁？我吗？"陆星摇指着自己问道。

景延"嗯"了一声："不是要看校庆吗？他们在准备，要不要去？"

"去。"陆星摇跟着他走，"在哪里？"

"大礼堂。十分钟后开始，一直进行到晚上八点。"

"哦。"陆星摇算了算，发现时间还挺长，现在才下午一点。

付以听和柯明文已经签完到跑了，临走前他们还义气地交代陆星摇："我们就在游乐场，你要是觉得无聊就过来！"付以听还大方地往她手里拍了两张门票。

陆星摇一开始觉得她用不到这张票，但是半个小时后，看着台上无趣又冗长的表演，她坐在座位上忍不住打了个哈欠。

一个小时后，她开始烦躁。

又过了半个小时，她终于受不了地掏出手机。

陆星摇：“你们在哪儿？还在游乐场？”

付以听秒回：“是的是的，你来吗？今天是工作日，人少！”

陆星摇抬眸看向景延，她人生中第一次有了一种离经叛道的想法。

那种想法出现后，便一发不可收拾。

景延木着脸看着台上又蹦又跳的人，接收到她的目光，他问道：“干吗？”

“那个……我们……”

“说。”

这对她而言是极难以启齿的话，以至于连开口都需要莫大的勇气。半晌后，她把心一横，终于开口道：“那个，你、你去游乐场吗？”

景延似乎是听到了什么不可思议的话，他惊讶地转过头来看她。陆星摇的勇气被他的目光给看没了，她有些气短地顿住。

景延似笑非笑地盯着她看了片刻，眼神里出现了“早听我的不就得了”的意思。

陆星摇扭过头去，不看他。

第九章
发病

十分钟后，两人出现在云十一中年久失修的一处矮围墙上。这么破旧的地方，也不知道景延是怎么发现的。

体内有一种叛逆因子在叫嚣，陆星摇感觉到一种从未有过的刺激感。

景延用手在墙上撑了一下，动作迅疾到陆星摇都没看清，他就已经坐在墙头了。他冲她扬了扬下巴：“赶紧上来。”

陆星摇迟疑了下，测量完高度，她才准备上去。

毕竟她从没干过，还是仔细点儿为好。

景延气定神闲地看着，在陆星摇上来的下一秒，他就往另一边跳了下去。“好了，下来吧。”

另一边要比这边高出不少，陆星摇犹豫了一下，说道：“我跳不下去了……”

景延张开手：“下来，我抱着你。”

少年的身影并不多厚实，陆星摇咬紧了唇，下唇快被她咬出血来。

她太紧张了。她不该这么紧张的，参加全国竞赛她都没这么紧张过。

景延说：“我在，能接住你。”

他还有心思调侃她：“快点儿，陆星摇，你想翻车吗？”

陆星摇眼睛一闭，抛掉所有的顾虑，狠心地往下一跳。

想象中的疼痛没有到来，她真的被抱住了。

一股清冽的味道直直地闯入她的鼻尖，好像是薄荷的味道，又好像不是，没有薄荷的冲劲儿。

陆星摇蹲下，她捂着心脏直喘气。

景延嫌弃道：“你太弱了，这才哪儿到哪儿，就把你吓成这样。”说完，他又忍不住笑，“哎，陆星摇，你是不是从来没干过这种事儿？”

陆星摇“嗯”了一声。

“开心吧？爽快吧？”

“嗯。”她耳根微红。

心跳得越快，说明她的情绪起伏越大，她已经很久很久没有这种感觉了。

这样鲜活的自己，她很喜欢，她从未想过自己竟然可以这样。

他们打车去了游乐场。

司机师傅很热情，见他们上车，便打趣道：“小情侣去哪儿玩啊？”

陆星摇澄清道：“不是，我们是同学，去游乐场，新开的那个……诚……”她一时忘了名字，便低头找付以听给的票。

“哦，我知道我知道，诚悦嘛，对吧？”司机乐呵呵地点头，启动车辆。

景延瞥了她一眼后，懒洋洋地拿出手机看消息。

陆星摇则开始思考待会儿玩什么，她还没去过游乐场。

许离八岁生日的时候，周淑兰下血本带他去了一次游乐场，只是她肯定是没法一起去的。周淑兰说，多一个人就多一张门票，门票贵得很，把她卖了都不够。于是那一天，她一个人被留在家里，他们一家三口去了。

她至今仍记得那一天，她一个人在家里煮面，把手给烫伤了，烫得很严重。她被吓坏了，去找隔壁的邻居，邻居带她去小诊所处理了一下，花了五十块钱。等周淑兰回来，邻居找周淑兰要这钱的时候，周淑兰转头就把她狠狠地骂了一顿，骂她是该死的赔钱货，不带她去游乐场就想法子作妖，他们没挣几个钱，全被她给挥霍了。

周淑兰越骂越难听，难听到邻居都听不过去，索性摆手说不要了，她这才得意地叉腰笑了。

那一天，陆星摇至死都记得。

除了邻居，没有人关心过她的伤，没有人问过她疼不疼。周淑兰为了五十块钱，把她骂得连地上的尘土都不如。

也因此，在她的认知中，“游乐场”是可望而不可即的地方。没想到时隔多年，游乐场门票竟成了她的唾手可得的东西。

陆星摇不免觉得有些好笑，笑命运的千奇百怪，笑命运待她就跟开玩笑似的。

“在想什么？”

陆星摇回过神，意识到自己可能没有管控住表情和情感的流露，她连忙将所有的情绪收起，摇头道：“没什么。”

掩藏情绪是她最擅长的事情。

景延不置可否地转了下手机，他没有追问，只说道：“快到了，你想玩什么？”

陆星摇哪里知道自己想玩什么，她连门都不曾进去过。

想了又想，陆星摇提议：“不然，我给你一张票，我们分开玩吧。”

分开玩，景延就看不到她对游乐场的陌生，看不到她面对各种项目时的茫然无措，看不到她深深地藏在心底里的……自卑。

陆星摇越想越觉得可以，她目光炯炯地看着景延。

景延嘴角一抽，不知道她又在琢磨什么。在她期待的目光中，他微微一笑，轻而缓地吐出两个字：“不行。”

陆星摇暗自嘀咕，分开玩不是更方便吗？不用迁就谁，不用等谁，可以用最快的速度把自己想玩的项目玩个痛快。

景延将她的嘀咕全部纳入耳中，他慢慢悠悠地回答：“那还叫什么同学，不如叫陌生人算了。”

“再说了，我把你带出来，不得好好看着你啊。”他补充道。他声音清朗，神态慵懒，像是一只午后犯困的波斯猫。

陆星摇的话被有理有据地驳回，她顿时安静了。

只是，她仍不知道待会儿该怎么办。

要知道，这里的所有项目，就连最简单的旋转木马她都没有坐过。她哪里谈得上喜欢什么，不喜欢什么；想玩什么，不想玩什么。

她简直就是寡淡无趣的代名词。

到了游乐场，景延下车，看向从另一边下来的陆星摇。

她站在年少时期盼已久的游乐场面前，神情有些恍惚。

虽然付以听说今天人少，但那只是相对于往常而言，此时的游乐场门口依旧是沸反盈天。

陆星摇的目光落在一个跨坐在父亲肩膀上的小女孩儿身上。小女孩儿开心极了，笑得露出了洁白的小牙齿，她的母亲在一旁担心地护着。

看着他们，陆星摇久久未能移开目光。

景延也在看他们，片刻后，他回过神来，突然上前搂着她肩膀往里走，他懒散地道：“走了，带你去玩，小孩儿。”

陆星摇瞪了他一眼，她怎么就成了小孩儿了？

她紧紧地抿着唇，斜睨他放在自己肩膀上的手：“别动手动脚的，搂谁呢？”

“搂小孩儿啊。”景延理所当然地回答。

陆星摇无语，明明他们是同龄人！

被占了年龄上的便宜，陆星摇一点儿也不乐意，但是某个人似乎上了瘾，他恨不得一句话里出现三个“小孩儿”。

以至于有个人来推销气球，说的都是“哥哥就给妹妹买一个吧”。陆星摇气绝。

“小孩儿，要吗？”

陆星摇憋了半天，憋出来一句：“你自己玩吧！”

景延忍不住笑出了声。他好心地不再逗她，而是指了指旋转木马——这个他从来就没想过去玩的项目。他说道：“走吧，先玩这个？”

陆星摇狐疑地看了他一眼，他不像是个想玩这种游戏的人。

“走了。”

陆星摇被迫跟着他走。排队时，她又心生退意：“算了吧，这个太幼稚了。”

她不敢上去。

“我就喜欢这种幼稚的。”景延带着半推半就的她往前走，他说起谎来眼都不眨。

陆星摇咬了咬唇。她突然紧紧地盯着他，问：“你也玩？”

景延看着那个幼稚至极的旋转木马，顿了一下，道：“嗯。”

这一声出来后，他心里觉得荒唐至极——他为什么会答应？

却不想，陆星摇的眼睛一亮，她扯着他就往里走。

柯明文刚玩完蹦极，此刻正惊魂未定，他准备四处走走，看看有没有不刺激的项目让他缓缓。

“要是老大在这儿，肯定要说我没出息，就一个蹦极还能吓成这样。他啊，肯定会直接冲，冲完还会不屑地觉得蹦极太无聊。”

“你……确定？”付以听突然问。

“确定啊。”

“你看那儿——”付以听指了指某个方向。

柯明文漫不经心地看过去，这一看，他眼珠子差点儿瞪出来。

“那是谁？”柯明文不敢相信地问道，“那是谁？”

“你老大啊，你那个看不起蹦极的老大。”付以听一脸恶趣味地强调，她还故意问道，“所以他才来玩旋转木马吗？”

柯明文觉得有些丢脸了，他忍着瞎眼的可能又往那边看了一眼，忽然发现了某个他或许不该知道的秘密：“那是……”

付以听嘁了一声：“那是你家老大啊，怎么，不敢承认啊？”

“喂，还有你家摇摇好吗？说不定我们老大是为了陪她才坐的。”柯明文梗着脖子说道，他还在妄想挽回老大的名誉。

付以听一脸“你太离谱了”的表情：“摇摇怎么可能坐这种东西！”

她下意识地看过去，却发现那上面的好像真的是陆星摇。

付以听噎住，她不敢置信地又看了好久，才终于不得不接受这个事实。她试图给自己找回场子，于是缓缓地说道：“旋转木马多好玩，摇摇是女孩子，怎么就不能坐了？女孩子的少女心，你懂什么？”

柯明文斜她一眼，不甘示弱地说道：“那我们老大的少男心，你懂什么？”

付以听无言以对。

她跟柯明文跑到旋转木马前，朝陆星摇和景延挥手。

陆星摇没想到有生之年还能看到景延坐在一匹粉红色木马上的样子。刚才其他位置都坐了人，只剩下一匹白色木马和一匹粉色木马，她抢先一步坐上了白色木马。

景延当时有转身就走的冲动，但硬是被陆星摇按住了。他面无表情地坐上粉色木马，本想着等它转完也就结束了，却不想被柯明文撞见了。

听见柯明文的声音的时候，他脸上的表情直接崩裂。

陆星摇第一次体验了旋转木马，木马转动时，她整个人好像也跟着在飘动。从木马上下来后，她唇边带着浅淡的微笑，直接扑向了付以听。

被冷落在后的景延无语。他的贡献在这时完全被陆星摇抛在了脑后，根本没有被重视，他只是感动了他自己。

柯明文眼睁睁地看着景延的脸色越来越黑后，赶紧闭上了嘴。

嘲笑景延？呵，他嫌命长吗？

付以听感觉得到陆星摇的心情很好，一个人只有真切地产生喜悦的情绪时才能不动声色地感染到别人，这是她第一次被陆星摇感染到。她有些控制不住地怜爱地摸了摸陆星摇的头，说：“这么高兴啊。”

陆星摇弯了下眼，说：“挺好玩的。”

景延脸上的阴沉稍微去了一些，他问柯明文：“你们接下来要去哪儿？”

“鬼屋啊。老大，一起去呗，听说这里的鬼屋比其他游乐场的刺激多了！”

景延看向陆星摇，陆星摇正在皱着眉思考，她又想拒绝了……

“去吧去吧，去体验一下。”付以听拽着陆星摇往鬼屋的方向走。

陆星摇无奈地勉强接受了，只是她觉得她可能会承受不住，毕竟她才第一次来游乐场。

将陆星摇一脸视死如归的表情纳入眼底后，景延难得感到一丝愉悦。

啧，真没想到陆星摇会怕这些。

鬼屋门口，有工作人员在推销应付鬼屋的商品，付以听大手一挥：“都不要！”

他们就好像在比谁胆子大一样，在工作人员还想进一步介绍的时候，柯明文也道：“不要！我们不需要！”

陆星摇猜测工作人员卖的东西绝对是她想要的东西，可是面对这两个人一个比一个坚定的拒绝，她无法开口。

付以听像是和柯明文杠上了：“就不买！谁买谁是胆小鬼！”

柯明文说：“谁买谁是小狗！”

付以听说：“谁买谁是猪！”

陆星摇扶额，她开始后悔为什么要跟这两个人同行。

算了，不买就不买。她跟着气势汹汹的两人往里走，步伐有点儿虚。

景延慢悠悠地跟在后面，他想看看陆星摇能撑到什么时候。

刚进门，一个戴着骷髅面具的工作人员突然出现，脸上倏地亮起绿光。陆星摇一惊，下意识地闭紧眼转身往外跑，却直愣愣地撞在了身后的景延的胸口。

陆星摇捂着被撞疼的头，依然不敢睁开眼睛，她只是不管不顾地拉着景延就往外跑。

待出了鬼屋的门，重见光明，陆星摇才深深地吐出一口气。她捂着心脏，弓着腰喘气，依然有些心悸。

被拉出来的某人好笑地看着她，待她抬头，他才装模作样地揉了揉自己的心口：“喂，被你撞坏了，要赔。”

陆星摇这才想起来自己刚刚撞了他，此刻她的额头都还有些疼，估计是撞得狠了。

面对这个讨要公道的人，她小心翼翼地道歉：“对不起……”

“对不起有用的话，还要警察干吗？”景延才不认，不过她刚才一看到那个NPC就跑，的确是他没想到的，他原以为她能多撑一会儿，起码撑个一分钟，却没想到这才十秒不到。他一想起那个场景，就忍不住低低地笑出声。

陆星摇哀怨地瘪了瘪嘴，问：“有那么好笑？”

“有。”

陆星摇彻底放弃了自己的形象，她迫不及待地想离开这个鬼地方：“我请你吃东西赔罪吧。”

她的头到现在还疼，也不知道会不会把这人给撞出内伤。

“我可不是什么都吃的。”景延扬了扬头，说。

“那你别吃。”

两人一边拌嘴，一边往外走。

这个游乐场太魔幻了，怎么会有那么可怕的东西，让她辛辛苦苦营造的形象彻底崩塌，她已经不想面对柯明文和付以听了。

“吃什么？”景延往陆星摇面前凑。

她瞪了他一眼，不肯说：“保密。”走了两步，她轻咳一声，又道，“那你想吃什么？”

“都行啊。”

“说具体的。”

景延正想提几个，脑子里突然灵光一闪，他止住差点儿脱口而出的提议，若有所思地眯了眯眼：“陆星摇，你不会是在骗我吧？你是不是不知道吃什么，想骗我的答案？”

被猜中的陆星摇梗着脖子不肯承认：“谁说的？”

既然景延不肯说，那她就真的随便了。

陆星摇其实还真不知道该带景延吃什么，他肯定早已吃遍了沂市的美食，还有什么东西能被他放进眼里？他是天之骄子，见识过的东西远比她多，在他跟前班门弄斧，这种蠢事陆星摇才不做。

想了半天，她索性说：“不然我给你做饭吧？”

没想到还有这个答案，景延一愣，他怀疑自己听错了。

这么有诚意的吗？她做饭给他吃？

“应该能吃。”陆星摇偷瞄着他胸口，说，“你要不要去医院检查下？”

趁她不备，景延用手指关节轻轻地敲了敲她的额头：“你呢？要不要检查下你的头？”

陆星摇“嗞”了一声，她往后退了一步，瞪了景延一眼。

他们打车去了附近的超市。

景延问：“你想做什么？”

他的表情有些怪，挺久没人说要给他做饭吃了。

陆星摇不敢说她还不知道，她只好假装神秘：“待会儿你就知道了。”

景延怀疑地眯着眼，他总感觉陆星摇不太靠谱。

“想好做什么了吗？”

陆星摇别开眼，说：“我早就想好了。”

她从进了超市就开始看，准备看到什么拿什么，但是不要鸡蛋，不要生菜，不要鱼……

过了一会儿，看着购物车里零零星星的几样菜，陆星摇陷入沉思。

景延本来以为他够挑食了，没想到他还能遇到一个更挑食的。

陆星摇在前面走，他不动声色地拿了一盒鸡蛋，又不动声色地拿了一些她一眼略过去的东西。

陆星摇全然不知，她正在专心思考有哪些东西可以做。她承认她的确很挑食，但是没办法，她已经这样了，强求不了。

好在最后，她还是凑满了能做三菜一汤的食材。

逛了一圈超市后，他们走到收银台，陆星摇把购物车里的东西一样一样地放到收银台上，拿起一样东西时，她的手忽然顿住。

哪来的一盒鸡蛋？

她仔细看了看购物车，果然在里面见到了不少本不该出现的东西，那些恰好都是她不喜欢的。她刚要说什么，转念一想，那些东西大概是景延喜欢的吧，她不能那么自私，容不下他的喜欢。

于是，她默默地把喉间的话咽了回去。

景延没有等到她的质疑，哪怕只是一声询问。陆星摇发现后只是默默地接受，像是一个没有情绪的木偶。

景延皱起眉，他倒宁愿她骂他一句。

说好请他吃饭的，于是陆星摇拿出了自己的钱包。

景延却随手拦下：“我有会员，能打八折。”他掏出自己的卡。

陆星摇也就没坚持：“回头我把钱转给你。”

“再说。”

收银员一脸茫然，他们超市从来没有什么会员八折的活动啊。她刚想说什么，就对上了景延的目光，收银员瞬间就懂了。哟，小帅哥还挺绅士啊。

买完东西，去哪儿做？

景延叫了车，直接报了他名下一个公寓的地址。那里常年有人打扫，除了去打扫的人，不会有其他人去。

陆星摇这时候才后知后觉地发现，原本很简单的一件事好像被她弄得很麻烦。

原来只是找个地方随便吃一顿的事儿，怎么到头来又是买菜又是找地方，又是做菜又是洗碗的？

面对一大堆菜，她向自己发出疑问。

而后，她缓缓地抬头看景延："要不……找个地方，我请你吃吧？"

景延眉毛一挑，他不太明白她这突然的转变："怎么了？"

"我这样搞，会不会太麻烦了？"

"麻烦？"他提了下唇，不知道这姑娘脑子里都在想什么，"饭是你做的，你不嫌麻烦我嫌什么？你嫌麻烦吗？"

"不嫌。"

"那就得了。"

陆星摇安心了。

这还是她第一次给除了许志国等人以外的人做饭。

她也不是随便谁都给做饭的，只是她今天确实撞到了他，还有就是……她感觉得到他对她的好。

不管是去看校庆，还是临时决定去游乐场，还是坐旋转木马，他好像一直在迁就她。

陆星摇受宠若惊的同时又有些受之有愧，她不知道他为何要这么做，却知道她并不值得他如此对待。

但是他做都做了，她只能礼尚往来地也对他好一些。

或许是成长环境使然，她不想欠任何人的人情。别人给三分好，她就必须还五分，这样她的心里才好过。

景延的公寓不是普通的公寓，装修一看就价值不菲。别的就不说了，主要是厨房里的用具陆星摇见都没见过，自然也不会用了。

她有些苦恼地向这些东西的主人求助。

景延面对这些崭新的、从未用过的东西，同样陷入了沉默。

陆星摇可真是佩服他，自己家的东西都不知道怎么用。她干脆自己摸索，反正这些厨具总会有共同点。

景延摸了摸鼻子，他也不出声打扰，只在陆星摇开始做饭时递上鸡蛋、西红柿等陆星摇碰都不想碰到的东西。

她瞥他一眼，问：“喜欢吃？”

景延理直气壮地点头。

陆星摇说：“我们……口味真不一样。”

不过她还是接过来，准备做西红柿炒鸡蛋，再清蒸一条鱼。

等饭菜上了桌，景延有些惊讶，没想到她不仅会做饭，而且做得还很不错，色香味俱全。

他刚想说可以吃了吗，陆星摇手机正好响起来，是陆为修。

见陆星摇接通电话，陆为修松了一口气，他还以为她偷偷地走了，离开了他们。

天知道，在接到司机的电话说没等到陆星摇的时候，他慌成了什么样。他以为这段时间的团聚与幸福都是镜花水月，马上就要散了。

那种恐慌与害怕难以言喻，还好，还好她接了电话。

“摇摇，你在哪里？刚才司机来电话说在校门口没等到你，是怎么了？学校有事耽搁了吗？”陆为修甚至都不敢大声地问，生怕让她不高兴，他努力让自己的声音听起来平静些。

陆星摇这才想起来司机会在门口等她放学，主要是她这十七年来没人管、没人挂念，习惯了独来独往，不管去哪里、去做什么，她自己决定就行，不必跟谁说，反正也没人在乎。

虽然说许离会担心她，但是许离没有手机，她也没有给他打电话报备的习惯，所以她一直到现在都没想起来要给陆家打个电话说一下自己不在学校，要晚点儿回去。她也没想到会惹得人担心与焦急。

陆星摇的心里突然涌起一阵愧疚，她抿着唇，小声地道了个歉。

陆为修的心瞬间就融化了。

“孩子，你不需要跟爸爸道歉，永远都不用跟爸爸道歉，我是你爸爸，我会永远无条件地原谅你、支持你。爸爸只是担心你，你跟爸爸说，现在在哪里呢？”

陆星摇想了想，道：“我在外面买点儿东西，顺便吃点儿东西，你们不用担心我，也不用管我，我晚点儿就自己回去了。”

陆为修哪里能放心呢，怕问多了惹得她厌烦，他便换了个委婉的说法：“要不爸爸去接你吧？你给爸爸个地址就行。”

“不用，我打车回去吧。”

她本来打算坐公交车回去的，但是既然陆为修不放心，那她打车回去好了，这样他总该放心了吧。

陆为修想的却是女儿宁愿打车也不要他接，也不肯告诉他她去了哪里。他焦急又黯然地说了声“好”，只是还是忍不住叮嘱她，让她多加注意安全，早点儿回来。

“好。”

陆星摇心里的愧疚烧得越来越旺，她暗下决心，下次去哪里都要记得跟陆家人说一下。从前的她不知道，原来她也会被担心、会被挂念，原来这个世界上也会有人真心实意地将心系在她身上。

这种感觉陌生又奇妙，偏偏还让人喜欢得要命。

她好眷恋这种感觉。

景延看着出神的陆星摇，敲了敲桌子，让她回神：“饭菜快凉了！赶紧吃。”

陆星摇看着面前的饭菜，思绪再一次飘飞。她想，她要不要什么时候也给陆家人做一顿饭呢？

意识到自己在想什么，陆星摇一惊，她觉得这都不像自己了。

她摇摇头，抛开那个念头，端起碗吃饭。她已经很久没吃过自己做的饭了，一来是懒，有许离在，她就不想动了；二来是没时间，她几乎把所有的时间都用在了学习上。

想起许离，陆星摇压下心里涌上来的某种酸胀的情绪。

她想他了。

她并非铁石，也有感情。

景延见她神色不太对劲，问道：“怎么了？”

“没怎么。你尝尝吧，不过我做的肯定没有外面做得好。”她一脸“你必须接受”的表情，威胁地瞄着他说。

景延假笑道：“外面做的哪儿能有你做的好。”

陆星摇颇为受用，她嘴角一扬，道：“快吃吧，你想喝什么吗？我看楼下有个超市。”

景延突然有种抓住陆星摇命脉的感觉，他抬眸说道：“好啊，你随便买，我觉得……”他思考了下措辞，“你买的应该都还行。”

陆星摇雀跃地下楼买喝的去了。

见她出了门，景延暗笑：“这么不经夸……看不出来，她还挺好哄的。”

就在这时，柯明文的电话来了。

“延哥，你们跑哪儿去了？我跟付以听已经把想玩的都玩完了，现在去找你们，你们在哪儿啊？”他说着说着，又忍不住嘲笑陆星摇，“陆学霸的胆子不行啊，哈哈哈。”

景延也扯了下嘴角，刚才那一幕可以说得上是陆星摇的黑历史了。

“你给个定位，我们马上来！”

景延挑眉，想也不想就拒绝：“想得美，自己玩去。”

柯明文“啊”了一声，有点儿疑惑地问：“不能吧，这么不讲义气？我们怎么了，我们多好啊，我又能打游戏又能……”

“闭嘴，挂了，你们自己安排，反正别来找我。”

柯明文万万没想到他这么无情：“你是有什么见不得人的秘密不能让我知道？”

“没有。挂了。”景延直接掐断了电话。

见不得人的秘密？

陆星摇给他做饭，还去给他买喝的，他们一起吃饭，这些算不算？

景延轻笑一声，他自己都觉得这些事怪不可思议的。

看着桌上的饭菜，他的笑慢慢地敛起。

陆星摇担心这些菜不合他心意，但是其实在他眼里，这些反而会比所有外面的菜肴都难得。从来就没有人给他做过这种家常菜，他家的厨师会做很多价格高昂的菜式，会摆盘，会用萝卜雕花，可是那样高规格的饭菜和“家常”根本扯不上关系。

对他而言，那些还没有陆星摇做的饭菜来得稀罕。

他拿起筷子尝了尝，毕竟陆星摇的手艺可不多见。

陆星摇买饮料只会买一种，那就是可乐。即使医生说她缺钙，即使她知道喝可乐不好，但是这个习惯她就是没办法改，毕竟人生得意须尽欢，能活多久就过多久吧，她也不强求。

反正她身上的毛病太多太多。

陆星摇打车回家，车子还没进别墅区，她就看到陆为修站在别墅区门口的保安亭旁等她。

路灯昏黄，将他的身影拉得老长。他也没进去保安亭，就在保安亭门口静静地踱步。她的心情顿时有些复杂——原来父亲是会惦记晚归的女儿的，女儿没回家，父亲是会担心的。

鼻尖有点儿酸，陆星摇皱皱鼻子，想把那股酸劲儿忍下去。

“师傅，这里停就好。”她说。

陆为修下班回来后就在路口等陆星摇，其间很多人经过，见到他都表示了好奇，他只淡淡地笑道：“等女儿呢。”

陆星摇下车的时候，他刚好在与一个老太太说话。

老太太就住陆家隔壁，两家人还算熟悉。

老太太问他是哪个女儿。

他回答：“小女儿。”

老太太问：“刚找回来的那个？”

陆为修颔首。

老太太笑眯眯地说：“看来你们已经培养出感情了。”

陆为修摇头道：“不用培养，有些感情或许天生就有。”

“也对。哎？那不就是你小女儿吗？”她看向他身后。

陆为修回身一看，立马笑了：“是啊。”他介绍道，“这是我小女儿，叫星摇，摇篮的摇。”接着，他又对着陆星摇道，“这是隔壁的何奶奶。”

陆星摇轻轻一颔首，说：“您好。”

“好好好。”何奶奶笑着打量着她，“长得真好，女儿像父亲，这孩子跟你真像。”

陆为修听得那叫一个舒坦。

简单地寒暄了几句后，他带陆星摇回家。

陆为修早就让司机先回去了，两个人走路回家，不过半公里的路程。

月光下，父女俩的步履轻而缓。

陆为修问道：“吃了没，要不要让周姨再下点儿面或者饺子？”

陆星摇摇头。

“吃过了，我自己做了一些。您下次可以不用等我的，我都不确定什么时候回来，您等我太费时间了。”

陆为修比她高许多，他顺手揉着她的头，说：“这有什么费时的，爸爸愿意，也喜欢等你。我们摇宝还会做饭呢？真棒。”

他没有多问什么，比如她在哪里做的饭，跟谁一起。他怕问多了，惹她厌恶反感。陆星摇抿了抿嘴，露出一点笑意。她没有拒绝他的亲近，毕竟，他说话这么好听……

陆星摇好哄吗？她自己不觉得，但其实她好哄极了。

她小声地说：“下次有机会，我也给您做做饭？”

“好啊。”陆为修笑得骄傲。

他的女儿应该是这样的，光芒万丈、无所不能。他家摇摇厉害啊，还会做饭哎。但是，有一件事他还是得说，虽然这种温馨的气氛，他实在舍不得打破。

“摇宝，爸爸跟你商量件事好不好？”

“什么？”

“我们家的体检时间到了，我们一家人一起去做个体检，好不好？”

“不好。”陆星摇想也不想就拒绝了，“我今年在学校体检过两次了，要去的话你们自己去就好。”

陆为修早就料到如此，他不由得苦了脸：“摇宝，学校的体检检查不出什么问题，很多小问题只有我们自己去做专业又细致的检查才能知道。”

云十一中体检抽取出来的血已经被他们拿去做了亲子鉴定，他们真的很担心她的身体情况，还有心理情况。这段时间以来，他们几乎已经可以断定，她并不健康。

陆为修挫败地不得不承认这个事实。

“我已经说过了，不去，不想再说了。”陆星摇垂下眼睫，不想重复。

一个回答重复太多次，就成了没有营养的浪费时间。

陆为修嗫嚅片刻，最终没再提，只是他眉间的褶皱越发深刻。

他抚着她的肩膀，只觉得陆星摇瘦小得让人心疼。

该怎么办？他实在是对她无计可施。

谁也不知道他有多痛恨自己，为何当初会让人把她换走，为何他没有早点发现。

父女俩回到家时，周德梅正在玄关处打扫，见他们进门，她赶紧接过陆为修手中的衣服：“先生，摇摇回来啦。”她的目光落在陆为修身上，“先生还没吃吧？饭菜一直在保温……”

陆为修哪有心思吃，他摆手道：“收了吧。”

陆星摇换鞋的动作一滞，她抬头看着陆为修，他还没吃饭吗？是因为一直在等她？有什么好等的，这哪有吃饭重要啊……

陆星摇动了动嘴角，她想劝他去吃饭，可是又不好意思开口。毕竟她刚刚拒绝得那样冷硬，让氛围直接降至冰点。听到陆为修和周德梅的对话，陆星旖立马跑过来喊：“爸爸，你又不吃饭，不怕胃病发作吗？不许不吃，快点儿去吃饭啦。”她一边说，一边推着陆为修往餐厅的方向走。

陆为修无奈地任她推着：“祖宗哎，真是怕了你了。”

陆星松了一口气，他肯吃饭就好。

只是……

她静静地看着打闹的陆为修和陆星旖，眼里生了些羡慕。她这辈子大抵都不会和父亲这样亲昵，也做不出陆星旖这样的行为吧。

女孩眸光微黯。

周德梅看得分明，她不动声色地看着这个女孩情绪的变化，突然笑着说：“摇摇，怎么还不进去？快进去，周姨给你洗水果去。”

陆星摇看了周姨一眼后，收敛起外露的情绪，点头。

不知道为什么，她总觉得周德梅很熟悉，却说不出是哪里熟悉。

周德梅与她闲聊：“摇摇要是有什么不喜欢的，记得跟周姨说，周姨都给你换了。”

沈明诗也说过这话，陆星摇点头，没在意。

这都是小事，想换什么就换了，一点儿也不麻烦。

“那你先玩着，我去餐厅看看，把汤端出来给先生。”周德梅匆匆地走了。

陆星摇蹙了下眉，她怎么感觉这个周姨越来越奇怪了。

抬头看到管家，陆星摇想了想，问道：“周姨来家里很久了吗？”

管家比陆为修还大十几岁，他笑容和蔼地说道：“是啊，二十年了。”

“家里人都喜欢她？”

“哈哈，那肯定了，她勤快，为人也和善、细心。”

“她长得还可以，也不知道今年多少岁了。”

“四五十了吧。她年轻的时候就好看，追求者很多，还有人把花送到陆家来。”管家与她说笑道。

“哦，这样啊。”陆星摇没再多问，只是点点头，“她的变化大吗？”

“有一点儿。”

“有没有她年轻时候的照片？”

“这个……”管家想了想，为难地摇摇头，“我这边是没有。”

陆星摇颔首：“好，我知道了，您去忙吧。”

沈明诗给她端了盘水果过来。

“摇宝，吃点儿水果。看不看电视？最近新上了个电视剧，很好看哦。”她放下水果，打开电视。

“刚刚周姨说她要洗呢。”

“她在给你爸爸端汤热菜，我就洗好拿来了。”沈明诗并没有在意，她找出了她刚才说的那部电视，“宝贝你看，男主角帅不帅？”

虽然陆星摇并不觉得男主角帅，只觉得他幼稚，但她还是附和地点了点头。

沈明诗叉了块哈密瓜喂她。

陆为修怕他们担心，没有告诉他们今天陆星摇不在学校的事情，所以沈明诗还以为她在外面吃了饭，现在刚刚放学回来。

沈明诗想着女儿学习完得放松一下，她觉得摇宝每天的学习时间太长了，什么样的孩子也禁不起这样学啊。

书房里，陆老爷子还在跟心腹说话。

陆老爷子问：“什么都没查出来？”

裴庆面色严肃地点头，他有些挫败：“实在是没有头绪，不知从何查起。范围太大了，也没有目标……”

这回这个事儿太难了。

裴庆跟着老爷子挺多年了，做过的事情数不胜数，他还是第一次遇到这样不知该从何下手的事情。

陆老爷子却并没有撤销命令的意思：“继续查，查出来为止。查出来了，有重赏！”

裴庆想叹气，却又不敢在陆老爷子面前表现出来，只好说：“是，我会继续追踪。”

“许志国和周淑兰的案件你也关注着，绝不许轻饶他们。”

这事儿倒是好办，裴庆很快就答应下来：“判决已经下了，只是他们提起了上诉。您放心，我会处理好的。”

“也不知道他们哪来的脸，还上诉？呵。”陆老爷子冷笑，没弄死他们算他仁慈。

“好了，你先回去。这件事继续查，能多快就多快，只要能查出来，用多少人、多少钱都行，这些都不是问题。”

“是，我明白。”

裴庆点点头，然后转身离开了书房。

路过客厅时，他看到了沙发上坐着一个略显陌生的女孩子，他不免多看了两眼。

这就是陆家新找回来的那个千金了。

那个明明投了个好胎，却被换走了十七年的陆家千金。

陆星摇很敏锐，察觉到有人在看她，她突然抬起头。

裴庆的长相偏彪悍，常常吓到小孩子，他的小侄女都不知道被他吓哭过多少次，所以一与陆星摇的目光对上，他迅速调整了面部表情，艰难地露出一抹笑容。

陆星摇看到的就是一抹比哭还难看的笑。

看到裴庆，沈明诗打了声招呼，喊他过去坐。

裴庆不好拒绝，便走了过来。

“太太，二小姐。”

陆星摇怀里抱着个柯基的抱枕，抱枕应该是陆星旖的，配上陆星摇没有表情的脸，有些反差萌。

裴庆忍着笑。

沈明诗好奇地问：“你跟老爷子怎么商量到这么晚？是有什么要事吗？”

“老爷子有点儿事交代，不是什么要紧的，您别担心。”

“那就好。”沈明诗把水果和糕点往他那边推了推，“吃点儿。”

裴庆“哎”了声，伸手拿了个水果。他与沈明诗认识多年，不用太客气。

陆星摇盯着他看了会儿，看出他这人长得凶，心却是软的。她还在惦记着她对周姨那不知何处而来的感觉，便难得主动地与陌生人交流：“叔叔，可以加个微信吗？”她有一种预感——她会有用到裴庆的地方。

裴庆有些惊讶，而后他笑道：“当然。”

如果裴庆只是有些惊讶，那沈明诗就是有些吃醋了。要知道，陆星摇就没有主动加过家里人的微信，她还是第一次见到陆星摇主动加别人的联系方式。

加好微信后，陆星摇出于将来可能会利用人家的愧疚，难得热情地介绍了下桌上的糕点：“我觉得很好吃，您可以尝尝。”

沈明诗快惊讶到说不出话了。

陆为修想和女儿多待会儿，生怕她很快又回屋了，于是他匆匆地吃了饭就来到客厅。陆星旖跟在他身后，吵着想吃烧烤。

陆为修无奈道：“问问妹妹，妹妹想吃就允许你点。”

很多不健康的食品他们是不允许孩子吃的，但是没办法，陆星旖偏偏就喜欢那些。

陆嘉实和陆嘉辰虽然偶尔也会想吃，但并没有她那么狂热。

陆为修很多事情都惯着他们，但是有些事情，他实在是不能惯。

陆星旖求了他好半天，见陆为修终于松口，她高兴坏了，立马蹦起来去找陆星摇。

陆星摇扶额，试图耐心地劝服陆星旖：“这个点吃烧烤不好。”

陆星旖点点头：“我知道不好啦。”接着，她又道，“但是开心就好了嘛。”

陆星摇真佩服她的心态，她往一旁倒，想躲开陆星旖：“不不——”

沈明诗笑着看她们玩闹，在陆星摇落于下风时，她忍不住上前帮了一把。

陆星旖也不介意，毕竟妹妹比较弱，妈妈帮一下就帮一下好了。最后，陆星摇被压倒在沙发上举手投降：“点，点点点……”

沈明诗掩唇笑着，给她们翻出外卖软件：“来，点吧，孩子们。”

裴庆已经告辞离开了，陆为修坐在陆星摇身边看着她们点单，他想多了解下陆星摇的口味和喜好。

看着看着，他发现摇摇和旖喜欢吃的东西很一致，就连饮料，两人也是齐齐选了可乐。

陆为修表情微变，这个家原来有人和陆星旖的口味一样。

可是这也不是什么好事，毕竟陆星旖喜欢吃的东西一点儿都不健康。

他头疼地扶额，再次起了带陆星摇去体检的念头。

在两个孩子点完外卖后，他温声问道：“摇摇有没有什么喜欢的东西，很想要的那种？”

天下没有免费的午餐，陆星摇防备地看他一眼，迟疑着摇了摇头：“没有。”

怎么可能没有？但是她没有跟别人伸手要东西的习惯，自然不会开这个口。

陆为修更头疼了。

他要是问陆星旖，她肯定能说出一长串，可是摇摇什么都不要，实在让他心疼。

陆为修不知该怎么说，也不知该怎么做。他想着，要不按他自己猜测的她的喜好，给她送一份礼物？只是他觉得他的猜测可能会错，因为摇摇的心思远远没有其他孩子那么好猜，他很难看出她真正想的是什么。

沈明诗将这些纳入眼底，她不动声色地问起陆星旖：“旖旖，你有想要的礼物吗？”

陆星旖立马吐露出一大串来，最近各大品牌都在出新品，她有好多想要的。

陆星摇静静地听她说。

她以为只有一点儿，可是陆星旖越说越多，一口气竟然说了几十秒，还是掰着手指说的，而且神色认真、一丝不苟。

陆星摇着实有些佩服。

见陆星摇若有所思的样子，沈明诗笑了笑，又说道：“那妈妈允许你买一些，总价值不能超过十万，你自己选。”

陆星旖欢呼道：“妈妈万岁！”

沈明诗看向陆星摇，说：“摇摇，你看，姐姐买了这些，你也挑一些吧？你跟妈妈说，喜欢什么？妈妈可是很公平的。”

不料，陆星摇还是摇了摇头：“不用，她买就好。”

沈明诗有些错愕，而后黯然神伤。

摇摇到底没有把他们当成一家人，在摇摇眼里，陆家是陆家，她是她。

陆星旖可以要东西，因为陆星旖是陆家的孩子，要多少都行。而她不行，她没有这个权利和资格，也开不了这个口。

在旖旖要的时候，摇摇只是静静地听，因为她还是把自己当成独立的个体，把自己当成陆家的外人。她没有和父母撒娇要礼物的想法，她觉得要了礼物会欠他们的人情。

她这样的性子显然不是天生的，而是后天形成的。

后天如何形成？自然是受周围的人与环境的影响。

沈明诗难以想象许志国和周淑兰是如何对待她的女儿的，才会把她的女儿养成如今这样的性子。在许媛赖在他们怀里撒娇的时候，她真正的女儿怕是根本不知道“撒娇”为何物。

偏偏摇摇已经十七岁了，心智基本成熟，性格也基本定型了，她这样拒绝接受别人的爱的性格怕是再难改变。他们想要打动她的心，走进她的心里，让她像她这个年龄的女孩一样活泼娇俏，怕是再也不可能。

沈明诗真的好恨，普通的言语根本难以形容出她的怨气之深。有时候，沈明诗宁愿陆星摇不要那么懂事，宁愿她是一个坏一点儿的孩子。

陆星旖自己都过意不去了，她悄悄地凑在陆星摇耳边，说：“摇宝，等我买的东西到了，你来挑点儿喜欢的，尽管拿。我的眼光很好的，买的绝对都是好东西！”

陆星摇仍是淡笑着拒绝：“不用啦，你自己用就好。”

她对于陆星旖喜欢的那些东西并不感兴趣。

陆家如今给她提供了优渥的生活条件，她有得吃、有得住，还有不少的零花钱可供支配，脱离了从前捉襟见肘的窘境，对她而言已经够了，她心怀感恩。

她悄悄地记了一笔账，把自己在陆家花的钱都记下来，准备在工作以后一一偿还。

陆星旖挠挠头，有些不好意思。

陆星摇要是跟她争抢，她心里还能好受些，可是陆星摇什么都不要，她心里顿时就涌起了满满的负罪感。

陆嘉辰下来倒水喝，正好听到了她们的聊天，他想起那日陆星摇和许离说的话，突然有些不是滋味。

至于哪里不是滋味，他也说不上来，好像很多处都不是滋味。

比如陆星摇其实没有钱，其实什么都没有，但是在这种情况下，她的物质欲望不仅没有因为得不到而增加，反而极度降低。而且在这种情况下，她仍然愿意把仅有的一些钱给许离。

陆嘉辰在心疼陆星摇的同时又忍不住想，什么时候他才能从陆星摇那里得到像许离一样的偏爱呢？

陆嘉辰这辈子还没嫉妒过谁，许离是第一个。他也不上去接着玩游戏了，只想在客厅里和家人一起玩会儿。

他本想坐在陆星摇身边，可是陆星摇身边早已挤满了人。

陆嘉辰叹口气，退而求其次地坐到了旁边的沙发上，而后他状似不经意地说道：“爸妈难得出一回血，你就要了呗，多难得啊。”

陆星摇耸肩：“没什么想要的啊。”

见陆嘉辰来了，她起身，道：“我们点了很多烧烤，待会儿你跟旖旖一块儿吃吧，你们应该能吃完，我就先上去了。”

陆嘉辰快气得摔桌子了。

陆星摇偏心！她专门去见许离，却看到他就走！

陆嘉辰鼻子都要气歪了，他迅速上前，一把抓住她手腕：“不行——”

陆星摇回头，疑惑道：“嗯？”

“你有那么讨厌我吗？一看到我就走？”他觉得他快要委屈死了。

沈明诗却差点儿笑出声，她还从来没见过小儿子这个样子。

陆星摇错愕道：“不是……”

“不是什么不是，别狡辩了，反正你不许走！”陆嘉辰强硬地把她往回拽。

陆星摇却觉得十分不悦，她并不喜欢和别人有肢体上的接触，这会让她从生理上觉得厌恶，更何况还是被人抓着走。

陆星摇用力甩开他，眼神是陆嘉辰从未见过的狠戾与漠然：“别碰我！”

陆嘉辰被这眼神惊住，他下意识地松了手。

何止是他，在场的人都被陆星摇的眼神吓到了。

直到陆星摇离开，众人才恍若从噩梦中惊醒。

在对上沈明诗的目光后，陆为修看到了她眼中与他相同的决定——必须带摇摇去看看医生，刻不容缓。

陆星摇也不知道自己是怎么了，她回到房间后，缓了许久才将自己从低落的情绪中拯救出来。

清醒之后，她不由得掩面哭泣。

她的情绪失控得更加厉害了，那种脱离掌控的感觉，令她彷徨又无措。她不想这样的，她也不知道她这是怎么了……

是病情严重了吗？

陆星摇死死地咬着下唇，几乎要把嘴唇咬出血来。

怎么办？怎么办……

原以为回到陆家后，她的病情久未复发，是因为有所好转，可是直到现在她才知道并没有，那只是短暂的平和，一旦复发起来，便是来势汹汹。

怎么会这样？明明她现在的生活环境与从前相比已经发生了天翻地覆的变化。

不知过了多久，她从床上挣扎着起来，像是沙漠中饥渴的人挣扎着爬向水源一样，她从桌上翻出了物理题。

真的会有人喜欢做作业吗？

不，对她来说这不是作业，而是药，是能让她暂时得到救赎的药。

校庆结束，陆星摇却没能去上课。

她病倒了，不是传统意义上的病，而是心理上的病。她拒绝开门，拒绝与外界进行任何沟通。

沈明诗来叫她起床，却只见到了紧闭的门。

沈明诗以为她生气了，站在门外柔声哄她，说她会骂陆嘉辰，说以后陆嘉辰不会再凶她了。但是屋中毫无反应。

过了一会儿，沈明诗慌了，把陆嘉辰拎过来道歉，但还是没有用。

又过了一会儿，陆家所有的人都集中在了陆星摇的房门口，一个接一个地哄她，但是仍然没有用。

陆为修和沈明诗又急又怕，就要准备直接开锁了，也是在这时，陆星摇给他们发了短信："我不想去上学，只想睡一会儿，别管我。"

她现在只想一个人安静地待一会儿。

陆为修等人怎么能不管呢？

沈明诗气得直捶陆为修的胸口："都说了摇摇需要看医生，需要看医生，就是你一直说慢慢来，不要强逼她，等说服了她再说。现在好了，现在好了吧！"

她的眼泪就像断了线的珠子，止都止不住。

陆为修的心情也好不到哪儿去，一种巨大的恐慌笼罩着他。他纵横商场也不是一年两年了，心性早就练得沉稳，但这时候，他哪里还知道沉稳为何物。

他整张脸都是黑的，怒气在他周身翻滚肆虐。

陆嘉辰万万没想到昨天一个小举动竟会演变成这个样子，他当场就被吓蒙了，动都不敢动。

沈明诗还在哭："怎么办啊，她……她会不会做傻事呢？"

不知道为什么，这个念头在她心头狂跳，止都止不住，她被自己吓到快要崩溃。

她这话一出来，老夫人脚步一晃，差点儿直接晕过去。

又是一阵兵荒马乱。

陆老爷子大怒："到底发生了什么？！来人，去把这两天的监控都给我调出来！我倒要看看，是不是在我不知道的时候有人让她受了什么委屈！"

哪有人会让她受委屈呢？他们明明疼她还来不及呀！沈明诗抹着眼泪，哭得差点儿喘不上气。

到底怎么了？到底发生了什么？难道真的只是因为昨天晚上陆嘉辰凶

了她吗？可是沈明诗知道他们不能去责怪陆嘉辰，因为他看上去已经很难受了。

陆嘉辰双眼通红，他突然想到了什么，猛地往外跑："我去找许离！"

即使他不愿意承认也必须承认，许离对陆星摇的了解远多于他，而且许离可能是她这个时候唯一想见的人……

陆嘉辰有自己的傲气，但这时候陆星摇的情况不允许他任性。

算了，陆星摇喜欢许离这个弟弟就喜欢吧。

陆嘉辰凭借着记忆找到了许离所在的学校和班级。

正是下课时间，听同学说外面有人找他，许离看了一眼，发现是个不认识的人，他本不打算理会，但鬼使神差地，他还是出去了。

"你是谁？"

陆嘉辰没有心思在意这个人嚣张的问话，他只想早点儿把人带回去。

"陆星摇……"直到开口他才发现他的声音艰涩，喉间像是被堵了一团东西，"她出事了，你能不能跟我走一趟？"

许离脸色一变。

出租车上，许离听着陆嘉辰的解释，脸色阴沉如墨。待陆嘉辰说罢，他狠狠地捶了下坐垫，眼神发狠地说道："我就知道你们照顾不好她！"

他的声音里充满了愤怒和怨气。

他小心翼翼对待的姐姐，被这群人给伤害了！

陆嘉辰张了张嘴，试图辩驳，却愣是说不出话。

无论过程如何，结果都摆在这儿。的确是他们不好，的确是他们把她弄成了现在这个样子。面对许离的控诉，陆嘉辰一言难发。

"我告诉你，如果她不好，你们全家都别想好过！"许离放下狠话。

如果陆星摇在陆家过得好，那即使他见不到她，即使他要跟两个几乎完全陌生的女人一起生活，他也无所谓；但如果她在陆家过得不好，那他无论如何也不会放过他们，他会拼尽一切地把她抢回来。

这段时间他一直在想，他们哪里有他好？他们怎么会像他一样宝贝她？

果然，她现在出事了。

到了陆家，陆家人看到他就像看到救星一样，他们把他请到了陆星摇房门口。

其实陆家对陆星摇的宠爱在很多细节上都能看得出来，但是对许离而言这些都是虚的，现在的事实就是陆星摇病发了。

他不看别的，他只看结果。

他拍着陆星摇的房门，大声喊着：“姐，姐姐！是我，你开开门好不好！我好想你，算我求你了，你见见我……”

他在外面又是拍门又是吼，过了好半天，就在陆家人也快对他失望的时候，陆星摇的房门终于打开了一条小缝，从门缝里传来一道细弱的声音：“你进来。”

陆家人呼吸一滞，因为她的出现而带来的狂喜很快又被一盆冷水浇灭，他们只能眼巴巴地看着许离进去。

许离根本顾不上他们，他听到声音立马就冲进去了。

进去后，他小心翼翼地关上门，转身看到屋里的场景后，他整颗心都差点儿碎了。

屋里没有开灯，黑漆漆的一片，陆星摇坐在床边的地板上，她抱着膝盖，把头埋在膝盖上，看上去仿佛是被全世界抛弃了。

许离没来过陆家，没见过陆星摇的房间，却是对这一幕熟悉至极。

因为几年前，陆星摇病发的时候，浑身上下散发的气息跟这时候一模一样，颓废、毫无生气。

他不知道她在这里坐了多久，她应该只是起来给他开了个门，就又坐了回去。记忆中的某个片段突然浮现在脑海，虽然许离很排斥那段记忆，但是她现在的状态跟那时候真的很像……

一想起当时的画面，许离就吓得浑身都在颤抖。他大步上前，单膝跪倒在她身边：“姐——”

陆星摇刚才纯粹是被他吵得不耐烦了才去给他开的门，但更重要的是，许离也是唯一一个她愿意让他进来的人。

听到他的声音，她疲倦地说道：“喊我干吗……找我干吗？”

她肯出声了，许离也终于缓过来了一点儿。

但是他没有放松警惕，他一把抓住陆星摇的手腕，说：“许星摇，陆星摇，我不管你是谁家的女儿，反正你这辈子都是我姐，你是我姐，我就有资格管你。你不许胡思乱想，这个世界没有人值得你这样伤害自己！”

他抓在陆星摇手腕上的手逐渐收紧，他诉说着他的恐慌与心疼。

陆星摇“哎”了一声：“疼……”

许离下意识地松手，他深深地看了她两眼后，眼尾红了。

陆星摇一得到自由，就又把头埋了下去。

许离叹了一口气，他强迫自己耐下心来。片刻后，他盘腿坐在她身边，问："姐，发生什么事了？你告诉我，是不是有人欺负你？"

陆星摇摇头，嫌他吵："你安静点儿，不然就不让你待了。"

许离拿她没办法，不过只要能坐在她身边，看到她安然无恙，他也就心满意足了。

许离就这样静静地陪着她坐了很久。

陆星摇已经在这里坐了十几个小时，许离不知道她身上发生了什么，但是他看得出她整颗心满是疮痍。

他现在唯一能做的只是陪陪她。

外面传来敲门声，接着有人出声，是沈明诗。她声音轻柔，是许离从未想象过的母亲的样子。

"孩子们，肚子饿不饿？要不要吃饭？摇摇、许离，有想吃的吗？我让他们去做。"

许离看向陆星摇。

陆星摇轻轻地摇了下头，她感觉不到饿，既然不觉得饿，那就没必要去进行"吃饭"这一项麻烦又浪费时间的事情了。

陆星摇的呼吸声几不可闻，让人仿佛感觉不到她的存在。

她说："你去吃饭吧，吃完就回家吧，外婆会担心你。别来了，我没事。"

许离故作凶巴巴地说道："想得美，你摆脱不掉我，我也不饿！"

陆星摇没有力气去与他争辩，他爱怎样就怎样吧。

许离又问："姐，你可以告诉我，你想干什么吗？你在这里坐多久了？不会无聊吗？我带你去……"

"够了，出去。"

许离的声音戛然而止，算了，不说了，她能让他待在这里就好。

只是，即使他不出声了，陆星摇也依然强硬地要把他赶出去。

不管许离怎么保证他会安静，她都无动于衷地推搡着他。

许离快要急死了，他终于在忍无可忍的情况下，说出了压抑不知多久的话："我走？我走了你怎么办？等我下次来，是不是又要见到上次那样的情景？"

"姐，你知不知道我有多害怕！"许离怒吼着，"我眼睁睁地看着你拿着镜子碎片割着手腕，那个场景，我这辈子都忘不掉！你知不知道我有多么庆幸那个时候我突然想起来有东西没拿回了家？你知不知道啊！你又知不知道我有多么害怕当年的场景再现！”

陆星摇动作僵住，她没有想到过去这么久，他还记得这件事。她还以为当年他那么小，不会记得这些事。

不知过了多久，她哑着声音，轻声说：“当年我只是想看看那块镜子碎片锋不锋利，那两块钱一面的塑料镜子即使碎了也没有任何杀伤力，根本割不破手的。”

“你胡说！你当我是小孩子吗？”许离吼着，几乎要破音，“你不要骗我，许星摇，我不好骗！我不好骗……”

少年的眼睛一片通红。

即使他心里明镜似的知道她现在已经是“陆星摇”了，他却仍想叫她“许星摇”，仍想念这个他从前喊了十七年的名字。

这个名字对他而言，充满熟悉与眷恋。

在他的指控之下，陆星摇放弃了争辩。她沉默了，算是默认。

许离几乎算是求她了：“姐，答应我，活下去好不好？你这样是不对的，是不对的……”

情绪失控之下，他顾不上她不喜欢肢体接触的习惯，一把把她紧紧地抱住。

“有没有人告诉过你，这个世界上有很多人爱你，也有很多值得你爱的人。”

陆星摇尖细的下巴搁在他的肩上，她的眼泪无声地落下，在脸上留下一道道水痕。

她哭了……

她刚才心里难受至极，想哭却根本哭不出来，不承想，许离的几句话倒是让她的泪水挣脱所有束缚，自然滚落。

陆星摇抬手拭去眼角的泪水，却发现怎么也擦不干净。眼泪它不听话，一直掉个不停。

“我不求你热烈地爱这个世界，只求你热烈地爱一下你自己，好不好？”

陆星摇的情绪彻底崩溃，她哭出了声。她抬手紧紧地回抱住了他。

对不起，我不知道怎么去爱这个世界，我只知道这个世界将我伤得遍体鳞伤……

门外，许离那些歇斯底里的控诉被贴在门上听动静的陆家人清楚地听进耳朵里，他们大惊失色。

许离说的这些是他们从未查到过的事情，而现在他们在知道这些事情后，就发现有一把刀悬在他们头上——星摇可能会再一次上演当年的场景……

沈明诗当时就站不住了，她腿软倒在陆为修怀里。她绝望地抓着陆为修的胳膊，崩溃大喊："叫医生！叫医生啊！救救我的女儿，救救她啊——"

"她生病了，她需要医生啊——"

陆为修也难以自抑地抹了一把眼角的泪水。

他们心里都隐隐地有着猜测——摇摇有心理疾病，而现在猜测得到印证了。即便有了心理准备，当这个真相朝他们砸来时，他们所有人也依然承受不住。

屋内，许离的崩溃和恐惧尚未平复，屋外，惊慌已经布满了所有陆家人的心。

陆星摇虽然还是不同意出来，但是好歹在许离的劝导下同意吃饭了。

许离出来给她找吃的，陆家准备了很多东西，他都不要，他只借用了厨房。

陆星摇喜欢吃什么，他是这个世界上最清楚的人。等一下，我要一碗面，他转头问旁边的沈明诗："有可乐吗？"

她喜欢喝可乐，虽然喝多了不健康，但今天是特例，就让她开心一下吧。

家里的可乐刚好喝完了，沈明诗赶紧让人去买。

"摇摇喜欢喝可乐是吗？"她向许离确认道。

许离纠结了一下要不要告诉她，但转念一想，她也是为了他姐姐好……算了。

"对，几乎所有不健康的垃圾食品她都喜欢吃。"他毫不客气地揭露陆星摇的短处。

沈明诗闻言微微一愣，待反应过来时，她眉头已经不自觉地皱起。

这孩子……短时间还好，时间长了身体可怎么受得了？

不过眼下并不是说这些的时候，他们现在只需要做一件事情，那就是无条件地满足她、纵容她。

她要好好地宠陆星摇，肆无忌惮地、绝无仅有地、让全天下人都羡慕地宠陆星摇。陆星摇这么多年可能都不知道宠爱是什么，既然如此，就让她来好好地弥补。

陆星摇的食欲本来就不好，更别提今天她的食欲糟糕到看到食物就厌恶。不过许离亲自去做，又巴巴地端来，亲手喂到她嘴边，还给她拿了杯可乐，她没有不张嘴吃下那口面的理由。

陆星摇接过面碗，像只仓鼠一样小口小口地把面吃掉。

吃完后，她不由分说地就让许离回去："明天还要上课，你听话。"

"姐，"许离喊她，"我只有你一个姐姐，我从来没把许媛当姐姐。我会好好读书，争取以后有机会继续和你一起生活。"

陆星摇没想到会听到这样的话。

这世上竟然有一个人，将她当作前进的目标。在他那里，她是独特的，是他的偏爱。

再冷硬的心听到这话也会软化下来，虽然知道这样不对，虽然知道许媛才是她姐姐，但是陆星摇就是很高兴，高兴到胸腔里的喜悦都快要溢出来。

一整天下来，她的嘴角第一次有了一个微微上扬的弧度。

"好，姐姐等你。"她亲昵地唤着他的小名，"阿离最棒了。"

陆星摇的情况好了许多，但陆家不可能让她在还没有彻底好转的时候去上学，万一她再被人刺激到怎么办？

陆家人给她请了假，同时也在积极寻找治疗她的办法。

他们请来了两位在心理行业赫赫有名的心理医生，咨询陆星摇的情况，并请他们对陆星摇进行细致入微的观察，看看这两位医生能否在他们与陆星摇的关系上提供一些帮助，还有就是……能否帮到陆星摇什么。

这两位都是权威专家，如果能治好陆星摇的心理问题，那就再好不过了。

陆星摇不愿意看医生，但是生病了不看医生怎么能好呢？心理疾病也是一样的。

陆嘉辰现在都不敢在她面前晃，怕她听到他的声音不高兴。经历了这件事，他真是被吓到了。

第十章
在意

陆星摇连续两天没来上学。

第一天，景延还能当作她家里有事，但是第二天她还是没来，他也没有听到陆家发生什么大事，他终于坐不住了。

他试着给陆星摇发消息。不过他知道她不常看手机，所以并没有抱什么希望。

果然，一直到下午放学，她都没回消息。

一整天过去了，一切都平静无波，但是柯明文发现景延的情绪随着时间的流逝越来越烦躁，他好奇地问道：“延哥，这是怎么了？为什么烦躁？”他的目光扫过前面空着的座位，幸灾乐祸地说道，“是不是学霸没来，想她了？”

下一秒，他的椅子被狠狠地踢了一脚。

柯明文面露惊恐地求饶：“恼羞成怒啊？这年头可不流行这个……哎哎哎，我闭嘴！我闭嘴！”

面对武力压迫，柯明文紧紧地闭上嘴，还做了个封口的动作。

景延瞥了他一眼，收回目光，换了个方向趴着睡觉，但眼神总是控制不住地往前面飘。

说好的学霸呢？说好了要好好学习的，居然还请假，她知不知道欠他多少作业了？这个女骗子，当初说什么帮他写作业，八成就是哄他的。

柯明文不愧是景延身边最亲近的人，他调侃归调侃，眼色还是有的，他主动去问付以听：“陆星摇呢？怎么两天没来了？”付以听也有些苦恼：“我联系不上她。她不常看手机，联系她全凭运气。”

柯明文还想问付以听几句，却听到身边有动静。他抬头一看，发现景延随手把书包背上，走了。

这下轮到付以听问问题了。

她眼里闪烁着八卦的光芒，又兴冲冲地把胳膊放在柯明文桌上，做出一副要认真听讲的样子：“景延是要去找摇摇吗？”

柯明文耸耸肩，说：“我也想知道，不过应该只是我们想太多了。”

毕竟那可不是别人，那是景延。景延是谁？心冷如铁，搬不动，撬不开，怎么可能会关心一个女孩子？

景延直奔陆家。

手机里，陆星摇依然一条消息都没回。虽然说她不回消息不是什么稀罕事，但是他总觉得不对劲。

反正陆、景两家近，他顺路去一趟不碍事。

他刚到了陆家门口，就听见了一些本不该听到的东西。

门口有两个保姆在说话，其中一个他认识，是陆家的老人了，好像姓周，另一个年轻许多，八成是刚来的。

年轻些的女人神秘兮兮地说道：“看起来二小姐很受重视和宠爱啊，你看这两天，因为她的事，家里连一声笑都没有……”

周姨想冷笑，却又不能将自己的不满表现得太明显，她只好酸溜溜地说：“那又怎样，谁知道她能受宠多久？她既不会撒娇，也不会说好听的话，整天都板着一张脸。你说，她好还是媛媛小姐好？”

那年轻女人下意识地回答：“那自然是媛媛小姐好了。她多活泼呀，可爱笑了，有她在，整个家里都乐呵。气氛好了，我们干活也舒服，你说对不对？”

周姨听得十分受用，她连连点头：“就是。孩子嘛，亲手教养出来的总是好的，脾气、秉性都跟自己一样，多好啊！也不知道先生、太太在想什么，竟然真就赶走了媛媛小姐，留下了十几年不在身边的二小姐。”

她一边说，一边摇了摇头。

她在陆家的用人中地位高，很多新来的用人都会选择巴结她以更好地立足。年轻女人也是如此，她下意识就跟着摇了摇头：“可不是吗！亲生的又如何？在外面那么多年，瞧这样子，半点儿没遗传到先生、太太的好。唉，再好的根，学坏了也……”

她啧了声，没再说下去，意思却昭然若揭。

周姨满意极了。

她就是看周围没人才忍不住多说了几句，泄泄心里头堆积的怨气，没想到还遇到了个上道的认同她的观点，和她一起嫌弃陆星摇，她的心气顿时就顺了。

“行了，你剪好花了没？我们该回去了。先生吩咐有点儿手艺的都要去做几道拿手菜，让那二小姐选呢。真是对贵人一样的，得精心伺候着呢。”周姨虽然是笑着说的，但是这话可不见得是在开玩笑。年轻女人立刻说道：“真是辛苦我们周姐了。唉，没办法，谁让人家会投胎呢，你说对吧？”

“可不是。”投到沈明诗的肚子里，可真是太会投胎了，周姨掐了掐手掌心。

她走在前面，那年轻女人看不到她脸上的表情，那是狰狞的、不屑的神色，看上去很吓人，谁也无法想象这样一个和善的中年女人能有这样的表情。

她们走远后，景延不动声色地停止了录音。

啧，陆家的用人可真厉害。

景延站在陆家门口，想了想，他还是按响了门铃。

刚才那两个女人虽然说了一堆废话，但他还是捕捉到了重点。

什么叫作“你看这两天，因为她的事，家里连一声笑都没有”？

这是发生了什么大事，陆家人才会连笑都不笑？

好巧不巧，是刚才那个说闲话的周姨过来开的门。

认出他后，她脸上立刻堆砌起笑意：“景少爷来啦，快请进来。”周德梅知道这是景家的少爷，那股殷勤劲儿自不必说。

“我们老夫人正念着您呢，没想到您就来了，她肯定要高兴坏了。”周德梅在陆家多年，不知招待过多少贵人，做起这些事情来驾轻就熟，“您手里的东西给我吧，看着都重。”

“不用。”

要不是景延手机里还有刚才的录音，他真是差点儿就信了眼前这人是个良善之人，跟她看上去的样子一样良善。

可别看她脸上堆着笑，实际上整颗心不知道黑成了什么样。

景延懒得应付她。

周德梅也没意识到不对劲，毕竟这位大少爷的脾气是出了名的怪。

将他引到陆老夫人那儿后，周德梅就走了。她没看到，少年盯着她背影的眼神里满是冷意。

见到景延，陆老夫人强打起精神。她这两天所有的心思都在陆星摇身上，实在是没有精力了。她把景延叫到身边，然后慈祥地抬手拍拍他肩膀：“景延啊，你怎么来了？”

“来看看您。”景延褪去往日的狂妄，将手中的东西递给老夫人，“我给您买了些补品，对身体好的。”

“你这孩子太客气了。”

老夫人知道他肯定是有事，不然不会无缘无故来陆家。这孩子性子冷着呢，没事儿才不会串门。

她想起什么，主动问：“你是来看摇摇的吗？”

景延大方地点了点头：“她怎么请了两天的假？老师挺关心她的，知道我们住得近，就让我来问问。”

陆老夫人恍然：“这样啊。”

“所以……她是出什么事了吗？”景延问。

说起陆星摇，陆老夫人忍不住又叹了一口气。她有些迟疑，不知道该不该跟景延说，这毕竟是陆家的家事，是陆星摇的隐私。

就在这时，陆老爷子走了过来。他接过她的话茬，道：“摇宝生病了，过两天就好了。”

景延跟老爷子打了招呼，又道：“我能看看她吗？”

陆老爷子刚想拒绝，就被老夫人拉了拉手。

老夫人道：“我去问问摇宝。”

陆老夫人也是没法子了，万一陆星摇想见他呢，那对她的病情应该有好处吧？

陆老爷子的决定从来都是不容置喙、不允许反驳的，但这次涉及陆星摇，他破天荒地改了决定。

“好吧，我去问问她，她要是想见你，那你就去见见她吧。”陆老爷子朝他一颔首，就去了陆星摇的房间。

原本这事儿让用人去叫就行，但是陆老爷子想多和孙女说说话。这两天他都没机会和她说上一句，老爷子嘴上没说，其实心里早就急得不行了。

陆星摇发呆的地点已经从地上转移到了床上，她小脸苍白，双目空洞地坐在床上，也不知道在想什么，看一眼就让人心疼。

陆老爷子心底一痛。

他的小孙女身陷囹圄，除了她自己，没有人能救她，他们只能眼睁睁地看着她痛苦却束手无策。

陆老爷子停下脚步，声音不自觉地变得又轻又缓："摇宝——"

陆星摇闭上眼。

她在抗拒。

陆老爷子喉间发涩，他只能小心翼翼地问道："摇宝，你同学景延来了，他想见你，你、你想不想……"

问是问了，但是他觉得陆星摇肯定是不想见的。

陆星摇果然摇了摇头，她谁都不想见。

陆老爷子呼吸都不敢太重："那我去让他回去。"

"陆星摇——"陆老爷子身后突然传来一道陆星摇熟悉的声音。

在陆老爷子走后，景延并没有在原地等，而是跟了过来。他没想到一来就看到了这让他一生都难以忘记的一幕——女孩儿孤单地抱膝坐在床上，像个没有生气的洋娃娃。

那一刻，景延的心就像是被划了一刀，他这辈子还没有过这样的感觉。

他叫了她的名字后，眸光定定地落在她的脸上："陆星摇，我有事儿找你，别躲。"

他跟她商量，希望她能讲点儿道理。

陆星摇扭过头，不说话，但也没有让他出去。

景延没有接着说，而是转头对陆老爷子道："陆爷爷，能让我跟她单独说会儿话吗？"

陆老爷子沉默了一瞬，还是出去了，只是走之前，他忍不住叮嘱陆星摇道："摇宝，有事就喊爷爷。"

陆星摇不知道为什么景延会来，但她并不想见到他，或者说，她不愿意让他看到这样的她。

什么样的她？

一个连她自己都不喜欢的她，一个浑身散发着颓丧气息、没有一点儿青春活力，极容易将负能量传染给别人的她。她只想将自己藏起来，最好藏在一个黑暗的洞穴中，等伤口自愈后，再正常地出现在阳光之下。

景延打量着这个房间，看得出来这个房间是用心准备的，陆家没有亏待她。他坐到她身边，伸出手想触碰她，但在她的身体下意识瑟缩的时候及时止住了。

空气中传来几不可闻的一声轻叹，景延的声音是难得的温和："陆星摇，你怎么了？怎么几天没见，你就生病了呢？"

陆星摇也不知道，她觉得她的世界仍然是灰暗的。

她房间的所有窗帘都被拉上了，房间里没有一丝光亮，一如她的内心世界。

“喂，别想耍赖啊，你说好帮我写的作业还没写完啊。”景延换了个语气，试图将她的思绪引向熟悉的场景。

陆星摇没有回应。

景延的手机突然响了，他起身去打开门，门外是他吩咐人送来的那只蠢狗。

团团一进门，就直接往陆星摇身上扑。

以往很喜欢它的陆星摇却突然失声尖叫，她拼命地躲开它。

景延眉头一皱，他迅速地伸手把团团抱走。

她到底是怎么了？

景延将团团塞给门外的陆家人。再次关上房门，隔绝外面的世界后，他轻声哄道：“好了，没事了，团团被我赶走了，只有我跟你在这儿了。”

陆星摇往被子里扑：“你也出去吧，对不起，我不想见你。”

景延这辈子还是第一次听到这句话。

“陆星摇，有些话得说出来心里才舒服。我刚跟我妈吵了一架，家已经回不去了，只能赖在这儿。反正走是没法走了，不如你跟我说会儿话？”

他就像个无赖。

陆星摇还是不说话，他爱待不待，爱走不走。

“就随便说说呗。我想听听你的故事，你看起来像是经历了很多很多，我很好奇到底是什么事才能让一个十七岁的女孩拥有这么成熟的思维。

“你说说嘛，不然我们交换？就跟上次那样，我先说，你再说。”

他们好像交换过不少次消息了，每次都是他主动提出的交换。

陆星摇意识到这点后突然反应过来——她好像每次都答应了他的交换要求？他一开口，她觉得他可怜，便也忍不住把自己的事说了出来。

但是这回，她不想答应了。

景延看到女孩轻轻地摇了下头，她甚至抬起手捂住了耳朵——她不想听。

她不听，那她也就不用说了。

逻辑缜密，不愧是陆星摇。

景延嘴角微抽，他并没有轻易放弃，趁着她现在情绪平稳，他继续道：“我研究过心理学，相信我，说出来以后你绝对会舒服很多。你要是有什么烦恼，我可以帮你想办法解决，天底下没有我解决不了的问题。”

“那你帮我摘颗星星。”

景延不可思议地瞪大眼，他不敢相信这是陆星摇说出的话。

片刻后，他一本正经地回答：“我回头去买一颗，用你的名字命名，也算是摘给你了。”他打着商量，说，“行不？”

陆星摇还是第一次听到有这样的说法，她刚才只是心血来潮地随口一说，大概是看不过去这人的狂妄，谁能想到他还真的认认真真地给了个答案？

陆星摇抿了抿唇，一时不知道该说行还是不行。

小山村里消息闭塞，她连听都不曾听说过星星还能买，还能命名。她垂下头，又不吭声了。

景延沉默片刻，嘀咕道：“我说没有我解决不了的问题，你不信。现在我给出解决方法了，你又不理我。”他语气还挺委屈。

陆星摇简直无法想象景延还会这样耍无赖，她微微瞪大了眼。

景延得寸进尺地说：“做人还是得讲点儿道理，不然会有惩罚的。”

陆星摇平生第一次被别人说不讲道理，她勉强道：“我信了，行了吧？”

“一般来说，类似于‘行了吧’这种带‘吧’字的，都是在极其不情愿的情况下不得不承认的。”陆星摇动了动，她想起来把这个人赶出去。

景延可能是被她赶多了，瞬间就领悟了她的意思，他往旁边一蹦：“好了，我不逗你了，作为赔罪，我带你去玩吧。”

陆星摇第一反应就是拒绝。

景延却直接拉住她的手腕：“走吧。不带你去那些他们玩到不想玩了的地方，带你去新的地方，保证你没去过。”

陆星摇闷闷地道：“整个沂市，我都没去过。”

他说的那些“他们玩到不想玩的地方”，其实对她而言也是新鲜的。

她的见识远不及他们多，受过的苦难倒是比他们多太多。

景延没有想到她会突然冒出这句话，他一怔。回过神后，他敏锐地捉住了一丝一闪即逝的想法，他好像突然明白了什么。

陆星摇自顾自地说道：“我都不想去，你自己去吧。”

走是不可能走的，景延拉了拉她的手腕，说：“你不想去也行吧，大不了我留下陪你。”

他一副吃了天大的亏的模样，再次坐下。

陆星摇无语，他倒也不必这样委屈，她可没有挽留半句。

“陆星摇，这个城市很美，我只是想带你去看看。”景延轻声道，没有以往的玩世不恭，他此刻的声音格外认真，“这个世界也很美，走得越远，你看到的风景就会越多，但是如果你在中途停下，沿路的风景就会戛然而止。

“我原以为，你有摘星星的野心，没想到你居然要半途而废？”

摘星？

陆星摇在心里自嘲，她脸上依旧面无表情：“你未免太看得起我了，对我的评价这么高。”

“你扪心自问，难道你没有这份野心吗？”

陆星摇最终还是被景延说服了，她慢吞吞地换好衣服，跟着景延出门。

看见穿着宽松的T恤跟在景延后面的她，陆家人又惊又喜。

虽然她跟着景延出门这一点的确让陆家人有些吃醋，但是她已经好几天不理人了，此刻她愿意出门，那就是一个好的开始。

沈明诗想说晚上有点儿冷，要不要带件衣服，但是愣是憋住了，一句话没敢说，她生怕因为多说了一句话，就让陆星摇改变主意不出门了。

出去走走散散心，少想一些不开心的事，也是好的。

出门时，陆星摇遇到了一个陌生人。他和善地朝她笑了笑，但是不知为什么，陆星摇见到他的第一眼就不喜欢。

陆星摇移开目光，跟在景延身后离开。

请来的医生被陆星摇正面撞见，陆家人都有些紧张，好在她没说什么，也没太激烈的反应，他们才松了一口气。待她离开，沈明诗忍不住问道：“段医生，刚刚你看到摇宝，觉得她的情况怎么样？”

段医生颔首：“她的第一反应是躲开我的眼神。”

另一位医生也走过来，建议道：“还是给她进行一次具体的检查比较好，她的情况很严重，不做检查，不进行针对性治疗，病情只会继续恶化。”

沈明诗眉尖紧蹙。

这些情况她何尝不知，只是知道又怎样，陆星摇很抗拒看医生，别说是做具体的检查了，要是知道家里就住着两个医生，她怕是要跟个炮仗似的直接炸掉了。

“我们……再想想办法。”陆为修神情严肃地说。

虽然陆星摇愿意出来，但是她并不愿意去人多的地方。

起初景延想得很简单，反正他什么地方都能找得到，大不了就排除掉她不想去的地方，换个地方就是了。

但是在排除完一个又一个的选项后，景延终于无语了。

最终，他带她去了一个没有任何其他人的地方。

陆星摇站在山脚下，仰头看着高耸入深蓝色夜幕的山，一时无言。

“你不会是要带我爬山吧？”

前段时间付以听她说过一个梗，看谁不爽就带谁去爬山。本来陆星摇没将之放在心上，但是这时候这个梗突然浮现心头，她迟疑道：“我……我跟你也没什么深仇大恨，不至于……”

景延应该是也想起那个梗了，他顿了一下，旋即扬眉轻笑道：“来不及了，陆星摇，这都到荒郊野外了，有什么事早就可以解决了。”

陆星摇无语，你可做个人吧。

“你的防备意识也太低了，你这样的，真是一杀一个准。”

陆星摇嗫嚅了下，才憋出一句话：“跟人沾边的事情你是半点儿不干。”

景延笑得更欢，像是听到了绝无仅有的夸奖。

陆星摇的眸光越来越哀怨。

还好，待景延笑够，他终于是好心地解释道：“带你去看星星。”

“摘不到星星，但看看还是可以的。”就是他今天出来得匆忙，没带设备，不然他能给她呈现一场让她终生难忘的视觉盛宴，保准让她以后一看到星星就想起他。

思及此，景延的嘴角又扬了起来。

别的事情对陆星摇的吸引力都挺一般，但如果是这个……她还真的想去。

她再次抬头看了一眼这座高得不见顶的山，退去陌生和慌乱后，她坚定了爬完它的决心。

只是在爬之前，她还是得问一句：“这么晚了，会有危险吗？”

“有我在，怕什么。这个点看到的景色才叫漂亮，而且等我们爬上去后，再过几个小时你就能看日出了，一举两得。”

日出？

星空加日出的诱惑，让陆星摇几乎是毫不犹豫地就答应了。

“走吧。”

她只是有点儿后悔在来之前没多吃点儿东西，待会儿体力不支就不好了。

景延拉住她，说：“不急，等一下。”

再来的时候他就吩咐了人，这时候那些人应该快到了。

果然，过了不到十分钟，一辆黑色的车径直停在他们面前。车上下来一个身着黑衣黑裤的人，他递给了景延一个包。

时间匆忙，别的没有，但是准备一些吃的、喝的还是来得及的。

景延随手把包往背上一甩后，朝陆星摇扬了扬下巴：“走了。”

那个包挺大，陆星摇都怕把他压垮：“你背得动吗？”

景延瞥她一眼：“我就是参加着各种挑战长大的，背着这个爬山，小意思。”

陆星摇没再打破砂锅问到底，反正过会儿就知道了。

景延先陆星摇一步往山上爬去，还喊道：“走了。”

陆星摇抬步跟上，还好她穿的是运动鞋，不然她今天得折在这儿。

月明星稀，这座山虽然早就被开发成了景区，经常有人检查周围环境，以期杜绝危险动物的出没，但这么晚了，山林里传来的一些奇奇怪怪的声音还是让人觉得怪瘆人的。

陆星摇不由得加快步伐，跟紧景延。

这座山很陡，她爬得有些吃力，额头上很快出了一层细细的汗。虽然有些累，但爬山的过程中，她感觉到胸口一直堵着的一团气在逐渐消散。

她一直在寻找的一个发泄口，好像被意外地找到了。

只是这两天她吃得少，动得也少，没什么力气。换作以往，她可以轻而易举地爬完这座山，但现在她很快就觉得吃力了。到达半山腰的时候，她咬着牙抬头看了看。看到前方还有那么长的距离，她眼前一黑。

嗯，这什么山呀，怎么这么高啊。

景延一直在注意着她的动静，估摸着她该爬不动了，他了然地说道：“休息一会儿吧。”

陆星摇嘴硬道：“我可以——”

景延懒懒地抬了下眼，随口道：“是我想休息。”

“哦。”陆星摇从善如流地接受了，她找了个空地席地而坐。

景延懒散地踢了个小石头，说：“起来。”

陆星摇疑惑地依言起来，便见景延放下包，拉开拉链，在里面掏出一张野餐布，还是带碎花的。他三两下将野餐布展开，随手铺在了刚才她坐的那块平地上。

陆星摇微怔。

“坐。”

她没想到他竟然这么贴心，贴心到她都有些不好意思。

景延盘腿坐在她旁边，见她一副若有所思的样子，他想了下，还是找了个理由道：“山上蚊虫多，铺块布以免被虫子爬到身上。”

“哦。”陆星摇漫不经心地点了下头，没说信，也没说不信。

景延有些别扭，他沉默了一会儿，见陆星摇口干得无意识地舔了舔唇，便又伸手去包里掏了掏，掏出了一堆吃的、喝的。

不得不说，他真的挺周到的，换作是她，可能不会为别人考虑这么多。

陆星摇知道她的性子太独，或许……她真的得改了。

吃完后，景延看了眼时间，把她拉了起来：“走吧，继续爬，快到了。”

什么话是最经常被拿来欺骗爬山爬不动的人的？

——快到了。

陆星摇知道这句话就是虚言，偏偏她还不能不信。

她咬着牙往上爬，感觉浑身的细胞都舒张开来。

待到山顶，陆星摇直接往地上一坐，再也不想动弹。她胸口剧烈起伏着，急促地喘着气。

她觉得她真的是疯了，才会大晚上跟着景延来爬山。

“陆星摇，抬头。”

“不抬。”

大概是没想到还能遇到一个比自己还横的，景延有一瞬间的停顿。他本来背对着她不知在看什么，听到这话，他直接转过来握住她手腕，也不强求，只道：“不抬你别后悔。”

他真是把陆星摇的心理把握得很到位。

陆星摇心里一动，其实她本就要看看的，不然也没必要爬这么久的山，只是面对景延，她情不自禁地就想叛逆一下。

一抬头，她直接愣住。

偌大的墨色天空上点缀着无数颗繁星，黑色与光明的碰撞，是独属于大自然的鬼斧神工，足以震撼世人。这样一番景象撞入眼中，除了震撼，便只有惊叹。

站在山顶，给人一种伸手即可摘星的错觉。

这种视觉上的巨大冲击让陆星摇久久地伫立当场，说不出话。

在她平凡又普通的十七年人生中，从未出现过这样浩渺的一幕，她从来不知道这世界上竟然还能有如此景色。

“好看吗？”景延问。

陆星摇缓缓地颔首。

“在这无垠的星空之下，众生皆渺小。以后你会发现你现在所经历的那些事情不过是沧海一粟，微不足道，现在那些快要把你逼死的烦恼其实根本就没有那么重要。”

“有时候……没有那么简单。”陆星摇反驳。

“你只要记住，这个世界上你自己是最重要的，其他人在你的世界里什么都不是。当你想通这一点的时候，就是你开始快乐的时候。”

虽然景延和她私下的相处并不算多，但他能看得出来，她看着不好接近，实际上拥有一颗最柔软的心。一旦有人对她好，她就会将那人放在心上，生怕得罪对方，生怕对方不高兴，对方皱一皱眉，她都觉得是自己的过错。

这样的人很容易受到伤害，久而久之，她就给自己树立起了一道屏障，将别人都屏蔽在外，以求减少困扰。但是这哪里是说屏蔽就能屏蔽的？她想不受影响，又挣脱不出，最终身陷旋涡之中，难以自拔。

这种困扰还只是一部分，她现在如此难受和绝望的另一个原因大概就是她回到了陆家。那个家里有陆星旖、陆嘉辰，还有不常出现的陆嘉实。

其他人是其次，主要是和她一起出生的陆星旖。

她看到陆星旖活泼的性格，看到她和父母正常的相处，也看到作为同龄人的自己和他们有多么不一样。她从来没有像陆星旖那样和父母相处过，她眼睁睁地看着他们的幸福，体会着自己的格格不入。那些无形中表现出来的价值观和生活态度的差别，这些都在一点一点地将她击垮，让她痛不欲生。

当年被换走并非她的错，由此造成的影响却要她来承担。

她不想、不愿，却没有办法。

养父母对她的影响很大，他们让她深陷于沼泽之中；生父生母对她的影响也很大，因为他们没能将她从沼泽中救起。

他很少同情别人，这个世界上不幸的人太多了，他怎么可能同情得过来呢？

但是面对陆星摇，他不得不同情。或许并不完全是同情吧，如果真的是同情的话，为什么他的心会如此痛苦呢？

景延喉间生涩，他试图唤醒她："不要太在意他们，不要把他们放在你心中最重要的位置。那个位置，只容得下你自己一个人。"

陆家人不知道景延带陆星摇去了哪里，反正回来后，陆星摇的状态看上去好了很多。虽然当天她还是默默地回了房间，但第二天她就早早地起来，收拾好东西去上学了。

陆星摇从前几天的状态中走了出来，她摆脱了阴郁，恢复了平常的冷漠。

她想通了，她有星辰大海等着去征服，一味地沉浸在这些乱七八糟的情感中未免太糟糕了。

她应该把自己放在最重要的位置，而不是别人——不是陆为修，不是沈明诗，不是任何人。

陆家又惊又喜，他们慌乱地准备着一切。

由于陆星摇出门得突然，她正面撞上了两位医生，但她并没有多余的反应，只是淡淡地看了他们一眼便收回了目光，她甚至没有问他们是谁。

当她坐上车，由陆为修和陆嘉辰送着去上学的时候，陆家人齐齐松了一口气。虽然他们知道她还在生病，知道她的病只是有所好转，但他们还是忍不住感到开心。

陆老夫人笑呵呵地说："明诗啊，回头你送点东西去景家，表示感谢。"

虽然不知道景延做了什么，但陆星摇能恢复过来，一定有景延的功劳。

沈明诗笑着点头："正好袁茵告诉我她回来了，我找个她在的时间去。"

"那太好了。"

陆嘉辰的学校和云十一中是两个方向，按理来说，他应该坐另一辆车，但今天他的目的不是上学，只是为了和陆星摇说一会儿话。

他觉得即使她不想和他说话，能和她待在同一个空间里也好。

他其实想向陆星摇道个歉，但一直找不到机会。

有时候他很羡慕许离，羡慕他可以毫无顾忌地和陆星摇说话。即使在陆星摇最不想理会别人的时候，许离也拥有和她说话的特权，这份特权源自陆星摇对他的偏爱。

陆嘉辰的神色有些黯然。

陆为修应该缓和一下孩子们之间的关系，但是这时候他顾不上陆嘉辰了。别说是陆嘉辰了，这几天他自己都没能和陆星摇说上几句话。

感情都是培养出来的，可他和女儿压根就没有培养感情的机会。

陆为修小心翼翼地找着话题，问陆星摇早餐好不好吃、吃得怎么样、中午想吃什么、他去接她好不好。

虽然大部分时间都是他一个人在说，但他还挺自得其乐的。

因为他知道她在听，而她只要听了，他就很开心。

陆星摇一直看着窗外，窗外的风景从她的眼睛里一掠而过。他们说的话她好像听了，又好像没听。

到了云十一中校门口，她开门下车，说了一句“谢谢”。

她在感谢他们送她过来上课。陆为修脸上的笑容一僵：她怎么又客气起来了？

他反应过来时，陆星摇已经走远。

陆嘉辰哀怨道：“爸爸，你怎么连女儿都哄不好啊。”

陆为修无言以对。

是啊，他怎么连女儿都哄不好？

“你说，你姐姐喜欢什么？有什么东西能让她喜欢？”

陆嘉辰张口就回：“应该没有这么神奇的东西吧。”

陆为修瞪了他一眼，这儿子真是派不上用场。

付以听看着门口发呆的时候突然看见了陆星摇，她起初还以为是自己的错觉，眨了下眼，确认不是幻觉后，她登时就跳了起来：“啊！摇摇！摇摇你来啦！”

椅子差点儿被她踢倒。

前方那么大的动静，直接把趴着的某人吵醒。

景延看向门口那个被付以听一把抱住的人，嘴角悄悄地翘起了一抹弧度。

偷眼看景延脸色的柯明文差点儿直接从椅子上滚落。

不至于吧！陆星摇不就是请了两天假没来吗，他至于看到她就笑吗？他们私底下是不是发生了什么他不知道的情况！

作为云十一中高二的学生，一天没来，试卷成山；两天没来，试卷成海。

在陆星摇的想象中，她的座位上应该堆满了乱七八糟的试卷和练习册，没想到入眼的是整整齐齐的课桌。

她低声向付以听道谢。

付以听嘿嘿笑着，她难得有些不好意思：“不是我整理的啦，我本来想帮你整理的，但是我早上来的时候发现已经被整理好了，昨天早上也是一样。”

陆星摇在这个班里的人缘还不至于好到会有人默默地帮她整理好东西，她有些好奇这到底是谁干的。

付以听也觉得奇怪：“我问过几个人了，他们都说不是。”

陆星摇只好先按下不提，只是在落座时，她的眼光不由自主地往身后的那个人身上瞟。

景延打了个哈欠，问：“看我干吗？”

付以听趴在陆星摇旁边说：“肯定不能是他，说是班主任亲自来帮你收拾的我都能信，但要说是他收拾的，打死我我都不信。”

景延凉凉地瞥了付以听一眼。

付以听摸了摸胳膊，总感觉上面起了一层鸡皮疙瘩。

啧，怎么突然感觉有点儿凉意？

陆星摇拿起试卷看了看，厚厚一沓，各科都有。给她整理试卷的那个人还挺细心的，按照科目分好了卷子，但是那个人好像分不清数学和化学考卷，居然弄混了。

陆星摇悄悄地勾了下嘴角。

“摇摇，你为什么请假呀？还一请就是两天，你没事吧？”

陆星摇摇摇头，说：“没事，快背单词吧，班主任好像在巡查。”

付以听吓了一跳，她立即转回去，不敢再多说。

陆星摇拿了支笔出来准备写卷子，就感觉椅子被身后的景延踢了踢，也不知道他想做什么。

陆星摇把椅子往前一拉。

这一拉，景延就明白她没事了，这姑娘的自愈能力还挺惊人。

眼看陆星摇的情绪慢慢地平稳下来，沈明诗小心翼翼地与她提过一次看医生的事情，但仍被她断然否决。

陆星摇很抗拒看医生，沈明诗头疼得紧，但是也没办法。

陆星摇发现经此一事，陆家人对她更小心了，平时与她相处都像是在与一个瓷娃娃相处。这其实并不是她想看到的。可是要问她想看到什么，她也不知道。

但是她在学习更好地融入这个家庭，空闲时她不再直接往房间里钻，而是经常在客厅中待着，或是看书，或是休息，反正就是增加与家人的相处时间。

她总觉得这样的做法或许是对的。

随着她与他们相处的时间长了，她逐渐发现了一些不对的地方。

陆为修的工作很忙，但是为了多陪陪女儿，他减少了加班时间，每天都尽量赶回来陪她们吃饭。陆星摇敏感地发现，他回来时迎上去的人常常不是沈明诗，而是周德梅。

虽然周德梅只是上前接过衣服，问候几句，但她还是觉得不对。

家里的其他人回来时，周德梅可没有这么殷勤，只有在陆为修回来时，她才格外热情与高兴。但是她的这份热情与高兴都掌握在一个合理的尺度里，不会让已经习惯了她的陆家人觉得过分与越界。

陆星摇与周德梅不熟悉，而且陆星摇最擅长的便是暗中观察。

她将发生的一切悄悄地纳入眼底，却什么都不说。她只是静静地思考、分析。

“摇宝，吃晚餐啦。”陆星旖打断她的思考，她一把抱住她的手臂。

“好，走吧。”陆星摇合上书。

陆星旖却对她看的书起了兴趣：“你在看什么书呀？摇宝，我都没见过你玩手机哎，你平时都不玩手机吗？”

陆星摇摇头，说：“没那个习惯。”

陆星旖身边的年轻人或是喜欢户外运动，或是喜欢游戏，反正没有一个像陆星摇这样喜欢学习的。

给陆星摇一本书，她就能安安静静地坐着看上一天。

这是好事，但是会不会有些不可思议？她的性子过于安静。

她们是双胞胎，长相有着 90% 的相似，却有着截然相反的性格。

陆星旖轻轻地皱了下眉，如果可以，她希望陆星摇可以开心一些——真正的开心，脸上常常洋溢着笑容的开心。

陆星摇没有察觉到陆星旖的情绪，还在问陆星旖有没有可乐。她特意压低了声音，像是在做什么坏事。

陆星旖回过神来，忍不住偷笑。她说：“就一杯！”

陆星摇闻言勉强颔首：“行。”

“这些都是早上刚空运过来的海鲜，新鲜着呢，先生可得多吃点儿。”周德梅正和陆为修说话。

陆为修点了下头，说：“去把饭盛一下，他们应该要过来吃饭了。”

周德梅顿了下，然后拍了拍脑袋：“您看，怪我，一忙起来就忘了事儿，我这就去。”

她往外走，正好与陆星摇、陆星旖迎面撞上。陆星摇看着她，眸光深沉。

周德梅有一瞬间觉得到自己的秘密像是被暴露在阳光之下，无所遁形，这个女孩的眼睛清澈得可怕，仿佛能透彻世间一切的污垢。

周德梅一恍神，差点儿一个趔趄摔在姐妹俩跟前。

陆星旖赶紧伸手扶住她，关心道："周姨你小心点儿，别摔了。"

周德梅恍惚着站好，强笑着点头，却不敢再看陆星摇，不敢对上她的目光。

陆星摇和周德梅相反，她大大方方地将目光落在周德梅的身上，直到周德梅慌张地说要去盛饭转身离开后，她才平静地收回了目光。

一离开陆星摇的视线，周德梅立马依靠着墙抚了抚心口。

这个孩子太可怕了，可怕到她完全不敢直视！那双眼睛像是能直接窥探到她的内心！

周德梅的心跳再度加快，她慌忙倒了杯水压了压惊。

她暗地里做一些事情也不是一天两天了，面对再多的人她也不曾有过多少慌乱，像今天这样的惊慌失措倒是头一回。

偏偏她还说不上是为什么。

今晚陆家的餐桌上很热闹，因为多了个人——裴庆。

裴庆一直和老爷子在书房谈话，直到吃饭的时候，他才和老爷子一起来到餐厅。

陆星旖笑眯眯地喊人，然后立马缠上去问问题。

裴庆是学侦查学的，陆星旖对这方面可感兴趣了。每次见到裴庆，只要他有空，她都恨不得黏在他身上。

裴庆跟众人打了招呼后，被陆星旖拉着坐在她身边，他的另一边就是陆星摇。

陆星摇罕见地跟人打招呼："好久不见。"

裴庆受宠若惊："好久不见，二小姐。"

"我本来要给你发微信的，不过你来了，我们刚好可以面对面沟通，省去不少麻烦。待会儿吃完饭我可以跟你单独说会儿话吗？"陆星摇认真地问。

陆星摇与陆星旖不一样，她很成熟，做事有条理，逻辑缜密，裴庆并不敢把她当成一个普通的十七岁女孩看待。

她这样说，他自是答应："好的。"

陆老爷子笑呵呵地问："摇宝有什么悄悄话要说吗？爷爷可不可以知道啊？"

陆星摇摇摇头，说："以后有机会再告诉您。"

陆为修颇觉稀奇，这孩子对待裴庆可真是不一样，两次了，每一次对他都是特殊的。

不得不承认，他的确是有些吃醋了，毕竟陆星摇跟他都还没有说过悄悄话呢。

陆为修多看了裴庆两眼，裴庆立马坐直身体，不敢再动。

陆总这眼神怎么回事？怎么冷意十足？

好在有陆星旖在旁叽叽喳喳地说话，加上陆嘉辰时不时地也问几句，餐桌上的气氛并没有受到影响。

陆星摇静静地听着，静静地吃着，几乎没有存在感。

不过陆家人怎么可能忽视她，他们不停地给她夹着菜，只是被她吃掉的还不足碗里的半数。

陆家众人的眉心又慢慢地蹙起来了。

陆星摇心里存着事，吃得比平时还要少。她吃完后也不走，就坐在那儿等着裴庆。

陆星摇并没有在大庭广众下和裴庆说话，而是将他带到了书房。

陆为修说这个书房随便她使用，她想写作业或者看书的时候就可以来这里。陆家很重视文化修养，每个人都有自己的书房，而这个就是属于她的。

裴庆暗自琢磨着这位受宠的二小姐到底有什么话跟他说。

"裴先生，我猜测爷爷让你调查一些事情。"陆星摇平静地说，"我也知道，他让你调查的事情，多半是与我有关。"

裴庆眉梢一动，笑道："二小姐，所以您把我叫过来是要跟我说什么？"

"你能告诉我具体发生了什么吗？或许……"她眨巴了两下眼睛，说，"我可以给你提供些思路。"

"二小姐，"裴庆努力让自己看起来柔和一点儿，"您不用操心这么多，老爷子都会处理好的，您只要好好学习就好。"

"你就告诉我吧，怎么说我也是受害者，总不至于做对我自己不利的事情。爷爷不让你告诉别人，无非是害怕他们是加害者，我不一样，我是受害者。"

裴庆开始犹豫。

不得不说，她真的很会抓住重点，也很会抓住别人的弱点，是谈判的一把好手。

“裴先生，我身处其中，或许真的可以给你提供一些有用的线索，帮助你完成任务。”

裴庆再三犹豫，还是如实与她说了，但是他有所保留，只说了一部分。

他说：“是，老爷子让我调查您身边的人，还有在陆家工作的人。老爷子待您好，怕您好不容易回来，又被小人给害了，因此特意让我来查。”

陆星摇心里默默地嘀咕，可你不也没查出个所以然来吗？

她把她的怀疑说了：“如果可以，你可以多查查那个周姨。”

“周姨？”裴庆惊讶。

“对，周姨。无论你信与不信，反正你多查查她。”

陆星摇的面色很严肃，裴庆不敢不将她的话放在心上，他当即答应了下来。

过两天就是周末，沈明诗趁着周末去了景家。袁茵夫妇常年全球各地跑，沈明诗好不容易才找到一个他们在家的机会。

她刚到门口，就撞见了要出门的景延。

沈明诗忙叫住他：“景延，要出门吗？”

景延刚和袁茵说了几句，准备出去，没想到沈明诗来了。

“上次多亏你带摇宝出去走了走，她好多了，阿姨特地来谢谢你。”沈明诗笑道，她把手里的一套最新款游戏设备递给他，“阿姨给你准备的小礼物，待会儿回去看看喜不喜欢。”

景延动作一顿，他没想到沈明诗这么客气。

多亏了他？

景延扯了下嘴角：“您客气了。”

“有空你们出去玩的时候还得麻烦你多带带摇宝，她性子独，平时哪儿也不爱去，我真是没办法。”

其实不用她说，景延本就有这个打算，免得她小小年纪，就一副忧郁的样子。

景延点了下头。

“你是不是要出去玩？那阿姨就不打扰你了，我去跟你妈说会儿话，你快去吧。”

“等等。”景延叫住她，说，“我有事情找您。”

他本来就打算在陆星摇好转一些后找陆家人说说录音的事儿，没想到他还没去，沈明诗就先来了，正好省事儿了。

“什么事？”

景延四下看看，然后带她去了花园里的小亭子。

他拿出手机，点开那天的录音文件。

沈明诗回到家后，心里的火气仍没有消去半分。

她没想到平日里老实巴交的周姨私底下竟是这种人，若非她太熟悉周姨的声音，她根本不敢相信会发生这种事情。

陆星摇坐在院子里的秋千上一边看着书，一边等着毛鸿运跟她说成绩。

再过十分钟，竞赛成绩就出来了。

她懒懒地靠在秋千绳索上，像只在晒太阳的波斯猫。

沈明诗远远地看着，只觉得这个画面太过美好，美好到像梦一样。陆星摇和陆星旖长得都很漂亮，只是陆星旖脸上有些肉，陆星摇的脸更精致些。

沈明诗心一软，她走到陆星摇身后，推动着秋千。

“摇宝，今天周末，想不想出去玩？妈妈带你出去呀。”

“不了，有点儿事。”陆星摇用脚尖一下一下地点着地面，回答。

秋千荡起又落下，她神态慵懒，十分悠闲。

“摇宝，是妈妈太没用了。”沈明诗突然说，她的神色落寞下来。

如果不是她没用，陆星摇当年就不会被换走；如果不是她没用，就不至于过了十七年，她都没有发现女儿被换走；如果不是她没用，女儿就不会在终于回到家之后还要受到这些保姆的看不起与轻蔑。

沈明诗恨得直咬牙。

陆星摇不知道沈明诗怎么突然这么说，她疑惑道：“嗯？”

“妈妈的宝贝、妈妈的小公主，妈妈好爱你。”沈明诗拉住秋千，从女儿的身后环抱住她，然后轻轻地亲了下她的脸颊。

陆星摇浑身僵硬，怎么还带偷亲的？

“你先玩，妈妈去处理点儿事情，晚上妈妈给你做你喜欢吃的。”

经过长期的观察，她已经记住了女儿的部分喜好。

沈明诗一走，毛鸿运的消息就来了。陆星摇垂眸看了一眼，嘴角慢慢地扬起。

她就说，要是她没得第一，要么是出卷的人有问题，要么是改卷的人有问题。

付以听第一时间发来祝贺的消息，她简单地回了两句后关上手机，准备出门去买几本习题册。她脚步都轻盈了许多。

陆星旖也收到消息了，她从房间里跑了出来，想找陆星摇，可是找了一圈也没看到陆星摇的影子。她只看到妈妈在和周姨，还有新来的保姆小桃说话。

“妈妈，你干吗呢？”

沈明诗刚跟周德梅和小桃发完火，她当场开除了小桃，至于周德梅，她还得审慎斟酌下该怎么处理。毕竟周德梅在陆家工作多年，她怎么也得问问老爷子和老夫人的意思。

小桃整个人都吓傻了，她万万没想到这件事情这么严重。她好不容易才进了陆家当保姆，平日里循规蹈矩，不敢多说，不敢做错，若非为了讨好周姨，她那天也不敢那样说。她没想到，那天说的那些话会被沈明诗知道，更没想到就因为那天说的那些话，沈明诗会发这样大的火，别说她了，连周姨都要被开除。

她当场就哭了：“我再也不敢了，再也不敢了！求求您，别赶我走，我家里还有两个弟弟在上学，就靠我这份工资养活了，我不能走的啊！”

沈明诗不为所动：“管家，把她带走，结清她的工资，再不许她踏进陆家的门。”

任凭小桃又哭又闹，沈明诗也不见半点儿宽容。

陆星旖不知她们做了何事，她有些茫然。

沈明诗又看向周德梅，说：“你也是陆家的老人了，我实在没想到你能干出这样的事来。摇宝是我们的心头肉、掌中宝，你却这样看不起她？你可别忘记你的身份！回头等家里人到齐了，我会跟他们商量要不要辞退你。”

周德梅着实没想到会这样。

那些话到底是被谁录下来的？她在陆家二十余年，从来没出现过这样大的失误。面对沈明诗的控诉，她面如土色，什么话也不敢说了。

管家看着默默抹泪的周德梅，有些不忍。

早知如此，又何必当初呢？整个陆家没有人不知道这位二小姐在陆家人心头的重要性，偏偏周德梅还这样编排她，沈明诗能有好脸色才怪呢。

见沈明诗事情处理完了，陆星旖上前摇了摇她的手，问：“妈妈，摇宝呢？竞赛成绩出来了，我想知道她考得怎么样。”

沈明诗一惊："成绩出来啦？"

陆星旖肯定地点点头："是呀。不过我只得了个三等奖，没有保送的机会了。"

沈明诗亲了亲她的额头："没关系呀，宝贝。这可是个全国竞赛，你能得三等奖，妈妈已经很惊喜了。我们宝贝好棒！你想要的那套礼服，妈妈回头买来做你的奖品，好不好？"

"好呀！"陆星旖刚刚生出的些许颓丧感一扫而空，"下次的聚会我就穿它去！"

"走，我们去找妹妹，看看她考得怎么样。我刚刚进来的时候，看到她在秋千上坐着呢。"沈明诗揉了揉陆星旖的头，说，"晚上妈妈给你们做好吃的。"

只是，母女俩到了刚才陆星摇所在的地方后，却没有看到她人。沈明诗让管家和几个保姆帮忙找找看陆星摇去哪儿了，但是他们找遍整个陆家也没有找到她。

就在沈明诗开始着急时，管家来汇报："二小姐刚刚坐车出去了，但是没说去哪儿。"

陆星旖脑海里下意识地冒出了一个猜测："她是不是没考好呀？"

陆星旖不说还好，一说，沈明诗心里就突突地跳。

陆星摇没考好，怕被他们知道以后丢脸，所以干脆跑出去不让他们知道？那不就是离家出走吗？

可别真是这样！那他们该上哪儿去找人呀！

沈明诗心里又惊又怕，她赶紧给陆星摇打电话，陆星摇没接。

她又打了一遍，陆星摇还是没接。

沈明诗这下坐不住了，这孩子怎么这么傻呢！

没考好就没考好，这次是全国竞赛，那么多人考，难度又这么大，考不好有什么丢人的呢？怎么就至于跑出去呢？

她心急如焚，整个脑子乱成一团。在陆星旖的提醒下，她颤抖着手给陆为修打电话，又通知了陆老爷子。

陆星摇怎么这么傻呀，只是成绩不好，不至于，不至于的……

"不好了，摇宝不见了！"她打电话时，声音都是哽咽的。

陆家人集体脸色一变。

陆为修先问了沈明诗，陆星摇是不是让司机带出去的，沈明诗喃喃道：

“不是，辰辰刚才去踢球，司机带他去了。另外一个司机给车做保养去了，也没在家。”

片刻后，她又哭着说：“我给她打电话，怎么也打不通……”

陆为修安抚好沈明诗后，让人去调取了家附近的监控，很快就查到了陆星摇坐的车的车牌号和其去往的大致方向。

有了车牌号，查司机的电话号码就轻而易举了。

很快，陆为修就得知了陆星摇的踪迹。

他松了一口气，孩子不就是去书店买几本书吗？明诗这也太会胡思乱想了。

他给沈明诗打电话说了情况后，直接开车去找陆星摇。

沈明诗松了一口气，打球回来的陆嘉辰也松了一口气。他觉得他跟陆星摇应该是天生不合，要是这回因为他用了车，陆星摇没法用车而找不到人了，那他可就再一次成罪人了。

陆嘉辰嘟囔道：“妈，你也太会胡思乱想了。”

沈明诗嗔怪地看了他一眼：“我就是太着急了。”

她可能是被那孩子吓怕了，生怕什么时候会再次失去这个女儿，所以她总是提心吊胆。

知道了她的行踪后，沈明诗大大地松了一口气：“旖旖，你给爷爷奶奶打个电话，让他们不要担心，妈妈去厨房给你们做好吃的。”

大抵是觉得不好意思，她脚步飞快地走了。

周德梅见她进了厨房，啥话也没说就凑上来帮忙，安安静静地洗菜、切菜。

沈明诗硬着心肠没理她。

没过几分钟，周德梅终于还是忍不住地开口了：“夫人，我……我知道错了，都是我鬼迷心窍，才会说出那些话来。我真的知道错了，您能不能看在我在陆家干了这么多年，没有功劳也有苦劳的分儿上，饶我一次？求求您，别赶我走……”

“我没有结婚，无儿无女的，一辈子的青春都交代在陆家了。您这时候赶我走，我能去哪儿呢？”周姨说着说着便哭了起来，“我在这儿干了这么多年，看着少爷、小姐们长大，早就把他们当成了亲骨肉，我也是太舍不得媛媛小姐了呀！我以后再也不会了，我以后就把二小姐当自己的亲闺女疼！夫人，您大发慈悲行行好吧！”

听到周德梅这么一番情真意切的话，沈明诗动作一顿，她沉沉地叹了一口气。

周德梅确实是把她的孩子们当成亲骨肉疼的，这点她都看在眼里。这么多年，在带孩子这件事上，周德梅确实是功不可没。

她大概也能理解周德梅为什么那么说，周德梅大抵是太舍不得媛媛这个自己亲手带大的孩子了。

“夫人，我求求您了，我真的无处可去啊。您赶我走，我就只有死路一条了！”周德梅哭天喊地地求饶。

沈明诗不忍地移开眼，但还是坚持道：“可你该知道摇宝是我们的掌上明珠，你无论如何都不该伤害她。媛媛不是我们的女儿，我们待她已经仁至义尽！”

“是是是，我知道的。这不是没有让二小姐听到那些话嘛，我保证以后这些话我死也不会讲！我会好好改过自新，以后把二小姐当成自己的亲闺女一样疼！”

沈明诗深深地看了她一眼，没说信与不信。

“夫人，算我求您了！我们无论如何也一起生活了二十多年，您行行好，别赶我走……”

沈明诗咬紧下唇，长长一叹，终于道：“罢了，你以后在厨房干些杂活吧。还有，要是再让我知道你说这些话，就别怪我心狠，那无论如何我也是要赶你走的。”

“您放心！我绝对不会再说这样的错话！”周德梅喜极而泣。

沈明诗转身继续做饭，错过了周德梅脸上一闪而逝的得逞与得意。她就知道，这个女人最是心软，这么多年了一点儿也没变。

第十一章

真相

陆为修找到陆星摇的时候，她手上已经拿了厚厚一沓书，准备去结账。

她从前最喜欢的地方就是书店，可惜安镇只有一家小型的书店，书不多，还因为没有利润倒闭了。后来到了沂市，书店倒是很多，但是她没有钱买，现在她好不容易有钱了，总算是能好好逛逛了。

这一下午，她逛得酣畅淋漓。

见到陆为修时，她还有点儿疑惑：“您怎么来了？”

陆为修看到她，竟有一种失而复得的喜悦。他轻轻地摸了摸她的头，动作轻缓柔和。

“爸爸帮你拿着，要不要再买一些？这些够吗？”陆为修接过陆星摇手上的书，问道。

虽然陆星摇手上已经有了厚厚一沓书，但他觉得这肯定只是她想买的书里的冰山一角。

果然，陆星摇立即答应：“好，我刚才看到那里有很多我想要的书，但因为拿不动了，我就没拿。”

“摇宝很喜欢看书？”陆为修问。他寸步不离地跟在她身后。

“还好。”

“爷爷和爸爸的书房里都有很多书，以后你想看书了自己进去就是，知道吗？”

陆星摇没有客气，她点了点头。

“怎么自己出来了？为什么不找个人陪你呢？”

“突然想来的。”而且她也没有找人陪的习惯。

“摇宝，下次出来跟家里说一声，或者和门卫说一声，好不好？不然爸爸妈妈会担心的。”陆为修想了想，还是叮嘱道。

这孩子没有外出报备的习惯，其实也意味着从前根本就没有人关心过她的去处。每每想到她从前的生活，陆为修心里总是不是滋味。

陆星摇闻言，大抵猜到了他为什么过来了。她晃了晃手机，说：“可以给我打电话呀。”

陆为修无奈道：“你关机了。”

“嗯？”陆星摇这才发现手机不知道什么时候竟然没电关机了，她松了一口气，说，“还好你来了，不然我就买不了东西，也打不了车了。”她没有带现金，出来买东西都是准备手机支付的。

陆为修揽过她的肩膀，说：“嗯，还好爸爸来了。以后如果再遇到这种情况，就算爸爸没有来你也不要害怕，让司机带你回去，到家以后爸妈再给他钱。”

陆星摇颔首。

“还想要什么书，尽管拿，爸爸给你买。”他想起他给陆星摇定制的礼物，不禁期待起陆星摇看见后的反应。

“那我就不客气了。”陆星摇抿抿唇，开始挑选起来。

陆为修跟在旁边跟她说话：“旖旖说数学竞赛成绩出来了，摇宝，你知道成绩了吗？”

“知道了呀。”

“考得怎么样呢？”陆为修有些紧张，他担心会戳到她的伤心事。

“还可以。”

“嗯？多好？”

“一等奖。”

陆为修惊讶：“什么！”这怎么是还可以，简直太好了！

“我们摇宝真棒！”陆为修兴奋地道，“爸爸要好好给你庆祝一下。”

陆星摇失笑道：“不用庆祝，这些书就当作是庆祝了。”

陆为修一本正经地拒绝：“那怎么行。这些书不够，你还想要什么？爸爸都给你买！”

他刚想给家里人报喜，思索了下，又忍住了。

刚刚明诗的担忧真的是荒唐，太荒唐了。

陆星摇没想到他这么激动，她笑道：“您冷静一下。”

陆为修一把搂住女儿，说：“爸爸好高兴，我的女儿真的好棒。”

陆星摇愣了一下，随后，她轻轻地翘起了嘴角。

陆星摇几乎买了她想要的所有书。没想到她以前梦寐以求的东西，有一天也可以轻而易举地得到。

等红灯的时候，她突然透过车窗，看到了两个熟悉的人。

她仔细看了一眼，发现自己没有看错，那就是外婆和许媛。老太太拉着许媛，两个人不知在争吵什么，反正面色都不好看。

陆星摇咬了咬唇，然后慢慢地移开了目光。

许媛已经退出了她的生活，她希望有一天，这场错误给她带来的影响可以降至最低。

许志国和周淑兰都已经被判刑了，但是她没有去了解他们被判了多久。

她害怕那些仇恨再次蒙蔽她的双眼，所以她强迫自己不再去想起他们，她强迫自己远离他们。

时光会让伤口愈合，相信也会淡化伤痕。

陆为修没有注意到窗外的许媛，他正在问她想吃的甜品和喝的饮料，她下意识地就要摇头，但想了想，她又点了点头，说道："哥哥上次买的那个……"

这是她第一次称陆嘉实为哥哥。

陆为修先是一愣，然后是一喜，如果陆嘉实知道妹妹称他为哥哥，怕是会高兴得不得了。

他立即答应："好，前面就有一家。我们去买！"

到家以后，沈明诗朝陆星摇扑了过来。她一把抱住陆星摇道："吓死妈妈了。"

陆为修笑着说："你看你，就知道瞎想。孩子考得好呢，她只是去买了几本书。"

陆嘉辰从外面溜达进来，手里抱了一摞书，跟在他身后的管家手里也抱了一摞，他一脸震惊地说："爸，你管这些叫几本书？"

陆为修敲了敲他的脑袋，说："快给你姐姐搬去书房。"

"摇宝考得怎么样？快告诉我。"沈明诗扯了扯陆为修的衣服，说。

"摇宝，你自己来宣布这个好消息。"

陆星旖从沈明诗的身后探出头。

"陆星旖，你考得怎么样？"陆星摇不太在意自己的成绩。

"我？我得了三等奖，嘿嘿嘿。"陆星旖经过沈明诗的肯定，已经觉得很满意了，她反问，"你呢？"

陆星摇犹豫了一下，她担心陆星旖会受到打击：“我……还可以。我饿了，可以吃饭了吗？”

陆为修揽住她的肩膀，无奈地说道：“这是家里，旖旖是家人，是你的姐姐，没有什么话是不能说的，没有什么需要顾忌的。摇宝乖，别怕，说吧。”

“我只是觉得没有必要说。”被戳中内心后，陆星摇垂下眼睛说。

她的确是因为顾忌着陆星旖的心情才不肯说的，她怕陆星旖心理不平衡。这是她从小养成的小心翼翼的习惯，一时之间无法改变。

她试图挣扎：“而且我是真的饿了。”

陆为修无奈，他索性直接替她说了：“摇宝得了一等奖。”他话里话外都充满了自豪，“她考得很好。”

陆星旖哇了一声：“数学竞赛你还能得一等奖，你是神仙！”她一把抓住陆嘉辰，说，“你知道吗？他上次考试数学不及格呢！你说说，大家明明都是爸妈的孩子……”

陆嘉辰不耐烦地甩开她抓着自己领子的手，挣扎着抓回去：“陆星旖，你够了啊，别捧一踩一！”

看着他张牙舞爪地和陆星旖闹起来，陆星摇突然觉得，她在意的事情，他们好像并不是很在意，她的小心翼翼或许是没必要的。

陆为修在她耳边轻声说：“摇宝，我们是家人，可以畅所欲言，不必顾忌。如果连在家人面前都要顾忌，那活在这世上未免也太压抑。你记住，我们永远不会真的生你的气，你想说什么、想做什么都可以尽情地说和做。”

陆星旖连连点头：“就是，我可是姐姐，怎么会吃妹妹的醋，跟妹妹生气呢？”

陆星摇迟疑着点了点头，她又觉得有点儿尴尬，便试图逃离，她快步往厨房走去。

“摇宝、摇宝，你别跑嘛，我看到你手上拿的东西了，你买了什么让我看看……”陆星旖追了上去。

沈明诗还没回过神，她愣怔地问陆为修：“摇宝拿了一等奖……”

陆为修笑着点头。

沈明诗猛地捂住嘴巴：“这，这……”

“你没听错。”陆为修脸上难掩高兴。

沈明诗真的没想到陆星摇会这么厉害。他们调查过她在安镇时的成绩，虽然一直名列第一，但那只是个小城镇，第一名并不能代表什么。倒不是他们不相信自己女儿的优秀，只是面对她时，他们总是忍不住过多地担忧。沈明诗还想过如果月考成绩不理想，该怎么安慰陆星摇，没想到她的成绩会好成这样！

晚上，裴庆给陆星摇发了条消息：“二小姐果然聪慧，周德梅的确有问题。我准备亲自去她的老家一趟，调查清楚就回来，二小姐自己记得多多防备。”

看着这条消息，陆星摇脸上露出“果然如此”的表情。

她的直觉向来很准，那个周姨的言行举止就是不对劲。只是她虽然觉得不对劲，但也说不出是哪里不对劲，没有证据，她也不能贸然将自己的猜测说出来。果然，将消息透露给裴庆，让他去查，才是最正确的决定。

陆星摇：“爷爷知道吗？”

裴庆：“知道。您体谅一下，毕竟他才是我的直属上司，查到问题我肯定得第一时间跟他汇报。他知道是您给我消息的，您放心，他会处理好这一切。只是在查明真相前，我们暂时还是先按兵不动。”

陆星摇理解，毕竟她年纪还小，处事还没有他们那么周全，所以她也没有过多地干涉他们的调查。她只提供一些可能有用的信息，能得到她想要的结果就好。

陆星摇：“辛苦了。”

裴庆没想到这位二小姐还有这么客气的时候，他点了支烟，一边准备出发去安镇，一边回复：“客气。”

跟裴庆聊完，陆星摇想起也参加了竞赛的景延，便犹豫要不要问一下他的成绩。她对他有好奇，也有关心，却又有和刚才面对陆星旖时一样的顾虑。

想了想，她觉得还是算了。

她刚准备把手机放下，景延就发来了消息。

景延：“成绩出来了，听说今年沂市有个一等奖。”

看样子，他知道那个一等奖是她了。

景延：“恭喜啊。”

陆星摇咬着唇，回道：“你呢？”

电脑屏幕的光照在景延的脸上，他停下即将把电脑界面切换到游戏的手，轻笑道：“想知道吗？”

陆星摇觉得有些人真的挺讨厌。

好在景延没有吊太久她的胃口，他很快回道：“重在参与。”

紧接着，他又发了一条消息：“你原本觉得我会得奖还是不得奖？”

陆星摇当然觉得他会得奖，毕竟他的实力摆在那里。几乎是在看到消息的那一秒，她心里就有了猜测。迟疑半晌，她回道：“你是不是故意的？”

景延指尖一顿，旋即，空气中有一声轻缓的叹息响起。她还真是看得明白，心思通透得很。

景延：“为什么这么问？”

陆星摇：“因为凭你的实力，你能得奖，正常来说是一等奖，再不济也是二等奖、三等奖。你为什么要这样？”

景延扯了扯嘴角，她真的很看得起他，他很久没遇到这样一个对他的实力这么有信心的人了。他打了一行字，想了想，又删掉，又打了一行，顿了几秒后，他再次删除。

来回几次，他终于放弃了。

算了，不回了。

为什么要这样？几年过去了，他都快忘了最开始时的目的了。

耳机里，游戏中的队友在疯狂地喊他，他却自顾自地陷入了沉思。片刻后，他觉得耳边太吵，便直接关掉了电脑。

队友哭了：延哥你回来！

袁茵在外面小心翼翼地敲门，问景延要不要吃饭。

心里莫名生出了一股烦躁，景延抱住头，神色烦躁。不知过了多久，门外的声音没了，整个世界安静了下来。

当年无意中听到的父母间的对话再次出现在他的耳畔，那些对话的声音慢慢地变大了。那字字句句化作利剑，将他伤得体无完肤。他被扎得遍体鳞伤，试图呼救，却求救无门。

现实世界与虚拟世界相互交织，一时间，他竟有些分不清哪个才是真实的世界。

他沉浸在幻想的过去中，神色逐渐由痛苦转向了狰狞。这些噩梦像藤蔓般将他紧紧地缠住，勒得他无法呼吸。

窗外下起骤雨，雨水激烈地拍打着门窗，伴随着暴雨而来的狂风席卷过窗帘，骤然打破了这一场幻境。

景延眼睛猛地睁开，他眼里布满了血丝。

就在这时，放在桌上的手机响起铃声。

换作别人，他懒得接，但是看着来电显示上的那三个字，他深吸一口气，还是拿起手机，接通。

陆星摇的声音传来："你没事吧？"

仗着陆星摇看不到，景延保持着面无表情的姿态，声音中却带着刻意的散漫笑意："我能有什么事？"

陆星摇问："那你怎么不回我了？"

景延顿了片刻，回道："在忙。"

陆星摇狐疑地问："是吗？"

"骗你干吗？"他干咳一声，掩去心虚。

陆星摇没有再执着于这个话题，她追问刚才那个他没回答的话题："你为什么要这样呢？"

景延轻描淡写地说："那个保送于我而言并不重要。"所以还不如给需要它的人。

陆星摇咬紧了唇。

虽然猜中了，但她心里没有猜中的喜悦感，反而出现了一种喘不过气的感觉："所以……你是可以拿奖的，是吗？"

对方没有回答。

陆星摇有满腹想说的话，一时又不知该从何说起。

她在想，这个男孩表面上看似光鲜亮丽，但或许他心里的伤口并不比她少，并不比她浅。

他们现在是高二，还有一年就是高三了，以他目前的成绩，想上一个国内的好大学还是有难度的，既然如此，拿到这个保送名额不好吗？

但是现在说这些都已经晚了，这一次竞赛已经结束了，名次也已经出来了。

陆星摇握紧拳，又忽然松开，一股深深的无力感笼罩着她。

"景延，就像你跟我说的，为什么要因为别人而放弃自己的人生呢？即使那个人是你的父母，是你的亲人，也不值得你这样放弃自己。你明明……明明可以站在光芒之巅，却甘心滚落泥尘吗？"

"你自己甘心吗？"她轻声问，"我以为你也能拿奖的，这个保送对你来说怎么可能不重要？"

说到后面，她的情绪有些崩溃，却又被她死死地压抑着。她掐着手心，手心已然被掐出了痕迹。

景延微微一怔，说："陆星摇，我拿不拿奖对你来说又不重要。"

“怎么不重要了？你有时间理我，我也有时间理你啊。”片刻后，她像是做了某种决定，“以后我要跟毛老师申请监督你做作业。”

景延惊讶：“嗯？”

女孩儿的情绪就像龙卷风，来得又快又猛，还奇奇怪怪的。

陆星摇越说越高兴，她大概是觉得自己的提议很正确吧。

“那就这么说定了，明天我就去找毛老师。景延，你别整天把一些人看得太重要，你有时间可以跟他们说说话，解开你的心结。”

景延耷拉着眼皮，没有回应。

“好啦好啦，不打扰你了，明天见。记得写作业啊，不然……我就跟毛老师提议，让没写作业的同学扫厕所。”

景延无奈，陆星摇真是仗着老毛的宠爱为所欲为。

第二天上课，陆星摇难得来得晚了一点儿，但此时距离上课仍有一段时间。她惊讶地发现某人并没有趴在桌上睡觉，他破天荒地拿着卷子在……做。

听见她的动静，某人只微微地抬了下眼，而后继续手上的动作，半点儿没被影响。

陆星摇在书包里翻找了下，找出一个精美的纸袋。她把纸袋放在景延面前的试卷上。

景延被打断了抄写行为，懒懒地问：“这是什么？”

“牛轧糖，送你的。”

景延撇了下嘴：“你为什么会认为我愿意吃这种甜腻腻的东西？”

“反正我送我的，你吃不吃那是你的事。”陆星摇发现她把脸皮修炼得越发厚了，现在她好像什么话都讲得出来了。

不过这种洒脱的模样她格外喜欢——这是她从前求而不得的性格。

景延无奈。果然，女人是会变的。这种话，从前的陆星摇可讲不出来。

柯明文盯着他们的动静呢，闻言，他伸手就要拿走那袋糖：“没关系没关系，延哥不爱吃，我爱吃——”

啪——

“嘭，你打我干吗？”被景延狠狠地打了一巴掌，柯明文的手瞬间红了一片，他控诉道。

“我说过我不要了？”景延收起那袋糖，塞进桌兜。

柯明文瞪大眼：“你会吃糖？打死我都不信！还不如给我，省得暴殄天物……”

“哦？”景延重新拿出那袋糖，从里面拿了一颗出来，打开，塞进嘴里，他挑衅地看着柯明文，“说吧，想怎么个死法？”

柯明文骂骂咧咧地跑了，像是身后有人索命。

真是见鬼了！

牛轧糖的甜度对景延来说有些过了，他平时绝对不会吃。景延看了看袋子里的十来颗糖，问陆星摇：“你做的还是你买的？”

陆星摇顿了一下，说道：“我妈做的。你喜欢吗？再给你一袋，就当做——”她瞥了眼他桌上的试卷，说，“你做作业的奖励。”

景延顺着她的眸光扫了眼自己的桌子，旋即他握拳轻咳一声，面不改色地收下了这份奖励。

他看得出来，陆星摇在慢慢地向家里人敞开心扉了，她越来越习惯与他们相处，说话间提起他们时的语气也越来越自然。

这是好事。

付以听看得嫉妒，她忙不迭地捧了一沓作业出来：“摇摇你看，这是我昨晚做的所有作业，比景延的多了两三倍！”

她的眼睛在发光，一脸邀功的模样。

陆星摇也不小气，她又掏出了两袋糖：“喏，奖励。”

景延感觉手里的一袋糖突然就不香了，他凉凉地瞥了一眼付以听。

付以听拿到糖，嘚瑟地从他面前走过。

早上开晨会的时候，校长隆重地宣布了这一次在数学竞赛中获奖的学生的名单。

宋言北拿了二等奖，以一分之差和一等奖失之交臂。岑晨也是二等奖，不过她差了两分半，她心态平衡多了。

这一次云十一中有五人获奖，可以说是战绩辉煌。

至于景延，毛鸿运大抵也和陆星摇一样猜到了什么，他开完晨会就把景延拎去了办公室。

陆星摇和付以听在回教室途中被岑晨追上，岑晨笑嘻嘻地恭喜陆星摇拿到保送名额。

拿一等奖的难度不是一般的高，整个云十一中也就陆星摇这么一个得主。偏偏她之前还不是云十一中的，只是一个从镇上转学过来的。这个消息出来的时候，沂市不少高中生都惊掉了下巴。

岑晨十分佩服陆星摇。陆星摇的脑子是怎么长的，怎么能长得这么好呢？

宋言北刚好经过，也顺道恭喜了陆星摇。

陆星摇不善言辞，对于他们的恭喜，她只是羞赧地轻轻颔首："谢谢。"

这次，宋言北是真的跌得有点儿疼，一分之差，一分之差……

他一口气堵在胸口，一股颓丧感挥之不去。他想了整整一晚，还是决定对陆星摇发出邀约："星摇同学，周末我可不可以请你出来吃点儿东西？这次的竞赛题，有几道我想听听你的解题思路。"

他语气和态度都很诚恳，长相又出挑，属实让人无法拒绝。

陆星摇也不小气，她大大方方答应了："可以，回头你定好时间告诉我就好。"

"好，我们加个微信？"

陆星摇颔首，她掏出手机，点开加好友的二维码。

岑晨眼前一亮："我也要加。"她也掏出手机。

之前她和陆星摇有加过QQ，不过她们还没加过微信。

加完微信，陆星摇摆摆手机，说："回头约。"

宋言北不禁一笑，他脸颊上一个不符合他平时高冷气质的小酒窝若隐若现："感谢。"

这个女孩并不藏锋，也不藏私，她的聪慧与剔透向来都是大方坦然地展露出来，从不掩藏。这样的女孩儿，身上仿佛镀了一层金闪闪的光芒，耀眼得让人移不开视线。应该没有人会不喜欢这样的女孩子吧。

袁茵知道自己和儿子的关系越来越差，所以即使景修文一直在催她去他身边，她也拒绝了。她决定在国内多留一段时间，改善和儿子之间的关系。

至今她都不知道乖巧懂事的儿子是怎么在几年前一夜之间变了个人，变得她完全不认识，从听话贴心的儿子变成了叛逆扎人的小兽。

袁茵心痛之余，却毫无办法。

偏偏这些年她和丈夫忙于生意，四处奔波，一直也没能和儿子解开那个不知在何时、从何处来的心结。

她想着，不如趁着这次机会跟儿子好好地敞开谈谈，解开他的心结。

老是这样拖着，他都快长大了。

周末，她打算给景延做个提拉米苏，再做些蛋挞，于是她一大早就起来忙活。

保姆元妈一边给她打着下手，一边忍不住说："大少爷从前最喜欢吃的就是您做的提拉米苏和蛋挞了，每次放假都嚷着让您做。"

许久不曾听到"大少爷"这个称呼，袁茵有些愣怔，她的思绪骤然被扯到了很久以前。

那时候承承还在，她膝下只有承承这么一个孩子，整个家里都是温馨的。

因为他喜欢吃蛋糕，所以她特地去上了很久的烘焙课。

"是啊，承承最喜欢这些了。"她虽然刻意地去遗忘那些痛苦，但还是会不自觉地做一些与承承有关的事情。袁茵的神态逐渐变得痛苦起来，如果她的承承还在，那一定是很阳光、很优秀的一个孩子。

"元妈，你去看看延延起来了吗？"她忍下悲痛，吩咐道。

景延端着杯水走出来，说："不用了。"

刚才他在一旁，已经将那些话都纳入耳中。

袁茵吓了一跳："延延，你什么时候起来的？怎么没有动静呢？"

元妈赶紧给景延端来牛奶，然后去热早餐。

景延放下水杯，叫住元妈："不用了，我出去一趟。"

元妈不敢多说半句，只讷讷点头。

"延延，吃点儿早餐再出去呀……"袁茵急急地追出去，却根本拉不住人，"妈妈给你做东西吃呢……"

她的眼泪瞬间就出来了，这孩子怎么这么不听话！

元妈在景家工作多年，与袁茵已经像是亲人了。她忙搂着袁茵的肩膀安慰，除了心疼，她还是心疼。景延一想起刚才听到的袁茵和元妈的对话，心情就烦躁。

挺可笑的，景承喜欢吃，他就会喜欢吃了吗？做一些景承喜欢吃的东西给他是什么意思，想从他脸上看到景承满足又开心的样子吗？人死都死了，还在他这里找什么补偿？

呵。

景延原本没打算出门，现在贸然出来，他自然也没有什么目的地，但他也不打算回去，于是他决定随便逛逛。

倒不是说使性子，只是他看到袁茵会忍不住压抑，胸口会有一种沉闷感。

走到陆家门口，他远远地就看到陆星摇上了车。

景延索性往路中间一站，挡住了缓缓行驶的车。

陆星摇看到景延后，让司机停车。她摇下车窗，露出一张巴掌大的莹白小脸。

比起刚认识时，她气色好了很多，双颊也有了血色。

“你怎么在这儿？”陆星摇问。

她正准备出门去见宋言北，他约她在一家咖啡馆见面。

“路过。你要去哪儿？”

陆星摇没有隐瞒：“去见个同学。”

景延眯了下眼，然后有理有据地说道：“你是转学过来的，以前不在这儿读，转来后就跟我一个班了，你哪个同学我不认识。你要去见哪个同学？”

“清北班的宋言北。拜托，我认识的你也不一定认识，我们的圈子又不完全重合。”

“行啊陆星摇，你够有本事的啊，人脉还扩展到清北班去了。不过……”景延很不讲理地说，“那又怎样，你见他干吗？他有什么好见的？”

“他……他就是有好见的。”陆星摇瞪他，“我要走了，你让开，待会儿刮到你。”

“那你可小心点儿。”景延的语气吊儿郎当的，很欠揍，“要是刮到我，我就直接躺下去，没个百八十万起不来。”

陆星摇一时无语。

“我看这路挺窄的，十有八九会刮到。不然这样，保险起见，我上车，你捎我一段。”

司机幽幽道：“您放心，我开车二十多年了，不会刮到您。”

但是景延已经自己开门上车了。

陆星摇几乎无语：“你还能再不要脸点儿不？”

景延思考了一下，然后一本正经道：“大概是不能了。”

陆星摇气短，她往靠背上一靠，懒得与他纠缠：“行吧，你去哪儿？”

“你去哪儿？”

“我在问你。”

“我也在问你。”

“我先问的你。”

“这也要分先来后到？”

陆星摇斜了他一眼，眼神就像是在看一个无赖。她随口报了咖啡馆的名字。

"哦，是吗？真巧，我也去那儿。"

陆星摇往上翻了一个大大的白眼。

算了，随便，他爱去哪儿去哪儿。同一个目的地也挺好，省油。

景延发现陆星摇其实脾气还挺好的，他作妖到这个份儿上，她也没有要打他的意思。

不过那个宋言北是谁？清北班的人，怎么约人还约到青藤班来了？

到了咖啡馆，陆星摇让司机先回去。她给了景延一个眼神便下车了。

景延跟着下车，他紧紧地跟在她身后。

陆星摇忍无可忍地凶他："不许跟着我。"

"我没跟着你啊，我也要进这家咖啡馆，不行？"

他的表情看上去无辜极了，陆星摇差点儿就信了他的邪。

"那我们从现在开始分道扬镳。"陆星摇说，她的眼神充满威胁。

景延耸耸肩，没答应，也没拒绝。

陆星摇推开门走进去，发现里面还挺热闹，她扫视了一圈，没能找到宋言北。直到宋言北站起来朝她挥手，她才发现了他。她走过去，坐在他对面。

"等很久了吗？"她问。

"没有，我刚到。你看看想喝什么，今天我请客，你可别跟我客气，本来就很麻烦你了。"

陆星摇在安镇的时候，男同学要么是浑不吝的，要么就格外安静，静到没有存在感。来了沂市后，她认识的男生类型才丰富了起来，有景延那样痞帅的，也有柯明文那样欠揍的，现在还多了宋言北这种让人如沐春风、看上去很干净的。

她没有跟他推来推去，只颔首道："好吧，那我就先说一声谢谢了。"

她可能也是太闲了，换作以前，她不会浪费这么多时间在别人身上，这一回竟然会同意宋言北的邀请，陆星摇自己都觉得神奇。

在宋言北的建议下，陆星摇点了一杯卡布奇诺，而后她道："你有原题吗？我不太记得那些题目了。"

在走出考场后，她就会刻意地忘记刚刚考过的题目，以减轻考后的压力。

"有，我去网上下载了一份。你看看这道题，我的解题思路不是很清晰，我觉得这题我应该只能得三分之二的分数。"

陆星摇拿了支笔，细细地看着题。

宋言北静静地等着她看题，等着等着，他不经意间一抬眼，她纤长的睫毛就撞进他的眼中。那睫毛轻轻地闪动着，像只蝴蝶，一下子就搅乱了他的心湖。

宋言北狼狈地垂下眼。

景延将陆星摇那边发生的一切都纳入眼里，他看得那叫一个火大。

宋言北是吧？眼睛瞟啊瞟的，乱瞟什么！一道题而已，不会去问你们数学老师吗？什么题啊，难道只有陆星摇会吗？

陆星摇这个傻瓜，什么人的话都信！

景延快被气得当场升天，但他也清楚地知道他要是这个时候过去，陆星摇肯定会当场把他给撕了。

他忍住骂人的冲动待在原地，他倒是要看看这个姓宋的还想干什么。

陆星摇看完那道题，在草稿纸上草草地演算了一下后，那天的解题思路便又跃然眼前。她先写下了完整的解题过程，再一步一步地给宋言北讲解。

宋言北的天赋和能力摆在那儿，陆星摇的解题过程一出来，再讲两句，他很快就顿悟了："原来是这样，我懂了。我那天从这步开始想岔了，后面就跟着歪了，这里原来应该用这个公式啊。"

陆星摇喜欢跟聪明人相处，一点即通，说话不费劲，讲题也开心。

"对，其实就是公式问题，这个公式比较冷门，平时大家不太重视，这道题用对了公式其实不难。还有别的题吗？"

"还有一道，你看这个……"宋言北又指了一题。

陆星摇看题的时候，宋言北没忍住再次偷偷地看她。

景延感觉一股无名火从心头蹿起，他拳头硬了，想打人。这个姓宋的知不知道不该看的别乱看啊！有了第一次，还有第二次？

景延的呼吸慢慢沉重，他极力忍着怒气。

这个道貌岸然的衣冠禽兽！长了好一张会骗人的脸，呵！

陆星摇看着题，慢慢地开始觉得有些不对劲，周围好像弥漫起了一股低气压。咖啡馆的人很多，但陆星摇还是准确无误地看向了景延的方向。

果然，她看到了一个脸上满是杀气的人。

陆星摇直接瞪了过去，杀伤力不比景延弱，威胁意味十足——他要是敢捣乱，那她也不客气。

景延的杀气被逼退，他有些怔神。待反应过来是陆星摇瞪他，不，准确来说，是陆星摇为了宋言北瞪他，他登时就被气乐了。

这个宋言北到底是何方神圣，还能把陆星摇变成这副样子？

陆星摇继续看题。在景延眼里，她颇有指点江山之势，不过指点的不是他的江山。他气愤地转开头，眼不见为净，但没过几秒，他再次将头转了回来。

宋言北有疑问的题不多，陆星摇很快就讲完了。咖啡刚好也上来了，一起上来的还有宋言北推荐的提拉米苏。

又是提拉米苏。

景延现在看宋言北从头到脚都不顺眼，连头发都想给他薅了。

宋言北自己也点了一份，他一边吃，一边说："我知道有家书店刚开业，就在不远处，你想不想去看看？"

"好啊。"

景延无语。他从来不知道陆星摇是这么容易说"好"的人，面对他的时候，她说个"好"比登天还难，怎么面对宋言北，无论什么她都"好"呢？

他眼睁睁地看着陆星摇和宋言北两人结账离开，去了所谓的刚开业的书店。他忍了又忍，压住即将喷薄而出的怒火，刷地起身，快步跟上。

他倒是要看看，这个宋言北有多能耐。

陆星摇抵挡不住书店的诱惑，虽然说书的种类就那些，但其实每个书店都有不同之处。

新开的书店在沂市市中心，规模很大，是个现代化的书店。进门时，陆星摇眼前一亮。

宋言北看她这样，笑着说："我就猜到你会喜欢的。"

他们是一路人，他知道的，所以他喜欢的东西，他觉得她也会喜欢。在她身上，他感受到了一种共鸣，一种很强烈的共鸣。

两人在书海里尽情地遨游，一直到霓虹灯亮，他们仍然意犹未尽。

直到陆老夫人打来电话，才将陆星摇从书的世界中唤回。

"摇宝，回家吃饭喽，奶奶做了红烧肉，可好吃啦！"

陆星摇这才发觉天色已晚，她不好意思地跟宋言北说道："我得回去了。"或许是觉得太意犹未尽，也或许是觉得自己先走不太好，她紧接着又道，"我们下次再来。"

宋言北颔首，说："我也得回去了。我一看书就忘了时间，我妈该着急了。"

宋言北叫的车先到，他就先走了。陆星摇跟他道别后，看了一眼手机，发现自己叫的车也快到了，于是她乖乖地站在原地等。

景延远远地看过去，见宋言北降下车窗冲着陆星摇挥手，他顿时在心里嗤笑，这一脸的依依不舍，做给谁看？

待宋言北一走，他就快步走到陆星摇身后，拍了下她肩膀。

陆星摇被吓了一跳。转头看到他后，她惊讶道："你还没走？"

景延的脸瞬间一拉："怎么，我就必须得走？我又没打扰你们。"

他的脸快拉到地上去了，陆星摇毫不客气地一把扯住他的脸，说："打扰什么，别乱说，就是朋友间的小聚。云十一中抓早恋的，你可别害我。"

"你来的时间不久，倒是挺懂规矩。"景延撇撇嘴，说，"那你知不知道还有一条规矩，女同学不许跟男同学单独出去。"

陆星摇都没深究这句话的真假性，就自觉地往旁边挪了两步："哦，是吗？那你离我远点儿。"

景延被陆星摇给气笑了。

"陆星摇，你咋就这么能耐呢，啊？实施得挺快啊？"

陆星摇谦虚道："过奖。"

景延冷哼："双标！"

陆星摇觉得自己这样是有点儿伤人家自尊心了，她弥补道："开个玩笑嘛。"

她叫的车到了，她便跟景延挥挥手，道："那我先走了。"

景延轻扯了下嘴角，说："再蹭个车，你不介意吧？"

"介意。"

介意也没用，景延直接从另一边上了车，动作比她还快。

陆星摇噎住。

上车的速度这么快，做作业时怎么不见他这么积极呢？

关键是他蹭车就蹭车吧，偏偏嘴巴还跟安了个马达似的，从上车开始就说个不停。

"你跟宋言北是怎么认识的？"

"是不是上次集训认识的？"

"我跟你讲，你要是敢做些有的没的，我就举报你，看你怎么被收拾。"

陆星摇抿着嘴角，看得出她已经忍耐到极限了："闭嘴。"

"按你现在的成绩，一等奖学金、三好学生肯定都是你的。你知道云十一中一等奖学金有多少钱不？"

“一万块啊！这些钱你干什么不香？”

“我跟你说，那家伙看着就不是什么好东西！”

“你知不知道男女有别啊？你单独跟他出来多不安全，万一他——”

“我说，闭嘴。”陆星摇扑上来捂住他嘴巴，她恶狠狠地威胁道，“你再说一句，我就打开车门把你推下去，让后面的车把你辗死！”

司机打了个寒战：“小姑娘，有话好好说，有话好好说，别冲动……”

景延被她猛地扑上来的动作给惊了一下，他的思绪突然发散开来——她好像重了不少，总算不是之前那样轻得跟棉花似的了。

他的耳边还响着她咬牙切齿的声音：“听到没有！”

景延的唇齿间泄露出几分笑意：“嗯……知道。”只是这回应听起来像极了挑衅。

那一刻，司机真的怕自己的车会摊上命案。

好在下一刻，陆星摇松开了景延，她坐回原来的位置，只是冷冷地“哼”了一声。

景延摸了摸鼻子，他这可是好心。

到了别墅区门口，陆星摇让司机停车。她把景延赶下去后，才让司机把自己送回家。

她松了一口气，总算是摆脱掉他了。

这个景延，今天怕不是吃错药了，整整一天都阴魂不散地跟在她身边！

“小姑娘，就是前面这栋，对吧？”

“对。”

“你家门口好像有个人呢！”

陆星摇坐直身体，定睛看去，却看到了一个熟悉至极的身影。

她眸光微闪，没想到她还会来。

“她怎么还堵住门了？那我就送你到这儿啦？”

司机的大嗓门让陆星摇回过神，她紧紧地蹙着眉。犹豫了一会儿后，她下了车。

她一下车，周老太太就看到她了。周老太太登时眼睛一亮，像看到了金子一样。

周老太太小跑过来，喊道：“摇摇啊……”

陆星摇下意识地躲开。不知从什么时候开始，她对周老太太的感情竟从依赖变成了排斥。

从前的陆星摇从未想过有一天她竟然会对外婆有这样的排斥，这可是她最爱的人啊。曾经，在这世间她只有外婆，只有外婆……

她的眼眶慢慢地变红，她内心再次产生了被生生撕扯开的疼痛感。

“摇摇，你……你怎么躲我呢？”周老太太很受伤，她试图抓住陆星摇的手。

陆星摇直接跑开，她的指尖覆上眼尾，拼命地按捺住汹涌的情绪，她努力让自己的声音听起来平常些：“你……怎么来了？”

周老太太很难过，无论如何，陆星摇也是她带大的孩子。

“我，我来找你。远远地看到车子，我就猜是你回来了。”周老太太是个聪明人，她知道陆家不欢迎她，他们从监控里看到她后，怕是会直接把她赶走，所以她刚才一直躲在角落里，直到看到陆星摇回来她才出来堵人。

“你还来找我做什么呢？”陆星摇喃喃地问。

她真的不知道她上辈子欠了许家和周家多少东西，这辈子才会被他们这样缠住。

从她出生开始，他们就不放过她！

“摇摇，你怎么能这样问呢？外婆太久没见你了，上次只是匆匆地见了你一面，外婆很想你啊！”周老太太那双如枯木一般的手终于抓住了陆星摇的手腕，“你跟外婆说会儿话好不好？外婆真的很想你，这么多年没见你，外婆有很多话要跟你说。”

“我没有话跟你说。你照顾好你的亲外孙和亲外孙女就好，我跟你……也没什么关系。周淑兰已经入狱，你都不知道我知道这件事的时候有多高兴！当然，我也知道你有多难过。所以，你好好地养她的两个孩子就行了，就不必……再跟我有什么联系了。”

周老太太闻言，神色黯然了不少，但她仍不死心地说道：“摇摇啊，话不能这样说。感情这种东西，哪里是说没有就没有的？外婆养了你好几年呢，你小时候最难带的那几年都是外婆带过来的，是外婆坚持让你读书，你才能有今天的啊。孩子，感情这种事情很复杂的，哪能是说不要就能不要、说没就能直接没的啊？”

她说着说着，便忍不住落下泪来了。

保镖注意到这边的争执，一边往上汇报，一边朝这边走来。

管家很快过来，示意保镖把周老太太赶走。

陆星摇冷眼看着。她抿了抿唇，准备绕过周老太太进屋。

周老太太不肯，她扒拉着门不肯走："摇摇，外婆今年七十多岁了啊，家里没有任何收入，外婆和小离都要没饭吃了啊！你行行好，从指头缝里露一点儿，就算是看在小离的分儿上……"

管家护着陆星摇，不让周老太太靠近她。

几人正纠缠间，一辆车停在众人面前。

陆星摇抬眼看去，下车的正是她等了好几天的裴庆。终于等到了，这几天她可是度日如年。

裴庆应该是刚下飞机就直奔这里而来，一副风尘仆仆的模样。看到周老太太，他直接说道："既然这位老太太不肯走，那就一起进来吧。"

周老太太并没有见过他，但是她从他看自己的眸光中看出了他应该是认识自己的。刚刚还百般不愿意走的人，这会儿听到裴庆的邀请，却突然不愿意留下了："算了！我不进去了，既然你们有事，那我就先走了。"

裴庆给保镖使了个眼色。

几个五大三粗的保镖立马上前，强行带着周老太太进了陆家别墅。

陆星摇一愣，她不知道裴庆这是要做什么。

裴庆朝她颔首道："二小姐，待会儿您就知道了，先进去再说吧。"

闻言，陆星摇就猜到外婆应该也与这件事有牵连。在裴庆安抚的目光下，她压下因这个猜测而产生的异常情绪，往里走去。

裴庆能成为老爷子的左膀右臂，肯定是有几分本事的，他应该不会让她失望。

只是，周姨……等等，她也姓周？

陆星摇瞳孔一缩，脚步逐渐加快，她想知道真相的心情越发迫切，迫切到连呼吸都急促了起来。

一片片碎石正在破土而出，即将打破表面的平静。

管家得了裴庆的吩咐，慌忙去把陆家人都叫了出来。

裴庆吩咐保镖看住周老太太，又吩咐两个人去把周德梅带来。

这副架势直接惊住了陆家人。

"这是怎么了？"沈明诗远远地从楼上看到这一幕后，急促又慌乱地快步下了楼。

待到所有人都到齐，裴庆才表明来意："我奉老爷子的命去查一些事情。前几天，在二小姐提供的信息的帮助下，我查到了一些蛛丝马迹，而后我立即赶往安镇进行深入查探。这一查，还真叫我查出了不少陈年秘辛。"

周老太太自从被带进来后心里就有不祥的预感，在看到周德梅也被押来后，她已经猜到了接下来会发生什么。

听到裴庆这话后，她顷刻间面如土色，整个人生出一股绝望。

老爷子用锐利的眼眸扫了一眼周老太太和周德梅，而后厉声道:“你说。”

周德梅逼着自己不去看周老太太，她哭着喊冤：“真的不关我的事啊，我不知道这其中有什么误会，怎么把我也带来了啊？我在陆家干了这么多年活，您难道还不信我吗！”

陆老爷子不耐烦地打断她的话：“事到如今，黑就是黑，白就是白，谁也没有办法在我面前将黑的糊弄作白的。你不用再解释，且安心听着裴庆讲就是！”

裴庆长着一副很会唬人的脸，轻易就能吓哭小孩，他严肃起来更是能吓得人大气都不敢出。周德梅瞅了他一眼后，不得不安静下来。

“陆董，我这次去安镇就是为了查这位在陆家工作了二十多年的周姨和这位周老太太到底有何牵扯。这一查就是两天，苍天不负，还真的让我查出来了些干系。”

面对周老太太骤变的脸色，他继续道：“几个周老太太的邻居亲口告诉我，周家当年送出去过三个女儿，我顺着他们给的线索一一去查了，很快我就查到了这位周姨的养父母家。”

“你是说……”沈明诗迟疑道，“周姨是周老太太的女儿，周淑兰的姐妹？”

“是的。”其他资料都是累赘，重点只在于此，裴庆说，“周姨原名周大丫，但其实最开始，周老太太给她起的名字是周德梅。”

贤良淑德，梅兰竹菊。

周淑兰，周德梅。

沈明诗满目骇然，她死死地盯着周姨。

“有了这个信息，我在沂市查到的一些原本连不上的消息就可以连上了。当年您在医院准备生产的时候，周德梅把周淑兰也叫去了那家医院，并且要求医生立即给周淑兰进行剖宫产手术。您和周淑兰先后生下了女儿，很快，周德梅就和周淑兰里应外合把孩子换了。只是由于动作匆忙，时间紧促，周德梅来不及解下二小姐戴着的玉佩，她这才撒谎说玉佩丢了。

“换了孩子以后，周淑兰为防止被查出，没过多久就举家回了安镇，一待就是十七年。要不是许志国的腿得来沂市治疗，她不会回来；要不是缺钱，她也不会把那枚玉佩卖了。当然，她没想到只是卖了一枚十七年前的玉佩，都能被陆家找上门来，这还得归功于她不知道那枚玉佩是独一无二的，她也不知道陆家这么多年一直在找那枚玉佩。”

事情至此已经水落石出，只是沈明诗实在想不明白周德梅为什么要这样做。

陆为修紧紧地搂住沈明诗的肩膀，安抚气得浑身发颤的她。

沈明诗努力使自己镇定，却发现自己无论如何都镇定不下来。她指着周德梅，指尖都在颤抖："你到底为什么要这么做？我们陆家是哪里对不起你，你要这样害我，害我骨肉分离十七年！整整十七年！"

每每想起陆星摇从前过的日子，她都心如刀绞。谁能想到，造成这局面的竟是一匹蛰伏在她身边十七年的恶狼？而这十七年，她竟是半点儿端倪都未曾察觉，她甚至好吃好喝地对待这匹狼！

沈明诗捂着心口，痛到说不出话。

"我们陆家给你的待遇已经很好了吧？逢年过节礼物更是少不了，我们到底是哪里对不起你啊！"沈明诗忍无可忍地扑了上去，使劲全身气力在周德梅脸上狠狠地扇了一巴掌。

周德梅被打得头一偏，迎着陆家人仇恨的目光，她沉默半晌，突然发出了一声冷笑。

这副样子的周德梅是陆家人这二十年来从未见过的。

"狼心狗肺的白眼狼！你不得好死！"饶是老夫人这样优雅了一辈子的人，都压抑不住满腔的愤怒。

"换走我女儿以后，你眼睁睁地看着我们对许媛是多么宠爱，却还能任由周淑兰虐待我的女儿！你的心肠是什么做的啊！你跟周淑兰不愧是一母同胞，都是一样恶毒！"沈明诗仍不解气，又狠狠地扇了她一巴掌。

周老太太看不过去了，她想要冲上去，却被身边的保镖按住了。

"二十年了，整整二十年，即使不是亲人都相处得胜过亲人了吧？你怎么能忍心对我们做出这样的事情？即使前两天你说出了那样大逆不道的话，我都看在二十年的情分上饶过了你，可你是怎么回报我的！"回忆起平日里的周德梅，沈明诗真的无法想象周德梅竟然是这样的一个人，她更无法将做出这些事的周德梅与记忆中的周德梅重合。

二十年的情分啊……

她甚至想过，等周德梅退休了，她就给周德梅一笔钱，再找个地方给周德梅养老。

可结果呢？她的一腔真心不过是喂了狗！不，还不如喂了狗呢！周德梅做的这些事情，狗都做不出来！

沈明诗怒吼道：“我要告你！我要让你坐一辈子的牢！你这种人，只配在牢里度过下半生！我不会放过你的，不会！”

一想到这样的人在自己身边蛰伏已久，她就感觉浑身发麻。

这到底是怎样的一个魔鬼啊！是从地狱爬出来的吗？

周德梅听了这些话，一点儿触动都没有。她仍是瘫坐在原地，甚至连表情都没有一丝一毫的变化。

陆家人的心痛，在她的平静面前不免显得十分可笑。

沈明诗的满腔恨意不知该如何发泄，她恨不能将周德梅当场撕碎！偏偏周德梅还跟个没事人似的，这无异于在她的怒火上加了一把柴。

陆为修不欲再与面前这个恶毒的女人多言，他只道：“管家，将她送去警局，通知律师，起诉她。”

地上瘫坐着的人终于有了动静，她猛地抬头看向陆为修：“你不能这样——”

她声音沙哑，谁也不知道刚刚那么长的时间里，她心里在想什么。

陆为修冷笑：“我为什么不能这样？你能这样对我的女儿，我为什么不能这样？”

这个温润儒雅的男人在这一刻也控制不住情绪，他走到她面前，一字一句地质问：“你怎么能对一个刚出生的婴儿下手？她有什么错？她有什么错！当年她才刚出生，她是哪里惹了你！”

面对陆为修的质问，周德梅嗫嚅了下毫无血色的唇瓣，又陷入沉默。

陆星摇哪里惹到她了？

因为陆星摇是陆为修和沈明诗的女儿，是她最爱又求而不得的男人和另一个女人的女儿，这难道还不够吗？就算陆星摇刚出生又如何，她没有在沈明诗怀孕时做手脚就已经是她的仁慈了！

沈明诗那个女人哪里配，哪里配！

若非沈明诗一下子生了两个，若非她没办法把两个都送走……那陆星旖也不会在这里。至于为什么是陆星摇，而不是陆星旖，就只能说是陆星摇命不好了。

为什么她不对两个男孩儿下手？因为他们跟陆为修很像，简直就是缩小版的陆为修，每次看到他们，她都会情不自禁地爱屋及乌。

陆为修的质问声响彻耳畔，周德梅痛苦地闭上了眼，拒绝回答。

年少时的爱慕、这么多年求而不得的痛苦在她心里涌动。为了离他近一点儿，她甚至委曲求全地在陆家当了二十多年的保姆，每次接触到他，哪怕只是给他递了碗热汤，她都能高兴上一天。

过往的一切就像是电影，一帧帧地从她眼前划过。可惜的是，这部电影没有结局，或者说，结局是悲剧。

“我们陆家并没有薄待你。”陆为修重复，他似是不甘心得到这样的结果。

他死死地盯着眼前的女人，只觉得她陌生至极，这二十多年来认识的周姨跟眼前这个周德梅判若两人。

她刚来时，他们还叫她小周，后来孩子们出生了，叫她周姨，他们也就跟着喊起了周姨。

扪心自问，他们给了她丰厚的待遇，也给了她足够的尊重，经济上、情感上都没有对她有任何亏待，可她仍然做出了这样恶毒的事情，并且二十多年来没有丝毫悔意，甚至现在被当场戳穿，也不见她后悔半分。

这就是他们陆家养了这么多年的白眼狼！说他们不心寒，怎么可能？

周德梅仍然保持沉默，但这次她不再只是目光涣散地瘫坐在地上，而是仰头看着陆为修。

陆为修想要一个真相，于是他再次说道：“再给你最后一次机会，你说还是不说？你背后有没有人？如实说出来，我们还能从轻处置你！”

这话就是客套话了，所有人心里都明白，陆家不可能会放过周德梅，绝不可能。

周老太太绝望地闭上了眼，她已经看到了女儿的下场。

周德梅是聪明人，不然她没办法毫无破绽地送走陆星摇，又在陆家蛰伏了十七年。她怎么可能看不出陆为修真实的心思，但是她又想欺骗一下自己，这是不是陆为修对她独存的一分温柔？他是不是还是舍不得她？

她的苦苦痴恋若能得到他一分眷顾，便不算枉然了。

周德梅撇开脸，声音沙哑地说：“没有人指使我，我也不是什么卧底。”

她卧底在陆家干什么？这二十年，她只干了一件事，就是将许媛与陆星摇交换了。

她是个废物。

陆为修摇摇头，抬手，示意保镖带她去警局。

在众人的注意力都放在周德梅身上时，裴庆对周老太太笑道："周老太太，您今儿也是赶巧了，亲眼看到了女儿是怎么被拆穿，她又是有多么恶毒的。哦，不对，我忘了，你啊，早就知道她有多恶毒了，对不对？"

"在周淑兰把孩子送去你那里的时候，你就已经知道了这一切，知道这一切是两个女儿一起干的坏事。所以，你可不只是想庇护周淑兰一个，你还想庇护周德梅。这么多年来，你们和周德梅几乎没有联系，这才不曾露出一点儿马脚。你们也是挺能忍的啊，小老太太！"裴庆突然厉声道。

周老太太深深地吐出一口气，她都不辩解了。

一直默默地看着这一场闹剧的陆星摇终于有了动静，她从沙发上坐起来，走到周老太太面前，蹲下与周老太太平视，说："外婆，你说我为何见死不救？因为你就是这样对我的啊……"

少女的声音轻极了，仿佛是在给小孩讲故事："你明明知道我本不必这样凄苦，不必看着别人家小孩的玩具羡慕得掉眼泪，不必从小到大都没有几件新衣服……你明明知道我去周淑兰身边肯定没有好日子过，她肯定不会对我好的……你明明知道我生病了，明明知道我生活在水深火热之中……"她语气一变，充满怨恨地说道，"可你不也还是眼睁睁地看着，不也还是见死不救！"

"你们明明是这样对待我的，现在被这样对待，就觉得不公平，就觉得委屈了？外婆，你怎么好意思还来找我呢？"陆星摇盯紧了她，却没从她的脸上看到一丝一毫的悔恨和难为情，陆星摇冷笑了一声，"你很会揣摩人心，毕竟，我差点儿就被你拿捏住了，不是吗？你用小离来跟我求救，却只字不提许媛，我是不是还得夸一下你们母女是一样的聪明呀？"

一些表面看上去冷硬的人会在内心为特殊的人留出一片柔软之地，周老太太从前就待在陆星摇心里最柔软的角落，她傻傻地被蒙蔽了多年，若非一时顿悟，她怕是至今仍被蒙骗着。

对她们的感情，她已经不知道是不是恨了。因为她觉得连用"恨"来形容她的心情，都是那样无力苍白。

无妄之灾，她遭受的一切都是无妄之灾。

"一起送去警局吧，怎么也得让她们母女团聚一会儿。"陆星摇对保镖道。

周老太太或许是知道无力回天，竟是一点儿反驳挣扎的意思都没有，只在即将被拖出大门的时候留恋地看了一眼陆星摇。

陆老爷子搂住孙女单薄的肩膀，心疼不已。

陆星摇才多大年纪？却是经历了太多太多。陆家对不起她啊，谁能想到看上去一片祥和的家中竟然会藏着这样心怀鬼胎的人啊！

刚才陆星摇说的那些话，他听在耳里，真是疼在心里。

她说的那句“明明知道我生病了”是什么意思？这话不能细想，一细想他就发慌。陆星摇无论如何也不去看医生，是因为她知道自己生病了吗？

陆老爷子不知该作何反应才好。

按照他以往强硬的风格，就应该直接把这孩子带去看医生，有病就治，治好了才算完。但是他对任何人都下得去手，唯独不忍心勉强这个孩子。

“为修，你跟着去警局，把事情跟警察说清楚，她们该是什么罪就是什么罪！”陆老爷子道。

陆为修颔首：“我明白。我不会轻易放了她们，您放心。”

她们的所作所为皆是往他的心上捅刀，无论是作为一个丈夫，还是作为一个父亲，这个时候他都不会手软。

沈明诗在他拿了外套准备出去的时候，突然叫住他：“等一下，我跟你一起去。”

陆为修怕她承受不住这种悲痛，想让她留在家里，但是沈明诗很坚持：“你别担心我，我一定要去。”

陆为修也就不再阻拦。

沈明诗心里隐隐有一种预感，这件事情不简单。

这一次，她一定要亲自将这两个人一并送进监狱里。

周德梅和周淑兰是主犯，但是周老太太也没好到哪儿去！她知情不报，还帮着藏匿孩子，包庇犯罪，这也是违法！她的摇宝有什么错，却受了这么多年的苦！要知道，那时候摇宝才刚刚出生啊，周德梅怎么下得去手！

保镖正准备把周德梅送上车，沈明诗一见她就怨气冲天。沈明诗忍无可忍，咬着牙三两步上前，又狠狠地给了周德梅一巴掌！

这个看似手无缚鸡之力的女人也不知是哪来的力气，直接将周德梅整个人都扇倒在地。

周德梅没反应过来，竟是结结实实地挨了这一巴掌，待反应过来后，她猛地瞪向沈明诗，眸光跟淬了毒似的。

周德梅死死地咬着唇，浑身上下都充斥着不甘和怨恨。

沈明诗知道这世间不要脸的人很多，可是在她有限的人生中，还真没见过像周德梅这样不要脸的。

周德梅这是在埋怨、在恨吗？可是她也不想想，她凭什么？她有这个权利，有这个资格吗？到底是谁该埋怨谁，是谁该恨谁！

沈明诗怒火中烧，连瞳孔中都仿佛染上了愤怒的色彩。

“周德梅，我打你，是因为你该打！一巴掌算什么，十巴掌都难以解我心头之恨！你不必用这样的眼神看我！该恨的是我，是我啊——”

找回陆星摇后，沈明诗常常幻想她幼时的样子。

那时候的陆星摇应该是干瘦的，身上没有几两肉，她会怎么求着周淑兰让她上学？在看到别的小朋友对着父母撒娇的时候，她会不会很羡慕……那可怜兮兮的模样明明是幻想，却又好似就是陆星摇会有的，沈明诗每每想起，都忍不住潸然泪下。

沈明诗好恨，真的好恨……如果可以，她想将眼前之人碎尸万段！周德梅死不足惜！

但就算周德梅死了又如何？难道那就可以弥补女儿十七年来受的苦楚吗？难道可以弥补他们一家人心里的伤痛吗？难道可以将她们母女缺失的十七年时光偿还吗？

沈明诗痛不欲生，她只觉得现在度过的每一分每一秒都是煎熬。

她的摇宝明明那么好、那么乖、那么懂事……如果能在她膝下长大，那一定是整个沂市名媛圈中最闪亮的存在，一定是一个集万千宠爱于一身的女孩儿啊！

“你到底为什么要这样对我？我沈明诗到底哪里对不起你！”

周德梅撇开脸，拒绝回应。

“周德梅，你相信报应吗？你会有报应的，你会有报应的！你会不得好死，永世不得超生！”沈明诗双眼通红地怒视着她，要不是被陆为修抱住，她还想再上去扇周德梅几巴掌！

周德梅又沉寂下去了，像个死人一样，听到什么都没有反应，就好像沈明诗骂的不是她。

她再次有动静，是她被扭送去别的地方，要和陆为修分开的时候。

周德梅挣扎着想做点儿什么，但是手上系得紧紧的绳扣阻挡住了她的动作。见陆为修要走远了，她连忙喊道：“等一下！你别走！等等——”

她心底里涌出一股害怕，这一别，她可能再也没有机会见到陆为修了。

陆为修如她所愿，止住步伐。他回身，漠然道：“你还想做什么？”

“我……我想问你个问题……”

“问题？你不配问。”沈明诗隐约明白了周德梅表现得如此异样的原因，“你做出这样的事，还有什么资格问我问题？”

沈明诗感觉她这次一起过来大抵就是为了这一刻，驳回周德梅所谓的“问题”，再将其狠狠地羞辱一番，贬到地上去。

畅快，难得的畅快！

她却不知，最让周德梅心痛得无法呼吸的不是她的那些话，而是陆为修听了这些话后，毫无反驳之意，只有认同。

一刹那，她心如死灰。

她一颗滚烫的心，顷刻间化为灰烬。

周德梅受伤地看着陆为修，却仍得不到他半点儿回应。

终于，她将目光从陆为修身上转到沈明诗身上，她恶狠狠地咬牙道：“我不配？我不配你就配了？你一个被娇生惯养长大的花瓶，十指不沾阳春水。怎么照顾人？你不会！怎么做饭？你不会！怎么赚钱？你也不会！你的人生除了逛街就是聚会，偶尔插插花就要别人夸，你跟我说说，你配什么？跟我比起来，你不就是赢在会投胎吗？不就只是赢在有一个有钱的娘家吗？你凭什么这样说我！你也不配！”

沈明诗快被气乐了，她这辈子还是第一次听到这样的言语，也不知道这个人的脑子是怎么长的，能说出这种让人发笑的话。

“你这是仇富吗？”她似笑非笑地问，“我还真是第一次遇见你这种人，第一次听到有人对我说这样的话。”

陆为修拉了拉她的手，怕气到她。沈明诗给了他一个安抚的眼神，示意他没事，她能处理好。

沈明诗走近周德梅，冷笑道：“首先，我就是比你会投胎，哪怕我只赢在了投胎，那我也是赢了。”

这话直接把周德梅气了个倒仰。

“其次，我被我父母娇养长大，我娘家有钱，婆家也有钱，做饭洗衣那是用人的活，我有钱请用人帮我做，何必非要自己做呢？自己为难自己有什么意思？

“还有，我不会赚钱是谁告诉你的？我平时的聚会是交际，这种层次的交际跟你说了，你也不会懂。至于交际的重要性……算了，即便跟你说了，你还是不会懂。

“我逛街、插花、想不想被人夸，关你什么事？你不懂我的兴趣爱好，不代表我就不可以有。我的家人们爱我，乐于夸我，与你何干？你没有这样的家人，我有，不行吗？

“有本事仇富，就别只恨我一个人，大大方方地把这些话放到网上去，自然会有人替我骂你，还省了我的工夫！

“但我看你这样子，应该不只是仇富吧？”

最后一句话，沈明诗是站在周德梅面前说的。

沈明诗清晰地看到周德梅脸上出现了细微的变化。沈明诗眸光一变，狠厉得叫人心惊。

今天的沈明诗与素日里的沈明诗不一样。今天的她褪去了往日的温柔，披上了铠甲，拿起了武器，剑指敌人。

第十二章

惩罚

陆为修和沈明诗将周老太太和周德梅送去了警局，不用等结果，他们也知道她们母女肯定没有好下场。

陆家不会放过她们，无论任何事情都不会放过。

只是如此一来，许离和许媛再次没了去处。

陆老爷子也不知道陆星摇有没有想到这一方面的事情，再三思索后，他还是跟她说了。他想跟她商量商量，问问她的意见。

这件事说好办也好办，毕竟许媛快满十八岁了，说不好办也不好办，因为还有个许离。

陆星摇自是有想到这件事。

陆家之前肯定仔细甄选过适合抚养孩子的人，但实在是没找到，否则他们也不会找到周老太太。毕竟她已经七十多岁了，身体还不好，但凡有个更好的选择，他们都不会选择周老太太的。这次周老太太和周德梅一起受了处罚，也就意味着再没有合适的人可以抚养许媛和许离了。

许家人不多，周家人也不多，还都是为生活奔波的穷困人家，平白无故多养两个十几岁的孩子，换了谁也不愿意。

许媛如何，陆星摇顾不上搭理，但她忍不住为许离操心。

她年岁不大，尚且是个未成年人，就要决定另一个孩子的归处了。

这份责任重大，她不敢轻易断言。

听陆老爷子说起，她犹豫半晌，还是选择请教陆老爷子："那爷爷觉得这件事该怎么处理？怎么安顿许离才是正确的？"

从前她无依无靠，除了自己做决定，她没有旁的办法，但是现在不同了，眼前就有一个或许能给她一个更好的主意的老人，向他请教是一个不错的选择。

陆老爷子没想到她会问自己，他愣了愣。这孩子向来独立，不管遇到什么事都从未寻求过帮助，这还是她第一次向他开口。

陆老爷子突然严肃起来，他比起刚才更加重视起这件事了。就连在思考对策时他都无比严谨，恨不能给出一个十全十美的回答。

过了半晌，他谨慎地开口：“要不把许离送去住宿学校，他平时在学校住宿，节假日就来陆家陪你，一直到他成年为止。他成年前的学费、生活费陆家可以帮着出了，成年后，陆家可以借钱给他，但是他得打借条。摇宝，你觉得这样如何？”

按理来说，陆家跟这几个姓许的都有仇，毕竟这一家子着实把他们害得太苦了。可是许离对陆星摇是真的好，他在陆星摇心里又是那样重要。看在陆星摇的分儿上，陆家可以饶过他，但是陆家那口气还在，真的让他们毫无芥蒂地养许离也不太可能。

陆老爷子索性就折了个中，想出了这样的主意。

这的确是比较稳妥的处理办法了。

至于许媛……

陆星摇问陆老爷子：“那你们有想过把许媛接回来吗？”

陆老爷子断然否认：“从未。我既然做了决定，就不会有把决定收回的一天。她不是陆家的孩子，陆家已经优待了她那么多年，再接她回来，我们怎么对得起你？再说了，陆家也不是什么慈善机构，以德报怨……我们做不到。”

还有一点他没说，陆家树大根深，若是不树立起威信，随意以德报怨，这件事传出去，抱着陆家会放过仇人的侥幸心理上门的人怕是要多得数不清。

该赏就赏，该罚就罚，赏罚分明才是上策。

陆星摇心中的忐忑彻底被老爷子抚平了，她之前的那些顾虑在这时候看起来都有些可笑了。

“许媛快成年了，许家还有些积蓄，够她这段时间花的了。她之后如何，与陆家无关，我们没有义务去管她那么多。我肯为许离想那些，也是看在你的面子上。”老爷子掌权陆氏多年，手段气魄均非常人能比。

他能做出很多理智压倒情感的决定，这一点，陆星摇是真的佩服。

陆星摇打算就依老爷子说的做，老爷子毕竟比她多活了几十年，他做的决定肯定是比她的更加周到。

而且她还有些欢喜，这样的话，放假的时候她就能见到小离了。

陆老爷子将这个决定通知下去的时候，陆家无人有异议。

倒是陆嘉实有种预感，许媛要来找他了。许媛之前通过微信已经找过他很多次，他每次都以各种理由推掉了，这回他只怕是躲不掉了。

如他所想，许媛在周老太太和周德梅被抓走的第二天就出现了。她大概是知道他不会见她，索性二话不说，直接去了他的学校里堵他。

许媛离开陆家的时候，带走了很多她平时用的东西，包括衣物服饰，她都带走了。

许久不见，她仍穿着从前买的一件毛衣裙，皮鞋也是从前的小皮鞋，她站在那里乖乖地叫着哥哥，看上去依稀还是从前的样子。

可是从她憔悴的面容和发旧的皮鞋上，仍可以看出今昔之对比。

陆嘉实叹了一口气，他让同行的室友先回去，自己走了过去。

看到陆嘉实朝自己走来的那一刻，许媛的眼泪瞬间就绷不住地往下掉。

她不知道到底是怎么了，为什么一夜之间整个世界都天翻地覆？先是她被爆出不是陆家亲生的孩子，在她都没有来得及消化掉这个消息的时候，很快她就不得不回到那个所谓的生父生母家；在她都没有来得及适应新家的时候，生父生母就相继进了监狱，再后来来了个所谓的外婆，但是在她还没有适应又一次全新的生活的时候，那个外婆也进了监狱……

还有从小照顾她长大的周姨，竟然是她的亲姨妈，而就连周姨也进了监狱。

她几乎所有的亲人都进了监狱，她只剩下一个弟弟了。

但这个弟弟跟她一点儿都不亲，聊胜于无罢了。

许媛说白了也只是一个十七岁的女孩，这几个月以来发生的事情让她直到现在都觉得恍惚。她都觉得这些事不是真实发生的，或许只是幻梦一场。

没有任何一个人可以迅速地接受这样的事情吧？更遑论，如今她是真的无依无靠了。

不找陆嘉实，她也不知该去找谁了。其他人都做得很绝，她一个都联系不上。

“许媛——”陆嘉实喊她。

许媛低下头，藏住红通通的眼眶：“哥哥，我知道你不想见我。可是，我只有你了……”

从前她有多感激命运对她的厚待，有多感激命运给了她这样好的出身，这几个月她就有多怨恨命运对她的残忍。

许家所有的家底不过是安镇乡下的一间破房子，还有之前周淑兰卖了陆星摇玉佩拿的那些钱。但是拿出了一部分给许志国治腿，加上这几个月他们的开销，那些钱已经所剩无几。

她还是个学生，也找不到赚钱的方法，她是真的走投无路了。

许媛不知道陆家为什么可以这样残忍，对她这个养了十七年的、有血有肉的人都能这样没有感情。

见到陆嘉实，她就像是抓住了一根救命稻草，死死地不肯放手："哥哥，你别不管我，我只有你了，真的只有你了。你也不管我的话……我除了去死，再没有别的路了，呜呜呜……"

陆嘉实着实不忍甩开她的手。

兄妹俩在这里纠缠，吸引了不少过路人的目光，许媛下意识地低头躲避那些目光，她对陆嘉实哀求道："你给我一点儿时间，让我跟你说会儿话好不好？就一会儿，那里有家奶茶店，我们去那里坐一会儿吧……"

从前她都不屑于喝奶茶，这几个月里，她有一次想喝了，却连买一杯奶茶的钱都拿不出来……两两对比，她除了落泪，还是落泪。

陆嘉实心生不忍，也就点了点头。

"走吧。"

点完单，陆嘉实付了钱。

许媛看着手里的奶茶，有些难过。从前她看不上的东西，如今却是她的求而不得……

找了个位子坐下后，陆嘉实道："有什么话你说就是，我……我待会儿还有点儿事，没有太多时间。"

他撒谎了。

他和室友已经完成了今天的实验任务，接下来的所有时间他都可以自由支配。只是他和许媛坐在这里面对面地说话，总给他一种很强烈的负罪感，仿佛外面有双眼睛在盯着他，而那双眼睛的主人是陆星摇。

这种感觉让他坐立难安，他恨不得即刻起身就走。

许媛看不出来是信了还是没信，她一双眼仍红得像兔子。她可怜兮兮地望着他。

"哥哥，你知道这几个月我是怎么过的吗？"她轻声说。

他大抵可以猜到……陆嘉实虚虚地握了握拳，但是猜到又怎样？知道又如何？他什么都做不了，也没有资格去做什么。

“许嫒，我——”

“哥哥，你以前都叫我嫒嫒，叫我宝宝，叫我妹妹，你从来没有连名带姓地叫过我。”许嫒受伤地打断他，将他的不一样剖析得明明白白。

或许她已经看出来，所有人都变了，包括……哥哥。

“许嫒，我知道你很难接受这个事实，但是事实摆在这里——你我本非兄妹，再叫你妹妹，于理不合，于情……不该。”陆嘉实摩挲着手表，他在许嫒受伤至极的目光中继续说道，“我也知道你现在情况艰难，只是，世上艰难的人多了。许嫒，陆家做慈善，但陆家不是慈善机构。”

他将话摊开说明白了。

许嫒愣愣地看着他，问：“哥哥，可是十七年的感情说不该就能全部清空吗？你们真的可以把我们之间的亲情当作不存在吗？”

陆嘉实到底年纪不大，他无法像爷爷和父亲那样控制情绪。他的拳头松了又紧，紧了又松，如此往复。

他怎么可能对她没有感情？这么多年的相处下来，感情已经摆在那里。他从前有多疼爱许嫒，现在割舍起与她的感情来就有多难受。

他无非是理智当头，对陆星摇的怜惜战胜了这一切罢了。

面对许嫒带着泪的质问，陆嘉实只觉喉间苦涩。

他眸光晦暗，一字一句道：“可是，你那十七年的优渥生活是你的母亲为你偷来的。作为这件事唯一的得益者，你……该学会感恩的，你不该再奢求本就不属于你的东西。摇宝好不容易回来，她之于我们如珍宝，如易碎的水晶，我们小心翼翼地宠着她，根本舍不得让她有一丝一毫伤心。而与你来往，无异于是在她的心上插上一刀，所以——

“嫒嫒，从前的错误既已纠正，就别再去回忆了。”

陆嘉实把话说到这份儿上，自觉已是仁至义尽。他还能再说什么呢？还能……再做什么呢？多说多做，都只是徒劳。

许嫒迟早要适应她本该适应的生活，她偷了别人十七年的人生，享受了十七年的福，受了十七年的宠，已经够了。

许嫒疯了似的摇头：“不，不是这样的，虽然纠正了，可是我所有的亲人都锒铛入狱，我爸妈、外婆、姨妈都进了监狱，我连个监护人都没有了啊，哥哥！但凡我有一点儿办法，我都不会来找你的。哥哥，你……你就当是做好事，哪怕只是让我去你外面的房子里住，请个阿姨照顾我也好呀……”

她自认为她的要求简单到不能再简单了，换作从前，无论是什么时候的陆星媛，让她提要求她都能提出一箩筐。现在她的要求，可以说是朴素到不能再朴素。

陆嘉实认为这样的要求其实并不过分，可是……他只要答应了，就是对陆星摇的残忍。

因为陆星摇就是这样过来的啊。

陆嘉实拼命地告诉自己，这是许家人，这是将他们陆家害得好苦的许家人，无论许媛过得如何，他都不该心软，也没有资格心软。父亲要是知道了他心软，不知会有多么失望。

终于，他将钱包里仅有的一点儿现金给了她，而后他一边起身一边说道：“恕我不能做到。这些你拿着，以后不要再找我，再找我也没用。我先走了，你随意。”

他不再看她一眼，抬脚离开。

走到门口的时候，他听到身后传来恸哭声。他的脚步有一瞬间迟疑，但最终他还是没有转身。他抬手，拉开门。

待门开了又关上，哭声也戛然而止。许媛看着眼前的三百六十多块钱，双目通红。

你们真是好狠的心……

对于陆家的帮助，许离还是挺感激的。只不过到底是陆家把许志国和周淑兰送进监狱，打破了他生活的平静，上次还因为他们没有照顾好陆星摇，害得陆星摇发病了，所以他对陆家的感情很复杂。他也没做什么，只是在去学校前，特地来见了陆星摇一面。

陆家将许离转去了沂市一所比较好的私立中学，学校一个月放一次假，学生可以选择留在学校或是回家。也就是说，许离一个月最多只能见一次陆星摇。

许离提前一天给陆星摇打了个电话，说他要来看她。

陆星摇知道许离是第一次住校，她特地去商场给他买了不少东西，就等着他来的时候给他。

第二天上午，陆星摇闲着无事，就在客厅里收拾那些给许离买的东西。

陆嘉辰正准备出门，经过客厅时，他不经意地瞥了她一眼。也就是这一眼，他越想越不对。他都走到门口换鞋了，还是忍不住折了回来。

他不太自在地问："这些是什么？"

地上有两双球鞋，还是男款的，难不成是……是送给他的？这样一想，陆嘉辰忍不住有些脸红，他都这么大了，陆星摇还送鞋给他呢？

别说，还挺好看的。

"许离要住校了，我给他准备了些东西。"

一盆冷水毫不留情地从头顶浇下，陆嘉辰一腔正在酝酿的感动就这样消失了。

陆嘉辰刚扬起的嘴角迅速拉平，他就知道，陆星摇偏心！

他咬牙切齿了一阵后，连门都不出了——还出什么门啊，他要亲眼见证一下陆星摇到底有多偏心。

他坐在一边面无表情地盯着陆星摇，却半点儿也没有影响到陆星摇，她依旧忙着自己的事情，动作如常。

陆嘉辰气绝，这个人怎么能做到偏心还如此坦荡的？

"没人教过你要一碗水端平吗？"他气鼓鼓地想。

两件T恤、两件衬衫、两件毛衣，还有好几条裤子，其他生活用品更是一应俱全。陆嘉辰面无表情地看着，心想，要不他也去住校？当然，他只是去几天做做样子，为了看陆星摇的反应罢了。

这个荒唐幼稚的念头在陆嘉辰脑海里不停地滚动。

陆星摇一样一样地清点着买的东西，再将其装进袋子里。清点完后，她拉好袋子的拉链，坐下休息。

真累。

陆家这个点没什么人，她一闲下来，陆嘉辰的存在感便强了。她问："你不是要出去吗？"

"突然就不用去了。"

"哦。"那还真是挺突然的。

陆星摇沉默下来，她不太习惯跟他相处，毕竟两人其实没多熟悉。

好在许离很快就到了。

见到管家身后的许离，陆星摇连忙起身去迎。

不过来的不只许离，他旁边还跟着个死皮赖脸、赶都赶不走的牛皮糖。景延身着黑色衬衫和黑色裤子，衬衫的袖子挽至手肘处，浑身上下都散发着不羁的味道。

陆星摇问道：“你们怎么一起来了？”

许离道：“我在门口遇上他了，赶不走。”

之前景延送陆星摇回家的时候许离就见过他，只是许离没想到今天能遇上他，而且他还非要一起来。

景延拍拍许离的肩膀，说：“别这么小气，不就跟你一起走了一会儿。”

许离懒得搭理他。

“姐，你这两天好点儿没？”许离不再搭理景延，他走在陆星摇身边，问。

“我没事。倒是你，换了个学校要是有不适应的记得跟我说。你没住过校，我给你准备了点儿生活用品，待会儿你一起拿走。比较重，一会儿我让司机送你回去。”

许离没跟她客气：“好。”

看到陆嘉辰，许离犹豫了下，然后轻微地一点头，便算作打招呼了。

陆嘉辰哼哼一声，索性打开电视转移注意力，不去看他们姐弟情深的样子。他却忘了是他自己非要留下来的，而且明明抬个脚走人就能解决的事儿，他却怎么也不肯走。

景延瞥了陆星摇一眼后，径直走过去坐在陆嘉辰身边。但是他跟陆嘉辰不一样，他直勾勾地盯着陆星摇和许离，看着他们姐弟情深的场景。

陆星摇把包打开，跟许离交代了里面大概有什么后，她又把包拉上，不放心地叮嘱：“你一定要照顾好自己。”

她不擅长表达感情，这些已经是极限。

受生活环境影响，许离自认为心肠挺硬的，这会儿他的内心还是忍不住软成一汪水：“好。”他凑在她耳边，跟她说着不想让那边的两人听到的悄悄话，“姐姐可不可以答应我去看看医生？这么多年，每一天我都害怕你发病。姐，你不知道你发病的那一天我有多害怕。你去看医生，咱们有病治病，好吗？”

陆星摇没想到许离会突然说这些话，她僵在了原地。

“人都是会生病的，生病并不可怕，让人害怕的是生病的人不愿意治病，任由这个病存在，任由这个病将其侵蚀。姐，我只有你了……”说到最后，少年声音里带着些许哽咽。

陆嘉辰已经在不满地出声了：“干吗呢？还说起悄悄话了。”有什么话是他不能听的！

许离没理他，只哀求地拉了拉陆星摇的手。

陆星摇从他手中将自己的手腕抽离，她抿了抿唇，道：“让我想想。”在许离逼迫的目光中，她垂下眸，说，“我会好好想想的。”

许离这才勉强点了点头：“想好了记得跟我说。”

“知道了。”陆星摇下意识皱了皱鼻子，一副极不情愿的样子。

景延看着乐了，他若有所思地看向许离，琢磨着许离到底跟她说了什么。

陆嘉辰不像他那样内敛，直接抗议道：“说什么啊？有什么不能让我听的？”

他非常不满，醋意直接拉满。

许离没理他。陆星摇嫌他吵，突然吩咐：“陆嘉辰，这么多客人，你去让阿姨倒点儿果汁来。”

陆嘉辰无语。行，陆星摇你好样的，偏心都摆在明面上呗！面对许离，就对着耳朵说悄悄话，还买东西买得妥妥帖帖，面对他就使唤这个使唤那个，问都不许他问几句！

陆嘉辰气得踹了一脚沙发，然后带着满脸的“我不情愿”“我不高兴”“陆星摇你做不做人了”的表情往厨房走去，他一边走一边嚷嚷：“阿姨！阿姨！阿姨——倒点儿喝的来啊。”他的声音大得都有回声了。

陆星摇问景延：“你来干吗？”

把人冷落在一边毕竟不是待客之道，陆星摇才有此一问。不过很快她就意识到，有些人还是不搭理为好，被冷落是活该。

“我还能干吗，想你了就来看看你。”景延随口回答。

陆星摇面无表情地看着他。

景延笑了：“真没什么，我又不是你这样的三好学生，一堆作业要写，我无聊得要死，就过来串串门。”

“哦。”陆星摇不再搭理他，她转而拉了拉许离的衣服，继续叮嘱道，“都入秋了，你别仗着在学校没人管就穿得这么薄，多穿点儿，别感冒了。里面有两件毛衣，你要不去试一下合不合适吧。”

说着，她从包里拿出衣服，让许离去试试。

景延几不可闻地啧了一声，原来陆星摇照顾起人来是这个样子，还挺有个性的。

反正他没见过她的这副样子。

陆嘉辰已经回来了，他抱着手站在一边，面上冷漠地看着这一幕，其实他心里的小人早就在地上打滚八百回了，小人尖叫着，怒吼着，几乎要压抑不住地冲出来在陆星摇面前撒泼叫屈了。

陆星摇从来就没这样对过他！从来没有！

别说一大堆东西了，她一样东西也没给他买过。

许离试完衣服就抱着衣服出来，三两下叠好放回包里：“很合适啦。”

陆星摇点点头：“那回头我照着这个尺码再给你买几件。”

陆嘉辰腹诽：还买！怎么就不知道给他也买几件？哪怕，哪怕只是……顺便啊，又不麻烦！

陆嘉辰的嘴巴上已经可以挂油壶了，他一脸哀怨，那怨气快把房顶给掀了。

许离大概是察觉到了某人……不，某些人的嫉妒，他微微扬唇，道：“好啊。姐姐眼光很好，我很喜欢。”

陆嘉辰轻哼一声，给点儿颜料，你还开染坊！

许离不想久留，他怕待会儿陆家人回来，气氛会尴尬，所以他很快就走了。

陆嘉辰想着，许离一走，陆星摇该搭理他了吧？

没想到，陆星摇半点儿没把景延当外人，也没跟陆嘉辰客气，她直接把景延扔给陆嘉辰招待：“那你们好好玩儿，我回去写作业。”

陆嘉辰和景延面面相觑了一秒钟，彼此都从对方眼中看到了嫌弃。

景延还没来得及说什么，就听陆嘉辰对着陆星摇吼道：“陆星摇，你偏心！你偏心死了！”

陆星摇直接愣在原地，陆嘉辰说什么？她偏心？偏心什么？

陆嘉辰本来是觉得说这些有点儿不好意思，不过万事开头难，既然开了个头，那接下来就很容易了，他顺畅地继续说：“你明明有两个弟弟，而且论血缘，我才是亲的啊，可是你呢？你就只对许离好，给他买这个买那个，跟他说这个说那个，我呢？呵——”

这一声呵带着凄切的酸楚，还有一丝不明显的自我嘲讽，饱含冤屈：“你跟我说过的话十个手指头都数得清，更别提给我买东西了！”

陆嘉辰自己也不知道自己在说什么，他只是一口气道出了满肚子的委屈。

末了，他还前后呼应道：“你自己说，你是不是特别偏心！”

虽然是有点儿丢脸，但是陆嘉辰觉得他要是不说的话，陆星摇一辈子都不会愧疚！说完后，他又别扭地别开脸，不去和陆星摇对视。

景延颇感兴趣地准备看陆星摇哄人。

看着她无措的样子，他忍不住笑，真没想到陆星摇还有今天。

陆星摇此刻的确有些手足无措，哄弟弟？这种事她还真没干过，她从小到大都没干过。

过了片刻，她似是没想出什么法子，便苦恼地道："要不，我们从现在开始说说话？"

陆嘉辰一噎，这是哪来的不解风情的人？他在乎的是那么几句话吗？

景延将拳头虚握抵在唇边，艰难地忍着笑。

陆星摇很无奈，她扔了个若有似无的眼刀给景延，再次尝试着哄人："我正想着去逛街，但是没人陪我，要不你跟我一块儿去？"

陆星摇已经满足了陆嘉辰的"要求"，本来陆嘉辰该答应了，但是奇奇怪怪的别扭心上线，陆嘉辰哼了一声，跑走了。

陆星摇看着他的背影，满脸茫然。

景延终于还是没忍住，自唇边溢出了一声轻笑。

这下好了，矛头转移到了他的身上。

"喂，你笑什么？"陆星摇拧着眉头，语气里颇有几分恼羞成怒，"有什么好笑的？"

不承想，景延脸上的笑意不仅没有消失，反而越发猖狂。

陆星摇一时语塞。

刚才陆嘉辰在，她可以心安理得地把景延这位客人扔给陆嘉辰招待，现在陆嘉辰走了，她就不能一走了之了。

陆星摇的招待方式很简单，她直接把人带去了自己的小书房。

书房里有占满了三面墙的巨大书架，陆星摇不喜欢陆家人之前添置的书，就让管家把书架清空了。几个月下来，随着她不断购置，新的书已经快填满一面墙了。

景延看了一眼书架上的那些书，有一种意料之中的感觉——她的确是会喜欢这些书的人。

"为了你明年的数学竞赛，我给你准备了几本练习册。"陆星摇不知从哪里掏出来一本厚厚的练习册。

景延皱眉道："不是……我什么时候说要参加明年的竞赛了？"

陆星摇淡定地回答："今年被羞辱了，明年不雪耻吗？"

景延无语。谢谢啊，他真没觉得被羞辱。一切都在他的掌控之中，羞辱什么？

他憋了半晌，憋出一句：“距离下次竞赛还有一年，这东西准备一个月就顶天了吧？”

真不知道他怎么可以这么自信，陆星摇无奈地说：“竞赛还是有难度的，平时多练练可以提高你的数学成绩……”她说不下去了，因为景延在用一种“你在说什么笑话”的眸光看着她，于是她把练习册一扔，“行吧。”

景延满意颔首，想看看她还有什么新招数，却听她很礼貌地询问道：“你说，给男孩子送礼物的话送什么好？”

“给陆嘉辰送？”

“对。”陆星摇后知后觉地意识到自己好像对陆嘉辰太冷淡了一点儿。

景延若有所思，看来陆嘉辰的控诉好像有用。

陆星摇见他思考了好半天，于是小心翼翼地打破沉寂：“想到了吗？”

景延恍然回神：“想什么？哦，礼物啊？我哪儿知道。”

陆星摇随手抓起一本书，做出要扔的架势。

景延连忙退了两步：“开个玩笑开个玩笑！你就随便给他买几件衣服，他都能高兴得蹿上天！”

陆星摇狐疑道：“真的？”

“真的真的。”景延一边随口道，一边在心里腹诽：送什么送啊，她都快变成开服装店的了。陆嘉辰不就是抱怨几句吗？那就让他抱怨呗，听听就完了。

陆为修和沈明诗从外面奔波回来时已经过了饭点，新来的保姆赶紧去准备他们的食物。

沈明诗看了一眼新保姆的背影，问管家：“今天聘请的？”

“是，她叫白英，调查过背景了，很干净。她今年四十七岁，年纪不算小，但是干活挺利落，丈夫在送外卖，儿子在上学。说来巧了，她儿子和二小姐是一个学校的，也在云十一中。”

管家办事效率很高，短短一天就找到了这么一个合适的，还把对方的背景调查完了。

有丈夫有儿子就好，省得再来一个周德梅。沈明诗放心了些，她点头同意：“行，先工作看看，好的话就留下来。”

保姆上菜的时候，沈明诗跟她闲聊：“英姐，听说你儿子也在云十一中，读几年级了？”

“是，高二了。”

“是吗？我女儿也是呢。他在哪个班呢？”

“在清北班。”这个质朴的中年女人脸上原本都是只属于工作的认真，但是一提起儿子，她便忍不住笑了，脸上满满的都是骄傲。

云十一中的清北班，整个沂市都知道。她和丈夫一辈子没什么出息，但是他们的儿子从小就有出息，他们一家子的未来都指望着儿子了。

“呀，那可厉害了，学习真好。”

白英搓搓手，憨厚地笑了笑，说：“您过奖了。夫人要不要喝点汤？今天炖了排骨汤，我去给您端一碗来吧？”

“好。”

沈明诗知道陆星摇是有实力进清北班的，但是不知道为什么，陆星摇最终选择了青藤班。青藤班虽然好，但到底不如清北班，不是说师资力量，而是说学习环境。

沈明诗和陆为修正想着，过两天等他们清闲下来了，就去跟陆星摇聊一聊。沈明诗和毛鸿运平时有沟通，知道过两天整个年段都要月考，到时候陆星摇或许可以凭借月考成绩升入清北班。他们做父母的，自然希望给孩子选择一条最好的路。

云十一中的月考在即，整个学校都不自觉地弥漫上了紧张的气氛。不过比起高三教学楼里连笑声都没有的安静，高二的教学楼里的氛围好多了，学生们好歹还有闲心打闹。

比如柯明文和付以听，正在为了抢夺陆星摇的十张数学试卷大打出手。

陆星摇无奈地拿回考卷，一人分了五张：“先看，看完再换。”

她原以为硝烟会就此暂停，没想到那两人对视了一眼后，付以听道：“我一定比你先看完！”

柯明文说：“呵，这是我今年听过最好听的笑话！”

付以听说：“你给我等着！”

陆星摇一时无语。

在一片吵闹声中，上课铃声响了，毛鸿运走进教室，准备上课。

陆星摇随手翻开课本。

景延拍了下她肩膀，问道：“第几页？”

“39。”

她回答完，就听后面响起了窸窸窣窣的翻书声。陆星摇慢慢地扬起唇，某个常年睡觉的人，今天不仅没睡，竟然还开始翻书了。

之前她没有跟他开玩笑，她的确希望他可以在数学竞赛上拿个奖，获得保送资格。

课间，付以听用手肘戳了下陆星摇，示意她看窗外。

陆星摇抬眸看了一眼，说："你应该戳我后面那个人。"

孟沐桐正站在走廊上往教室里张望，众人都知道她的目的，她却偏偏还要拉着一个女生说话，掩耳盗铃。

付以听偷笑道："戳他有什么用，把他戳没了他也不带抬头的。"

补眠的某人还抬头懒散地说道："嗯？"

付以听一噎，羞恼道："继续睡你的觉不香吗？"

景延才不听她的，他往外看了一眼，才知道她们在说什么。他戳戳陆星摇，说："干吗说应该戳我？戳我也没用。"

陆星摇随口回道："她就是来找你的，戳你让你看她一眼，她也值了。"

陆星摇后面传来一声轻笑："你还挺……善良。"

"当然。"陆星摇毫不客气地接下这个夸奖。

虽然知道她看不到，但景延还是忍不住瞪了她一眼。

考试的座位表已经贴出来了，付以听兴致勃勃地拉着陆星摇去看。

景延顿了下，也跟了上去。

座位表是按照上学期期末考试的成绩排列的，陆星摇因为没有参加上学期的期末考试，所以她和景延、柯明文在同一个教室。看到座位表后，陆星摇开口就说："你是怎么做到能在这么多人里垫底的？"

景延一愣，他看了一眼那张表，然后指着柯明文辩解道："他是最后。"

"倒数第一和倒数第二有什么区别？"

"区别可大了，你别直接一棒子打死。"

柯明文的白眼都快翻上天了，一个倒数第二在这里说什么？说得跟自己是正数第二似的，还含沙射影地鄙视他！

他仗着陆星摇在，反驳道："是啊，区别可大了，两横跟一横的区别，可不是很大嘛。"

陆星摇屈起食指，挡住唇边的笑意。

景延面无表情地看着柯明文，说："你有意见？"

柯明文嘿嘿一笑，赶紧跑走："没有没有，我哪儿敢啊。"

景延顺手揉了揉陆星摇的头，他勾着她的肩膀往座位走："走了，有什么好看的。"

陆星摇随手拍开他的手。

辛玥和卓惜悦正凑在一起，辛玥盯着陆星摇的背影，冷笑道："她有什么资格嘲笑景延，她自己不也是和他一起考试的吗。"上次因为陆星摇，卓惜悦被记过，她家里也发生了很大的波折，虽然她后来忍下那口气又回来上课，但是整个人都沉默了很多。她不是不想转学，只是云十一中是公立学校里最好的，她家里出事后也没办法送她去私立学校，她只能低头回来。

以前她和辛玥并不熟，但是因为陆星摇，她们很快就熟悉起来了。

听着辛玥的嘲讽，卓惜悦没吭声。别的不说，陆星摇的成绩她是知道的，这次月考后陆星摇可能就直接去第一考场了，辛玥这话没什么意思，也没什么意义。

辛玥把卓惜悦拉拢过来，是为了有人可以一起骂陆星摇，没得到回应，她撇了撇嘴，伸手拍了张景延和陆星摇并行的照片。

景延可从来没和哪个女生走这么近过，说没猫腻，她才不信。

卓惜悦终于忍不住好奇了："你动不动偷拍他们干吗？"

辛玥得意地说："到时候你就知道了，反正有用。"

陆星摇回到座位后，就听见付以听和柯明文好像在说什么新款。她仔细听了一会儿，发现他们说的好像是衣服，她不免开口问了几句。付以听说："我们在说季辰一代言的品牌出了新款衣服，好好看……"

陆星摇掏出手机让她教自己买。

景延眯了眯眼，他伸长腿踢了她的椅子："你买男装？"

"送给陆嘉辰的。"

景延啧了一声，眸光不善。她还真给他买啊，陆嘉辰那一通撒娇还挺有用，瞧瞧，听别人随口聊几句天，她都能想起要给他买衣服。

他探头过去想看看陆星摇准备买什么。

陆星摇按照付以听的指示操作，终于登上了官网。

付以听期待地问："好看吗？"

陆星摇点头："好看。"

她下单了两件设计感很强的衬衫，还随手买了个搭配的小饰品。

景延一声不响地坐了回去，她可真大方。

柯明文揽着他的肩膀，安抚道："延哥，不要嫉妒，谁让她弟弟有个这么好的姐姐呢？要不然……你也叫她一声姐姐？"

景延拍掉他的手，无情地说："滚。"

陆星摇抽出时间去搭理了一下这两个幼稚鬼：“小声点儿，老毛说要巡班。”

景延才懒得搭理什么老毛，他皱着眉头跟她商量：“我有很多道数学题不会，你什么时候有空，去我家教教我？”

陆星摇没理他，她问付以听：“是在这里付款吗？”

付以听说：“对。”

景延说：“要不我叫你老师？摇摇老师、陆老师、小陆老师、星摇老师，你喜欢哪个？我都行。”

陆星摇还是不理他，她继续问付以听：“还有没有这种类型的衣服推荐呀？或者别的，比如鞋子。男生是不是都比较喜欢鞋子？”

付以听感觉后面那个人的眼神都快把她给射没了，她扶着额头，强迫自己忽略掉景延的存在和他带来的压力，继续回答陆星摇的问题：“那什么，我再给你推荐一个品牌……”

景延喋喋不休地继续说：“我可以付报酬，让你感受一下自己获取劳动报酬的快乐。你还帮助了同学，我去找老毛夸夸你——瞧瞧，陆老师是多么大公无私、友爱同学。哎……就一天，或者半天！”

他非得跟这个人好好地单独相处相处，陆嘉辰的方法虽然不可取，但还是有值得借鉴的地方。

陆星摇终于受不了景延的骚扰，为了让他闭嘴，她扭过头道：“这周六，早上八点。”

景延比了个“OK”的手势，然后乖乖地闭上了嘴，却是笑得一脸得意又满足，像是得了什么大便宜。柯明文和付以听都被他的不要脸惊呆了。

陆星摇没在意，她知道景延不需要所谓的辅导，她只是想让他闭嘴，一直说说说，吵死了。

这不，她一答应，整个世界都恢复了清静。

她给陆嘉辰买完东西，松了一口气。

好了，这下可以说她公平了吧？现在的男孩子可真难哄。

她早上下的单，上完晚自习回家的时候，陆嘉辰已经拿着两件衣服在比画，看样子就是她买的那两件。

他一看到她，马上把衣服往旁边一放，然后挠挠头不自在地说道：“我不是故意拆你快递的，只是看到备注是男装，觉得不太对，怕是骗子才拆开看看的。不过我看到真是这牌子，也就信了……”

他咬牙，觉得这八成又是陆星摇买给许离的。好嫉妒，怎么办……

陆嘉辰想着眼不见心不烦，正想回房间去，却没想到听到了一句他压根没想到的话。

“拆了就拆了，反正也是给你买的。”陆星摇一边说，一边放下书包。

陆嘉辰恍惚间还以为自己听错了：“什、什么？”

陆星摇偏头看他：“嗯？”

陆嘉辰指了指自己：“你……给我买的？”

“对，你试试。明天应该还有几件会到。”

陆嘉辰感觉像是从天上掉下来几块馅饼砸中了自己的脑袋，开什么玩笑？陆星摇竟然给他送衣服了？这不是许离的待遇吗？怎么他也有了？

少年的嘴角越咧越开，压都压不住，他抱着衣服就跑：“我去试试！”

陆星摇感觉到了他的情绪，她不由得反思，她是不是真的太过分了？她对许离好已经成了习惯，但是她还没有养成对其他人好的习惯。

她从不知道她的态度会对他们有这么大的影响，送个小小的礼物都能让陆嘉辰这么开心吗？

她好像真是有点儿偏心，毕竟记忆中，她没有给陆嘉辰送过东西。

沈明诗笑着说：“这傻孩子，他从一个小时前收到快递时看到现在，见你回来了才别别扭扭地放下。他以为这是你买给许离的，不知道有多吃醋呢。”

陆星摇颇为无奈地摇摇头。

“摇宝，吃点儿面好不好？这么晚了，肚子该饿了。”

陆星摇颔首，她正好一边吃，一边等陆嘉辰试完衣服。

沈明诗让白英去下面：“记得拿高汤煮，给摇宝补补身体。”

“哎，好。都要月考了，正累哩，得好好补补，二小姐待会儿多吃点儿。”白英在围裙上擦了下手后，连忙去了。

沈明诗不放心，也跟着去了。

她一走，陆嘉辰就下来了。这个年纪的男孩子也不知道为什么那么别扭，陆星摇看得出来他很喜欢，但他还非得板着张脸佯装一本正经：“还……还行吧。”

陆星摇逗他：“不喜欢啊，那我退了？”

陆嘉辰迅速把衣服往身后一藏，像是怕陆星摇抢一样：“算了，多麻烦。都说还行了，就是……不错的意思。”

陆星摇想笑，又怕笑起来让陆嘉辰生气，她憋笑憋得辛苦："这样啊……"

下周一开始考试，云十一中的学生们需要紧锣密鼓地接连考两天半。

周五晚上，陆星摇在热牛奶的时候收到了宋言北的消息："周六要不要出来一起做题？"

跟宋言北一起做题是一种享受，遇到想讨论的问题随时可以讨论，两个人都能跟上彼此的思路。于是一来二往地，她就把他当成了朋友。

陆星摇爽快答应了宋言北的提议。

当然她也没忘记她答应过景延上午去他家辅导他的数学，她跟宋言北约在了下午见面，她准备去完景家后再赴约。

白英看到陆星摇在给自己热牛奶，赶紧过来帮忙："我来吧，加糖吗？"

"加一点儿。"

"好的。下次您喊我就行，可别烫着了。"

陆星摇没在意，她点了点头。

新来的这个保姆还不错，不像周德梅，从上到下都透露着古怪。虽然周德梅掩藏得很好，但是陆星摇生性敏感，很会察觉别人的情绪，尤其是针对她的情绪。

周德梅对她的排斥和莫须有的敌意，她都感觉得到。

白英跟其他保姆不一样，她认识陆星摇时，陆星摇身上的刺已然收起了不少，她与陆星摇相处时还挺自在的。再说了，白英的儿子也是这个年纪，怎么跟这样的孩子相处，她有经验。

她一边给牛奶加糖，一边跟陆星摇说："二小姐，别学得太晚啦，早点儿休息，养足精神，还要早起上学呢。"

陆星摇颔首，问她："听说过你儿子在清北班，他叫什么？"

"他叫宋言北，言语的言，北方的北。他是在北方出生的，又一出生就闷闷的，所以给他起了这名字，但是吧，他长大了也还是闷闷的，不喜欢说话。"这么巧！她是宋言北的妈妈。

白英能生出一个这么聪明的孩子，显然也不是个笨蛋。见陆星摇一脸不可置信，她眨了下眼，猜测道："你认识宋言北吗，二小姐？"

陆星摇迟疑地点了下头。

白英高兴地说："那可真是太巧了，以后你们可以一起玩儿呀。"

陆星摇再次点了下头："好。"

白英把牛奶递给她："二小姐，小心烫。宋言北的成绩还可以，平时您要是有想问的尽管去问他，要是能帮到您就好了。"

"好。"

陆星摇端着牛奶回房间，一边走一边喝了一口。奶泡在她唇边糊了一层白色的膜，沈明诗在她房间等她，看到她这娇憨模样，沈明诗真是爱得不行，甚至都忍住没有提醒她，就想多看一会儿。

"摇宝，妈妈有事儿想跟你商量。"沈明诗把人拉到自己身边说。

"嗯？"

"你有没有想过去清北班呀？"

去清北班？陆星摇从进了青藤班就没想过这件事。她已经在青藤班了，再转班的话感觉很奇怪，她会有一种自己是青藤班的叛徒的错觉。

陆星摇摇头，说："算了，不想去。"

"为什么不想去呢？那边都是跟你一样厉害的孩子，那边的学习环境会很好，老师的教学也会更有针对性。"沈明诗怕她不懂，详细地与她分析了利弊。

陆星摇说："没必要，我没有那些也能考得很好。"

至于考得有多好，她现在还没法给沈明诗一个承诺，因为她还不清楚云十一中全体高二生的实力。等这次考试成绩出来她就可以知道了，反正不会太糟糕。

沈明诗感受到了这孩子的自信，欣慰之余，她还是有些担心。

毕竟陆家姐妹两个，一个在诺德中学最好的班级，一个在云十一中。云十一中本就稍逊于诺德，结果陆星摇还不是在云十一中最好的班级，她心里有点儿不对味。

明明她不偏心呀，却端不平这碗水。

不过她是很尊重孩子的意见的，既然陆星摇决定了，她只好摸了摸陆星摇的头，说道："那好吧，妈妈尊重你。"

反正陆家就是陆星摇最大的后盾，她做的所有决定他们都能给她兜底。

沈明诗说服了自己后，愉快地点点头："妈妈不打扰你了，你早点儿睡觉哦。"陆星摇点头，她目送沈明诗离开。

她走到书桌边，翻开习题册，准备做两张卷子再睡觉。书桌上有一面镜子，她不经意间抬头，看到镜中的自己，眼睛顿时瞪大了。

嘴巴边上那圈儿白膜是什么时候沾上的？好丑！她刚才不会就顶着这

个跟沈明诗说了半天话吧？

陆星摇绝望地拿纸巾擦掉奶泡，耳根通红。

为了给景延补习，周六，陆星摇早上七点半就坐在餐厅里开始吃早餐。

其实她以前六点起床是常态，只是回陆家以后逐渐被惯得娇了，生物钟都变得七零八碎的了。

陆星摇正拿着个吐司啃，陆嘉辰就顶着一头乱毛出现了。

他平时起得晚，今天是约了同学出去玩才这么早起来，走到餐厅时他还在不停地打着哈欠。

看到陆星摇在，他打到一半的哈欠突然收了回去："你怎么起这么早？"

"有事儿。"

"什么事儿？"

陆星摇看了他一眼，说："给景延补习。"

陆嘉辰刚被安慰好的一颗心又炸了，他不可思议地问："凭什么让你给他补习？"

陆星摇也不知道，她很诚实地摇了下头："不知道。"

陆嘉辰感觉他又要被气死了，他歇斯底里地控诉："我成绩也不好啊，你怎么不给我补！景延有什么好补的？他家钱那么多，一对一的名师哪儿找不到？"

陆为修刚好过来，他拍了拍陆嘉辰，说："回头我也给你找个一对一的名师。"

他说这话其实是想安抚陆嘉辰，没想到陆嘉辰更崩溃了："我不要！我不要！我说我要了吗！"

他好不容易逃脱了补习，才不要继续陷进去！

陆星摇摇摇头，现在的男孩子，心思真难猜。

陆嘉辰想起上次自己的控诉带来的好处，忍不住又委屈巴巴地控诉道："我想要我姐……"

说来也巧，陆星旖正好在这时候过来了，她也拍了拍陆嘉辰，笑道："行行行，姐给你补。"

陆星摇憋笑。

陆嘉辰抓狂地直接跑走了，他不想理这群人了。

陆星旖耸耸肩，一脸无辜地说："干吗啦，我不是姐姐呀。"接着，她哈哈大笑，往陆星摇旁边凑，"你瞧他气的。"

陆星摇弯了弯唇。

陆星旖捏了捏她脸："我们摇宝笑起来多好看。"

陆星摇故作高冷，又把嘴角弧度压下去了。

陆星旖不甘心了："嘿，就不让你高冷。"她动手把陆星摇的嘴角往上提。

沈明诗过来的时候看到的就是这一幕，她赶紧过去拧陆星旖的耳朵"陆星旖，你干吗呢？不许欺负妹妹。"

陆星旖嗷了一声，被迫松手，她迅速转移话题："你们怎么都起这么早？"

沈明诗戴手表的动作微顿，她解释："今天开庭。"

开什么庭？陆星旖眼珠子一转，很快想起来了："哦……妈妈，周、周德梅她会被判几年呀？"

沈明诗摇头："还不知道。"

其实周德梅的刑期是多久她心里大概有数，陆氏的律师可不是盖的。不过孩子还小，她不想让孩子提前了解这些腌臜事。

陆星摇知道开庭的日子不会远，但是没想到是今天。垂着头静静地喝完粥，她抬头说道："我可以去吗？"

沈明诗微愣，她下意识和陆为修对视了一眼。

陆星摇想去也不是不行，只是他们怕这孩子被那些腌臜事脏了眼，也怕再次揭起陆星摇的伤疤。陆星摇最近情绪平稳多了，他们才不舍得因为周德梅和那个周老太太再次让她的情绪失衡。

他们做父母的都想做一把大伞，给孩子挡去风雨和世间的诸多黑暗。陆星摇从前已经够苦的了，余下的时间只需要在他们的保护中安然无恙地长大就好了。

陆星摇却很坚持："我想去。"

沈明诗无法拒绝孩子的要求，她求助地看陆为修，询问他的意见。

陆为修沉吟片刻，郑重地点了点头："好，你想去就去吧。你要是有事，十点再过来也来得及。爸妈提前去处理点儿事情而已，其实不用这么早。"

陆星摇点点头，她在心里盘算着时间。

她正好花两个小时去应付一下景延那家伙，看看他想作什么妖，只是她跟宋言北的见面得往后推一推了。

陆为修和沈明诗不知道急着去处理什么，吃完早餐就出门了。出门前，他们还不忘叮嘱陆星摇待会儿路上注意安全。

他们一走，陆星旖就开始怂恿陆星摇："那里很无聊的，我们去逛街吧，摇宝。我跟你说，我喜欢的演员主演的电影最近上映了，我们去看电影吧！”

陆星摇拒绝道：“我回头跟你去，今天的开庭，我是一定要去的。”

她握紧了手中的勺子，眼神微冷。

陆星摇从来不是以德报怨的人，她没那么大度能原谅周德梅，所以这次她要亲自去看着法院对周德梅进行宣判，见证这个人最终的下场。

还有就是……她觉得她还应该见见周老太太。

她的童年是不幸的，周老太太是无数不幸中的一道光，曾经一度照亮了她的整个生命。她再怎么下定决心不去想，也很难彻底忘记。

所以这一趟她一定要去。

只是去之前，她还得去应付应付景大事儿精。

补习，他需要这玩意儿吗？别说他不需要，就算需要，他也用不着找她，一堆名师不比她厉害？

她只是去应付一下他那颗蠢蠢欲动的作妖的心。

景家离陆家不远，陆星摇连车都不用坐，随便走两步就到了。

她站在景家门口，按了下门铃。

现在是上午七点五十二分，如果景延没起，她就把他摁在闹钟上。

有个保姆来开了门，请她进去：“少爷吩咐过您要来，您快请。”

袁茵正拿着水壶在浇花，看到陆星摇后她可开心了：“星摇来啦，起这么早呢，真乖！延延在里面吃早餐……”

“陆星摇，快进来。”景延横空出现打断了袁茵的话。他像是不满她把人拦在那儿，也像是不满她和陆星摇说话。

袁茵一顿，不好意思地跟陆星摇说：“那我就不打扰你们学习了，辛苦你了，帮延延补习。”

陆星摇说：“您太客气了。”

她受之有愧，毕竟她的主要目的是来治人，不是来给人补习的。

陆星摇这是第一次来景延的房间，他的房间装修简洁，色彩冷淡，几乎没什么多余的东西。

她往桌子前一站，似笑非笑地道：“开始？”

景延表示没问题，他甚至很乖地搬了把椅子坐到了她旁边：“陆老师……哎，清北班教语文的那个老师就姓陆，虽然我感觉你比她厉害，但是她的年龄还是压你一头的，不然我叫你小陆老师？”

陆星摇不为所动：“闭嘴，把练习册拿出来。”

“哦。”某个叛逆的学生终于不情不愿地闭上了嘴。

她的练习册有多满，他的练习册就有多空。她本来想看一下他的练习册，看他哪些知识点错得比较频繁，好进行针对性的补习，可是现在他整本练习册都是空的，她的计划也跟着落空了。

她面无表情地翻了一遍练习册，跟他确认：“这是开学的时候，老师让我们买的，对吧？”

景延不知道她为什么问这个问题，他乖乖地点头：“对。”

“现在距离开学已经过去了一个多月，也就是说，这一个多月你都没有打开过这本练习册。”

景延怔了怔。

事情是这样没错，他原来不觉得这有什么，怎么她一说，他突然就负罪感十足了？好像做了什么十恶不赦的事一样。

他迟疑了一会儿，缓缓地点头：“嗯……对。”

“你是重点高中重点班的学生，景延。”

为了挽回在陆星摇那里支离破碎的形象，景延挣扎道：“我翻开看了一眼，觉得都会才没做。”

陆星摇看着他，一脸“你是不是在耍我”的表情：“都会？那你还让我来给你补习？”

虽然她对这件事心知肚明，但有些事心里知道和明明白白地说出来是不一样的，看到景延自己打自己的脸……好爽。

别看她面无表情，她心里其实已经笑出声了。

景延皱起眉，他怎么感觉有哪里不太对？

但是陆星摇根本没有给他时间思考，情急之下，他从旁边一沓书中抽出了一本，道：“等等，我没说是数学不会，我是……”他定睛看了一眼手中的书是哪个科目的，才继续说，“我是语文不会。”

陆星摇懒得跟他争辩，她随手接过书。

她仔细一想，这人可能从上高中后就没认真读过书，这还是往好的想。往坏的想，他可能从初中开始就没把心思放在读书上了。数学的学习可以靠天赋，只要看懂公式，课上随便听听，说不定还真会，但是语文这个科目，他不读、不背、不学答题技巧，那还真是死路。

他的话还真有几分可信度。

陆星摇暂时压下治他的心，开始认认真真地给他讲语文的答题技巧。

景延没想到她来真的，他连忙收起敷衍之心，认真听课。老师讲的课他可以不听，但是陆星摇讲的课他要是敢不听的话，陆星摇应该会当场把他从二楼扔下去。

反正扔不死他，她用不上偿命。

但学习不是想学就能学得进去的，尤其是语文这种对景延来说枯燥无味的学科，半个小时不到，他就很想趴下睡觉了。

陆星摇眼神都没变，她抬起手就往他耳朵上拧。景延嗷的一声，差点儿从原地蹦起来，陆星摇却语调平稳地问："这题听懂了吗？"

景延回答："听懂了。"

他为什么那么憋屈呢？

景延逐渐适应了陆星摇讲课的风格，他还能时不时开小差，偷瞄她一会儿，但没想到九点半刚过，陆星摇突然合上了书。

景延问："怎么了？"他既没有打瞌睡也没有走神啊，他哪里惹到小陆老师了？

陆星摇把书放到旁边的书堆上，说："我有点事，今天就到这里吧。"

"什么事？"

陆星摇正在从桌上一大堆书中找手机，她一边找一边说："我要去法院看开庭。"

景延随口问道："然后呢？"

"下午我和宋言北有约。"

景延突然站起来，吓了陆星摇一跳，她停下动作，仰头看着他："你干什么？"

"你终止和我约会就是为了去和宋言北约会？"

陆星摇认真地纠正他的用词："用词要准确，谁和你约会了？而且我也没和宋言北约会，我是要和他一起去图书馆做题。"

她的解释很到位，景延却一个字都听不进去："那也是约会！做题和谁都可以，你为什么不和我一起做？"

某人丝毫没觉得这话有什么不对劲，但陆星摇觉得很奇怪，只是她说不出来哪里奇怪。

她难得好脾气地说："那不一样。我和他的思维能同步，随时都能讨论做题思路。我和你能讨论什么？讨论《离骚》怎么背吗？"

景延被气得七窍生烟，陆星摇说的话让他感到羞辱！

“宋言北就那么好？”

陆星摇点了点头。

“比我好？”

陆星摇继续点头。

景延脸色阴沉，他感到了前所未有的耻辱，他这辈子从未如此耻辱过！他直接拿起刚才扔到一边的数学练习册，说：“来，你随便指一道题，我做不出来就算你赢！”

陆星摇甚至不看他：“你幼稚不幼稚？”时间差不多了，她还得去法院，没时间和他纠缠，她站起身说，“我得走了。”

景延不肯：“你得先答应我不约宋言北。”

“我就是不答应。”

景延努力深呼吸，平复了差点被她气出的心梗。他看到陆星摇拿了手机就要走，他也拿起手机，跟上她的步伐：“我也去！”

陆星摇提醒道：“我是去法院，下午才去和宋言北见面。”景延才不管，这个陆星摇，一眼没看到她，她就跟人跑了，他可不得从现在就开始盯着。现在不盯着，下午他还上哪儿盯去！

他很固执，一副“你赶不走我”的架势。

陆星摇很无奈：“你是牛皮糖吗？”

她没想到她打着来治他的主意，现在却面临着被他治的悲剧，这个人简直比牛皮糖都黏人！

景延才不管她怎么说：“你别管我。你走你的，我走我的，只是我要去的地方恰巧跟你是一样的。”

陆星摇嘴角一抽。

两个人走着走着，景延突然想起来一个重要问题：“你去法院干吗？”

纠缠了那么久，现在才问，您老的反射弧是不是有点儿长？陆星摇斜他一眼，说：“没时间跟你讲，别打扰我叫车。”

陆星摇到底没能甩掉景延，她迫不得已跟他一起上了车。

坐上车后，陆星摇跟宋言北商量，把时间从下午一点改到下午三点半，她觉得按原定的时间，她可能来不及准时赴约。

宋言北欣然答应：“好，那做完题，我们正好还能一起去吃个晚餐。”

陆星摇回道：“那下午见。”

宋言北表面上寡言少语，聊起天来却一点儿也不沉闷，他发了个很可爱的表情包过来，图片上是一只猫。

景延“不经意间”瞅见，便翻了个白眼：“几岁的人了，还是个男的，在这儿装什么可爱。”

陆星摇才不理他，她默默地添加了那个表情包。

陆星摇的冷水并没有浇灭景延的满腔吐槽欲，他继续说道：“做作业就做作业，还吃晚餐，一看他就不安好心！我跟你说，你可小心点儿这种人，别看他们长得人模人样，实际上一肚子坏水！”

陆星摇淡定道：“再怎么样，坏水也比不上你多。”

景延一噎，不吭声了。

算了，关键时候还是得看他。不管宋言北想做什么，反正有他在，宋言北想做什么都做不了。陆星摇别想甩开他，他要是黏不住陆星摇，那他就跟陆星摇姓！

景延得意扬扬于自己提前洞察危险的能力，为自己果断跟上陆星摇而感到骄傲。这不，还好他多问了几句，然后当机立断地跟来了，不然陆星摇就要跟那个姓宋的共进晚餐了！

待她和宋言北聊完，景延想了想，再一次问道：“所以你去法院做什么？”

这不是什么需要隐瞒的事，陆星摇简单地解释了一番。

听完她的解释，景延表示想不通：“你没必要去啊，还去糟那个心做什么？”

直接等结果，然后快乐地嘲笑她们不就完了？等待宣判的过程，其实是最煎熬的过程，景延不太想让她去经历这样的过程。

陆星摇难得没嘲笑他，她只是轻声说：“正好……最后见她一面。”是她，不是她们，周德梅还不配，她指的只是周老太太。

感觉到陆星摇身上的脆弱，景延忽然很庆幸他来了。

他佯装轻松地开口：“没什么大不了的，想见就见，不想见就不见，小事儿。再过几年，你连她们长什么样……不，连她们是谁都忘了，她们对你人生的影响已经结束了。”

陆星摇轻轻地嗯了一声。或许吧。

等她老了，晒着太阳回想往事时，她可能真的记不清她们的模样了。想起与她们有关的这些事时，她可能笑笑就过了，也可能会觉得虚无缥缈，像是发生在上辈子。

“陆星摇——”

“嗯？”

“答应我一件事儿。”

“说。”

“今天把这件事情画上句号后，就尝试着把以前发生的所有不开心的事儿都忘掉。”

良久的沉默后，陆星摇点头，道：“好。”

“真棒，奖励你个东西——”景延扬唇，说，“延哥亲自护送出行，时间是一天。”

陆星摇一时语塞。

陆为修和沈明诗提前到场是因为周德梅的律师转告说，周德梅要求在开庭前见陆为修一面，否则她死也不瞑目。

陆为修不欲搭理，沈明诗却不知道在想什么，同意了。只是她提出要求，她也要跟着一起去。

周德梅答应了。

当然，沈明诗也没给她不答应的权利，毕竟要么两个一起见，要么一个都见不到，周德梅知道该如何选择。

距离他们上次见到周德梅也并没过多久，但是现在的她看起来完全变了一个人——她身上再没有了曾经的精气神，只是散发着浓浓的颓丧，上次在他们面前张牙舞爪的气焰消失得无影无踪。

听到动静，垂着头不知在想什么的周德梅抬起头。她的脸上一片苍白，沈明诗见到她的第一眼甚至被吓到了。

周德梅冷冷地看了沈明诗一眼，继而将目光放在了陆为修身上，她痴痴地说道：“你来了。”

沈明诗平静地看着她，说：“对，我们来了。所以，有什么想说的你就说吧。”

周德梅愣怔地看着西装革履的陆为修，他还是这样帅，这样意气风发。

在遇到陆为修之前，她从来没见过像这样的男人，他就像是另一个世界的人，高高在上，却又儒雅温柔，完全符合她心目中对另一半的想象。时日久了，她不自觉地就会做一些不切实际的梦，去奢想一些本不该奢想的……

周德梅嘲讽似的扯了下嘴角：“我以为你不愿意见我。”没想到还这么上赶着见我。

沈明诗才不会被她刺激：“你搞清楚，是你求着见我的。”

周德梅冷笑道：“我只是想见先生。”

“我要是不来，他就更不会来了。”

周德梅一顿，她恨恨地瞪了沈明诗一眼后，终于主动说起自己的目的：“我只是有些话想和先生说。”

陆氏家大业大，沈明诗嫁进来二十多年的时间里，不管是因为看上陆家的钱，还是因为看上陆为修的人，反正想缠上陆为修的“狐狸精”数不胜数，沈明诗早就有了经验。对于周德梅这样子是什么意思，她再清楚不过了。

她冷冷一笑，道：“不要脸的人我见得多了，但是像你这样胆子这么大的，我倒还是第一次见到。周德梅，你隐藏得够深啊，在我面前一副本本分分的样子，我真是怎么都想不到你还藏着这副心思！”

或许是周德梅太贼，在她面前隐藏得滴水不漏，也或许是她对身边这个保姆太信任，即使有不对劲的地方，她也不会去细想。

但不管是因为哪一条——都是周德梅对不起她，她可真是一片真心喂了狗！

周德梅闻言，不忿地反驳道：“我藏着什么心思了？我怎么不要脸了？谁都有追求幸福的权利！”

陆为修大惊，万万没想到周德梅竟然……

周德梅看他那副样子，忍不住自嘲：“可是您不懂我的心意，也没看出来我的心意。这么多年，我一直都是单方面付出，单方面苦恋罢了。”

陆为修一脸看疯子的表情。

沈明诗趁机嘲讽道：“看到了吗？他根本就不知情，你一个人在那里自我感动什么？还那么自恋又理所当然地做了一堆蠢事！”沈明诗的话让周德梅的脸色变白了一分，她无法否认，她确实经常把陆为修幻想成自己的丈夫。为了陆为修，她甚至一直没有结婚。

“所以，你别告诉我，这就是你把我的女儿换走的原因？”陆为修不可置信地看着周德梅说。

周德梅冷笑着：“不然呢？除了这个，我还能因为什么？她只是一个刚出生的孩子，我跟她能有什么深仇大恨？”

“你也知道她只是一个刚出生的孩子！”陆为修忍无可忍，怒吼道，“心肠狠毒！我从未想过，世界上会有你这样恶毒的女人！因为我？呵，你也配？”

周德梅不敢相信地捂着脸，瞪大眼睛看着陆为修。

“也不知道我造了什么孽，会被你这种人看上！”

这话无异于是往周德梅的心口狠狠地插上一刀，扎得她血流如注。

周德梅无意识地摇着头，愣愣地说：“不，不……不是……”

“是我看错人了，没有及时发现将你赶走；是我罪孽太重，被你这种人看上。周德梅，你满意了？你可真是让我刷新认知，原来喜欢就意味着毁灭，就意味着将那个人的家庭搞得破碎，痛失亲人！若真是如此，那你教我，怎样才能远离你这种人？”

周德梅的心随着陆为修的话一点点地破碎。

他……他怎么能这样说？怎么能这样说！

她做这一切不过是因为爱他，不过是因为她爱他！她有什么错！

沈明诗冷冷地瞥了她一眼，说：“执迷不悟，冥顽不灵。你成功地刷新了我对人的厚脸皮的认知。”

周德梅突然用双手捂住脸，痛哭出声，声音悲切又痛苦。

景延和陆星摇到的时候还没开庭。

坐在座位上后，陆星摇一眼就看到了裴庆，他旁边还有好几个正在忙碌的人，看样子是陆家的律师团。

陆星摇突然感叹道：“当律师也挺帅的。”

律师团里有两个三十岁左右的年轻人，意气风发，干练又果断，从骨子里散发出来的帅气简直让人目不转睛。

景延万万没想到陆星摇是个这样的花痴，他很不爽地把她的脑袋扭过来：“看我。”

陆星摇问：“你有什么好看的？”

景延嘴角一抽：“陆星摇，你够了啊。”

“不够，看不够。”

景延无语，他顺着她的视线看了一眼。那些人不就那样吗？两只眼睛、一个鼻子、一张嘴，也没见有什么特别之处啊，她至于看这么久？

“我比他们帅。”景延面不改色地说道。

陆星摇无语，有些人的脸皮，比城墙还厚。

她不再理会他，开始思考起自己以后从事这个职业的可能性。

景延说：“你可别了吧，就你这张嘴，真当了律师，还不把人羞辱得当场羞愤自尽。”

陆星摇歪头看着他：“那不正好吗？我就赢了啊。”

景延无奈，她说得还挺有道理。

他默默地挡住她的视线，不许她再看：“知道的人明白你是单纯地向往人家的职业，不知道的还以为你是哪儿来的犯罪嫌疑人，试图记住他们的长相后谋杀他们。”

陆星摇不满地撇嘴，他怎么说话呢？

“你以为我是你啊，我整张脸都写着乖巧，你整张脸都写着犯罪。”

景延接不上话了，行，您厉害。

他在想，要是陆星摇真当了律师，那他无论如何都得避免跟她公堂相见，即便真有那么一天，他也绝对不能在她的对立方，不然他还不得被她损得无地自容？

注意到陆星摇的目光，裴庆偏头跟旁边的人交代了几句，就走了过来。

他笑着问陆星摇：“今天怎么过来了？难得周末，在家睡懒觉不好吗？”

陆星摇摇头，说：“我不喜欢睡懒觉，而且比起睡觉，我更想亲眼看着周德梅被宣判。”

裴庆的眼中流露出难掩的欣赏之色。

如果让裴庆来说，他觉得陆家这一辈里最出色的莫过于陆星摇，即使是从小被当作继承人培养的陆嘉实也难以与其匹敌。她有着比常人更强的魄力和更敏锐的知觉，若将陆氏交到她的手中，陆氏必定会更上一层楼。

裴庆在心里暗暗想着，却什么也没说。他只是看向景延，笑道：“什么风把景少爷刮来了？”

景延站在陆星摇身边，随意地说：“来围观围观，看看戏。”

裴庆颔首，他指指身后，说：“我还有点儿事得处理，失陪了。”

陆星摇点头。

他一走，景延忍不住说：“我发现你家老爷子这心腹对你挺欣赏的啊。”

“你没发现的还有很多。”陆星摇说，“比如全年级的老师都很欣赏我。”

这话不假，自从她在数学竞赛上拿了奖后，云十一中再一次名声大噪，她每次去办公室，都能接收一拨关心。

景延一噎：“你能不能谦虚一点儿？”

“不行。”主要是她喜欢看景延吃瘪的样子。

景延努力平复心情，他告诉自己，不能跟这个人计较，否则就没完没了了。

好在很快就开庭了，景延转头正想和陆星摇说些什么，就发现她脸上挂着的浅笑消失了。她面无表情地看着走进来的人，放在身侧的手不知何时已经紧握成拳。

他一愣，大概明白了今天对她的意义。

景延悄悄地握住了她的手。

陆星摇没想到他会这样，她愕然地转头看他。

景延的表情看起来还挺正常，当然他也有可能是装出来的镇定："看我干什么？看你想看的。"

陆星摇试着将手抽出来，没成功，她也就放弃了。她转头又看向周老太太。

本来就瘦小的老太太经过这段时间又瘦了一圈，她脸上几乎没有肉了，眼下更是两片青黑，看起来非常憔悴。

陆星摇有不忍吗？

自然是有的。尤其是在老太太眼眶通红地看着她，干涸的嘴唇嗫嚅着喊摇摇的时候，她的情绪几乎要崩溃了。

她名字的由来其实挺有趣的，因为她小时候很喜欢听周老太太唱《外婆桥》，里面那句"摇啊摇，摇到外婆桥"她一听就会笑，老太太就因此给她取了这个名字。

至于那个"星"字，大概是因为老太太知道这些事，也知道陆星旖的名字，才这么取的吧。至于她取名字时在想什么，会不会有一丝一毫的负罪感和愧疚感，就不得而知了。

景延察觉到了她情绪的起伏。

说实话，他觉得她的人生经历挺离奇的，也挺让人心疼的。他悄无声息地将她的手握得更紧，好像想通过这样简单的接触传递力量。

周德梅真的是个难缠的人，又臭又硬。陆为修和沈明诗跟她纠缠了那么久，都没能让周德梅认识到自己的错误。她仍然固执地认为自己是对的，全世界都是错的。

眼看着开庭时间要到了，陆为修懒得再与她纠缠："我真后悔今天同意过来见你，因为这一趟竟然让我知道了这么恶心的事情。你就等着法律的宣判吧，我不会放过你的，绝不会。我女儿受的苦，你就等着千倍百倍地偿还吧！"

周德梅捂着心口痛苦地呼喊："不可以，你怎么可以这样对我！"

明明她的为修是那样温柔的人，他会对她笑，也会提醒她端汤的时候要当心被烫到，他对她……多多少少是有情的啊！

周德梅咬紧了牙说出这话的时候，只得到了沈明诗毫不留情的嘲笑：“不过是个笑，他会牵你的手，会抱你，会和你同枕而眠吗？不过是个善意的提醒，他会给你端汤，会亲口吹凉了喂你吗？都不会，他只会对我这样！周德梅，你做梦可以，但是也别整天做白日梦！”

周德梅的脸色一点一点地冷了下去。

沈明诗的脸色比她还冷：“我也挺后悔，干吗要答应过来见你，平白无故把自己恶心了一番。”

周德梅的牙都快咬碎了，她双眼通红地瞪着沈明诗。

“你这轻贱的喜欢还是自己收着吧，没人想知道，也没人会回应，更没人会喜欢，没人会因此而高兴。”陆为修说罢，便拉着沈明诗的手离开。

他现在的心情很复杂，整个人身上都笼罩着一层阴郁。

待得离开了那个地方，他才和沈明诗说：“对不起，明诗，我从没想过是因为我，摇宝才会……”

沈明诗嗔怪地瞪他一眼，说：“你是什么好心人，这种罪过也往自己身上揽？明明是周德梅鬼迷心窍，一颗心比蛇蝎还毒。”过了半晌，她又叹了一口气，说，“也是我们识人不清，将这样蛇蝎心肠的人放在身边二十年都不曾发觉，是我们对不起摇宝。”

这十七年对他们整个陆家而言都是一场难言的心痛，是难以抹去的黑暗过往。

陆为修握紧了她的手，眼神是出奇的阴鸷。

他不介意让周德梅亲身感受一下他的手段，也不介意将自己在周德梅心目中不知道有多美好的形象亲手毁灭。

陆氏律师团和周德梅请的律师实力悬殊，加上这件事证据确凿，所以开庭也就是走个过场。

这还是陆星摇第一次坐在这样庄重严肃的地方，她看看法官，又看看诸位律师，小脸紧绷，薄唇紧抿。

她静静地等着法官对她这十七年的遭遇给出一个公正的宣判，静静地等着罪魁祸首得到应有的惩罚。

刚开始时她心情很激动，开庭后，她的心情却慢慢地平静了下来。

景延本来还是无所谓的心态，但听了一会儿，听见很多他所不知道的、陆星摇亲身经历过的事情后，他顿时变得愤怒起来。他难以想象这世上会有这样的人，简直无耻到没有下限。而陆星摇听着听着，心态越发平静，她看上去像是在听别人的故事。

等到庭审结束，她和众人一起起身，准备离开时，这才发现自己的手还被景延握在手里。

她轻声提醒道："结束了，可以走了。"

她得到了她想要的结果。

周老太太被判处三年有期徒刑，而周德梅被判了十年。

这个世界没有出错，赏罚分明。

景延鼻尖有点儿酸，他突然伸手把她搂进怀里，拍了拍她的背，像是哄小孩一样。

陆星摇一愣，还来不及做出反应，就听景延在她头顶说道："你的人生出了十七年的差错，好在现在及时纠正过来了，从此以后，你的人生都在正轨。"他像是在宣告什么一样，声音轻柔，却很坚定。

陆星摇轻轻地点了下头："嗯。"

对的。从此以后，她的人生都在正轨。

陆星摇几不可见地扯了下嘴角，她抬起手拍了拍他："好啦，走了。再不走就只剩我们了。"

陆为修和沈明诗正在旁边等着。

哦，也不是等着。

陆为修怒视着那个抱住自己女儿的人，要不是沈明诗死死地拉住了他，他早就冲上去捋起袖子揍人了。

干吗呢？动什么手，抱什么抱！

沈明诗含笑看着陆星摇，看着看着，眼眶就红了。

陆为修不经意间瞥到，他一愣，又忙不迭地开始哄人。

沈明诗带着哭腔说道："凶手获得了她该有的下场，以后摇宝身边再无威胁，她一定会如平安顺遂地过一生。"

陆为修重重地点了点头。

经此一事，以后陆家所有的用人都得彻查背景。犯过的错误，他们不可能再犯第二次。

沈明诗说着说着就哭出了声："都是我不好，我这个当妈妈的一点儿都不称职，连自己的女儿都保护不好……"

陆为修神色有些黯然，他沉声道：“我又何尝称职呢？”

夫妻俩正难受着，景延和陆星摇不知什么时候已经站在了他们跟前。

陆为修完全忘了自己不久前还在生气，他把女儿拉过来抱了抱，感觉到她在自己的怀中安然无恙，他那颗心才安定下来。

“摇宝，爸爸妈妈让坏人受到惩罚了。”他声音有些哽咽，“对不起，摇摇。”

陆星摇微怔。

“以后再也不会发生不好的事情了。”他说。

陆星摇在他怀中点了点头：“嗯，我知道，我相信你们。”她的声音较平时要柔和一些。

陆为修只觉得满腔的情绪几乎要压制不住，他忍了又忍，却还是忍不住地收紧了抱着女儿的手臂，像是在抱住失而复得的珍宝。

（未完待续）

全新番外
平行时空

要是说陆星摇有什么遗憾的事情，那就是景延小时候受到的来自家庭的伤害是不可逆的，那成了他一生都难以抹去的阴影。

她曾经无数次想过，如果她能出现在他的小时候就好了。或许她做不了什么，但就算只是陪陪他，哪怕就一天，她也满足了。

可是想象只是想象，她哪里还能想到有一天这想象会成真呢？

陆星摇醒来的时候一脸茫然，还没反应过来发生了什么。她四处逡巡了一下，发现她躺在一处草坪上。草长得很旺盛，躺上去软软的，不远处有个狗窝，里面躺着只大狗，和景延家的团团很像，但又不是团团。

她一头雾水：这是谁的家吗？

她爬起来看了一眼，发现不远处有栋房子，只是……那不是景家吗？

虽然那建筑看起来像是刚建成的，比记忆中崭新多了，但是她不可能认不出来。这里就是景家！

陆星摇惊呆了，她明明是在家里入睡的，怎么一觉醒来却出现在了这里，还躺在草坪上？

太古怪了，到处都透露着古怪。

突然，她又发现一处不对——她看着自己缩小了一倍的手，眉心紧紧地蹙起。

她变小了，这到底是怎么回事？

大狗见到陌生人，罕见地没有乱吠，它甚至温顺地朝她走来，好奇地绕着她走了一圈。

陆星摇心里的好奇越来越重，景延家只有一条狗，她是知道的，但是它肯定不是团团。她蹲下揉了揉狗头，声音轻柔地问：“这里是你家吗？你家有人吗？”

大狗汪汪地叫了两声后，摇晃着尾巴往前走。明明人狗语言不通，但是陆星摇就是看出来它这是在给她带路。

她一边跟着它走，一边环顾着四周。看得越仔细，她越笃定这就是景家。

大狗没有把她带到房子里，而是带到了后院。

陆星摇还在想这个家好奇怪，安静得过分，一个人都没有时，就突然看见了人。

一个男孩蹲坐在后院里，将头埋在膝弯上，沉默无声。

陆星摇整个人都愣在了原地。她想，她大概知道是怎么回事了。

她好像真的如愿以偿地回到了景延的小时候，这是她结合了熟悉的景家、熟悉的大狗，还有面前的景延的情况，得出的结论。

这听起来十分匪夷所思的事情，好像真的就发生在她身上了。

陆星摇警惕地看了一眼周围，确定一个人都没有后，她才走到景延面前，轻轻地拍了拍他的肩膀。

景延刚听到爸妈说的话，他们说，如果不是哥哥死了，他们根本不会生下他，他们还说，哥哥有多聪明，有多优秀，如果哥哥还在，他们会很开心……

景延手里还抓着科技大赛一等奖的证书想给他们看，听到这些后，他什么也不想跟他们说了，他只想躲着，于是他跑到了后院。

这里平时几乎没有人，只有用人偶尔会过来打扫卫生，他可以在这里好好地、冷静地思考他的问题。

可是不管怎么思考，他好像都忍不住难过的情绪。

他已经在这儿坐了快两个小时，没有人发现他不见了，也没有人过来找他。从小到大，他其实有很多次感觉自己的存在似乎并不重要，他以为是自己做得不够好，而这一次，他们把真相在他面前明晃晃地摊开，他无法接受。

感觉到肩膀被人拍了一下，他惊讶地抬头。他没料到这里会出现一个陌生人。

小景延皱着眉头问："你是谁？"

他从来没有见过她。

陆星摇也不嫌地板脏，她坐在他旁边，和他挨在一起，说道："我叫陆星摇，很高兴认识你。"

景延才不管她是谁呢："你有什么事吗？"

“没有，我只是想陪陪你。”她新奇地看着小一号的景延，这时候的他脸上还有着稚气，陆星摇觉得怎么都看不够，“你怎么啦？怎么一个人坐在这里？”

景延犹豫了一会儿，出于不知从何而来的信任，他把今天发生的事情和她说了。

他的声音有点儿闷：“我知道他们不像别人的爸爸妈妈那样爱自己的孩子，可是我今天才知道，他们比我想象的更不爱我。不对，他们在我身上根本就没有投入感情。”

他的声音逐渐低落。

陆星摇心疼极了，这么小的孩子就已经被迫经历这么多。在某种程度上而言，他过得并不比她快乐。看着在身边转圈的狗，她另起了一个话题，想把他的注意力转移走：“这是你家的狗吗？好可爱，它叫什么名字？”

景延扫了狗一眼，说：“大团。”

大团？是团团的妈妈吗？

应该是了，怪不得长得这么像。

大团蹭进陆星摇怀里，景延怕它伤人，叫住它：“大团，别乱动，下来。”

陆星摇吃力地抱着大团，说没关系。她想，上天让她在这个节骨眼出现，一定是想让她弥补她的某些遗憾。

她不知道她什么时候会走，所以她想好好陪陪他，好好利用这来之不易的每一秒钟。

她问景延有没有喜欢做的事情，景延想了想，有些兴奋地说：“赛车算不算？”

陆星摇觉得，她好像坑了她自己……

陆星摇带景延去玩赛车，不，准确来说是他带她。毕竟她不知道哪里可以玩，她身上也没有钱，她能做的只是陪伴。

景延心情好了点儿，尤其是在专业的赛车场地里玩过两场之后，他只觉得酣畅淋漓。见陆星摇喘着气跑过来，他笑了起来。

虽然他不知道她是从哪里冒出来的，但是她挺有趣的。

他买了两瓶水，丢给她一瓶。

陆星摇仰头喝了好几口，这玩意儿实在太考验心脏了，但是玩一趟下来也是真的爽。

景延看她这样越发想笑：“害怕怎么不早说？”

陆星摇瞪了一眼这个没良心的，她还不是为了陪他吗？

景延扯了下唇，心情好了不少，他把水喝完，把瓶子捏成麻花状丢进垃圾桶。

陆星摇看着他的动作，心想这时候的他心里的朝气还没有被烧成灰烬。

她偏头问他："你会不会在心里怪自己？"

他眼神闪了闪，问："怎么说？"

"他们不喜欢你，你会不会怪自己，认为是自己的原因？"

景延没有看她，也没有说话。

"不怪你的，那是他们自己的问题，与你无关。"陆星摇用一种极为笃定的口吻道，她一点儿点儿地筑牢他心中的堡垒，"他们不认可你，不代表你活在这世上就没有意义，会有其他人认可你。你存在的意义与他们毫无关系，你们彼此是独立的个体，他们仅仅是生下了你。"

景延的眼神从沉重到迷茫，他不可思议地看着陆星摇。

陆星摇笑了笑，说："相信我，就是这样的。你只需要忙着发光发亮，其他的事情交给未来。不要为了不值得的人去做很多会影响你未来的事情。"

"他们不爱你，"她顿了一下，又说，"这世上会有很多人爱你。比如……你小舅、你外公外婆。"还有我。

景延被她的一番言论震惊在原地。

过了半晌，他皱眉道："你到底是谁，你为什么会知道我外公外婆和小舅？你是小舅派来的？"

陆星摇摇头，说道："我不是，但我没有恶意，我只是想陪陪你。我待会儿就走了，以后有机会我们还会见面的。"

景延将信将疑地问："那你什么时候走？"

"不一定，可能是今晚。"

景延的瞳孔一缩，他沉默下来，不知道在想什么。

过了一会儿，他说："我带你跑一圈吧？"他线条流畅的下颌一抬，指了指赛车，又说，"这不算真的赛车，等我成年了，我带你去玩真正刺激的。"

陆星摇看着他，弯了弯唇："好，我们会再见的，到时候不许食言。"

"没问题。"景延爽快地应下。

虽然不知道她是谁，从何而来，他们以后到底会不会真的如她所说再次见面，但他就是莫名地觉得会。

这个女孩很奇怪也很特别，说不定呢？

而且挺神奇的，听完她的劝导后，他第一次觉得胸口里堵着的郁气有消散的迹象。

他带着她开车，车速比刚才还要快上许多。一趟下来，陆星摇的魂都要飞了，可是中途她偏头看他，看到了少年脸上张扬恣意的笑，她整颗心忽然一定。

这是她一直以来所遗憾的，而今天她见到了她的少年如此恣意畅快的一幕，她总算心满意足。

或许上天会给她一个更好的景延，不是于她而言更好的，而是于他自己而言更好的。

这便足矣。

他带给了她太多，她一直希望也能给他一些什么。没想到在这样奇怪的一天里，她或多或少抚平了他的伤口，让他少绝望了许多年。

陆星摇那天是在景延的房间睡的觉，景延睡沙发。

午夜时分，她如来时一般又突然地消失。

景延也被抹去了这段记忆，可是不知为何，她说的每一句话都刻在了他的心里，让他此后许多年得以生机勃勃地生长，少历经了许多来自心中的劫难。

那是一段奇特至极的救赎经历。

是救赎他的。